a novel

保羅·克里夫——著
嚴麗娟——譯

PAUL CLEAVE

Sometimes reality can really get in the way of a good story.

JOE VICTIM

清掃魔歸來

Spring Publish
春天出

前言

星期天早上

很好，不經一事，不長一智。

我深吸一口氣，閉上眼睛，把扳機扣到底。

世界爆炸了。

爆炸的光線、聲音、痛楚，不對，因爲爆炸應該伴隨著黑暗。我應該被黑暗籠罩，離開這一切。我是主宰——智障喬是贏家——我的人生開始在眼前閃爍，證明我是。黑暗等一下就來了，但我必須先看到一些影像，我的母親、我的父親、我的童年、和阿姨在一起的時候。生命中一串串的連續鏡頭分成一張張快照，然後濃縮成只有兩秒的電影，一個場景轉成下一個，就像古老的電影放映機。影像加快了，快速閃過我的腦海。

還有呢。

莎莉的身影掠過。不，不是腦袋裡，而是眼前。她就在我前面，靠著我，贅肉橫生的身體靠著我，正合了她長久以來的心願。我聽到十幾個聲音。

我倒在人行道上，手臂飛到兩旁。莎莉的肥肉被我推到旁邊，滾過我的四肢，像軟趴趴的沙發一樣想把我吞掉。我還沒死，但我已經下地獄了。我扣下扳機，沒有瞄準，結果我失敗了，因爲槍已經不在我手裡。莎莉擠出我體內的空氣，我還是不明白發生了什麼事。一切都亂七八糟，我的肩膀頂著一袋貓食。我的臉很燙，沾滿血跡。耳邊傳來高八度的尖叫聲，不肯結束的單音。有人把莎莉拉走，她不見了，換成施羅德警探，我大大鬆了一口氣。施羅德會救我，施羅德會把莎莉帶走，最好把她關在像她這種大個頭女孩應該去的牢房裡。

「我……」我說，可是耳鳴隆隆，我連自己的聲音都聽不到。我不知道怎麼了，我好疑惑。世界脫離了軌道。

「閉嘴，」施羅德大吼，但我幾乎聽不到他的聲音。「妳聽到了嗎？閉嘴，不然我就往妳頭上他媽的打一槍！」

我從來沒聽過施羅德用這種口氣講話，他敢這樣吼莎莉，表示他一定很氣很氣她跳到我身上。我突然覺得跟他更親近了。不過我好痛，因爲胖莎莉用她的肥肉擠我，我現在倒覺得我想要那顆他要給她的子彈。給我一槍，就能進入好甜蜜好美妙的黑暗中，享受一片寂靜。不過我很安靜，幾乎沒開口。

「我是喬，」我大喊，說不定大家耳邊也是一片隆隆聲。「智障喬。」

有人打我。我不知道是誰，也不知道是被揍了一拳還是踢了一腳，突然來了，我的頭歪向一邊，施羅德消失了一刻，我看到我住的公寓房子。我看到頂樓跟排水管，我看到骯髒的窗戶和破掉的玻璃，我家就在上面，我只想進去，躺下來，思索到底發生了什麼事。公寓變得模模糊糊，似乎要倒在地上，彷彿水彩畫的顏色都流掉了，只剩下紅色，我被拉起來站著，還是只看到一樣的景象。我衣服濕了，整晚落雨後，人行道一片濕漉漉。

「我忘了拿公事包，」眞的，我忘了，事實上，我不知道公事包在哪裡。

「喬，給我閉嘴。」有人說。

喬？我不明白——他們在生我的氣，不是莎莉？

我感覺不到我的手。我的手臂扭到身後，鎖得好緊，動彈不得。我的手腕好痛。我被拖著走，踉踉蹌蹌，我想專心看路，想明白發生了什麼事，不行，都不行，等我轉頭看到莎莉和抓住她的人，淚流滿面的莎莉，過去六十秒突然如洪水般湧過來。我正要走回家。我很開心。我跟梅莉莎共度週末。莎莉把車子停到我家那條街上，控訴我騙她，控訴我就是基督城屠夫，然後警察來了，我……我想舉槍自盡。

失敗了，因爲莎莉跳到我身上。

耳鳴聲沒那麼響了，但一切都是紅色。我前面有警車，剛才莎莉把車停下來的時候還沒看到。一名黑衣人開了後門。有好多黑衣人，都帶著槍。有人提到救護車，有人說「不可能」，又有人說：「幹，乾脆一槍打死他。」

「天啊，他弄得座位上都是血。」有人說。

我低頭看看，沒錯，我流了好多血，座椅上跟地面上都有，像我這樣的清潔工去清理的話，會氣上好幾個小時。血跡一直連到我的槍旁邊。莎莉站在那裡，沒有人抓著她。她的臉跟衣服都噴到了血。我的血。她好像要哭了，不知道爲什麼，我覺得好想吐。她看著我，或許很想爬進車子後座，再來壓著我。幾分鐘前綁成馬尾的金髮現在散開了，她拿起幾根頭髮，開始嚼髮尾——就是緊張吧，難道她想引誘站在她旁邊那兩個警官？如果他們看到她的模樣，或許跟我一樣，想要舉槍自殺。

我眨了幾下眼睛，紅色消失了，過了幾秒，又流進我的視野。兩個人進了前座。一個是施羅德。他坐到方向盤後，連看都不看我一眼。另一個身穿黑衣，跟死神一樣，跟其他人一樣。他手上拿的槍看起來威力十足，他看看我，似乎在說他想試試槍的威力。施羅德發動了車子，開了警笛。比我以往聽過的警笛都大聲，彷彿有更重要的訊息要傳達。沒人幫我繫上安全帶。施羅德把車子開到路上，往前一跳，快到我差點飛出座位。我轉過身，看到另一台車跟在我們後面，再後面則是黑色的貨車。我住的公寓房子愈來愈小，今天晚上回到家以後，不知道會亂成什麼樣。

「我是無辜的。」我說，感覺好像在自言自語。說話的時候血流進嘴裡，我很喜歡血的味道，我知道，如果我們現在掉頭回去，會看到莎莉舔她的手指，她也喜歡血的味道。可憐的莎莉。因為困惑無比，她帶這些人來找我，本來是有生以來最美好的週末似乎要變成最糟糕的一天了。要花多久才能解釋清楚我的行為，讓他們相信我是無辜的？要等多久才能回到梅莉莎身邊？

我吐出嘴裡的血。

「天啊，不要亂吐，」前座的男人說。我閉上眼睛，但左眼閉不起來。很熱，但不痛。反正還不痛。我坐直了身子，看看後視鏡裡的自己。我的臉跟脖子上都是血。我的眼皮啪噠亂拍。我搖搖頭，眼皮跟樹葉一樣滑過眼睛。連著的地方所剩無幾。我想把眼皮眨回原處，不管用。混帳，我碰過更糟糕的事。比這糟糕多了。我又想到了梅莉莎。

「你他媽的笑什麼？」黑衣人問。

「什麼？」

「我說你他媽的——」

「閉嘴，傑克，」施羅德說。「不要跟他講話。」

「那個王八蛋——」

「就是王八蛋，」施羅德說。「不要跟他講話就對了。」

「我還是覺得我們應該停車，弄成他想逃跑的樣子。可以啦，卡爾，沒有人會在乎。」

「我的名字叫作喬，」我說。「喬是好人。」

「閉上你們的鳥嘴，」施羅德說。「你們兩個，都給我閉嘴。」

一下子就出了我住的這區。警車上的燈一閃一閃，他們應該急著要讓我證明他們早就知道的事情——我是他們的智障喬，他們的老友，那個友善、讓人覺得溫暖的笨蛋，每天推著清潔車、只想討好每個人。其他的警車開到路邊免得阻礙交通，路人都對我行注目禮。我在遊行隊伍裡呢。我好想揮手。基督城屠夫被上了手銬，但沒有人知道那其實就是他。他們無所得知吧，對不對？

我們到了城裡，經過警察局的時候並未慢下來。無聊的十層樓，看起來不會變得更有趣。明天我就自由了，跟梅莉莎開始新生活。車子繼續往前開。沒有人講話。沒有人哼歌。我有種感覺，施羅德改變心意了，他們要裝成我想逃跑的樣子，可是我從野外逃跑，沒有人會看到我被射死。我的衣服浸滿血液，沒有人在乎。我不確定能不能洗乾淨。紅燈了，車子停下。傑克盯著後視鏡，彷彿想解開謎語。我瞪著他看了一會兒又低下頭。我的腿上有血滴也有血痕。眼皮痛起來了。感覺像擦到了蕁麻。

我們在醫院停下來。一堆警車在我們旁邊圍成半圓。開始下雨了。還有一個月才入冬，我有點擔心我看不到冬天了。傑克很有紳士風度，幫我開了車門。其他的黑衣人則沒有紳士風度，用槍指著我。醫院入口的醫生病人訪客都瞪著我們看。他們動也不動。看來我們的表演很精采。我被拉出車子。我想，感覺還好；其實很不好。站直了身子，我的世界只剩下手銬、槍、失血。我開始搖晃，跪倒在地。血流過我的臉，落到人行道上。一開始傑克似乎想拉住我，後來他改變了念頭，我往前倒下。我的手沒辦法伸到前面撐住身子，頂多只能轉開頭，讓搖搖欲墜的眼皮對著天空，但不知道怎麼了，我搞不清方向——或許是因爲我剛才看後視鏡看了幾分鐘——我轉開了臉，臉卻撞到地上。我看到好多靴子，和車子的下半部。我看到兩條面帶飢色的警犬被拴在繩子上。有人按住我的身子，把我翻過來。我的眼皮留在濕淋淋的停車場人行道上，在一灘血中間。看起來就像被謀殺的蛞蝓，無脊椎動物犯罪現場，其他黏滑滑的小傢伙等一下就會聚集在這裡，推敲發生了什麼事。

不過，那塊黏滑的肉屬於我。「那是我的，」我感覺到傷口的熱力緩緩流向全身。我的眼睛冒出水來，眨眼也沒有用。我盡力了，一片參差不齊的皮膚掛在眼睛上，像是太短的窗簾。

「這個嗎？」傑克一腳踩了上去，很討厭，像要踩熄地上的菸蒂。「這是你的？」

還沒來得及口出怨言，他們把我拉起來，拖著我走。雖然是陰天，卻特別明亮，我不能靠眨眼換來黑暗，反正左眼不行。也眨不走汗水、血水和疼痛。我旁邊有一隊人，我聽到他們在交談。我聽到他們咒罵法律，因爲法律規定他們要把我帶來醫院，可是按他們的道德標準卻不以爲然。他們覺得我是壞人，不過他們想錯了。

有位醫生走過來，一臉恐懼。要看到十來個拿著武器的人對我走來，我也會看起來很怕。十分鐘前的景象就是這樣，生平第一次看到。醫院入口附近的人不是用手掩住嘴巴，就是舉起手機拍攝我們。全國各地的新聞網路今天都會放映我們的表演。不知道媽看了會有什麼反應，不過還沒想到，我的注意力就移到醫生身上。

「發生了什麼事？」醫生問，問得好，不過這個五十多歲的傢伙居然戴著領結，看了就讓人想跑掉。

「這個……」施羅德開口了，似乎不知道該怎麼接下去。「人……」他吐出第三個字，「需要治療，現在就要。」

「怎麼了？」

「他撞到玻璃門。」一個聲音說，一群男人轟然大笑。

「對啊，好拙。」另一個人說，引來更多笑聲。他們感情眞好，用幽默化解亢奮的情緒。亢奮的原因就是我。只有施羅德、傑克和醫生沒笑，三人嚴肅得要命。

「發生了什麼事？」醫生又問。

「自己用槍打傷自己，」施羅德說。「擦傷滿深的。」

「看起來不只是擦傷，」醫生說。「一定要留這麼多人在這裡嗎？」

施羅德轉過頭，似乎在心裡點人數。好像要點頭說可以留幾個人就好，卻對半數隊員打手勢，要他們留在原地。我被送上輪椅，手銬打開了，只爲了把我重新銬在輪椅上。他們把我推到走廊另一頭，很多人盯著我看，彷彿我剛贏得萬人迷的頭銜，事實上，沒有人知道我是誰。他們不可能認識我。我看到幾個漂亮的護士，改天我想跟蹤她們回家。我上了病床，銬在圍欄上。他們綁住我的腿，我不能動。綁得很緊，銬得也很緊，我好像被包在水泥裡。他們一定以爲我跟狼人一樣力氣很大。

「施羅德探長，」我說，「我不明白發生了什麼事。」

施羅德沒回話。醫生又過來了。「會有點痛，」他只說對了一半，有點說錯了，痛倒是沒錯。他戳戳傷口開始檢查，再用手電筒照，我不能眨眼，簡直就像直接盯著太陽。

「要花幾個小時，」他好像在自言自語，不過音量大到大家都聽得見。「需要一些精細零件，來恢復功能，盡量減少疤痕。」聽起來他會給張估價單，告訴我們零件要多少錢。我只希望零件都有庫存，因爲我的還在停車場裡。

「我們不在乎留疤。」施羅德說。

「我在乎。」我說。

「我也在乎，」醫生說。「可惡，眼皮整片不見了。」

「整片還在。」我說。

「什麼意思？」

「在車子那邊。在地上。」

醫生轉頭看著施羅德。「他的眼皮在外面？」

「還有剩的那塊。」我幫施羅德回答，他只聳聳肩。

「你要這傢伙快點出院，我們就需要那塊眼皮。」醫生說。

「我們會去撿，」施羅德說。

「快去，」醫生說。「不然要移植其他可以用的東西，更花時間。他不能不眨眼。」

「我不在乎他能不能眨眼，」施羅德說。「燒一燒，在他臉上貼塊膏藥就可以了。」

醫生不爭論，也不告訴施羅德他太沒禮貌了，似乎終於發覺這些警察、緊張的氣氛、怒氣，表示這案子很特別。我看得出來，他明白了。我用一隻好的眼睛跟一隻都是血的眼睛看，他皺起眉頭，然後慢慢搖頭，臉色變得好奇。我知道他要問了。

「他到底是誰？」

「基督城屠夫。」施羅德回答。

「不可能，」醫生說。「就這傢伙？」

我不明白他是什麼意思。「我是無辜的，」我說，「我是喬。」醫生把針狠狠從我頭旁邊插進去，世界脫離了軸心，一切變得麻木。

十二個月後——

1

梅莉莎把車停在車道上。靠著椅背，想要放輕鬆。

今天頂多只有十度。基督城的雨。基督城的冷。昨天很溫暖。現在下雨了。多變的天氣。她冷得發抖。她往前靠過去，扭動鑰匙，拿起公事包，下了車。雨水浸濕了她的頭髮。她走到前門，摸弄著門鎖。

她大步穿過廚房。德瑞克在樓上。她聽到淋浴聲，也聽得到他的歌聲。等一下再去煩他。現在她想喝點東西。冰箱門上貼滿了磁鐵，來自全國各地見鬼的地方，懷孕率最高的地方，飲酒率最高的地方，自殺率最高的地方。像基督城一樣的地方。她打開冰箱，裡面有半打啤酒，她拿了一瓶，想了想，又換成柳橙汁。她開了封口，直接對著嘴喝。德瑞克不會在意。她的腳很痠，背也痛，決定坐下來歇一會兒，聽著水聲喝果汁，讓肌肉慢慢放鬆。今天辛苦了一天，說來也連續辛苦了一個禮拜。她不太喜歡柳橙汁——她喜歡熱帶水果，不過這裡也只有柳橙汁。不知道爲什麼，果汁製造商認爲大家希望果汁裡都是會黏在牙縫裡的果肉，感覺就像牡蠣在你舌頭上撒了一泡尿，不知道爲什麼德瑞克也喜歡這種口感。

她蓋上果汁瓶，放回冰箱裡，看了看裡面的披薩，決定還是不要吃。旁邊的隔層裡有幾條巧克力。她剝開一條咬了一口，把剩下的四五條都塞進口袋裡。謝謝德瑞克。把公事包提上樓的時候，她也吃完了巧克力。臥房裡的音響大聲播出一首她聽過的歌。她還是另一個人的時候買過這張專輯，那時候她無憂無慮，也會聽CD。滾石合唱團。最佳暢銷金曲，從歌曲的順序就聽得出來。現在米克正在尖叫，要消滅太陽。他希望世界變成黑色。她也希望。這首歌聽起來在描述隆冬時分凌晨五點鐘的紐西蘭。她跟著哼。德瑞克還在唱，蓋過了她發出的聲音。

她坐到床上。房間裡有充油式電暖爐，很溫暖。家具跟房子很搭，感覺住在裡面的人也應該搭配這棟房子。床很軟，她好想躺下去，倒在枕頭上，先小睡一下，不過一睡下去，枕頭套裡的細菌也想跟她做朋友了。她按開公事包，拿出報紙，趁等待的時候先看頭版。頭版報導一個危害基督城的男人。殺害女性。折磨。強姦。殺人。基督城屠夫。喬・米德頓。他十二個月前被警方逮捕。星期一要受審。報導裡也提到她。梅莉莎・X。不過文中也用了她的本名，娜塔莉・福勞爾斯。這些日子以來，梅莉莎只認爲自己是梅莉莎。過去兩年來都是如此。

過了兩分鐘，她仍坐在床上，德瑞克用毛巾擦著頭髮，從浴室裡出來，渾身籠罩在白色的蒸汽裡，發出刮鬍膏的味道。他腰間圍著毛巾。紋身的圖案是一條蛇，從浴巾裡冒出來，彎彎曲曲延伸到肩膀，分叉的舌頭橫過他的脖子。蛇身上有些地方的圖案很精細，有些地方只是勾勒的線條，尚待補完。像德瑞克這種人，總有些傷疤，顯然很平均地混合了好時光跟壞日子——他的好時光，別人的壞日子。

她放下報紙，微微一笑。

「妳他媽的在這裡幹什麼？」他問。

梅莉莎把公事包轉向他，伸手按了音響的暫停鍵。公事包其實屬於喬・米德頓。他留下公事包，就再也沒回來過。「我來付剩下那半。」她說。

「妳知道我住在哪裡？」

很蠢的問題。梅莉莎沒向他挑明。「跟人做生意的時候，我總希望更了解對方。」

他解開了腰間的毛巾，視線沒離開過公事包裡的鈔票。他開始擦頭髮，老二東搖西晃。

「都在這裡了嗎？」他沒停下擦頭髮的手，臉包在毛巾裡，聲音也不太清楚。

「一毛也不少。東西呢？」

「在這裡。」他說。

她知道東西在這裡。兩天前初次會面，她付了一半的錢以後，就一直跟蹤他。她知道他一個小時前東西才到手。他從那裡回到這裡，馬不停蹄，手上的袋子裡裝滿了假釋官看了會皺眉頭的東西。

「哪裡？」她問。

他把浴巾繫回腰間。她本想進來後就殺了他，自己搜房子，不過她需要他。東西或許不難找到。這傢伙會對著一個站在他臥房裡的人問*妳知道我住在哪裡*，東西應該不是藏在天花板裡，就是地板下。

「我看看。」他對著錢點點頭。

她把床上的公事包推過去。他往前踏了一步。那兩萬塊都是五十塊跟二十塊的鈔票，整齊疊好，用橡皮筋束著。過去這幾年，她的收入多半來自勒索偷盜，有時候來自被她殺害的男人，不過幾個月前，她拿到了很大一筆錢。具體來說是四萬塊。他翻了翻鈔票，認爲應該沒少。

他走向衣櫃，拉出一箱衣服，抬起地毯，用螺絲起子插進地板。梅莉莎翻翻白眼，德瑞克這種人眞幸運，罪名眾多，就沒有一項是愚蠢。他撬起地板，拿出跟手臂一樣長的鋁製手提箱。梅莉莎站起來，讓他把東西放在床上。他按開了箱蓋。裡面有一支分解開來的來福槍，零件各自塞在自己的空間裡。

「AR–15。」他說。「輕巧，使用高速、小口徑子彈，非常準確。照妳吩咐，也有瞄準鏡。」

她點點頭，很好。德瑞克雖然蠢，也挺有用的。「只有一半，」她說。

他回到洞旁，伸手拉出一個小背包。整體是黑色，有很多紅色飾邊。他把背包放在床上，打開來。「C–4。」他說。「兩塊，兩根雷管，兩個觸發器，兩個接收器。夠炸掉一棟房子。要炸更多房子就不夠了。妳知道怎麼用嗎？」

「教我。」

他拿起一塊炸藥，大小像塊肥皂。「很安全，」他說。「可以射出去。掉地上。燒掉。放微波爐也行。可以這樣，」他開始擠捏。「可以弄成其他形狀。拿這個，」他拿起像金屬鉛筆的東西，不過一端有電線冒出來，「戳進去。把另一頭連到接收器上，」他說，「然後按觸發器就可以。射程是一千英尺，如果在瞄準線上還可以更遠。」

「接收器的電池可以撐多久？」

「頂多一個星期。」

「還有其他我該知道的嗎？」

「有。別搞混了，」他拿起一個遙控器。「看到這段我貼上去的黃膠帶嗎？要對齊雷管上的膠帶。所以這個，」他舉起有膠帶的雷管，「跟這個一起。」他把遙控器跟雷管併在一起。

「OK。」

「就這樣。」他開始把東西收到背包裡。

「我還需要你幫忙一件事，」她說。

他繼續收東西。「什麼事？」

「我要你殺一個人。」她說。

他抬頭看看她，搖搖頭，這個問題沒嚇到他，也沒打亂他收東西的步調。「我不幹這種事。」

「是嗎？」她舉起報紙，給他看基督城屠夫的照片，本名喬．米德頓。「他，」她說。「殺了他，你要多少錢我都給。」

「哈，」他又搖搖頭。「他在牢裡，」他說。「不可能。」

「他下禮拜就要受審。每天都會從監獄到法院，再從法院回監獄，一天兩趟。一個星期五天。每個禮拜有五次他會從警車下來進法院，每個禮拜又有五次他會從法院出來上警車。我已經找到開槍的地方，逃亡路線也看好了。」

德瑞克再度搖頭。「想得美，事實上才不是這樣。」

「你什麼意思？」

「妳以為他們每天都會開同一條路把他載來，讓他在前門外下車，對不對？妳說的地方可以看到前門，對不對？」

她沒想到這一點。「對又怎樣？」

「他們每天都會走不同的路線。他們會把他偷偷送進法院。他們可能不會開警車，說不定會用貨車。」

「眞的嗎？」

「這麼重要的審判？是啊，我賭我說得對，」他說。「所以不管妳怎麼計畫，都不管用。太多不確定的地方了。妳以爲妳可以藏在附近的房子裡開槍嗎？哪一棟？他會從什麼方向來？」

「法院不會搬家，」她說。「這點可以確定。」

「嗯哼。他會走哪個入口？他們也會安排不同的入口。所以妳找到的開槍地點不論在什麼地方，都不管用。」

「要是我能找到路線呢？也找到他會從哪個入口進法院？」

「妳怎麼找？」

「我有方法。」

他搖頭。一直被他否定，她覺得惱怒。

「沒幫助，」他說。「這任務太難了。開槍射殺喬這種人，誰也別想逃。」

「我可以找誰幫忙？」

他用手摀住臉，揉揉下巴。他努力思考了一下，然後給了答案。「我不知道。」

「你幫我找，我給你錢。」她竭力掩蓋聲音中的絕望之意，不過她眞的只能孤注一擲了。她已經找好了槍手，對方卻又反悔。現在快沒時間了。

「沒有人可以找，」他說。「幫妳找武器可以，但我的通訊錄上可沒有人隨時可以找來開槍殺人。妳得自己想辦法。」

「拜託你了，」她說。

他嘆口氣，似乎很痛苦，不想讓眼前的美女失望。「好啦，我試試看，好嗎？不過我不能馬上答應妳。」

「這幾天我就要找到人。」她說。

他笑了，嘴巴張得好大，可以看到後面少了幾顆牙齒。看了就討厭。她討厭少了牙齒的人，也討厭別人笑她。「小姐，」德瑞克說，她討厭別人叫她小姐——德瑞克夠厲害，一下犯了三次討厭。「沒辦法啦。就算我能找到人，他也不會立刻點頭答應。殺人要做功課，」他說。「錢也很重要，不過這麼急，很難。」

「所以你不會找他？」她問。

「沒必要吧，抱歉啦。」

「好吧，」她說。「那教我怎麼組合來福槍。」

「很簡單，」他逐塊拿起零件裝在一起，金屬卡進金屬，每塊都發出令人滿意的卡嗟聲，他邊組合邊說出零件的名字。不到一分鐘就好了。

「再一次，慢一點，」她說。「就當我從來沒用過槍。」不過她當然用過槍，馬上也要開槍了；就等他教完這一課。

他拆開來福槍，再示範了一次。這次花了三分鐘，也教她怎麼上子彈。然後他把槍拆開，放回箱子裡，蓋上箱蓋，鎖好了箱子。

「還有其他的需求嗎？」

「彈藥。」她說。

他拉開放了C-4的背包前側，伸手進去拿出一盒子彈。「袋子裡還有兩盒，」他說。「點二二三雷明頓，可以射穿防彈衣。」

「謝謝。」她說。

她隔著報紙對他胸口開了兩槍，消音器免除了鄰居的困擾，不需要掙扎要不要報警。這人幫她買槍，她卻用槍殺了他，情節也太老套了，不過她有理由。她覺得武器販子跟計程車司機和直升機駕駛員一樣，知道他們永遠活不到退休。鞠躬盡瘁，死而後已。他臉上的表情似曾相識，不可置信混合了怒氣和恐懼。她把手槍跟報紙放回公事包。走到地板上的洞旁邊，她伸手進去拿出另一個袋子，之前給他的錢幾乎都還在。所以他用了一點去買槍和炸藥，剩下的則是利潤。

「我相信你，」她低頭看著他，他會很感激她跟他有同感，不過他現在只能慢慢地開闔嘴巴，嘴邊的血泡跟著變大縮小。「如果用錢找不到願意殺死喬的人，或許有人會爲了其他的理由去殺他。謝謝你幫我準備的東西，這袋子我也帶走了，」她舉起袋子。「我喜歡這個顏色。」

她猜他還有一分鐘好活，最多兩分鐘。她從口袋裡拿出他的巧克力棒吃了起來。她喜歡血糖上升的感覺，也喜歡看著德瑞克就這樣死去。好享受。趁他快死的時候，她又開了音響，德瑞克的世界正如滾石合唱團剛才警告過他的，變成如夜色般漆黑。

2

「你通過測驗了。」過去十二個月來，別人對我說的都是胡說八道，老實說，我早就不聽了，他這句也是胡說八道。似乎大家都下定決心要騙我。不知道爲什麼，這個亂七八糟的世界一心一意要定我的罪，連我是怎樣的人都不知道。

我把視線從桌面往上移，看著對面說個不停的人。他臉上的毛比頭上多，不知道好不好燒，就從條碼頭燒起好了。他似乎要我回答他的話，但我不確定他在說什麼。從我坐牢以來，我的短期記憶也離開了——不過長期目標還是一樣。

「什麼測驗？」我問，我開口，並不是因爲我對他的問題有興趣，而是因爲講話起碼可以趕走一點無聊。一點點也好。「喬不記得測驗，」我補了一句，只爲了好玩，但聽起來有點太過分了，連我自己都受不了，很後悔說了這句話。

那人名叫班森．巴羅，好做作，如果你不覺得有什麼不妥，再看看他西裝外套的肘部縫了兩塊皮，應該就明白了。他空洞的微笑看起來很討厭。以前，日子比較好過的時候，我會把他的微笑割下來，讓他看看血淋淋掛在手指上的笑臉是什麼樣子。可惜現在日子不好過，根本是最難過。

「測驗。」他又說了一次，一臉自以爲是的樣子。自以爲比別人更懂什麼的人都有那種討厭的表情，一心想告訴你他們最懂，而且能有多誇張就有多誇張，因爲他們就喜歡只有自己最懂的感覺。我討厭這種人，就像我討厭那種說錯話再道歉的人。話雖這麼說，我也討厭其他人。我這人很公平。「你半小時前做的測驗。」

「喬做了測驗？」我問，不過我當然記得測驗的事。就像他說的，不過是半小時前的事情。最近的日子沒什麼變化，我的短期記憶或許不太好，不過我可不是白痴。

心理醫生往前靠，兩手十指交叉。他一定在電視上看過別的心理醫生擺出這個手勢，或心理學入門裡教過怎麼十指交叉，然後還教他們怎麼幫袖子縫上皮片。不管從哪裡學來，他的表現絕對不如他心裡所想。他一定覺得自己很了不起。他訪問的對象是基督城屠夫，他服務的對象想把我關起來，他也想知道基督城屠夫的精神病有多嚴重，他發覺我就是個大笨蛋。

「你做了測驗，」他說。「三十分鐘前，就在這個房間裡。」

我猜，這個當作會客室的房間按大家的標準來說，一定很糟糕，尤其是按班森．巴羅的標準，但仍比我現在住的牢房好。牆壁是煤渣磚，地板和天花板是水泥。很像防空洞，不過炸彈眞的掉下來，這房間應該會垮，老實說，垮了最好。房間裡有一張桌子跟三張椅子，現在有一張椅子是空的。我的椅子拴在地上，一隻手銬在椅子上。我不懂爲什麼。他們覺得我會威脅別人，可我不是。我是好人。我一直告訴大家我是好人，沒人相信我。

「在這裡？」我環顧四周，不管看哪裡，都是混凝土。「我不記得。」

他笑得更開了，表情似乎想告訴我，他知道我會怎麼回答，我有種感覺，他早就知道了。「我說，喬，問題就在這裡。你想要別人以爲你智能不足，可是你智力沒有問題。你有病，心理扭曲，大家都看得出來，不過說到測驗呢？」他舉起我剛才塡好的問卷，共有五頁，「測驗結果證明你的精神沒有問題。」

我不說話。我覺得不對勁，他想引導討論的方向。他臉上那股得意的笑告訴我，那不是我想要的方向。

「像這一題，」他提高了尾音，好像在問問題。他指著一個我覺得很簡單的題目。有些是選擇題，有些要填答案。他把題目讀出來。「這條狗是什麼顏色？你選哪個答案？你選了黃色。喬，狗是紅色，你卻勾了黃色。」

「看起來黃黃的，」我告訴他。

「這題呢？如果鮑勃比葛雷葛利高，葛雷葛利比愛麗絲高，誰最高？你寫史提夫，然後你說史提夫是同性戀。」他講話的樣子好好笑，但他刺探的方向卻讓我擔憂，兩相抵銷之下，我只能面無表情地瞪著他。

「史提夫有點高。」我告訴他。

「沒有史提夫這個人。」他說。

「你對史提夫有什麼不滿？」我問。

「測驗有六十題。你全部答錯了。全部答錯才難。有四十道選擇題。從統計結果看來，你應該能答對四分之一。起碼有一兩題會對，你卻全錯了。能全部答錯，表示你知道該怎麼回答，卻選了錯的答案。」

我不回答他。

「喬，這其實證明了你一點也不笨，」他繼續說下去，真的要火力全開，往前一大步，連交叉的十指都鬆開了。「事實上，剛好相反。你很聰明。這就是測驗的目的，所以裡面都是很蠢的題目。」得意的笑容更加燦爛。「喬，你很聰明，還不夠出色，但聰明到可以接受審判。」

他打開公事包，把問卷放進去。不知道裡面還放了什麼。他的公事包比我以前那個好。

「喬很聰明。」我擺出招牌傻笑，露出所有的牙齒，滿臉快活。不過最近我的表情快活不起來。臉頰側邊的疤痕拉緊了，眼角更往下垂。

「喬，不用再胡說八道了。測驗證明，你沒有你自己想像的那麼聰明。」

我的笑容消失了。「什麼？」

心理醫生笑開了，我覺得那是因爲他認爲我不懂他在說什麼，我是不懂，因爲他的話沒有意義。「這是計時測驗。有些人不夠聰明，愛裝出自己很笨的樣子，就會被抓到。」

我搖搖頭。「我不懂。」

「你說了那麼多，只有這句不是謊話，」他站起來，走到門邊。

我在椅子上轉過身子，但是沒站起來。我站不起來，因爲我被銬著。

他伸手出去準備敲門，又把手縮回來。他轉身看著我。我一定滿臉疑惑，因爲他又開始解釋了。「喬，計時測驗。六十道題目，你花了十五分鐘。一分鐘答四題。每題都答錯了。」

「我還是不懂。」我說。我一下子就裝得很笨，應該沒錯吧。

「喬，你太快答錯了。如果你眞像你要表現的那麼笨，現在應該還在做測驗。你不是想到呆了，就是翻了半天也不會作答，要想很久才有答案。可是你根本不用想。每題你都火速答完，那就是你露出馬腳的地方。喬，你不是智障，不過你笨到不明白發生了什麼事。法庭見。」

「去死吧。」

他又微微一笑。他價値連城的微笑，要對陪審團發言前會好好練習的微笑，等我出獄，找到他家去，拿走他的高級公事包，他的微笑就一文不值了。「那才是大家都會看到的喬，」他敲敲門，警衛護送他出去。

3

我被捕已經快一年了。感覺不止一年。大約有一個月的時間，我每天都上頭條新聞。我的照片上了全國各地報紙的頭版。我甚至還上了國外新聞的頭條。有些用工作的大頭照；有些則是我小時候的照片，以前的學校提供給報社；很多則是我被逮捕的樣子，更多則是我從醫院出來的時候。我被逮捕的樣子都是用手機拍的，而我在動手術的時候，記者都趕到醫院，拍到我出院的樣子。電視也常播出這兩次事件的短片。

有人要求訪問我，我無權接受也無權拒絕。手術後過了一星期，我在法庭上不認罪，不得保釋，他們說他們會決定審判日期。那次也有我的照片跟短片。我的臉發紅浮腫，眼皮是紫色，還有縫線和藥膏痕，我差點認不出那是我。

然後我大概一個星期才上一次新聞。其他的殺人犯來來去去，基督城濺滿了更多鮮血，換他們上頭條。我變成舊聞，要有人提起，也是一個月才一次吧。

現在不到一個星期就要受審，我又上頭條新聞了。

我被捕後引發了一連串事件。事實上，警方發現他們該抓誰後，過兩天逮捕我，事件就引發了。當然，你也可以說，在我遇見梅莉莎那天晚上，就是事件的開端。我在酒吧碰到她。我們相處愉快。我陪她走回家，心想能看到她裸體一定很棒，最好還能扭曲她的肢體，一定也要流血，不過她心裡則想，最好能把我綁起來，用鉗子夾爛我的一顆蛋蛋。她的美夢成眞了，因爲在酒吧裡她就發覺我是誰。她把我綁在公園裡的樹上，用鉗子夾住我的蛋蛋用力一擠，我無計可施，只求一死。不過也要她先死，我才能死。

不過我的願望沒有實現。反而是她來勒索我要錢，我拍下她殺死卡爾霍恩警探的過程，然後兩人陷入愛河。異性相吸——但喜歡傷害別人的人也受到彼此吸引。

我回到家，那個星期梅莉莎一直到我家來照顧我。起碼我覺得來幫忙的人是她。我整個禮拜都昏昏沉沉，神智不清。有一半的時間滿腦袋惡夢，另一半的時間則是更可怕的夢。原來，我錯了，我弄錯了來照顧我的人。是莎莉，不是梅莉莎。胖莎莉。笨莎莉。在看護我的時候，笨笨的胖莎莉，或我現在心目中「唯一的莎莉」，看到一些不該看的東西。唯一的莎莉拿到一張我藏起來的停車卡，我本來想用這張停車卡來誣陷卡爾霍恩警探殺害別人。不過，卡上也有她的指紋，所以警察去她家找她，後來呢，正如他們所說，是段他媽的討厭故事。

一連串的事件就此展開。星期五晚上，警察到我家來，不過我不在。我跟梅莉莎在一起。他們搜索我的公寓，發現一堆對我的訴訟沒幫助的東西。他們留下來等我，可是我沒出現，他們認爲我逃跑了。可是我沒逃。星期天早上我回到家，有一組警員在等我。他們用無線電回報，一兩分鐘後，來了十幾個警察。我扣下扳機。我想自殺。唯一的莎莉讓我死不了，跳到我身上，把槍搶走了。

我被送到醫院，開始成爲頭條人物。然後我覺得很失落，失去了自由。工作沒了，貓也沒了。幾個星期前我在路上發現那隻貓，牠被車撞了。我上新聞後，照顧過那隻貓的獸醫認出我是誰，把貓帶走。我的公寓沒了。記者要求訪問我媽，她什麼屁話都說得出來。外面的人繼續過日子，牆裡面的日子卻似乎靜止不動。如果有人想知道什麼叫度日如年，只要犯下謀殺案被逮捕就可以了。

住進牢房後，感覺我的公寓簡直如飯店般豪華。連我媽的家都感覺像宮殿了。不過審訊室的感覺不變。坐牢以後，我好想念我家跟我媽家。牢房的寬度大概是床的兩倍，但是床本來就不大。房屋仲介可能會用「舒適」來形容。後事禮儀師則會說「寬敞」。四面都是混凝土，一面中間有扇金屬門。沒有什麼值得一提的景色，門上只有一道開口，如果找對了角度，看出去還是水泥跟金屬，以及其他的牢房門。感覺跟鄰居很親近，左右的牢房都有人，都不肯閉嘴，他們比我早來，也會比我晚走，因為法官發現我無罪，我就可以出獄了。

一邊是肯尼．傑佛瑞斯。肯尼．傑佛瑞斯這輩子過了三生三世。第一世，他是重金屬樂團的吉他手。樂團的名字叫「羔羊的棉條」。他們出過兩張專輯，也吸引了一群粉絲，喜歡他們下流血腥的樂風，也曾巡迴演出。然後他們出了暢銷曲專輯，傑佛瑞斯的第二世被揭穿了，巡迴立刻喊停，專輯也不能出了。第二世讓他變成家喻戶曉的人物——媒體叫他「聖誕肯尼」。在第二世，他是孩童強暴犯，打扮成聖誕老人的樣子，從父母身邊拐走受害人。前一陣子，這裡的監獄警衛說，只有小孩才知道傑佛瑞斯適合做這兩行的哪一行。警衛的結論是，**我他媽的當然希望他當強暴犯比他當歌手好，因為他唱歌他媽的難聽死了。**

傑佛瑞斯的第三世則是罪犯。有時候他哼唱我聽不懂的音樂。有時候他會彈起不存在的吉他，手指撥弄著空氣，歌詞都是折磨和痛苦，他的喉嚨一定很痛。每次想到重金屬音樂，我就覺得人類的進化已經到了頂點，又開始往下走，回去當猴子。

另一邊則是羅傑・哈瑞克——但大家都叫他小雞雞。幫大個子取名小小有挖苦的意思，但他的外號不是這麼回事。哈瑞克要做案也很幸苦，心有餘而力不足，沒有恰當的「工具」。我猜他喜歡小孩，因爲他以爲小孩比較合。不過他錯了。屢試不成，自己出醜，反而變成媒體的賣點。他是搞笑戀童癖——如果戀童癖可以搞笑的話，他就是最好笑那一個——跟牢裡的某些人比起來，他眞的很好笑。所以我現在兩邊都是出名的戀童癖——這樣最安全了。所以我才會在這裡，遠離一般犯人，敢接下任務把我做掉的犯人也沒機會一把扭斷我的脖子。牢房這一區都是傑佛瑞斯和哈瑞克一類的人。早上我們不能離開牢房，不過到了正午就可以去公共區域，一共三十個人，比較好控制。有人就一個人，有人拿著削尖的牙刷彼此攻擊，有人則想把自己的身體部位弄進彼此身體裡面。我們有一個小廚房跟浴室，可以外出，外面是個籠子，大到可以在裡面亂甩死掉的小狗，要抓著死妓女的腳踝亂甩就嫌太小。如果在房地產界，狹小等於舒適，那房屋仲介列出我們這區牢房時應該會說他媽的超級舒適。

牢房裡能做的事不多，不過也不算少。我可以坐在床邊盯著牆看，或盯著馬桶看，或者坐在馬桶上盯著床看。這十二個月很痛苦。心理醫生偶爾會來看我，但經過今天早上的表演，他們以後應該都不會來了。母親每個星期來看我兩次，星期一和星期四。基本上坐牢就是很無聊。如果不坐牢就不會那麼無聊，不過不坐牢的話我已經死了。我只有牆角的兩本書可以看，旁邊牢房裡的人不到三個小時就要吵吵鬧鬧地自慰一次。隔壁的聖誕肯尼正在哼〈揍女王的下面〉。那是他們第一張專輯的主打歌，也因爲這首歌而出名。他用腳敲著地板。我拿起一本平裝羅曼史，翻開封面，所有的字都黏在一起，感覺一點也不好看。我一直在想我該寫一本書，告訴別人羅曼史的眞相。不過一定是本蠢書，沒有人要看。不過，說不定基督城屠夫寫的，就有人會買。或許可以寫別人說我做過的那些事情，如果我能記起來的話。當然，要眞有那些事，我其實也想不起來，所以整本書都是空白的。我記得一清二楚，每個女人，每句我們說過的話，我都常常想起。因爲這些回憶，我才沒用床單繞住脖子，把自己吊死在床腳。

我把平裝羅曼史丟回牆角。我不應該還在牢裡。我沒這麼糟糕，沒這麼笨。施羅德跟他的嘍囉來抓我的時候，我應該要說服他們放手。我不敢想像坐牢二十年是什麼樣子。過去幾年來，我一直裝成瘋子，只差幾個星期就要弄假成眞。

最重要的是，我一直在想那場愚蠢的測驗。

不是很明顯嗎？我完全沒弄明白。眞像巴羅說的，我沒有自己想的這麼聰明？

聖誕肯尼住嘴了，我知道他在幹嘛，我很確定。我們都叫他小G的小雞雞跟隔壁牢房的人聊起天來。對話內容無聊透頂，因爲他們在聊天氣。牢裡看不到外面，他們不知道外面是什麼情況。不過他們兩個很愛聊天氣。我本來以爲他們的話題是兩人的共通點——坐牢的原因——結果，他們卻很少聊起，似乎那段回憶太刺激了，會激發欲望。如果說起自己的體驗，就恨不得要逃獄吧。

走廊遠處的門開了，這一區裡的人都安靜下來。腳步聲穿過了走廊，也有人在講話，然後腳步聲停在離我幾間牢房的地方。我從門上的孔往外看，其他人應該也跟我一樣。外面有三個人。我認得其中兩個。

「各位女士，各位先生，」一名警衛說，他叫作亞當。「請大家熱烈歡迎你們最喜歡的獄友歸來，」亞當說。「坐牢十五年，出獄六個星期，過去三個星期接受防自殺監控，現在又回到我們身邊。大家都認識他，大家都愛他，獨一無二的迦勒．寇爾❶。」

沒有人拍手。沒有人出聲。沒有人認識他，也沒有人在乎他是誰。迦勒．寇爾不屬於我們這一區。我們看過他上新聞，不過說眞的，他媽的誰在乎啊？

「來嘛，小姐們，你們怎麼這麼對待朋友。迦勒會成爲你們的一員，因爲他再也不適合回到人群裡。他有……怎麼說？對了，他有問題。好的，迦勒，別害羞，要不要跟新室友講幾句話？要跟大家分享你的問題嗎？」

就算迦勒有話要說，也沒說出口。我記得十二個月前，我也受到同樣的待遇。兩名警衛把我押到這裡，把我介紹給他們口中的新家人。我記得我怕死了，有幾個人拍手，還有人對我吹口哨，還好，只是吹口哨而已，他們要我講幾句話的時候，我的反應跟迦勒一樣。我看過幾次新人入獄，沒有人開口說話。我剛被送進來的時候，眞不知道能不能撐過第一個晚上，更不用說還要熬好幾個月才要受審。我在腦海裡已經自殺幾百次了，想過好多自殺的方法，想像結果會怎麼樣，每一次都發覺不會有人在乎。或許只有梅莉莎會關心我。

警衛覺得再拿迦勒開玩笑也沒什麼樂趣，開了我看不見的牢房門。三十秒後，門關上了，迦勒當然被關進去了。迦勒．寇爾是殺人犯。他因爲殺人而坐牢，出獄後又殺了幾個人。有些人天生就這樣。有些人說連續殺人犯本性難移。警衛說他受過防自殺監控，不知道那是什麼玩意。不知道防自殺監控有什麼妙用，可以讓你不想死，開開心心地住在牢房裡。

把迦勒送進牢房的兩名警衛現在走到我的牢房前，門開了，表示他們要帶我去別的地方。應該哪裡都比這裡好玩吧。他們進了我的牢房。

❶ 迦勒．寇爾的故事請參閱作者另一著作《父仇者》。

亞當看起來就像那種人，一天上健身房兩個小時，傍晚又花兩個小時照鏡子。另一個警衛葛倫看起來隨時隨地都在亞當旁邊。我猜他們一個禮拜會見一兩次面，幹得昏天黑地，還說他們有多討厭同性戀。亞當站到我面前，發達的肌肉快撐破制服了，如果螺絲起子不夠鋒利，戳在他的肌肉上一定會彈開。有些人失去自由後就信教。他們說耶穌讓你不致匱乏。我四處看看，缺一把鋒利的螺絲起子，可是耶穌沒提供給我。祂只給我這兩個肌肉發達的傢伙，每天靠著一身力氣支使我。推我到牆上。推我倒地。推我撞門。

「走吧。」亞當說。

「去哪裡？」

他搖搖頭，一臉怒容。可能健身房的臥推設備壞了。「真他媽的誰能相信啊，」他說，「喬，不過你要回家了。」

我的心跳少了兩拍，好像看到了一條隧道，牆壁都消失了，只能看見亞當對著我講話。還有，還有其他東西——我看到自己進了我家，躺在我的床上。我也看到更多人死了——比方說亞當，比方說巴羅，比方說葛倫。我說不出話來。我張大了嘴巴，眼睛也瞪大了，感覺到蠢笑浮上了我的臉，而我就是說不出話來。

「控訴都撤銷了。」葛倫皺起了臉，彷彿嘴裡含了壞掉的水果，也像他正含著亞當身上一塊美味的肉。

「什麼蠢到不行的技術問題。」亞當補了一句。

我還是說不出話來，只能微笑。

「走吧。」亞當惡狠狠地對我說了兩個字，就這樣，我結束了坐牢體驗。

4

白天愈來愈短。最近的天氣預報幾乎都說明天會下雪，不過到現在還沒下，施羅德不知道該怪預報員，還是要怪大自然。去年的夏天感覺永遠不肯結束，一直熱到五月底。今年夏天也一樣，幾個星期前才結束。今年的熱浪烤焦了基督城，還有人熱死了。但天冷了，就不記得熱的時候。天氣冷也有好處，壞人都不出門，因爲到外面搶劫感覺也很淒慘。到了冬天，犯罪率總會下降。去上班的人離開跟冰箱一樣的房子，沒有人想闖入冰箱裡，所以每年到了這個時候，警察也輕鬆了。不過，卡爾．施羅德已經離職了。不到三個星期前，殺了那個女人後，他就不是警察，他的職位、他的槍、他的警徽，以及一切的福利（包括少得可憐的薪水），全都沒了。

丟了工作後，他仍每天都覺得自己還是警察。好煩。開始的那兩個星期，每天起床後，他就想戴上警徽，最後只能換上運動褲和夾克，一整天在家晃來晃去，幫老婆做事，多花點時間陪小孩。每晚上床睡覺的時候，都會看見那個被他槍殺的女人，恨透了自己必須開槍，也知道再來一次他還是會開槍。第三個星期他找到了工作。新工作不需要他開槍殺人。

他上班已經一個多禮拜了。開車去監獄的路上感覺很悲慘。起床的時候正在下雨，吃早餐時也在下雨，接到電話要他去監獄的時候仍在下雨，雖然天氣預報說明天的天氣不錯，他認爲到時候也會下雨。雨刷讓視線變得清晰，雨水卻又帶來一片模糊。路邊的小牧場裡，牛隻踩進泥地，綿羊渾身浸透了雨水，但農人仍在工作，發動生命的循環，製造食物、擠奶、賺錢，在不斷落下的雨水中開動拖拉機。路邊的草地已經淹在水裡。矮樹叢也沒入水中。鳥兒在積水中拍打翅膀。雨刷快要跟不上落雨的速度了。每隔幾英里，就有警告標語，叫大家疲勞時不要開車，不要超速，不要酒駕。有塊牌子說，速度愈快，樓子愈大。超人就不這麼想吧。他速度愈快，就能救愈多人。有一次他速度快到回到了過去，在混亂開始前就一一解決。基督城需要一個超人。

迎面而來的卡車駛過一灘積水，把水濺到施羅德的擋風玻璃上——雨刷招架不住了——在那兩秒，什麼都看不見，很嚇人的兩秒，在高速公路上盲目駕駛。他把腳移到煞車上，慢慢往下壓，等到擋風玻璃恢復清晰。恢復視線後，景物並未改變。更多雨，更多灰色的天空。

他邊開車邊聽廣播，現在轉到國內的談話節目。聽眾打電話進去跟主持人聊天。話題是時事，大家最在意的時事則是死刑。已經吵了好幾個月。全國的人都在辯論。有人贊成有人反對。民眾情緒高漲。贊成的人痛恨反對的人。反之亦然。沒有中間立場。不能當牆頭草。沒有人了解別人的看法。紐西蘭已經分裂了，鄰居、家人、朋友都彼此鬥爭。施羅德個人贊成死刑。在基督城裡的殺人犯受點皮肉之苦，他覺得很OK。打電話到電台的人有一半的想法跟他一樣。另一半則不一樣。雙方都想表達自己的意見。

「跟正義無關，」一個叫史都華的人說，他從奧克蘭打來，聽史都華說，當地也下起聖經上的傾盆大雨。「而是關於懲罰，」他的說法也很有聖經的味道。

開車去監獄要二十分鐘，下雨的話就要三十五分了。他聽了十多個人的說法。主持人努力保持不偏不倚。施羅德轉了轉台，聽到其他六個節目也在辯論同樣的題目。好消息是，政府會舉辦公投，開放投票。在施羅德的記憶中，這是政府第一次願意傾聽人民的意見。起碼政府說他們會聽——畢竟，今年又要選舉了。總理和競爭對手最常聽到的問題就是：新選出來的政府會聽從人民的意願嗎？答案是肯定的。技術上來說，意思是在年底前，如果民眾要求恢復死刑，就有可能恢復。他不知道從此紐西蘭會怎麼走。回到黑暗時代嗎？還是未來人殺人的案件就會減少呢？難說。

不過根據投票結果，他或許有機會得到答案。

施羅德關掉了廣播。下星期等喬．米德頓的審判開始，惡夢也要開始。聽說，如果死刑確實變成法律，檢方會要求判他死刑。法庭外會有人聚集，拿著標語。贊成死刑。反對死刑。受害人的權利。人權。

監獄出現在路左邊。他減緩速度，下了高速公路，一台加速的貨車差點擦到他的車尾，過了一分鐘，他來到警衛室。他秀出身分證明給看起來沒什麼幽默感的警衛。前方就是監獄入口。工人正在擴建牢房。雖然下雨，他們也不休息，急著完工，急著擴大空間納入更多罪犯。有人說作奸犯科沒有好下場，也該補一句，跟作奸犯科扯上關係，也是一筆大生意——蓋新監獄，請律師，辦喪禮，保險。只有這行欣欣向榮。另一台車跟在他後面。他把車停好，靜靜坐了一下，希望自己帶了傘，不過他知道就算帶了傘，他也不會用。他轉頭看看停在旁邊的車子。一個女人，就她一個。她把車子熄了火，他看不清楚她在車裡做什麼，不過他跟女人相處久了，也知道她可能在往袋子裡裝東西，或把東西拿出來，很簡單的事，他老婆卻可以用掉五分鐘，因爲她的提包就像時空膠囊，他們還沒認識前就裝滿了東西。女人開了車門，她懷孕了。從她擠出車門的樣子看來，她懷孕應該快一年了。

「要幫忙嗎？」他下了車後問她，他得大吼，才能蓋過雨聲。一句話還沒說完，他就渾身濕透，她也是，不過現在她只有臉和肚子在車外。

「謝謝。」她握住他的手。他沒把她拉起來，反而差點被她拉過去，他也覺得她還是留在車裡比較好，不會淋濕。他挺直了背，吸緊慢慢流失的腹肌，用力一拉。她往前一撲，不得不抱住他，他也差點倒了，連忙抓住車門來保持平衡。

「喔，我的天啊，眞抱歉。」她趕快放開他。

「今天眞不是探監的好日子。」他說。

她笑了，笑聲甜美，她的丈夫或男友一定很喜歡她的笑聲。「你覺得今天會比明天好嗎？」

「聽說是晴天，」他說，「不過上禮拜就說要下雪了，可能明天會下。」他很好奇她來看誰。或許她的男友或丈夫被關在這裡，不過他沒問。

「可不可以請你……眞不好意思，你可以幫我拿一下提袋嗎？」

「沒問題，」他說。她讓開了，他探進車裡，從副駕駛座拿起她的提袋。「沒帶雨傘嗎？」

她搖搖頭。「不過下雨罷了。」她說。

他幫她關上車門。「豪雨。」現在也不用急著進去，反正都濕透了。

她微微一笑。「我喜歡下雨。雨水……不知道，可以說很浪漫吧。」她深吸一口氣。「還有那個味道，」她說。「我喜歡雨的氣味。」

施羅德也深吸一口氣，只聞到濕漉漉的草味。

他們一起走到入口，女人一直把手放在肚皮上，他覺得她的手應該再放低一點，準備接住隨時會掉出來的東西。他幫她開了門。

「我好像在哪裡看過妳，」可是他想不起來。他覺得她很像他以前認識的一個人。他看看她的一頭紅髮——豐厚捲曲，長度及肩，他想她一定花很多時間用保濕產品和洗髮精照顧這頭秀髮。她擦了搭配的淺棕色眼影和紅色唇膏。「我們認識嗎？」

「哈，很多人這麼說，」他們進了大廳，終於不用淋雨了。「我以前是演員，」她說，「還沒懷孕前。」她拍拍肚子。

「噢，是嗎？我剛進電視這一行。」

「你是演員嗎？」

他搖頭。「顧問。妳演過什麼？」

「嗯，有點糗呢，」她說，「作品不多。大多是洗髮精廣告，和一些飯店廣告。多半都坐在桌子後面或泳池旁邊，或者在淋浴間裡。我的事業眞的一片光明，」她咧嘴而笑。「不過有小孩後，我打算休息幾年，除非接拍尿布廣告。嗯，我不想這麼沒禮貌，不過人有三急。」她停住了腳步，旁邊的走廊上有個指標，廁所就在不遠處。「你有小孩嗎？」她問。

「我有兩個小孩，」他說，腳邊積了一灘水。

「這是我的第一個，」她說。「我想，他一定很愛惡作劇。你看，這時候他覺得很好玩，讓我每十分鐘就要跑一次廁所。謝謝……謝謝你幫我拿東西。」她對他微笑。

「不客氣。」

他走到櫃檯前，櫃檯後坐了一名體型巨大的女人。兩人中間有片樹脂玻璃，感覺像在銀行。上回來監獄的時候是夏天，來接泰奧多．泰特出獄，他只坐在停車場裡等泰特。泰特是他的好友，以前也是警察，後來變成罪犯。然後他當了私家偵探。又成爲罪犯。又當上警察。又變成受害人。泰特的身分瞬息萬變，施羅德提醒自己要去看他，已經好幾天沒去了。

「我要找喬．米德頓。」他把身分證遞過去。

聽到喬的名字，她繃緊了臉，他也是。喬．米德頓。多年來這個不要臉的王八蛋一直在警局工作，幫他們掃地倒垃圾，用警方的資源掌控調查的方向。喬．米德頓。抓到他是施羅德的功勞，但整件事都搞砸了。他們應該早點抓到他。死了太多人。他覺得都是他的責任。很多人都覺得自己該負責。是該負責——他們都沒發現殺人犯就在身邊。

「五分鐘。」女人說，施羅德知道不管她說什麼，都是王道。她看起來不好惹，感覺整座監獄光靠她就夠了。「坐吧。」她指向他身後。他知道規定。他以前也在這邊等過——那時候的身分不是市民。很不一樣。他不喜歡沒有警徽的感覺。

他走到椅子旁邊，只有他一個人。孕婦還沒從廁所出來，他記起自己的太太也是那樣，到了懷孕末期，她不肯去三十秒內到不了廁所的地方。

他坐下，濕衣服黏在身上。椅子是一體成型的塑膠椅，配上金屬椅腳。桌子上放了幾本雜誌。如果有人在咳嗽，加上吵鬧的嬰孩，就像在診所了。他聽到水從身上滴下，打在地上。警衛瞥了他一眼，他覺得很愧疚，把地上都弄濕了。他期望櫃檯女人隨時會丟一些紙巾過來，或丟給他拖把，或把他丟出去。

五分鐘，然後他就要看見一年前被他逮捕的那個人。

基督城屠夫。

那個把所有人當傻子耍的人。

5

中了樂透頭獎，就是這種感覺吧。還有一種可能，就是根本沒買彩券，卻中了頭獎。兩個警衛都滿臉怒色。亞當好像想揍我一拳。葛倫看來很需要一個抱抱。我慢慢領會他們到底跟我說了什麼，我覺得智障喬的臉又出現了。十二個月前脫軌的世界要返回正道。不正常的要恢復正常了。大自然自行修正。物理定律也跟著修正。我的智障喬感覺很不錯，比剛才對著巴羅的那張笑臉更加自然。我笑開了，露出所有的牙齒，如果我控制不住，嘴巴就要撕裂了。臉上的疤跟著笑容移動，覺得好痛，想找到舒服的位置，卻找不到，不過痛沒關係。現在沒關係。我要回家了。我又有機會繼續做我喜歡做的事情。買新的寵物金魚。買好用的利刀。買眞的很讚的公事包。

亞當看看葛倫，開始大笑，脖子上的肌肉從襯衫裡迸出來，他笑了，葛倫也笑了。他們彼此對看了兩秒，然後一起看著我。「讚到不行，」亞當看著我，但對著他男朋友說話。「你看到他臉上那個表情了嗎？」

「我還以爲玩不起來呢，」葛倫說。「眞的。噢，你唷，你壞死了。」

「我說吧，」亞當說。「我就說了，大家都以爲他不笨，其實他很笨。」

「什麼？」我明知故問。我知道，他們故意鬧我。在理想的世界裡，我會把這兩個捉弄我的傢伙捅死。可是我不在理想世界裡——看看周圍就知道，而且我沒有刀。我故意配合他們——要是不配合，他們就知道我是什麼人了。

「他還不懂，」葛倫的嗓音提高了，努力遏止笑意。他的聲音很熱切，似乎很興奮自己能表達意見。也不知道是什麼狗屁意見。「你以為他們會把你放出去嗎？」他對著我問。「來啊，混蛋，有人要找你。」

我朝著他們踏上一步。「要……要帶我的書嗎？」我問，天啊，我演得眞好。太好了，棒透了。

「我的天啊，」亞當又捧腹大笑。「我的天啊，他還是不明白！」

「別蠢了，小王八蛋，走吧。」葛倫抓住我的手臂。他聽起來有點陰森，再沒有熱切和興奮。他有點神經過敏，似乎準備好要我去做什麼，似乎更希望我做的事情能讓他們有理由試試看能不能用前臂和二頭肌夾碎我的腦袋。

「我……我不能回家嗎？」

「你眞的很好笑。」亞當說，葛倫很同意他的話。

他們把我帶回剛才跟心理醫生會面的房間。我坐在桌後，他們沒幫我上手銬，我懂為什麼。因為要跟我見面的人能把我揍得屁滾尿流。警衛出去了。我站起來，開始來回踱步。我有兩個選擇，監獄裡的兩個基本決定——呆呆坐著，或來回踱步。我細看混凝土牆。不錯的建築。經得起時代考驗的品質。我伸手碰了碰牆。從上個世紀以來，一直到下一個世紀，全世界各地的監獄都有同樣的牆面。我覺得就算過了一千年，他們也不會改進設計。門開了，卡爾．施羅德走進來，全身濕透。等我回到牢房，再跟愛聊天氣的人報告最新的情況。

「喬，坐吧。」施羅德說。

我坐下來。他脫掉外套，掛在椅背上。他襯衫前面濕了，領子也是，不過袖子看起來乾乾的。他捲起袖子，撥了撥頭髮，彈掉手指上的雨水。他頭髮從我上次看到他的時候還要長，過長的瀏海貼在額頭上。他又擦掉鼻子上的雨滴，然後坐下來。看來除了外套，他什麼也沒帶。皮夾鑰匙跟手機應該在某處的托盤裡。他瞪著我，我也瞪著他，然後我露出所有的牙齒，給他智障喬的笑容。

「聽說你過得很不好。」施羅德說。

我收起笑容。有些人不值得我的笑容。「聽說你才過得很不好，」我說。「喬聽說你被開除了，」他被開除了，因為他醉醺醺地出現在犯罪現場。不知道他開始喝酒，是不是因為我的關係。不過，警察喝醉了酒上工，並不是被開除的理由。應該被停職，或許降級，可是開除？不會吧，尤其這時警方還徵召不到足夠的人力。施羅德應該是因為其他的理由而被開除，但是他也不會嘆口氣，往後靠，對我說唉，喬，我來說給你聽吧。

「喬一定聽說了很多事情，」他說。「喬一定知道他的未來很悲慘。你一樁罪名都逃不掉，不用再演了。」

「喬喜歡演員。喬喜歡電視節目。」我告訴他。

他翻了翻白眼，然後捏捏鼻梁。「喬，聽我說，別胡說八道了，好嗎？我知道你最近很無聊，不過我來這裡也不想浪費時間。我有個提議。你四天後要接受審判。你——」

「你不是警察了，」我對他說。「你來幹什麼？去年你來過多少次，一直問我梅莉莎的事？我也一直告訴你——」

「我不是為梅莉莎而來。」施羅德伸出手。

自從我被逮捕以來，他們一直想利誘我說出眞話，卻又同時告訴我，我不可能重見光明。

「那你來幹什麼？」我問。

「我想知道卡爾霍恩警探埋在哪裡。」

在我被逮捕前，有一個受害人算在我頭上，丹妮耶拉．沃克。可是我沒殺她。兇手故佈疑陣，讓她看起來像是死在基督城屠夫手下。眞討厭。事實上，我氣到開始著手調查誰殺了她，然後發現兇手是羅伯特．卡爾霍恩偵緝督察。卡爾霍恩去她家找她談話，想說服她正式控告會出手打她的丈夫，不知道為什麼，卡爾霍恩最後也動手打她。我原本計畫要把我殺的人都推到他頭上。行不通。我沒殺卡爾霍恩。我把他抓來，綁住了。但是把刀插進他身體裡的人則是梅莉莎。

我聳聳肩。「他是演員嗎？」

「他是警察。你拍下他被殺的過程。」

「那他就是演員。」

他握起拳頭，可是沒有握緊。「我不知道你有什麼感受，不過我覺得時間過得很快。感覺基督城的犯罪率去放假了。大家仍在街上狂歡。從你被捕後，犯罪率一落千丈。我不是警察了，不過基督城再也不需要這麼多警察。」

「屁啦，」我看了新聞，每天都有壞消息。只是我無法參與。「你想要怎樣？」我問。

「要我說實話嗎？我想拿起這張椅子，打爛你的腦袋。不過，我來找你，是因為我們可以互相幫忙。」

「幫忙？你在開玩笑吧。」

「喬，我來找你，不是爲了開玩笑。」

「我的律師爲什麼沒來？」

「喬，因爲律師只會礙手礙腳。我要你幫的忙也不需要律師。」

「我是無辜的，」我說。「等審判開始，大家就會知道我有病。我一直都是受害者。他們說我做過的事情——都不是我。眞正的我不是那樣。法庭不會懲罰受害人。」

施羅德笑了起來。我在他身邊工作這麼多年，還是第一次看到他笑得這麼開心。他靠回椅背上，突然發出喘氣聲。這似乎是一種循環，他愈笑愈感覺很好笑，然後邊笑邊流眼淚。他滿臉通紅，一抬眼看我，又開始狂笑。我覺得，如果我跟他一起笑，他會用膝蓋抵住我的背，把我壓在地上，再把我的手臂扭到背後，扭到都要斷了。他的笑聲減弱，最後停了下來。他用手掌擦擦臉，我分不清他臉上是淚水還是雨水。

「噢，天啊，喬，好好笑。眞的好好笑。這幾個禮拜糟透了，眞該好好笑一笑。」他深吸一口氣，然後很快吐出來，慢慢搖了搖頭。「我是無辜的，」他說著臉上又浮現了笑容，我很擔心他又要開始笑，不過他克制住了。「我眞不敢相信你會說這種……」他似乎不知道該用什麼字眼，最後選了「信念。拜託，上法庭的時候，你一定要這麼說。就跟剛才一樣，大家都會很開心。」

「卡爾，你來幹什麼？」

「好呀，好呀，眞沒想到。太好了，這麼多年來，你一直假裝不知道我的名字。我眞該表揚你一下，很有說服力。」

「如果我沒有說服力，那你就是蠢蛋，」我生氣了，他跟別人一樣，都會惹我生氣。「快說你想幹什麼。」

他的笑容消失了，往我靠過來。他把手臂放在桌上，叉起雙臂。「你覺得你很聰明，是吧。」

「如果我是你心目中的那個人，我早就證明我比你聰明了。可是不對，我不是那個人，表示我不可能那麼聰明。」

「是啊，沒錯，今天早上做心理測驗的時候你就太聰明了。考零分。你知道是什麼理由，對吧？你就是自大。你要向所有人證明你認爲自己有多聰明，可是結果回來了，喬，太自大會搞死你自己。」

「隨便啦。」我很惱怒，他居然知道測驗的事。有人知道就有人傳話，就連被警隊開除的人也會聽說。

「事實上，我挺喜歡你裝成弱智的樣子，跟你的外表比較配。那就是爲什麼你每天都能順利完成該做的工作。我是說，你當然騙過了我們，你扮傻瓜是一流的。」

「是啊，是啊，我懂了，好嗎？卡爾，你在取笑我，想貶低我，你想怎樣？爲什麼我的律師不用在場？」

他往後靠回去。他不像心理醫生那樣交叉十指。或許他對心理醫生的看法跟我一樣。

「你說你要找我幫忙，」我提醒他，他的臉歪了歪，好像我的話割傷了他。「天啊，卡爾，你好蒼白。沒事吧？」

「兩萬塊。」他說。

我一定漏掉了幾句話。「什麼？」

「我來找你，就是要給你錢。」

我開始大笑，跟他剛才一樣，不過我的笑聲是硬裝出來的，一點也不真實，一點也沒有效果。我最後咳個不停，幾絲濕濕暖暖的東西從我鼻子裡掉出來，落在桌上。我的眼皮卡住了，我得用手闔上，才能恢復正常。施羅德只靜靜坐著，看著我，偶爾動一下，拉拉濕透的衣服。

「我們找到你的DNA，」他說。「你在被害人家裡吃喝。卡爾霍恩警探的槍在你手上。我們發現你從我們的會議室錄音，知道調查進展到哪裡。我們找到一張本來屬於你的停車卡，結果在停車塔樓上找到屍體。」

「我們？你現在又是警察啦？」

「喬，我們到處都找到你的DNA。我們有很多證據可以證明你——」

「你還在說我們。」我對他挑明。

「你要自認精神異常，只是丟自己的臉，」他繼續說。「你殺了那麼多人，又逍遙法外那麼久，一定很能控制自己。」

「不然警隊裡就全是猴子跟笨蛋了，」我說。「卡爾，我們的會面該結束了，除非你告訴我那兩萬塊要幹什麼？」

「你已經知道了，我現在不是警察，」他說。「完全沒有關係。」

「少來了。沒想到你還有工作。我看到了，你到犯罪現場的時候喝醉了。應該收視率很高吧。你眞該被開除。」

「我現在在電視台上班。」

「什麼？」

「跟靈媒有關的節目。」

我慢慢搖了搖頭，想把腦子裡的東西搖鬆，幫我明白他說了什麼，不過就少了幾個零件，我還是聽不懂。靈媒？錢？搞什麼屁？「卡爾，你他媽的想說什麼？」

「靈媒節目，幫忙解決懸案。」

「跟我有什麼關係？」

「他們想拿你的案子做節目。」

「我的案子？卡爾，我沒犯案，我沒害過人。」

施羅德點點頭。他當然早就知道答案了。「好吧，那我用假設的說法，」他說。「假設你知道卡爾霍恩警探在哪裡。」

「我不知道，我只知道他死了。」

「喬，但現在只是假設。」

「我不懂那是什麼意思，」我說。「假什麼？設什麼？我聽不懂。」

他閉上眼睛，捏了捏鼻梁。「聽我說，喬，這個節目，」他的手蓋著嘴巴，「他們願意付你兩萬塊，假設你知道屍體在哪裡的話。」他把手從鼻梁上拿開，十指交扣。「告訴我們地點，不代表你有罪。事實上，電視台跟你都會簽棄權書，聲明你不會和別人講起你告訴我們屍體在哪裡。好，假設，如果我們找到屍體，你覺得警方會得到線索嗎？用來找到梅莉莎在哪裡的線索？」

我想了一下。我用火燒了卡爾霍恩警探的遺體，然後埋起來。警方什麼線索都找不到，只有灰燼跟骨頭跟塵土，或許還有幾片碎布。

「聽著，喬，我們知道梅莉莎殺了他。我們知道你把屍體藏起來。告訴我們他在哪裡，你沒有損失，反而會獲利。」

「節目要屍體幹什麼？」我問，還沒問完我就知道答案了。他們想找到屍體。他們想做一場戲，演員是已故的卡爾霍恩警探，還有周圍繞著蠟燭的靈媒，他媽的可能還會起個乩。然後帶大家找到遺骨。觀眾一定很喜歡。節目的收視率衝高，引人注目，負責辦案的靈媒會有更多粉絲，有更多節目，甚至能出書。「啊，」我說。「我懂了。靈媒想吃掉他。」

「對啊，喬，你說得沒錯。」

「我他媽的有兩萬塊能幹嘛？」我問。

「你可以過得更舒服一點，」他告訴我。「錢在這裡，跟在其他地方一樣好用。可惡，或許你可以找個更好的律師。」

「卡爾，才怪，在外面花錢，比在這裡開心。還有，我不知道這個死人在哪裡，」在施羅德反應前，我舉起一隻手，要他住口。「不過，今天晚上我想一想好了。可是，兩萬塊沒辦法讓我想清楚。其實，我也看到了異象。我感覺到……我感覺到，要是給我五萬塊，就更有幫助了。」

「不可能。」施羅德說。

「很有可能。卡爾，我看到了，我被捕後，莎莉拿到了五萬塊，對不對？」是真的，去年我的懸賞金額是五萬塊，不知道爲什麼，唯一的莎莉——過重，愛耶穌，警局的工友——拿到了獎金。不知道爲什麼，出了一個包又一個包，唯一的莎莉搶在警方之前發現了，把他們帶到我家來。「如果你有錢滿天亂撒，我要我那一份。」

他沒說話。

「假色❷你應該給我你剛才說過的合約書。假色有五萬塊，我可以猜猜看卡爾霍恩警探在哪裡。」

「你同意了？」

我聳聳肩。假設我可能同意吧。

「喬，快沒時間了。明天你就要給個決定。」

「讓我想一想，」我告訴他。「你明天再來，把合約也帶來。」

施羅德站起來。他抓起濕透的外套，並沒有穿上，只掛在乾乾的手臂上。他走到門口，用力捶了幾下。門開了，我們沒擁抱道別，他就走了出去，連再見也不說。我在房間裡等警衛把我送回牢房，我要回到我的世界裡，現在我有點新鮮事可以做——想想看五萬塊在這種地方能買到什麼樣的權力。

❷ 喬故意說錯。

6

事實上她已經計畫好了。很不錯的計畫。需要兩個人。有她，也有他——兩階段計畫裡的第二個人。叫作山姆·溫斯頓的傢伙。山姆讓她失望了。或許他的名字應該叫珊姆，女生的名字。山姆以前當過兵。他想闖入她家，兩人才會認識。

她差點殺了他，不過她發現山姆有些特質，別人在生病的小貓咪或三條腿的小狗身上也會看到的特質，會激發你的善心，想要幫忙。他並非真想闖入她家——原來幾年前他住在這裡，後來因爲毒品而一貧如洗，喪失記憶，老婆也跑了。他想回家。他喝醉了，發現鑰匙沒辦法開門，他非常惱怒，無法接受。

基督城就是這樣——很小的世界，滿是巧合，每天都有人這樣彼此偶遇。

五年前，山姆退伍了。他沒打過仗，只有嗑藥嗑得太嗨，把油罐車撞進食堂裡，害五六個人受傷，但沒人死掉，他很驕傲地告訴她。山姆痛恨世界，痛恨生活，不過他從來沒說清楚，他到底在氣什麼。他很喜歡跟在她屁股後頭，她叫他做什麼他就做什麼。他眞的很像三條腿的狗。就是寵物吧。後來他發現她是誰，情況就變了。那時，他們已經計畫了整整兩個月，要怎麼做掉喬。那時，他一心想著錢。她親眼看到了。電視上正在播報新聞，警察查到了她的本名。她的照片出現在螢幕上，他瞪著照片看，然後看看她，他瞪大了眼睛，彷彿眼球裡出現了巨大的金錢符號。

所以，後來就沒辦法繼續跟山姆在一起。她必須拋下他，繼續她的計畫。跟好心的寵物主人一樣，她很溫柔地送他上西天。

下星期一要開庭。今天星期四。如果檢方提出喬無法拒絕的條件，他會把她的事都抖出來，她才不要。她不想在星期二或星期三動手，也不想等審判過了一個月以後。計畫就是星期一，雖然前面失敗了，但新的計畫仍能設在星期一。

這時，看到她的人都看不到梅莉莎。只看到一個肚子快爆炸的孕婦，一個準媽媽。他們不會細細打量她，懷疑她是不是殺人犯。要愚弄別人眞簡單。她已經愚弄別人好多年了。她發現，有了假髮、染髮劑、假睫毛和九月身孕，你想當誰就當誰。就連施羅德，本來是探長的老好施羅德都認不出她來。她看得出來，他努力在想她會是誰，可是他不可能想到。只看到體型巨大的孕婦而已。她編了女演員的故事，他深信不疑，因爲她沒有給他理由來懷疑她。她可以變成跟昨天不一樣的人，明天又跟今天不一樣。這就是爲什麼多年來她能隨心所欲。這就是她生存下來的方式。

現在不管她能當誰，只希望身上別這麼濕淋淋的。雨水滲進了她的衣服。她顫抖個不停。她等了五分鐘，免得施羅德發現鑰匙不見了，不過他被解職也不是空穴來風，粗心大意也是一個理由吧。施羅德的車，如她所想，裡面亂七八糟。後座的墊子上都是速食包裝紙和小孩的衣服，還有嬰兒的汽車座椅。沒有人看著她。天氣糟到大家只想一件事，就是怎麼從這裡到那裡，而且不會淹死，無暇他顧。她剛才跟施羅德說她喜歡下雨，事實上她很討厭雨。她也沒想到自己會一直住在多雨的基督城。她在這裡出生。在這裡長大。她妹妹也在這裡出生。在這裡長大。在這裡被強暴。在這裡被謀殺。基督城充滿了回憶，多半是討厭的回憶。停車場裡有其他車子，不過如果有人抓錯了時機，走出來看到她，她也不在乎。她快好了。如果施羅德現在出來看到她在做什麼，好吧，她就用刀捅死他，把他放進後座，把車子開走。那就很可惜了，因爲剛才那幾分鐘內，她爲施羅德的未來已經定下明確的目標。

施羅德不是警察了，但消息仍很靈通。我不幹這種事的德瑞克指出，喬到法院的路線可能跟她想的不一樣，她就希望能探聽到消息。她必須找到內線資訊，也覺得施羅德會知道——畢竟屠夫案主要由他偵辦。要跟蹤他也不難。她知道他住在哪裡，在哪上班。她不知道他爲什麼被開除了。根據警方說法，他在値勤時喝酒——一個月前，一群警察酒氣沖天地出現在犯罪現場——不過她覺得還有別的理由。她不知道究竟是什麼。其實也不關心。只有喬最重要，施羅德手上有關喬的消息才重要，還有喬要怎麼去法庭。

後座有個紙箱，裝了喬的案件資料。犯罪現場的報告、很多照片、非常詳細的證據。有一張她的照片，那時候她還是另外一個人。她舉起照片，用拇指撫過光滑的邊緣。那時候她再過幾個星期就要去上大學。天啊，好久以前的事了。那時候她不只跟現在不一樣，而是完全不一樣。新面孔，新人格——看著這張照片，好像看著陌生人。看著她的那個人有希望有夢想。她要揚名立萬。那個女孩不知道——她天眞無邪，不知道自己有什麼潛能。雖然發生了這麼多事情，想起拍照的時候，她臉上仍浮現了微笑。照片不一樣，天氣也不一樣。陽光普照。一片藍天。那時候是夏天。美好的時光。她最要好的朋友辛蒂拍了這張照片。她靠在車上，滿臉笑容，看起來很好相處。辛蒂跟她要去海灘。結果辛蒂在沙丘上跟兩個男人同時搞了起來，一路哭回家，覺得自己很骯髒。離開大學後，她就沒見過辛蒂，不知道她現在怎麼樣了，不過也沒那麼好奇，並不想去找她。

她摺起相片，放進外套口袋裡。

她開始翻紙箱裡的東西，幾頁後就找到她要的資料。警察去法院的路線。她快速看了一下。德瑞克說得沒錯。她默默記憶，然後用手機拍了照片。她把文件放回去，又繼續翻。她還要一個東西。一個人的地址跟電話，那個會幫她的人。那也是德瑞克給她的想法。顯然德瑞克的想法很多。她找到她要的東西，也拍了照片。

她很高興自己來了監獄一趟。她跟蹤施羅德的時候，發現他要去監獄，差點就掉頭不管他了，不過她天生不喜歡回頭。此外，誰知道何時才有另一個機會進他的車子呢？快沒時間了。施羅德現在當然也被她納入了逃脫計畫。她拿出C-4。把手伸到轉向柱下面，也就是汽車音響後面。她把C-4方塊塞進那裡的空隙裡，用力擠壓到都有點變形了。然後她又把手伸到下面，將雷管插入變形的蠟塊裡，接收器連在上面。

她回到自己的車上，重重打了幾個哈欠——昨晚她沒什麼睡，現在只想打個盹，但是不行。她開車通過警衛處，警衛要她按開行李廂，確認沒有人躲在裡面。上了高速公路，她把車停在路邊，拿下假肚子，突然之間，她再也不是懷胎九月，再也不超重，不需要每十五分鐘就去上一次廁所。她把假肚子丟到後座，紅色假髮也丟過去。

她把新地址輸入手機的導航程式裡。一如以往，她跟GPS程式花了幾分鐘才達成共識，不過還是找到了目的地，她知道該怎麼去找那個可以幫她射殺喬·米德頓的人。不過她得先進城一趟。她需要找個可以射殺喬的新地點。她已經想好了，知道該從哪裡開槍。

7

獄警滿眼血絲，彷彿每天晚上睡覺時，眼睛上連成一道的眉毛會往下延伸，亂抓眼睛。他把托盤遞過來，上面都是施羅德的東西。車鑰匙、皮夾、手機、硬幣——事實上，沒有車鑰匙。他看看空空的托盤，拍拍自己的口袋。

「我的車鑰匙不見了。」他說。

獄警面對控訴也不為所動。「你沒給我車鑰匙。」

「我一定拿出來了。」

「那就會在這裡啊。」獄警的一條眉毛快變成V字形了。

「我就是這個意思。我把鑰匙給你了，應該在這裡。」

「我的意思是，如果你把鑰匙給我了，我現在就會還你。或許弄掉了。或許掛在你的車門上。或許在引擎開關裡。或許你把鑰匙留在家裡，走路過來。」

施羅德搖搖頭。「不可能，」他說。「都不可能。」

「不對。我不可能把你的鑰匙藏起來，或偷走了。我不可能把你的鑰匙給關在裡面的人，叫他去兜個風。我告訴你，你去外面看看。如果不在外面，你再回來，我們看一下監視錄影帶，」他指著桌面上方的攝影機。「我敢跟你賭一百塊，你沒給我鑰匙。」

施羅德看看攝影機，又拍拍口袋。他鎖了車子嗎？當然鎖了。他一定會鎖。不過剛才那名孕婦讓他分心了。會因爲分心而把鑰匙留在開關裡？或許。當然，因爲分心而沒注意到清空口袋時沒把鑰匙放進托盤裡。不過他會注意嗎？每次來監獄，就跟通過海關的安全檢查一樣——他不會注意從口袋裡拿出什麼，只專心地清空口袋。

「好吧，」他說。「我去外面看看。」

「去吧。」

施羅德走向來時的長廊，經過等候區，經過通往廁所的走廊，經過其他訪客留下的水灘。他站在門口，穿上外套，進入雨中。停車場裡的車子數量跟剛才差不多——有些離開了，有些剛到。孕婦的車子不見了。或許她不能久留，未出生的嬰孩擠壓她的膀胱，讓她終止會面。他拉緊了衣領。

他的車上鎖了。鑰匙躺在旁邊的地方，孕婦的車剛才就停在這裡。他一定把鑰匙拿在手裡，去扶她的時候落在地上。他覺得自己好白痴。或許他該回去裡面跟獄警道歉，不過他不覺得有必要，不會眞的想再進去一次。那人是個混蛋，不需要道歉。

他上了車，剝掉濕透的外套，丟到後座的紙箱旁邊，紙箱裡放滿了屠夫案的檔案。一隻袖子落在紙箱上，他往後撥開，不希望衣服上的水弄濕了檔案——這些檔案不該在他手上。過去幾年來，屠夫案一直是生活的重心——會跟著他回家，侵入被他改成書房的房間，他要求妻子保證絕對不會進他的書房，因爲裡面的東西會害她做惡夢。這些檔案也侵入了他的婚姻。除了上班，他還把工作帶回家，有空就做，可惜因爲孩子，他沒什麼空閒。然後一切都變了，他丟了工作，他帶回家的文件和照片都交回去了。不過他先印了副本，有些放在車裡的這個紙箱裡。案子已經不是他的，但審判馬上要開始了，他想準備好可能會碰到的狀況。

他眞的很希望能碰到一個狀況，讓他有機會扼死喬。媽的，他想像雙手掐住他脖子的樣子，想了上千次了。他想像過射殺他，用刀捅死他。他想像過燒死他。他想像了很多情境，最後喬．米德頓都沒有好下場。他相信，基督城裡也有不少人跟他有同樣的想像。

老實說，日子一天一天過去，施羅德每天都恨死自己了。連續殺人犯就在警局裡。一個星期見到他五天。那個王八蛋還幫他泡咖啡。施羅德沒資格當警察。大家都沒資格。那樣加起來有幾個小時？喬愚弄他們有多少分鐘？

回到城裡的路途跟來監獄的時候差不多。一樣的景色。一樣的動物。一樣的人開著拖拉機，賺的錢他這輩子都賺不到，不過他們每天早上都很早起來，他辦不到。雨還在下。啪啪打在車上，他不確定自己能否撐過冬天。如果新工作到頭來不適合，或許他該離開基督城。他可以叫全家人坐上車，開到尼爾森，紐西蘭的陽光之都。他有個姊姊住在那裡。幾乎每個人都有親戚住在尼爾森，因爲那個地方就是他媽的棒透了。他可以去葡萄園工作。摘葡萄釀酒。或者去開觀光巴士——載人去品酒之旅，看他們喝得醉醺醺。

喬。可惡的喬。尼爾森從腦海裡消失了，換成喬。等審判結束，希望他也能忘記喬。

路上的車子不多，但因爲天氣的關係，車速也比較慢，看起來好像要塞車了。靠近城裡的時候更塞。他跟威爾森．哈頓警探約好了吃午餐，看來他會遲到。他把車停到路邊，想用手機打給這名前同事，要他多等十五分鐘，不過還沒撥號，電話就響了。哈頓打來的。

「我正要打給你。」他說。

「聽我說，卡爾，抱歉，但我不能跟你吃午餐了。」哈頓說。

「讓我猜猜看，」施羅德說，「又有人死了?」他想開玩笑，哈頓也該否認，不過話才出口，施羅德就知道聽起來不像笑話——他的心情不好，才會講出最糟糕的情況，不論如何，說別人死了沒什麼可笑的。他已經覺得後悔了。

「是啊，今天早上發現屍體。」哈頓說。

「啊，可惡。」施羅德說。

「起碼這次的受害者是壞人，卡爾，你不用難過。」

既然如此，施羅德一點也不難過。世上少了一個壞人?爲什麼要難過?

「細節呢?」施羅德盯著窗外俯瞰十字路口的競選告示牌。上面是現任總理，希望能保住工作，不要像施羅德一樣。海報上說，投他一票，就是投紐西蘭的未來一票，但沒說是更好還是更壞的未來。總理看起來很有自信，不過民意調查的結果說他不該那麼有自信。再過幾個月就要選舉了。施羅德不確定他要選誰——或許投給不會在十字路口放告示牌害人分心的候選人。

「對不起，卡爾，你知道我不能告訴你。」

「拜託，哈頓……」

「我只能跟你說很糟糕。」

「什麼樣的糟糕?」

「跟你心裡想的糟糕不一樣。聽著，可以說的時候，我就告訴你。」

「晚上一起喝一杯吧?」施羅德問。

「爲什麼？好讓你逼問我機密，去用在你的電視節目上？」

「你不是說過你相信靈媒嗎？」

「可以的話，我再打給你，」他說。「卡爾，再聊。」他掛了電話。

施羅德把手機丟到副駕駛座上，旁邊的資料夾封面上畫了尋亡覓死幾個字。不知道哈頓是什麼意思，基督城的壞事夠多了，還能糟到哪裡去。

既然沒午餐吃，他決定直接回電視台。他吞下驕傲，卻覺得自己在出賣靈魂，頂著雨走進電視台，去找強納斯・瓊斯。

8

我被留在會客室裡，過了幾分鐘，亞當跟葛倫才回來。

「讓你選，」亞當說。「你的律師快來了。你可以在這裡等半小時，也可以讓我們把你帶回牢房去。」

對我來說都一樣。幾乎一模一樣。差別在於，會客室比較大，也不用聽到其他犯人的聲音。

「我在這裡等。」

亞當搖搖頭。「你不明白，對不對。」他說。

「明白什麼？」

「輪不到你選。我聽說你今天已經搞砸一次測驗，現在是第二次搞砸。來吧，走。」

他們把我帶回牢房。我們穿過一道道門，看到其他警衛，一面面水泥牆和水泥地板，沒有日光，沒有逃路，沒有未來。他們一路上都在嘲弄我，無傷大雅的玩笑，真的，等我的律師讓我出去後，等我拿他們來玩，才叫真正的嘲弄。我被不公不義地逮捕後，律師的邀請如潮水般湧來，都想跟我當好朋友。他們想幫我辯護，想要隨之而來的名聲和生意。我的審判將打破紀錄，能幫我辯護，就會變成家喻戶曉的名律師。我付不起律師費，不過沒關係。第一個律師叫加百列．加柏，四十六歲，是「加柏、懷利和丹契」的合夥人。除了名字不怎麼好聽，加柏當我的律師只當了六天，新聞報導說有人威脅要殺他。他又當了六天，然後就從地球表面上消失了。

之後，第二名律師迫不及待地抓住能幫我辯護的機會，自從加柏失蹤後，我的案子更有名氣了。這次也過了六天，死亡威脅蜂擁而來，這次我的律師並沒有消失，有人在停車大樓裡找到他，頭被鐵鎚敲凹了。我不知道警方是否認眞追查誰殺了他。待在警局會議室裡的專門小組應該想不出什麼好點子，應該也沒人加班。我覺得他們說不定都睡得很好。

再也沒有律師想當我的好朋友了。法庭指派律師給我，死亡威脅也停止了。我的律師並不想幫我辯護，可是他別無選擇，社會大眾也知道。如果我的律師一個接一個死掉，就無法進行審判，大眾還是比較希望我上法庭，不希望再來一個死律師。

從那之後，我只見過我的律師四五次。他不喜歡我。我覺得等他跟我更熟以後就會改觀。審判再過幾天就要開始，我已經坐牢十二個月了，正義之輪似乎完全停止，不過現在又慢慢向前轉。不過，說不定是不義之輪。

我想過施羅德的提議，不知道該不該接受，這個牢房，監獄的這一塊，如果我要一輩子待在這裡的話。五萬塊眞能讓我更好過嗎？我不知道，但應該不會更難過。兩名警衛把我送過最後一道門，進了我這一區，讓我自便。牢房門開著，共享這區的三十個人可以在有限的空間內隨意移動。我們可以聊天，可以在公共區域坐著，可以玩牌或說故事，或偷偷進別人的牢房上他或打他。我坐在牢房裡，瞪著天花板，突然之間多了一個人。

「你爲什麼這麼受歡迎？」聖誕肯尼站在門口，靠著牆。平日我就不愛聊天，現在也一樣。我不回答他，過了一會兒，他又問了另一個問題。「他們想怎樣？還是想判你有罪嗎？」

我拿起一本羅曼史。每本都讀了兩三次，可是沒有別的事情可以做。這本我從後面讀起，想消磨時間，讓未來美好幸福的日子破滅，俊帥肌肉男和秀髮如雲的大奶子女人回到他們尚未相遇的時刻。

「他們就是不懂，」聖誕肯尼說。「基督城的人就是愛恐慌，看到我們就說我們要負責。他們找不到眞正的罪犯，只好恨我們，因爲總有人要付出代價。」

我放下書，抬頭看看他。「太過分了，用那些狗屁說我們有罪，」我告訴他。「幹，就因爲你偷來一台車，穿著聖誕老人的衣服，行李廂裡鎖了一個八歲男孩，」我說，「那不代表什麼。」

「就是說嘛。」聖誕肯尼說。

「雖然是四月，就不能當聖誕老人嗎？只是讓你更顯眼。」

「就是說嘛。怎樣，復活節的時候就不能穿聖誕老人的衣服嗎？」

「才怪，」我說。「聖誕節的時候打扮成復活節的兔子就有罪嗎？」

「我他媽的又怎麼知道那個小孩在行李廂裡？」

「你不可能知道。」

「我也沒偷車，我以爲那是我的車。看起來很像我的。也是晚上了。難免看錯。」

「天黑後，很多東西看起來就不一樣。」我對他說。

「那就是我的意思。那個孩子，他以爲我擄走他，但我都蒙住他眼睛了，他怎麼知道是我？」

「沒錯，」我對他說，我們以前早就講過同樣的事情，其實講過好幾次了。我猜拿到五萬塊後，我可以拿一點出來，付給某人，讓他永遠不要再開口。

「要玩牌嗎？」他問。

「有空再說吧。」我說。

他聳聳肩，彷彿有空兩字侮辱了他。「二十分鐘後吃午餐。」他走了。我又拿起羅曼史。我盯著書頁，同樣的字句讀了再讀。如果我要寫男人女人戀愛的書，絕對不是虛構，就像我跟梅莉莎的那一段。我想念她。很想。

兩名警衛又來帶我出去。他們今天眞的很喜歡我。

「好消息。」亞當說。

「我要回家了嗎？」

「你看看，有時候你學得眞的很快。」他說。

他們又把我帶出牢房區。偶爾打破一下常規，我居然有點欣慰，挺奇怪。接下來的幾天也一樣，因爲要審判了。一個月前，和再前面一個月，還有再前面幾個月都一樣。起床。盯著東西看。吃飯。繼續盯著東西看。然後熄燈了。下個星期，我要面對陪審團，他們沒辦法定我的罪。我是喬。大家都喜歡喬。

我被帶回同一間會客室。律師已經來了。他把公事包立在桌上，我突然想，裡面可能放滿刀子。他快六十歲了。他看起來不年輕，有種驕傲的感覺，但看起來也不夠老，不像在耶誕節前就要兩腿一伸，經歷、智慧和肉身一起進棺材。他叫凱文，凱文身穿我永遠不會穿的高級西裝，噴了讓我噁心的古龍水，娶了我碰都不想碰的肥女當老婆。她的照片夾在公事包內層，秤起來一定跟公事包一樣重。

警衛把我銬在椅子上，然後離開了。

「我有消息要告訴你，」凱文說。

「應該是好消息吧？」

他搖頭，皺著眉。「壞消息。」

「我要先聽好消息。」

「呃……喬，你沒聽懂我的話，」他說。「壞消息，事實上，比之前更糟糕。」

「那先聽壞消息吧。」

「檢方開了個條件。」

「那是好消息，」我告訴他。「他們要放了我嗎？」

「不是，喬，他們不會放你。不過他們想加快速度，節省納稅人的錢，也不想讓這整件事變成鬧劇，他們要你接受無期徒刑，沒有假釋權。他們不想看到贊成或反對死刑的人走上街頭。」

「死刑？我不懂。」不過，對不起，我其實聽懂了。

「那是最糟糕的消息，我等一下再說。」

「不行，不行，先說死刑的事，」我想舉高雙手揮舞，可是舉不起來。「你在說什麼？」

「喬，我說了，等一下再說。先講另一個壞消息。你想用精神異常當作辯護理由，可惜行不通。」

「爲什麼行不通？」我問。

「班森．巴羅。」

「他是誰？」

「他是檢方派來跟你談話的心理醫生。他還沒提出正式報告，不過我先收到了消息，對你非常不利。基本上，他會說，你全都是裝的。」

「看你聽誰的。」

「好吧，喬，審判時可以爭論這一點，但我不覺得有希望。就心理醫生來說，大家都很敬重巴羅，而你是連續殺人犯，大家都想罵你。你覺得誰說話比較有分量？」

「我，」我說。「沒有人喜歡心理醫生。一個也沒有。」

「我知道你計畫要用精神異常當理由，」他說，「喬，不過問題是，我來當你的律師以後，我就告訴你了——不是很好的辯護理由。一直以來，你殺了好多女人，都沒被抓到，一定要精神正常的人才做得到。」

施羅德也說了這種話。「那爲什麼我什麼都不記得？」我心中浮現了每一個我殺害的女人，她們臉上的驚恐，血，性愛。性愛，我記得最清楚。好時光。「你講得好像我有罪，」我說。「我還是要接受審判。好，你剛才提到死刑，是怎麼回事？」

他拉拉領帶，讓我想到我殺人的方法，可是我從來沒用領帶勒死人。記在心願清單吧。

「喬，這就是問題了。自從你坐牢後，外面的變化很多。就某種程度而言，也是你造成的。大家不喜歡基督城現在的樣子，還有你，你變成基督城的萬惡之源。大家都想知道當初爲什麼會這樣，矛頭都指向你。準備要辦公投了。政府花了九百萬納稅人的錢，要聽他們的意見，決定是否恢復死刑。」

我從鼻子重重呼出一口氣，跟哼了一聲差不多。我在新聞上看過，但不會有結果的。都是放屁。

「在選舉名冊上的人都會收到投票單。人民要發聲了，喬，十八歲以上的人都有機會。老實說，照現在的趨勢來看，那對你來說不是好消息。所以檢方開條件給你。認罪，然後永遠留在監獄裡——」

「我是無辜的！」

「我再說一次，不然他們就要推動恢復死刑。」

「但是公投……」

「喬，你讀過聖經嗎？」

「只翻過最後面的食譜。」

「以眼還眼，」他假裝沒聽到我的答案。「那就是這次公投的目的。會過。相信我。如果過了，你就要搖了。」

「搖什麼？」

「喬，那就是以前的習俗。以前的壞人會被吊死。從一九五七年後就沒有人被處以絞刑，但如果你不接受，除了在歷史上留下基督城屠夫的名號，後人也會學到，死刑因爲你才恢復。」

「但是——」

「喬，聽我說，」他的口氣好像小時候我媽講話的方法，小時候我就不喜歡，現在依然不喜歡。「聽我說，他們要吊死人了。懂嗎？他們覺得只有這個方法能回歸文明。今年要選舉。政客會聽選民的話。他們被問到，如果公投結果是肯定的，他們會不會通過法律，他們說會，因爲他們想要選票。滿地都是地雷。你必須接受條件。你得聽我的，只有這個方法才能留你一命。」

「把我弄出去，也會救我一命，」我說。「我無法控制自己的行爲。不是我的錯。吃藥，接受心理治療，我就可以……」

他的指頭開始在桌上跳舞，從小指開始，最後換成大拇指，敲個不停。「我叫你聽我的，可是你不聽。」

「什麼？」我問。

「喬，我說簡單點吧。你，」他的手指停止跳舞，好用一隻指著我，讓我明白他的意思。「完。蛋。了。」每說一個字，就更用力指著我。「接受條件，把梅莉莎的事情全部告訴警察，告訴他們卡爾霍恩警探埋在哪裡。讓基督城的人不要面對一場討厭的審判。抗議的人會塞滿街道。有一半的人希望你死掉，另外一半只希望你不要出獄——不過大家都討厭你。情勢會愈來愈難看。喬，沒有人支持你。陪審團裡的人都不會站在你這一邊。」

「我不要無期徒刑。我不要二十年，」我開始想像。我想到我五十多了，髮線跟父親一樣往後退。我想到要去偷車。我想到要把跟我合不來的人塞進行李廂，但我的髖關節有問題，說不定還有關節炎。我想到拿著刀，偷偷走上某人的樓梯，背痛得要命，還得拿著拐杖。世界上年年都有女人變成二十五歲，我想去拜訪她們，我想到跟其中一人在她的浴室裡共享美好時光，在她的洗臉台裡留下毛髮。我習慣了她們用恐懼的眼神看我。但二十年後呢？應該會覺得好笑吧。

「不用談了，」我說。「我要接受審判，起碼還有機會。二十年跟死刑沒什麼兩樣。如果十八年後，我死在監獄裡呢？那就沒結果了。我要另一個選項。」

我說話的時候，凱文一直在慢慢搖頭，同時也在搔頭。小小片的頭皮屑落在他完美無瑕的西裝外套上。「不對，喬，你沒弄懂。無期徒刑就是無期徒刑。不是二十年。不是三十年。無期徒刑表示你再也不會走出監獄了。接受條件吧，不然不到一年，就會有人幫你準備絞索。」

「如果法律通過的話。」我說。

「理論上來說，過，或不過。但是不會不過，會通過。就看你決定了。你有二十四小時可以想。」

「他們怎麼能這麼對待一個無辜的人？」我問。

我的律師嘆口氣，靠在椅子上，從表情看不出他有一絲一毫相信我。他看起來很沮喪，彷彿想轉頻道，卻一直調不成功。

「我不需要二十四小時，」我告訴他。「我是無辜的。陪審團會明白。」

「喬——」

「他們不能因爲有病就定罪，我就是那樣，我有病。他們不對。一定違反了人權。我們一定有其他的選擇。」

「喬，你沒有選擇了。你拿著那把槍被抓到的時候，你公寓裡有那捲錄影帶，你根本沒給你自己太多選擇。審判只是作戲。陪審團人選還沒定，不過結果已經出來了。全世界都下定決心了。你不接受條件，一年內你就會掛在繩子上。」

「我寧可被吊死，也不要無期徒刑。叫心理醫生來，讓他們幫我做評估。他們可以上證人席，反對班森．巴羅對我的評論。」

「喬，我再說最後一次。行不通的。」

「我不接受條件。」

「好吧。」他站起身來。

「還有呢？」我問。

「還有什麼？」

「我不知道。或許說點鼓勵的話吧。你每次來，只帶給我壞消息。感覺你想讓我死。」

「我會告訴檢察官你不接受提議，」他瞥了一眼手錶。「早上九點，你要跟心理醫生談話，」他的口氣好像我忘了時間。「別搞砸了。」

「我不會。」

「再看看吧。」他站起來，敲敲門，然後離開了。

9

梅莉莎把車停下來，對著那棟房子的前門盯了兩分鐘，整理自己的思緒。很典型的房子，在典型的中產階級街道上。屋齡二三十年。磚造。跟鄰居比起來，花園該整理了。整潔、溫暖、適居、無聊。她關掉了雨刷，擋風玻璃上的雨水變多了，眼前的景象也變得扭曲。路上她想過要怎麼開口，現在就看有沒有說服力。

她看看假肚子，不知道要不要戴上，決定還是戴著好了。這次不要紅髮了，她選了一頂金髮。她下了車，用報紙遮在頭上，衝向前門。如果有人在，不知道他會不會應門——畢竟現在只是下午一點。過了二十秒，她又敲敲門，裡面傳來了腳步聲，然後是門鏈的聲音。

門開了，門內的男人大約三十七八歲。他一頭黑髮，髮線已經開始後退。臉頰上的鬍碴是黑色，下巴上的卻白了。她聞到咖啡味。他很蒼白——彷彿今年夏天、去年夏天和前年夏天，他都沒離開室內。他穿著紅色襯衫，鬆鬆掛在藍色牛仔褲上，還有便宜的鞋子。她討厭別人穿廉價的鞋子。那表示他們很窮。她已經有點後悔自己敲了門。

「有事嗎？」他問。

「沃克先生，」她不需要問他是誰，直接叫出他的姓氏，因爲她在施羅德的檔案裡看到沃克的照片。

「妳是記者嗎？」他問。「如果是，那就滾吧。」

「我看起來像剛剛翻過你家垃圾找消息的人嗎？」

「不像……」

「所以我不是記者，」她說。

「那妳是誰？」

「我想找你做一件事。」

他滿臉疑惑，是該疑惑。「什麼事？」

「我可以進去嗎？」她問。「拜託，很重要的事，只要幾分鐘就好，我不想再淋雨了，我的腳好痠。」

他上下打量她，似乎這時才注意到她懷孕了。「妳要推銷東西嗎？」

「我要推銷機會給你，讓你一夜好眠的機會，」她說。

「哼。妳一定要賣什麼神奇藥丸吧，」他說。

「差不多就是。」

「假裝成重要大事的神奇藥丸？」他問。

「拜託，幾分鐘就好，你就懂了。」

沃克嘆口氣，讓開了路。「好吧。」

「小孩都在學校嗎？」

「對。」

她把濕掉的報紙放在門邊。「請你帶路，」她說。

他帶她穿過走廊，走廊上掛了小孩的照片，和他亡妻的照片。甚至還有他以前住過的房子。梅莉莎去過那棟屋子。一年前，她在那裡殺了卡爾霍恩警探。喬也在。原來還有攝影機。喬有時候眞是一個難纏的小王八蛋。

「坐吧，」他指著客廳窗戶下方的沙發，「快點說妳要什麼。我可不希望妳開始陣痛，弄髒我的地毯。」

她不確定他是不是在說笑，他應該是認眞的。她坐下來。假肚子旁邊有個洞，洞裡面有把手槍。她跟孕婦一樣揉揉肚子，感覺手掌抵住了消音器。沃克坐到對面的沙發上。家具是新的。全部都是新的。沙發、咖啡桌、電視——買來都不滿一年。沃克爲自己創造了新生活，不過有點凌亂。她看得到他們進來的那道走廊，牆上的月曆還留在上個月。地毯需要吸塵，沙發的墊子間也有著條碎屑。桌上有空咖啡杯，留下的杯痕則有幾十個，彷彿他們每次放杯子都放在不同的位置。每樣東西看起來都是新的，卻也帶著憔悴的感覺。就跟沃克一樣。

「所以，」他說。「妳想賣什麼？」

「你妻子被殺了，」她說。

「聽我說——」

「喬・米德頓殺了她，」她說。

他站起身來。「如果妳要談——」

「他殺了我姊姊，」她說。

他停住了動作，半坐半站。彷彿想抱住自己，然後在地上躺三天。她不知道他要繼續站起來，還是要坐回去。他慢慢又坐回沙發裡。

「我……很抱歉，」他說。

「我姊姊從來沒害過人，」她說。「她坐了一輩子的輪椅。」

「我看過她的新聞，」他說。「很……我的意思是，都很可怕，不過她的遭遇，嗯，怎麼說……特別糟糕，」他的聲音充滿同情。

「是啊，」她也看過那個輪椅女人的新聞。她沒見過她，不過她自己的妹妹也遭人殺害，所以她能想像是什麼感覺。現在她引發了共鳴。很好。

「聽我說，我知道妳很傷心，」沃克說，「但我沒辦法參加妳的團體輔導，我早就說過了。我很感激，上次我也說了同樣的話，但是——」

「我要殺了他，」她說。

他瞪著她，不發一語。沙發坐起來很不舒服。小孩的玩具丟得到處都是，地板跟家具上都有，這就是爲什麼她一直不想要小孩。他們佔據空間，也佔據你的時間。叫他們去撿沙發下的零錢或許還不錯，不過除此之外他們只把房間的風水弄得亂七八糟。她止住打哈欠的欲望，揉揉肚子，繼續說下去。

「妳不是那個團體的人嗎？」他問。

「我需要你幫我。」

「幫妳？」

「我要你開槍殺了他。」

他稍微偏了偏頭。「妳為什麼不自己動手？」

「因為我不適合開槍。你看看我，」她說。「而且，需要兩個人合作。」

他看著她。「可是，怎麼開槍？走進監獄，問能不能去他的牢房？」

「不是。」

「那怎麼辦？下個星期在法庭裡開槍？」

「那也不行。其實更簡單。我已經有槍了。」

「聽我說——」

「等等，」她舉起手。「你要他死，付出代價，對不對？」

他的回答毫無延遲。「當然嘍。」

「你不想親自動手嗎？」

「當然想。」

「那我就實現你的心願。我可以幫你折磨他，」她說，「我也可以給你這個。」她打開公事包，轉向他。

「這裡有多少錢？」他問。

「一萬塊。」

「就值這個價錢嗎？殺人的價格？」

「這只是錢而已，」她說。「你會覺得滿足，才是報酬。他害死你妻子，」她說。「他闖入她家，撕掉她的衣服，他——」

「別說了，」他舉起手來阻止她。「別說了。我知道他幹了什麼。」

「你沒有感覺嗎？」她問。「跟熱氣一樣。很快穿過你的身體——這股熱氣，這種需要，報仇的欲望。在你心裡燃燒。你半夜不睡，都在想不好的事情。你的生活被控制了，人生被毀了，一點辦法也沒有。」

「我感覺得到，」他說。「我當然感覺得到。」

「我半夜醒來，滿身冷汗，一直發抖，心裡只有一個念頭，就是殺了他。我們可以把他做掉，」她說。「我們可以合作，別人不會發現是我們兩個幹的。」

他搖搖頭。「我恨他，眞的很恨，但我不想爲了他而毀掉我的生活。要是出錯了，我們兩個都要坐牢。」

「不會出錯，」她說，可是太遲了——她費盡原本就不該費的口舌。她要他心甘情願接下工作。她原本希望來這裡後，說我要開槍做掉喬・米德頓，她原本希望他會說算我一個——告訴我怎麼辦——不論有什麼計畫，我都要幹掉他。或許一開始的想法最好，付錢找人辦事。她本以爲找個悲傷的人比較有利。她負責槍枝跟擬定計畫，也先說結果如何。她開始擔心雙人計畫必須改成單人計畫——可是她沒有單人計畫。

「你不想報仇嗎？」她問。

「我當然想，可是我不想冒著坐牢的風險。對不起，我有家人要照顧。」

「所以你不會幫忙了。」

他搖搖頭。

她闔上公事包，站起來揉揉肚子。「在我走之前，我想問你，你剛才說到團體輔導的事情。」

「妳覺得可以在那邊找到幫妳的人？」

「值得一試。」

「他們每個星期四晚上聚會。」

「星期四？」

「對。就是今天。他們是被害人的家屬和朋友。我沒去過，不過我聽說很多人都被屠夫害了。妳有很多人選。志願者可能會多到妳要拒絕他們了。」

「在哪裡？幾點？」

「七點半，」他說。「某個社區中心。」

「哪一個？」

「我不知道。在城裡。」

「你會去報警嗎？」

「天啊，我不會。祝妳好運。眞的。我眞希望有人去弄死那個畜生。只是我不行。對不起。」

她走向前門，他跟在後面。她想到喬說過這個人的事情，他以前會打老婆。卡爾霍恩警探發現每次他妻子撞上門的時候，崔斯坦·沃克正好都在。

最糟糕的人，就是打老婆的人。

「你眞的不能幫我？」她撿起濕淋淋的報紙。

「我只希望能置身事外，」他告訴她。

走到街上的時候，她還在揉肚子，如他所願，崔斯坦・沃克可以置身事外了。

10

電視台的空調還在前一個季節，大家都這麼說，施羅德也相信，因爲空調正全力放送出冷空氣。等春去夏來，空調又會吹出暖空氣了。電視台屬於某家電視網，約莫在喬．米德頓開始上新聞的時候成立。在那之前，基督城只有一家本地電視台，主要的電視台都在奧克蘭。之後，基督城突然變成犯罪之都，也變成記者的最愛。製作人也想來這裡拍攝犯罪節目。有一個人的理論說，來基督城的飛機航班要花的時間一年比一年長，因爲基督城往地獄裡愈滑愈深——不過現在這裡不像地獄，因爲溫度太低了。

他進了電梯。電梯裡有音樂，古典樂，誰會喜歡呢？他尤其討厭古典樂。不過，或許因爲他不喜歡在這裡，所以也不喜歡電梯裡的音樂。另一個人進了電梯，站在他旁邊，兩人直視前方，努力不與對方交談。他的肚子咕嚕嚕叫了起來，他想到自己沒吃早餐，可能連午餐也不會吃了。到了四樓，他穿過走廊，經過化妝室、咖啡廳、辦公室，最後來到強納斯．瓊斯的辦公室。節目的攝影棚在下一層樓，施羅德覺得瓊斯就喜歡居於其上的感覺。

他沒敲門。裡面是靈媒，不用敲門吧。他開了門走進去。瓊斯坐在辦公桌後，沒穿鞋。他正在擦鞋子。

「啊，你回來了，太好了，」強納斯說。

施羅德不覺得有什麼好。他被警局開除，有幾個理由，瓊斯就佔了一個。今年以前，施羅德從未殺過人，唯一的一次經驗帶來了夢魘，如果他把幾顆子彈送進強納斯體內，他的惡夢應該不會變得更可怕。

「我跟他談了，」施羅德在辦公桌前面坐下。他很想把腳蹺到桌子上。辦公室裡掛滿強納斯跟其他名人的合照——一大堆演員、幾名作家、幾位本地的名人。還有他在簽書會的照片，有一張甚至是他幫總理簽書的樣子，施羅德因此決定了投票的對象。

「然後呢？」強納斯問。「還是你想吊我胃口？」

「他會考慮。」

「考慮？拜託喔，卡爾，我覺得你應該更能幹吧。你跟他說他會拿到兩萬塊了嗎？」

「當然。」

「他要多少？」

「五萬。」

「五萬，好啊，」他說，施羅德想到喬剛才的話，莎莉拿到五萬塊的獎金。去年警察抓到他們，莎莉也有貢獻。但她的貢獻足以拿到獎金嗎？不夠吧。他覺得不夠。不過錢不是他出的，他也很高興莎莉拿到了獎金。那時候，發獎金等於做公關。未來還有更多獎金，如果大眾看到政府願意付錢，他們就更樂意揭露誰做了壞事。他們辦了一個新活動，叫作犯罪無報酬，助警讓你富。

「是啊，五萬好嘍，」施羅德對他說。

瓊斯停了手，看了他幾秒，又繼續擦鞋子。「我們的預算是十萬，」鞋子看起來已經很乾淨了，他仍用力擦亮。「想想看，」他說。「想想看那是什麼感覺，我們能找到偵緝督察羅伯特・卡爾霍恩？」

施羅德想過了，他覺得很噁心。「我不懂，你一直說你能通靈，爲什麼不用你的能力就好了？」這話他說過了，現在又說一次，而強納斯也解釋過了。他每天都要提醒強納斯，他知道靈媒就只會胡說八道。

強納斯把鞋子在手裡轉來轉去，檢查擦好了沒有，也有可能他想在光亮的皮面上照自己的樣子。「才不是那樣，」他說。「眞那樣的話，全世界的靈媒都會中樂透。有時候有，有時候沒有，不是每個人都行得通。我試過羅伯特，可是沒有結果。我們要進入另一個領域——沒有一成不變的規則，你得憑感覺——」

「我懂，」施羅德舉起手。他不知道對自己的恨會不會衝上高峰再滑落，還是會保持目前的趨勢，直到他養成酗酒習慣，砸爛家裡的每面鏡子。

「不，你不懂，」瓊斯說，「你永遠不會懂。不是靈界的每個人都希望別人跟他們講話。你不懂，因爲你不想懂。」

「好吧，不管我懂不懂，喬收到出價了。他明天會告訴我們他的決定。最難的是，他沒有理由要這筆錢。」

「他可以在裡面找人保護他，」強納斯說。

「他已經很安全了。他的那一區都是需要保護的人。」

「嗯，那他可以用錢買到更好的辯護律師。」

施羅德微微一笑。「或許吧。不過前幾名想幫他辯護的律師碰到那種下場後，看來沒有人會自願。」

強納斯停下擦鞋子的手，瞪著施羅德。「那你覺得我們可以給他什麼？」他的口氣充滿困擾。

施羅德聳聳肩，他也不知道。「看他接不接受了。正好碰上這個時機，他不太希望屍體現在出土吧。」

「好吧，希望他覺得告訴我們比較有利。」

「總之不對，」施羅德說。「我們不該這麼做。」

「反正他都要被起訴了，」瓊斯說，「大家都知道，卡爾霍恩其實不是他殺的。他或許安排好，陷害了梅莉莎，但殺人的不是他，就我們所知，他也可能不是綁架他跟把他綁起來的人。你什麼時候再去找他？」

「明天同一時間。」

「OK，OK，很好。」他放下鞋子，靠在椅背上。「你計畫好怎麼用簽約獎金了嗎？」

施羅德不確定，也希望強納斯別問這個問題。簽約獎金有一萬塊。如果喬接受條件，他就可以拿到一萬塊。喬拿到五萬，施羅德拿到一萬，他們都用死掉的警探賺錢，施羅德對自己的恨已經衝到天上了。「我不知道，」不過他其實知道。雖然能補貼家用，感覺卻是黑心錢。他已經想到幾個慈善機構——不過等支票來了，他不知道自己會不會樂意捐出去。

「你一定想過了，」強納斯說。「爲什麼不用在家人身上呢？去度假？還是買新車？」

「或許吧，」施羅德說。「或許可以貼補一下貸款。」

強納斯笑了。「不錯的獎金，」他說。「如果都按計畫進行，以後還有其他的獎金。」

施羅德沒答腔。進了電視台後，他痛恨想到未來。

「卡爾，你怎麼看這次的公投？」強納斯換了個話題。

「我覺得很好。」施羅德很高興不要再聊獎金的事了，愈聊他愈覺得自己爬不出強納斯的口袋。

「你同意死刑嗎？」

「我不是這個意思，」不過他會投贊成死刑一票。「我的意思是，政府會聽到人民的聲音。」

「我同意。你知道我聽到了什麼嗎？」

「什麼？」

「我聽說，如果喬有罪，檢方會要求判他死刑。」

「我也聽說了，」施羅德說。這件事也不是什麼祕密。「如果一個人要死，跟他說五萬塊很有用，那就難了。」

「但是我們也不知道。就算公眾投票的結果是贊成，要等好幾年才會實施，可能又要等好幾年喬才會上刑台。說不定要十年，或更久。既然這麼多年，那筆錢就有用了。」

施羅德點點頭。他不想同意強納斯的話，可是他說得沒錯。

「你覺得有賣點嗎？」強納斯問。

「什麼賣點？」

「我不知道，現在還不知道。不過，如果喬被處決了，或許對節目來說是好事。如果公投結果贊成，死刑也恢復了，假設政府拿喬來開刀，一兩年內就處決他，你覺得我們可以拿來做節目嗎？我想，如果有其他受害人，其他的屍體，我們可以讓他講出來。差不多是這樣。然後——」

「然後等他死了，你會跟他聯繫，他會告訴你這些人在哪裡？」

「差不多就是那樣，對。我不知道。還不很明確。我有些模糊的想法，我覺得有潛力，我想把片段串在一起。不知道我們能給喬什麼他會接受的東西。但如果能想出來，你就能拿到更多獎金了。你覺得呢？」

他決定不告訴瓊斯他心裡眞正的想法，嘴上反而說：「我覺得你會想出來。」

「我應該可以，」瓊斯的嘴角向兩邊拉開，笑了起來。他又開始擦鞋子。「告訴我，今天早上的殺人案，你有消息了嗎？」

「應該不比你多。」

「聽說被害人在胸口吃了兩槍，」強納斯說。「可能是專業殺手。」

「我知道的確實比你少。」

「只有現在吧，不過你能問到更多消息。或許我們可以拿來用。你爲什麼不去調查一下？打電話給你認識的警探。」

問題是，自從施羅德在電視台工作，他認識的警探就不是他的好朋友了。「我盡量問問看。我一個小時內要去片場。」

「你要先去吃午餐嗎？」強納斯穿回鞋子。「我好餓。」

「我吃過了。」施羅德說，站起身來回頭朝著電梯走去。

11

同樣的景象。同樣的聲音。每天都跟前一天一樣，不過這個禮拜比較令人興奮，好多人來看我。等審判結束，我回到家，就不用再擔心坐牢的事情——還有那些訪客——除非我被送去精神病院先待個一兩年。那我只需要擔心其他病患會不會來折磨我，還有習慣粉彩顏色的房間。

我獨自在牢房內等候，在這種地方，最好沒人陪在旁邊，基本上坐牢後我幾乎都是一個人待在這裡，還好沒人想強姦我或用刀捅我。過了一會兒，我想伸伸腿，就走進了公共區域，如果你在這裡做民意調查，就會知道我是無辜的，跟其他二十九個人一樣。我是智障喬。我的需要害了我。我是受害人喬。我跟囚犯聊天來消磨時間，他到寵物店縱火，被逮捕後也被定罪了。店裡有貓狗鳥，也有魚。很多魚。我一直在想要怎麼殺他。他媽的魚殺手。眞是太糟糕了。

戀童癖和其他高風險囚犯在聊天，有些人玩牌，大家又在熱烈討論天氣。有些人回牢房去了，不全是一個人——幾個人發出笑聲、呼嚕聲和低語聲，還有咬住枕頭的聲音。

時間慢慢過去。每天都這樣。我說我寧可吊死，也不要這樣過完一輩子，我是認眞的。這可不是什麼夢想生活。

過了一會兒，我們被帶到食堂。不同的區域有不同的吃飯時間，我們排在一點半。午餐的食物必須涵蓋週期表上至少四十種不同的元素。無色無味，十五分鐘內要吃完，不過很奇怪，我每餐都覺得很飽。托盤是薄薄的金屬，無法摔破成有用的銳利武器。桌子都拴在地上，我們坐的長椅也是。六名警衛站在食堂四周監視我們。食物濕答答的，聽得到其他人咀嚼的聲音。有個叫艾德華．杭特的犯人邊吃邊瞪著我，用力握著他的刀子，我則瞪著燒掉寵物魚店的人，抓緊我的刀子。但就算等著他，我還是在想梅莉莎，我真的好想她。我們在一起一定很幸福。

或許未來會很幸福。

等陪審團放了我以後。

我把托盤拿到迦勒．寇爾那一桌，坐在他旁邊。他手臂跟手上都有疤。承受過不少疼痛的人才有他這種臉。他很瘦，從他的皮膚看來，他在短時間內掉了不少體重。吃牢飯不會讓他胖回來。他抬眼看看我，又垂眼看著食物。

「我叫喬，」我告訴他。

他一句話也不說。

「你是迦勒，對不對？」

仍然沒有回答。

「所以，迦勒，我在想，或許我們可以當朋友。」

「我不想交朋友，」他對著食物說。

「大家在這裡都需要朋友，」我告訴他。「你已經待過十五年，早就知道了吧，對不對？」

「給我滾，」他這句話可不像友誼的開端。

「我們都認識一個人，」我說。「他叫卡爾．施羅德。你是他逮捕的，對不對？」

「我不能跟你講施羅德的事。」他仍看著食物。

「為什麼不行？他逮捕了你，對不對？然後他就被開除了。我只想知道那天晚上怎麼了。我覺得一定發生了什麼事。」

「我剛才說了，給我滾，聽懂了沒？」

「感覺你欠他什麼，所以不能說？」

「施羅德就是讓我進來的原因，我才會跟你在同一個地方。」

「是嗎？那你幹嘛裝成他最好的朋友？」

他不吃了。他放下刀叉，猛然轉頭看著我，因為我沒有照他一開始的要求滾開。他把手放到我的托盤旁邊，讓托盤滑下桌緣。托盤砸到地上，聲音很響，食物飛得到處都是。食堂裡的每個人都盯著我，沒有人發出聲音。

如果他是女人，我知道該怎麼辦。我就當場把她捅死。可是他不是女人，他也不是我用平底鍋亂打或槍擊或從背後用刀刺的男人。我突然覺得無計可施。

「我很高興你來看我，」他說，我突然覺得很緊張。「被捕後我在醫院住了一陣子，警察要防我自殺。他們以為我想死，那時候我真的想死。現在不會了。你看，在我死前，還有很多事情要做。很多事情要處理。所以我不能聊施羅德的事。你看，接下來的二十年，我只需要一個人待著，那我就能出獄，繼續我的生活。」

「我聽說幾個月前你出過獄，」我對他說。「繼續生活，對別人來說不是好事。所以你回來了。」

「你覺得你很幽默，對不對？」

對。「沒有。」

食堂裡又有聲音了。對話繼續。我們不再是眾人的焦點。

「你看，問題是，」他說，「就算我眞的能再撐二十年，外面我想見的人可能已經不在了。所以我得忍耐二十年的狗屁，到頭來什麼都沒有。想到就沮喪。被捕後我就一直想到這件事，很難過。所以我才想自殺。我撐過來了，因爲我必須去關心其他事。在這種地方選擇不多。」

「有一個選擇，跟我聊聊施羅德的事。」我提醒他。

他搖搖頭。「我已經說過，我不會告訴你施羅德的事情。絕對不會。我要是肯說，早就可以出獄了。」

「告訴我啊，他怎麼了？」

「我想，我可以把你當成焦點。」

「什麼？爲什麼？」

「因爲你現在在跟我講話。因爲過去幾個星期以來，我一直想到你這個人。基督城的每個人都會想到你。跟我說你的審判。我聽說了。聽說你要用精神異常當作辯護理由。」

「那又怎樣？」我問。

「我女兒被殺了，」他說。「十五年前，你聽說過嗎？」

我搖頭。除非跟我有關，我向來不關心別人跟他們碰到的事情。

「殺害她的人應該要坐牢，可是你知道爲什麼他不在牢裡嗎？」

我搖頭。我其實不想知道，也不關心。他以爲我搖頭是叫他繼續說下去。

「因為兩年前他害過另一個小女孩，卻用精神異常當理由，結果沒被定罪。」

我慢慢點點頭。很好。非常好。「所以你要告訴我，這個理由不錯。」

他對我怒目而視。然後推開自己的托盤，走開了。他比我瘦，也比我高一點，但他臉上有種駭人的神情。我覺得如果他出獄了，應該會過得很好。

「我不要你用精神異常來辯護，」他應該當我的律師才對。「做了什麼，就要負責。不該由醫生插手，顛倒是非。」

「他們說我做了那些事，我真做了，也不是我的錯，」我說。「我連記都不記得。」

「嗯哼，所以你眞以為自己精神異常，」他指著我。「辯護的理由。你要用那個理由辯護，害死我女兒的同一個理由。」

「你女兒幾歲？」我問。

他沒想到我會問這個問題，不過他應該調查過，因為他知道答案。「她那時候十歲。」

「我們沒理由不能當朋友。沒理由你不幫我，告訴我施羅德警探為什麼丟了工作。」

「我不懂。」

「你女兒太小了，不合我的胃口。」

他生氣地瞪著我，我不懂為什麼。我只能說他嫉妒我吧。不到幾個星期我就要出獄了，他卻要在這裡繼續待二十多年，這裡的人都不喜歡別人比他先出去。

「三天。」他說。

「什麼三天？」

「你的審判在三天後，所以我有三天的時間決定要不要殺你，」他說。「不論如何，我都要坐牢二十年。殺了你不會延長刑期，說不定還能縮短。讓我想一想，我決定後就告訴你，」他說完就走開了。

我目送他離開。其他人都不看他，也沒有人在看我——他們都把注意力放回午餐上。我的午餐都在地上，迦勒的幾乎沒動，所以我把他的拿過來吃。我想到他說的三天，不知道他能不能實踐他說過的話。有三天時間可以殺我。不過我倒想用這三天贏得他的友誼。讓他看看喬的迷人之處，把祕密告訴我。我會這麼想，因爲我對人生多半抱著正面的展望——所以大家才這麼喜歡我。儘管如此，吃飯的時候我的手還是有點發抖。

星期四下午繼續過去，跟其他的星期四和星期一一樣，我有訪客。今天感覺我太受歡迎了。從星期一起，全紐西蘭的人都想知道我的消息。他們全都會黏在電視前看新聞。

那兩個王八蛋警衛帶我到訪客區。這間房比剛才的會客室大多了。大小差不多是一間大型會議室，可以容納十多名犯人跟他們的訪客，還有幾名警衛。今天裡面沒什麼人。兩名囚犯在跟他們的妻子談話，還有他們的小孩。他們擁抱流淚，警衛則緊緊盯著他們的一舉一動。嬰兒車裡的嬰兒一直盯著我，我突然想到，不知道有小孩是什麼感覺。如果我有兒子，我可以教他釣魚、丟球、召妓之後不付錢。然後我想到換尿布跟睡不著的晚上，又花了幾秒想一想有小孩的生活，我轉頭一看，看到我的訪客。

我母親。

她坐在角落裡，緊緊抓著大腿上的手提包，旁邊有個老男人。她看起來並沒有變老，反而看起來更年輕了。她的衣著絕對比以前更昂貴，看起來也更開心。我希望那是因爲華特，而不是因爲她最疼愛的獨子在坐牢。

我一在她面前坐下，她臉上就浮現了笑容。很不尋常。如果我媽會笑，那我就會中樂透頭獎。

「哈囉，喬，」她往前靠，似乎想抱抱我，卻又克制住自己，只碰碰我的手臂。「你看起來很好。」她一定有問題，因爲她會微笑，還稱讚我。我覺得是腦部腫瘤。或者中風了。我沒問她她好不好。

「哈囉，兒子。」華特說，不過我不是他兒子——老人家都這樣，就像他們會忘了把假牙放回嘴裡，或用微波爐弄乾貴賓狗。我不答腔，他眼神飄移到其他地方，發現我肩膀上的磚牆質地很有趣，或許他心裡想的跟我剛才想的一樣，覺得那面牆經得起時代的考驗。

「媽，」我說，「我很想妳。」其實不怎麼想。

「我本來想帶肉餅給你，」她說，「可是不能帶。」

「應該可以吧。」我說。

華特沒說話。事實上，我們沉默了十秒鐘。我媽又開口了，燦爛的笑容眞讓我有點煩，因爲我也忍不住要微笑了。

「我們有很好的消息要告訴你。」她說我們表示這消息與我無關，與我要出獄無關，而是她跟華特的好消息，除非所謂的好消息是她想踢華特的胯下或燒死他，不然我一點也不想聽。

「我討厭這裡，」我說。「他們說我做了好多壞事，都不是我幹的，起碼我什麼都不記得。

我病了。我眞不知道他們怎麼能——」

「我們要結婚了！」她說。

「這裡還有人想殺我。他們得把我送進單獨的——」

「不敢相信吧？結婚！還有更好的事嗎？」她問。

「有可能，如果沒有人想弄死我的話。」

「我們彼此相愛，」她說，「沒理由再等下去了。我們下禮拜就要結婚。很突然，但好興奮啊！你一定要來參加婚禮。」

「我希望你能當我的伴郎。」華特說。

「喔，你怎麼會想到這麼好的安排。」媽捏了一下華特的手臂，她看他的眼神跟看我的眼神完全不一樣——我想，只能用充滿愛來形容。

被捏了一下，華特似乎很高興。除了捏以外，希望不要再有其他肢體接觸了。

「你們要結婚了，」我終於聽進去她說了什麼。「結婚。」

「喬，對啊，結婚。就是禮拜一。我快開心死了！」媽說。

「我或許沒辦法去。」

「因爲要坐牢嗎？」媽問。「我相信他們應該可以安排，放你去參加婚禮。我找人問問看。」

「不可能的，」我說。「沒機會了。我的審判也在星期一。」

「那就太完美了，」她說。「你正好離開監獄，只要來一個小時就好。」

「我不覺得警方會同意。」

「別這麼消極。」她說。

「你們爲什麼不等到我出獄以後再結？」

「你爲什麼一定要這麼難搞？」

「我沒有難搞，」我告訴她。

「你就是難搞，很好，喬，你做到了。今天都被你毀了！」

「親愛的，或許讓他想想吧，」華特說。「他自己想想，就會想清楚了。要有個新爸爸，他也很難接受。」

媽似乎在認眞思索華特的話，新把戲呢，因爲我不認爲我講過的話會進到她腦子裡。「是啊，應該不容易。」她仍臭臉對著我。

「我不是難搞，」我又重複了一次。「只是電視上那些人覺得我有罪，不過妳不能相信他們，」我知道，新聞就是銷售，他們要販賣恐懼，無法眞實呈現出全國所有人的感覺。「報紙呢？報紙怎麼說？」

「我不知道。」媽回答。

「妳不知道？」

「我們不看報。」華特說。

「我們就是不看新聞，」媽說。「不看電視，也不看報。」

「但我上新聞了，妳應該看看我的最新消息。」

「新聞看了就難過。」媽說。

「會很沮喪。」華特補了一句。

「我們根本不關心最新消息，幹嘛要看？」媽說。

「但新聞報的都是我。」我說。

「嗯，我哪知道是你？」媽的口氣帶著暴躁。

「如果妳關心，就會知道了，開電視後會轉到其他台，不會光看那些王八蛋連續劇。」

「天啊，一定要告訴你，」華特往前靠了過來。「昨天晚上演的，你絕對不會相信凱倫的親父親是誰。」

「好刺激。」媽說。

我聽他們絮絮叨叨告訴我劇情，也記在腦海裡，心裡則想著上輩子養的金魚，泡菜跟耶和華，我也會把劇情講給牠們聽，不知道牠們那時候想的事情是不是跟我現在想的一樣。希望不是。我很想牠們。我的小寵物，記憶只能留存五秒鐘——連自己死了都不記得。

「很難相信吧？我們要結婚了？」媽問，這時警衛走過來，說我們的時間快到了。

「真的很難相信。」我說，我也不想相信。

「你不用叫我爸，」華特說，「現在還不用。」

「等他想清楚。」媽說。

「他會想清楚的，」華特說。「他是妳Z兒子。」

媽站起來。她拿著裝滿東西的塑膠袋。華特跟著站起來。她走過來，抱了我一下。她抱得很緊很用力，我聞到老女人的香水味、老女人的肥皂味跟老女人味。

「他比你父親好多了，」她輕聲說。「喬，我很高興，你不是同性戀。警察告訴我們你幹了什麼——同性戀才不會做那種事。」

「他絕對不是同性戀，」華特說，因爲媽的輕聲細語響到他也聽得見。我媽才不懂怎麼小聲說話。

「你也不是，」媽放開我，看著華特。她嬌笑了幾聲。「經過昨天晚上的實驗，說不定你會變。」

他們笑了起來。腳下的地板似乎消失了，我腿一軟坐到椅子上。媽轉頭要走，又似乎想到手裡的東西，把塑膠袋遞給我。「這些要給你。」

「什麼？」

「這些。給你，」她提高了嗓門，一個字一個字吐出來，彷彿她講的是外國話。

我接過塑膠袋，裡面都是書。太好了，我正需要沒看過的書——給我一把槍更好——不過也不錯。

「你女朋友拿來的。」她說。

監獄似乎突然消失了，我想起被銬在樹上的時候，一把鉗子在我的蛋蛋上晃來晃去。然後我想起我躺在梅莉莎的床上，她的嬌軀貼著我，渾身緊實的曲線，閉上眼睛專心感受床單間的動作。我的心跳加速，覺得頸背的皮膚有點刺痛。「我女朋友？」

「她很可愛，」華特說，媽瞟了他一眼，就跟平常瞪我一樣——緊閉著嘴巴不讓自己說話，面孔痛苦地皺起。

「誰拿來的?」我問。

「我們早就說了,」母親跟華特朝著出口走去。警衛也走過去幫忙開門。「星期一見了,」她說。「來的人不多,頂多十個。你應該今天就問問典獄長,他才有足夠的時間安排你出去。」

「我要——」

「你表弟葛雷葛利也會來,」她說。「他買了新車。」

「去法庭。」

「喬——」

「對不起,」我舉起手。「我很難搞。」

「你是很難搞,不過我還是愛你。」她彎下腰抱抱我,然後就走了。

12

他吃了一頓豐盛的早餐當午餐。培根、雞蛋、香腸和咖啡——味道都很不錯，非常美味。這樣一頓早餐能改變人類對生命的看法——在菜單上，簡介上面的標題是「停止你的心跳」。吃到一半的時候，施羅德認為取這個名字跟簡介都非常恰當。

他獨自一人坐在吧檯，沒吃早餐讓他心裡空空的，現在才能填滿。右方的地上有血，也有粉筆線框住了六英尺高的屍體。兩張桌子翻倒了，還有一些碎玻璃。快餐店內有十五個人，只有他在吃東西。室內到處都是證物標記，測量血滴和手腳印大小的照片證物刻度尺。幾塊平面上撒了指紋粉。門前拉起犯罪現場的封條。

就像個犯罪現場。

嗯，幾乎跟犯罪現場一樣。

他又打了一通電話給哈頓警探，探不到今早的兇殺案內幕，但足以知道對強納斯．瓊斯沒用，也足以知道哈頓說很糟糕是什麼意思。被害人有前科，因走私武器到紐西蘭而入獄服刑。走私是一回事，但這些武器的用途又是另一回事。他不在乎買家是誰，而買家也不在乎死掉的人是誰，只要能引爆堆在首都議會大廈周圍的各種爆裂物就好。如果有一天，大家醒來後發現這個國家少了上百名政客，施羅德不知道他們在不在意。進口炸藥的人叫德瑞克．瑞佛斯，被判到監獄面壁思過十二年。一年前出獄後，今天早上胸口中了兩槍。哈頓說，電子爆裂物嗅析器證實瑞佛斯最近接觸過炸藥。

「衣櫃裡有個洞，」哈頓說。「他把武器跟炸藥藏在裡面。我們覺得很有可能是買家開槍殺了他。那表示有人要湮滅證據。那表示——」

「炸藥的用途一定很可怕，」施羅德幫他接下去，然後掛了電話。

施羅德記得當年瑞佛斯犯下的案子。他眞的是個壞蛋。死後應該不會有人想念他。對靈媒來說沒有利用價值。至少目前沒有。要是有人引爆了什麼，害死很多人——那強納斯就有利可圖了。

強納斯．瓊斯。

他眞的很受不了這個自鳴得意的王八蛋。強納斯搞砸過他們的案子，妨礙辦案，把消息洩露給大眾，破壞警方設下的陷阱，害人受傷。沒有人眞能通靈，但瓊斯不知道爲什麼能擁有一群忠實粉絲，而且人數還不斷增加。此外，如果瓊斯能找到卡爾霍恩警探的屍體，會贏得更多粉絲，他一定能迅速寫出一本全是胡說八道的新書。起碼節目的收視率一定能衝高。

就某種程度而言，他希望喬不要說出來。但卡爾霍恩的家人當然希望能找到他的遺體。另一方面，他當然也想要獎金。不管怎麼說，他需要錢，需要養家。他靠著做壞事獲利，但是牙醫的收益來自蛀牙，蓋屋頂的工人在暴風雨後有更多工作，救險車的生意來自意外。

有時候，老實說，施羅德寧可相信他別無選擇，只能做這份工作。畢竟，他被開除了。他的工作技能很特別，沒有用途，因爲他再也不能回去當警察了，就算他申請了私家偵探的執照，不到一個星期就遭到拒絕，也不知道爲了什麼理由。他覺得一定是警方從中作梗。有人在搗亂，因爲他們覺得基督城根本不需要多一名私家偵探。他可以去煎漢堡，但他不會賣車。他可以回學校讀書，但他不能去零售業。電視台找他上強納斯的節目當警方顧問，也會參與其他節目，他就接受了。他只想了一天就決定。薪水比當警察好。工時短。沒那麼多亂七八糟的事情。不過要應付強納斯，他就覺得渾身不舒服。如果只跟強納斯有關，他寧可舉槍自盡。但不是。要考慮到他的家人、帳單、維持家計、繼續向前跟開創新的事業。

不管怎樣——他要面對強納斯的時間不多，現在根本不用管他。

電視節目《清掃魔》的一名製作人走過來，說他該快點吃完，十五分鐘後就要開始拍攝。在這一幕，有一對清理犯罪現場的人因爲犯罪率升高而情緒備受打擊，重點在於主要角色快要精神崩潰，聽編劇說，主角一直在想該怎麼隱瞞自己的謀殺案，因爲他可以讓犯罪現場「消失」。他們現在正在拍第六集，第一集過兩個星期就要播了。廣告牌已經在城裡豎立，電視上播出廣告，還有幫忙宣傳的報紙文章。如果受到好評，就會繼續拍下去。拍或不拍，施羅德都無所謂。這個節目、下一個節目，或另一個節目——都不會影響他的收入。他覺得《清掃魔》的概念還算可以——他不怎麼懂電視節目——不過他要幫忙籌劃場景，讓節目看起來很眞實。今天拍攝的快餐店是眞的快餐店，下午不對外營業，不過收了錢不開店營業的老闆說要幫施羅德煮一餐，反正很快。施羅德沒有擁抱別人的習慣，不過他眞的很想抱抱這位老闆。

他吃光了午餐，把盤子藏在櫃檯後面。今天的情節是兩個人半夜闖入，嚴加拷打快餐店主人，用鎚子把他敲得血肉橫飛，弄髒的地方要大費周章才能清乾淨，剪接的時候要配上風趣的玩笑，也一定要有配合氣氛的音樂。演員都就定位了。

「都沒問題吧？」一名編劇問他，他身上的T恤寫「快上舅舅兼爸爸的戀愛巴士」，施羅德不知道這句話是不是他編的。希望不是——因為感覺對節目的效果不好。

施羅德再看了一眼場景。「大致上看起來OK。」

「大致上？」

「粉筆線。」這不是他第一次挑剔了。

「我知道。」編劇說。

「我知道你知道，」他說。「但警察其實不會拿粉筆在地上畫。」

「但做電影跟電視的人會，觀眾也希望能看到粉筆線，」編劇也不是第一次這麼回答了。「觀眾不希望沒看到他們期待能看到的東西，腦子有問題。」

「你對觀眾太沒有信心了。」

「是嗎？你當警察幾年了？十五年？二十年？你認為我們眞該對別人有信心嗎？」

施羅德微微一笑，讓步了。「可以開拍了。」

施羅德站到旁邊，看他們開演。希望上電視的時候看起來更好，現在只像一齣演得很差的戲。過了三十分鐘，手機開始震動。他看看來電顯示，是哈頓。攝影機停止運轉，他走到外面，不必擔心自己會發出聲音。

「出事了。」哈頓說。

「是嗎？」

「可能有關係，十五分鐘前，有人發現崔斯坦・沃克死在家裡。胸口被開了兩槍。」

崔斯坦・沃克。丹妮耶拉・沃克的丈夫。丹妮耶拉・沃克，被喬・米德頓害死。跟德瑞克・瑞佛斯一樣，胸口兩槍。「可惡，」施羅德說。

「對啊，可惡。」

「有什麼理論？」施羅德心裡已經有一套自己的理論了。

他用聽的就知道哈頓在聳肩。「不知道，」哈頓說。「我是說，今天早上我們以爲可能會有爆炸案，現在則是屠夫受害人的丈夫。我們一直不確定這名受害人是不是喬殺的。」

這樁殺人案總有一些地方不符合喬的做案手法。他們問過喬，但跟其他殺人案一樣，他一口咬定自己什麼都不記得。這個說法在法庭上對他沒好處。絕對沒有。然後他想到編劇的話，他對其他人太有信心了。在司法系統中，沒有絕對不變的事。施羅德朝著自己的車子走去。

「我們要找你過來，」哈頓說。「如果跟屠夫案有關，你應該要來。以前是你辦的案子，或許你能看出相關的地方。」

「我已經上路了，」他掛了電話。

13

運動時間就一定要出去，除非你剛被其他囚犯拿刀捅了或強姦了，不過在牢裡，這兩件事也無可避免。我們三十個人走入雨中，只能看到鐵絲網和很像小型空中交通管控塔的警衛崗哨。沒有地方可以跑步，只能在圍欄裡走來走去，這就是我們的運動。跟這些人在一起的時候，我覺得自己最有人性。如果施羅德現在來看到我，他就會明白。他就知道我是無辜的。

我靠著圍欄走，感覺雨水打在臉上，浸濕了衣服，因爲運動時間後就是洗澡時間，星期四洗完澡就可以換連身服。每天只有這個小時可以動一下，總覺得不夠長，而且我喜歡的運動要跟基督城裡的美女一起才有樂趣。牆外傳來機械的噪音——輪磨切出鋼片，火花四濺，電鑽在磚頭上鑽出洞來，監獄要擴建，所以在進行工程，建造更多牢房來容納愈來愈多的囚犯。有些人開始踢足球。他們應該在進球後脫掉上衣抱成一團，才符合足球這種同性戀運動的風格。我爸爸以前很喜歡足球。有些人在舉重，用力伸展厚厚的肌肉，上面的刺青跟著屈伸。

梅莉莎去看我母親。

我心裡一直想著這件事，迦勒．寇爾一直從圍欄那頭瞪著我，表情告訴我，如果我要用精神異常來辯護，他絕對不買帳。我避開他的目光，不過還不到一分鐘，我就很想看看他是否還瞪著我，往他那個方向一瞥，總會跟他四目交接。

我往鐵絲網外看，看到更多面鐵絲網跟大片土地。在最後一層鐵絲網外，就是自由。受害喬需要自由。受害喬不該被關在這種地方。受害喬想展翅高飛。

我又想到母親跟華特，很討厭，因爲我想到他們蜜月時會幹什麼。我覺得好噁心。華特皺巴巴的手在母親身上，母親皺巴巴下垂的地方除了華特外沒有別的男人想看，所有的皺紋都卡在一起，就跟拼圖一樣。要排除這些念頭，或許只有一個方法，就是走到圍欄那頭，把磨尖的牙刷遞給迦勒・寇爾。還好我想到了母親帶來的書。

我女朋友送來的。

梅莉莎送來的。

警衛收走了塑膠袋，不過我可以把書留著。塑膠袋可以當成武器使用，書，則不過是笑話罷了。每本書的書名都讓亞當大笑。他現在一定還在笑。梅莉莎去看我母親，給她一大袋平裝羅曼史小說，要帶給我，爲什麼？

我只想得到兩個理由。第一，她知道我眞的很喜歡羅曼史小說。我跟梅莉莎在一起兩個晚上，前一個星期他一直跟蹤我，發覺在內心深處，我就是個非常浪漫的人。她送這些書給我，讓我度過重逢前難熬的日子。第二個理由則要好好研究一番，運動時間結束後，我在洗澡時間開始前先回到牢房，開始調查。我拿起第一本書。《欲望肉體》，一開始我以爲這不只是一本羅曼史小說，而是描述在我的世界天崩地裂前跟梅莉莎共度的浪漫時光，不過隨便翻了幾頁，我發覺不是這麼回事。我翻遍整本書，尋找摺起的書頁，尋找用螢光筆標記的地方，尋找鉛筆的痕跡，什麼也沒有。

我打開第二本。一個信封掉出來，落在我肚子上。我的心跳停了一拍，翻到封口的地方，卻發現已經打開了，一定是警衛開來檢查有沒有毒品。所以不管梅莉莎寫了什麼訊息給我，他們都看到了。我打開信封，是張卡片。並非來自梅莉莎，而是我母親。她的喜帖。上面有張圖片，用畫的，不是照片，裡面有兩隻卡通手用一把大刀切開結婚蛋糕。我想起我以前那把刀。我細讀上面的字，邊讀邊搖頭。我把喜帖放回信封裡，又拿起第二本小說。

裡面沒有祕密訊息。其他的書也一樣。只是書名爛、文字爛、角色爛，讓我一讀就覺得心裡暖暖的。沒有標記、訊息和重點，警衛在母親把書給我之前，應該也在書裡找過同樣的東西。不過一定有什麼，不然梅莉莎爲什麼要給我書？她也知道裡面不能寫字或畫線——因爲她早就知道警衛會查。那到底是什麼？有什麼是我沒想到的？

我翻開《示愛得愛》，世界上應該沒有比這更爛的書名了。但這種書通常都取很爛的名字。才能吸引讀者。爛書名，封面上的男人衣服撕爛了，女人則穿著透明的衣服。不過這本的書名比較像勵志書。我看了幾章，發現主角貝琳達要找到愛，只能把愛傳播給許許多多的男人，希望其中一人能不要計較她略微放蕩的生活方式。

書很短，我看書又快，雖然時間很多，我仍匆匆翻過，想快點找到梅莉莎的訊息。我想先快速翻一遍，找不到訊息，就之後再細讀。所以我知道貝琳達的命運如何，她嫁給一名當過舞男的富有男子，那人服侍過的老婦人留下一千萬給他。情節眞是經典。

下一本看到一半，洗澡時間到了。三十個人分成不同的社會階級，按著犯下的罪刑。有些罪刑比其他的好。我猜他們覺得比較健康吧。他們就這樣算是比較好的人。我不知道。這世界很奇怪，但我活在奇怪的時代，有人燒毀了裡面有十二個人的養老院，過得跟國王一樣，相較之下，強姦了三個小孩，在強姦第四個小孩的時候遭到逮捕的聖誕肯尼就頗受歧視。在這個世界上，到處都畫下不合理的界線。我不知道要站在哪一條線後面，又有哪些可以跨越。只有我屬於連續殺人犯這一幫，不過連續殺人犯又不只我一個。還有艾德華．杭特，他也獨自站著。他殺了不少人，都是壞人，所以他是大英雄，可是不能出獄。迦勒．寇爾也獨自站著。我們應該結會集社，訂做團體T恤。

跟其他裸體男人洗澡一點樂趣也沒有——不過，不知道爲什麼，腦海裡響起父親的聲音，告訴我其實不用這樣。我不確定他想說什麼——跟這些男人光著身體站在一起，我三不五時會聽到他的聲音。好丟臉。

淋浴間跟健身房的很像，寬大的公共區域內有不少蓮蓬頭跟水龍頭，到處都鋪了磁磚。水泥地板上有十多個出水口。空氣沉悶潮濕，水有點燙，只有幾塊肥皂，大家要輪著用，有時候遞過來的肥皂上面黏著陰毛，眞可怕。進了淋浴間幾分鐘後，我旁邊的人突然向兩側散開，留下我一個人。

然後又不孤單了，迦勒．寇爾走到我旁邊。

「我決定了。」他說。

水淋在我們身上。蒸汽往上升起。太悶了，我有點頭昏。「怎樣？」

「我會把你幹掉，」他的拳頭來得好快，我連看都沒看見，就被他一拳紮實地打在我肚子上，打得我暈頭轉向，撲通跪在地上。迦勒往後退了一步，把手攏在懷裡，用另一隻手蓋著。

「喂，」警衛大喊，「那邊在搞什麼？」蒸汽太濃了，阻擋他的視線，他又不想弄濕自己，懶得走過來。

「他滑倒了，」寇爾喊回去。「洗澡的時候都會有人滑倒。」

我抬頭看看他，仍跪著不動，很糟糕的高度，因爲這裡全是裸體男人，我又不是踢足球的。

「是嗎？」警衛又喊。

「嗯，」我說。「我滑倒了。」

警衛就不說話了。

「等我找到能當成利刀的東西，我就剖開你的肚子，」迦勒瞪著我，在身上塗滿肥皂，厚厚的肥皂泡蓋住了他身上的疤痕。「你覺得怎麼樣？」

我覺得我也該找個鋒利的東西。

「我付你錢好了，」我說。「兩萬塊。」

他停下擦肥皂的手，轉過頭來，瞇起了眼睛。「你說什麼？」

「給你錢，不要纏著我，」我說。「我給你兩萬塊，你可以付錢找人幫你做完外面的事情，不用等二十年。」

他慢慢地點頭，嘴角往下一撇。「好吧。」他說。

「好吧？你願意拿錢？」

他搖頭。「好吧，我想一想，」他說。「這種事得好好想一想。」他沖掉了身上的肥皂。

「我明天告訴你答案。」他消失在蒸汽後，我獨自跪著，不知道我有沒有站上法庭受審的機會。

14

運氣好嗎？梅莉莎不覺得，她得把兩顆子彈打進山姆．溫斯頓體內，今天開了好幾次槍，哪算運氣好？不過她也因此找到這個互助會，如果運氣不好，聚會可能是另一天，而不是今天。就統計來說，是七分之一的機率。或者可以說，她有七分之六的機會碰不到今天的聚會。那不是僥倖，是命運。好運。她這輩子只有壞運。她妹妹，她自己，都碰上壞事。現在則是好的爛事。就像找到對著法庭後面的那棟建築，尚未完工，營造商破產了，跟現代許多建築公司一樣。七層樓的半成品辦公室，能一清二楚看到法庭的後門。她決定等一下，先看今晚命運還能幫什麼忙，再決定是好運還是壞運。

找到互助團體不難。上網三分鐘就找到了。這個互助團體不只有喬．米德頓的受害人，還有其他人——說得更精確一點，應該是受害人的家人，他們似乎也自認是受害人。地點是基督城北邊的郊區，在貝爾法斯特的社區中心，日子不好的時候，聞起來就像附近的垃圾山，而在其他不好的日子，就是貝爾法斯特。前面的停車場裡有二十台車，她來了就是第二十一台。雨仍然沒停，天氣很冷，不過氣象預報說接下來幾天的天氣會比較好。

她拿出雨傘——其實本來是沃克的雨傘，現在變成她的——走進社區中心，雙眼一直盯著地上，避開人行道破裂處出現的水坑。她走在一對長者身邊，他們共撐一把傘，手臂環住彼此。他們對她點點頭，友善地一笑。不知道他們來，是不是因爲她殺死了他們的兒子？她又換了頂假髮——這次是黑色。

老人幫太太扶著門，也幫梅莉莎扶著，她對他微笑，說聲謝謝，想不起來她殺過的人裡面有沒有人長得像他們。她進了大廳，大到可以辦喜宴，醜到可以舉辦二十一歲的生日派對。牆上都貼了木片。門口裡面的地板上踩滿濕漉漉的腳印，她很小心地繞過去，不想在別人面前跌倒，不然就要假裝早產了。她看到大廳裡的暖氣噴出熱空氣，也發出隆隆聲，但裡面依舊很冷。她闔上新雨傘，靠在牆上，旁邊已經有十多把看起來很像的雨傘。她脫掉外套掛在手臂上。這裡有三十多個人，三十五個吧。一些人三三兩兩站著聊天，似乎彼此認識。其他人則獨自站著。大廳的另一頭擺了椅子，圍成一圈，椅子後方則是舞台，看來會有樂團在這裡演唱，也有神父在這裡講道。這時候的椅子還比人多。旁邊的長桌上放了咖啡跟三明治。不知道這些人過了幾年會不會變成好朋友，夏天會到公園裡聚會，帶來野餐的食物。因為死亡和悲傷，他們組成開心的小社教團體，一輩子都是好朋友，說不定還有人結婚生子。她跟喬都有貢獻，他們應該要覺得驕傲。

「妳幾個月了？」

左邊半公尺外傳來的聲音嚇了她一跳。梅莉莎轉向那女人，微微一笑。她不知道女人有什麼問題，一看到隆起的肚子就要問她幾個月了。她們覺得跟自己有關係。生過小孩的女人似乎認為自己有權利跟懷孕的陌生人講話。

「下星期就要生了，」她揉揉肚子。女人對她微笑。她應該只比梅莉莎大四五歲。她戴著婚戒，梅莉莎納悶她是否生過小孩，還是想生，也納悶那個讓她受孕的男人是否還在世上。

「男的女的？」她問。

「是驚喜，」梅莉莎笑笑，眞的是驚喜。她也戴著婚戒，開始在指頭上轉來轉去。她看過已婚人士這麼轉戒指。「我們都不想提早知道。」

「我看到妳一個人來，」女人的笑容消失了。「妳先生，他沒……他不是妳來這裡的原因吧？」

「不是，感謝老天。」梅莉莎回答。

女人慢慢點頭，臉上的表情很難過，她伸出手來。「我叫費歐娜．海沃德。」她說。

「史黛拉，」梅莉莎在路上決定要用這個名字。她握住女人的手，很溫暖。「妳丈夫——妳因爲他才來嗎？」

「大概一個月前，他死了，」費歐娜的聲音有些哽咽，淚水也泛了出來。「在家裡。有個瘋子跟蹤他回家，把他刺死了。」

「眞令人難過。」梅莉莎說。

「大家都很難過，」費歐娜說。「還好那個人被抓到了。妳呢？」

「我妹妹，」她說。「她被害死了。」

「眞令人難過。」費歐娜說。

「大家都很難過。」梅莉莎對女人微笑，她報以微笑，點點頭。「很久以前的事了。」梅莉莎補了一句，想起她妹妹、喪禮、家人受到的影響。

「我第一次來，」費歐娜說。「我一個人都不認識，覺得有點緊張。朋友跟家人都說要陪我來，但我想自己來。其實我不知道爲什麼。事實上，我本來以爲我來不了，不過，」她很緊張地笑了一聲，「我還是來了。」

「我也是第一次來。」梅莉莎眞希望能趕快結束這場對話。她想到假肚子裡的槍，覺得好過了一點。

「妳介不介意……我跟妳一起坐？」

很介意。她好想把槍拿出來。「那就太好了。」她說。

大家紛紛坐下。有人端著咖啡。有人把椅子拉近。大家都坐好了以後，一個看似四十六七歲的男人把空椅子拉到圈外，其他人則把椅子更靠近一點，消除了空隙。他幾天沒刮鬍子了，戴著名牌眼鏡，腳上的鞋子看起來很貴。帥氣、好品味、白髮——只有太陽穴附近，其他地方則是深褐色。大家都在竊竊私語，直到名牌眼鏡先生坐下來，才沒人開口。梅莉莎目不轉睛地看著他。

「謝謝你們今晚過來參加，」他的聲音低沉，如果不是在這種場合，應該有種誘人的感覺。梅莉莎很喜歡他。「今天來了幾位新朋友，」他說，「我希望在這裡的人能給你們支持鼓勵，也給你們希望。我們因爲悲劇而來到這裡。我們都面對過醜惡到難以想像的慘劇，才會在這裡。新朋友你們好，我叫拉斐爾。」他臉上浮現了微笑。「我母親是藝術界的學者，」他補充說明，「所以幫我取這個名字，」梅莉莎才不在乎，「我女兒是受害人，被殺了，」他說，「所以我才會參加這個團體。」

他說得稀鬆平常，彷彿已經說過上百次了。

「這個互助團體，」他說，「因爲失去而組成。我女兒叫安琪拉，去年被喬．米德頓害死。一個女兒、一位妻子、一名母親，死在他手裡。這裡有幾個人也是受他所害，其他人則是被跟他一樣的男人或女人害了，」梅莉莎突然覺得大家的眼光都會聚集在她身上，不過他們當然不知道她是誰。「我是專業的悲傷諮商師，」他接著說。「我輔導的經驗將近三十年，不過當我女兒死了，我根本幫不了自己，我才發覺我需要找到有類似體驗的人。所以我們來這裡，是爲了彼此幫助，」他面帶微笑，目光輪流從每個人身上移過去，多看了梅莉莎一眼，似乎特別注意她。「我們來這裡，不是爲了消除痛苦，因爲痛苦永遠無法消除。我們要分享痛苦，了解痛苦。我們來這裡，因爲我們需要傾訴。」

梅莉莎克制住打哈欠的衝動，看看在座有什麼人。她沒時間打盹，只希望這次集會趕快結束。她很累，眞想睡上一整天。不過，在現場這些人裡，有一個人可以幫她。她只需要投資一個小時。就算集會不止一個小時也値得。討論痛苦不會讓痛苦消失。妹妹死後，她每個星期都要跟心理醫生談話，持續一整年，屁幫助也沒有。心理醫生只會色瞇瞇盯著她的腿。

大家都看著拉斐爾。有好多溫暖的肉體可以選擇，她覺得一定能從裡面挑出來一個氣到想把喬殺掉的人。

問題是，這個人是誰？

15

媒體採訪車圍成一圈，施羅德得先穿過去。他們跟圍觀的鄰居擋住了路口。基督城謀殺頻傳，想不到大家還會出來看熱鬧，尤其在這種天氣裡。他猜，一場精采的殺人案果然吸引力十足吧。很讚的實境節目，收視率一定很高。記者舉高雨傘，攝影師包在雨天裝備裡，攝影機用塑膠膜保護起來。基督城需要——不對，應該說——人類需要現在就來一道閃電，強一點的東西，像聖經裡說的，從天而降，落在每個人頭上。說不定強納斯·瓊斯也認為自己有辦法安排那種東西。

他無法把車開過去。沒有路，要過去只有一個辦法，用接近光速的速度撞上去，把人跟車子像保齡球瓶一樣衝開。他沒有警笛，只能把車亂停，要穿過人群和雨陣，才能進入犯罪現場。

過去幾個月來，他當警察當得好累，那種精疲力竭的感覺並沒有跟著他的配槍和警徽一起交回去。就像患了傷風，怎麼樣也不會好。他把手伸到口袋裡，拿出近日來隨身攜帶的咖啡因錠，吞了一粒，想想又吞了第二粒。疲累不會在五分鐘內消失，但是會跟多年累積的操勞一起留存在體內。

他下了車，走入雨中，用肩膀推開看熱鬧的人。站在警戒帶旁的警官看他走近，沒認出他是誰，過了一會兒才恍然大悟——他們知道他已經離職了，卻心想或許情況有了變化。他還沒解釋他的目的，肯特就撐著雨傘走過來。她跟警官很快說了幾句話，施羅德抬高犯罪現場的警戒帶，彎腰穿過去。這裡原本很安靜，沃克家以前住在另外一區。卡爾霍恩警探失蹤的那一晚，他們家被燒光了。當然是喬放的火。後來，土地賣掉了。這棟房子只有原本的一半大，屋齡頂多五年的平房，跟左右兩邊的色調一致，看起來被雨水洗白的淺棕色和灰色。

肯特把雨傘舉高，好幫兩個人擋雨，只是效果不好。他得在門口把鞋子脫掉，換上塑膠靴。屍體就在進門後的走廊上。哈頓也出現了。

施羅德覺得自己又是警察了。氣味、情景和聲音都證實他在眞正的犯罪現場，不會有人拿粉筆畫圈，問他是否覺得對話能更緊湊一點。他又冷又濕，覺得很慘，更符合現實。他看到走廊盡頭的客廳。深棕色的地毯、厚絨布沙發、暖色系的牆面。都很有家的感覺，除了側躺在地上的崔斯坦．沃克，一隻手在胸口上，一隻手壓在身體下。離上次看到崔斯坦．沃克，已經過了十二個月。那時候沃克跟他的爸媽住在一起。施羅德上門去告訴他，他們逮到人了。

肯特和哈頓簡直是兩個極端。哈頓體型肥胖。進警隊的時候他還不是這樣，不可能，不然也進不來，不過這傢伙吃的糖太多了，要是站在雨裡，可能就融化了。哈頓沒被開除，因爲他體型巨大，炒了他就像開除兩名警探——諷刺的是，要開除施羅德卻一點也不難。那時候迦勒．寇爾強迫他殺了一個人。

肯特是個美女。應該說是個大美女。看到她，你寧可少活幾天，只爲了見她一笑。難怪這裡的男人有半數都愛上了她。

「第三個受害者。」肯特說。

「什麼？」

「第三個受害者。」她重複了一次。

他等了幾秒，讓訊息沉澱下來。「妳是說，還有另外兩個？」他問。

肯特對他微笑。「眞好，卡爾，你不當警察後腦子還是很靈。算數很快。」

「妳應該看我著色的樣子，」他說。「我向來不超出界線。」

「看來你的生活很刺激。」她繞過屍體，好方便講話，三個人圍成了一個三角形，中間是個死人。

「第一個是上星期，」肯特說。「叫山姆・溫斯頓。」

「我在報紙上看到。他的屍體在城裡一棟廢棄大樓裡。從報紙上的說法看來，殺他的好像是毒販。」

「我們本來也以爲跟毒品有關。你聽過他的名字嗎？」

施羅德搖搖頭。「跟我有關係嗎？」

「或許沒有。他以前在軍隊裡，五年前退伍。他有嚴重的吸毒問題，所以我們才以爲他的死因跟毒品有關。他當兵也不久，只有兩年。之後他沒有工作，領失業救濟金過活。」

「現在妳覺得有別的關係。」

「看起來一模一樣。等沃克身上的子彈取出來，我們會做彈道分析，看看是否相符。」

「你只想到理論？」施羅德問。

哈頓搖頭。「我們排了時間軸，」他說。「基督城裡殺人的方法千奇百怪，不過通常不是用槍，現在不到一個星期就有三個受害人，射殺方法都一樣。」

施羅德點頭。的確，無法令人忽視。「沃克跟瑞佛斯沒有關係嗎？」

肯特回答他的問題。「一個販賣槍枝炸藥，另一個則受過使用訓練。但兩人沒有關係。」

「還沒有，」哈頓說。

「這兩個人跟沃克也沒有關係，」施羅德說。

「只是死法一樣，」肯特說。

「沃克沒有吸毒的習慣？」

「有的話，也隱藏得很好。從這裡看不出他會嗑藥。」

「你們要我怎麼做？」施羅德問。

「我們要你幫忙沃克這案子，」肯特說。「你認識他。你曾經把時間花在他跟他家人身上。沃克這樣的人，跟瑞佛斯和溫斯頓有什麼關聯？」

「我不認識他，我只負責問話，問過幾次，」施羅德說，那是因為有跡象顯示沃克會打老婆，也有跡象顯示或許他妻子不是喬·米德頓殺的。警方也曾把沃克列為嫌疑犯。不過最後沃克提出了無可動搖的不在場證明，他們也找不到其他有嫌疑的人。

「卡爾，拜託，」肯特說，「屠夫案之前由你負責，你知道我們為什麼找你來。」

施羅德點點頭，他知道他為什麼要來。就像哈頓說的，跟時間軸有關。一星期內死了三個人，而且過不了幾天，喬就要受審了。哈頓和肯特覺得跟屠夫有關。

「OK，」他說。「告訴我，你們在想什麼。」

「我們有個理論，」哈頓說。

「有前科的人、中途退伍的人，還有沃克，」肯特說。「他們都在謀劃某件事，或跟謀劃某件事的某人合作，會用到炸藥。」

「我們做過鑑識，」肯特說。「彈殼。頭髮，長髮。每個現場都有同樣的金髮。沒有DNA，因爲是假髮。」

「所以殺手戴了頂假髮？」施羅德問。

「看起來是，」肯特說。「很有可能是女性。男人不會戴及肩的假髮。頭髮也在客廳裡，表示殺死他的人不是在他應門的時候動手。她進來了。當然也有兩種可能。頭髮可能是跟他在室內談話的人留下，也有可能是上門開槍的人留下。」

「指紋呢？」

「到處都是，」哈頓說，「大多排除了。沒找到符合的。」

「你們想知道我是否認爲梅莉莎有嫌疑，」施羅德說。「那才是找我來的眞正目的，因爲喬下星期就要上法庭。」

「我們找到的指紋跟她的都不符，」肯特說。「不過你覺得有可能嗎？她一直躲躲藏藏，用計改變外型才能掩藏，當然有可能戴假髮。」

「如果是她，做案手法完全不一樣，」他說。「不同的特徵。這些人都不穿制服。沒有人被折磨。如果是她，爲什麼要找上這些人？」

「因爲時間軸，」哈頓說。「不到一個禮拜，喬就要接受審判。」

「我們正在調查他們三個的背景，」肯特說。「我們要找出他們有什麼共通的地方。他們的生命在何處交會過。問題是或許從來不曾交會。很有可能他們彼此並不認識，卻認識同一號人物。」

「OK，」施羅德說。「OK。讓我們想一想，細細想一想，」他說。「先假設是梅莉莎好了。她有什麼理由殺人？一次分析一個受害者就好。從山姆．溫斯頓開始吧，」他說。「爲什麼要找他？」他問，心裡想到，不知道《清掃魔》的編劇會怎麼想。不夠眞實？步調不夠快？只一直站在那裡亂想？

「我們還在拼湊資訊。」肯特說。

「OK，」施羅德覺得編劇會很失望。「那來討論時間好了。不論是不是梅莉莎，我們要找的兇手或許想聲明某件事。我們可能要處理法庭或警察局被炸的案件。我們知道梅莉莎喜歡殺人，不過她比較偏好個人。我不覺得她會放炸藥炸死一堆人。她的風格則是虐待。」

「但如果她虐待這些人，我們馬上就知道是她，」哈頓說，「如果她不想露出馬腳，就有很好的理由，不會虐待受害者。她會隱瞞的話，因爲她的計畫有更重要的目的，炸藥也可以用於同樣的目的。」

施羅德點頭，這點說得很好。「沃克呢，」他說。「法醫怎麼說？」

「她說兩樁謀殺案差了三個小時，」哈頓說，「沃克是今天的第二個。」

三人默不作聲，因爲他們不覺得三件事有關係。犯罪現場有其他人走來走去——其他的警察，其他在追尋線索的人。有些人則出去詢問鄰居看到什麼，大家都說什麼也沒看到。他們聽到屋頂上的雨聲，淅瀝嘩啦打個沒完，讓悲慘的夜更加悲慘。外面有條狗開始狂吠，不肯停下來。

「誰發現屍體的？」他問，希望答案不是小孩。

「他的孩子，」肯特說。「他通常會去學校接他們下課。他遲到了。孩子找不到人，老師讓他們搭便車回家。老師跟孩子一起來敲門，後來怎樣你應該也知道了。」

施羅德確定他應該知道。他跟小孩講過話，他們發現父母親被謀害了，就像其他時代的其他父母回到家，發現小孩不見了，或死掉了。他想像，有個孩子尖叫，另一個搖晃父親，要他醒來，老師把他們從屍體旁拉開，同時打電話報警。他想像，這兩個孩子現在跟無法撫慰他們的親戚在一起。他不能繼續想像了，再往這個方向想去，沒什麼好結果。他總得限制自己亂想，不然會無法自拔。

「結論是，」他說，「我們不知道對方是不是梅莉莎，也不知道跟審判或案件有沒有關係。崔斯坦．沃克要為檢方作證，或許就有關聯。瑞佛斯嗎，他坐牢坐了十二年，喬現在也在監獄裡，我們要調查有沒有共同的獄友。」

「我去查監獄的事情，」哈頓說。

「如果跟屠夫案有關，或許受害人的其他家庭成員也是目標，」施羅德繼續苦思。肯特和哈頓瞪著他，慢慢消化他剛才說的話，他自己想到，也覺得頭暈目眩。他看看手錶。今天就這麼過去了，大多在快餐店拍攝《清掃魔》。他答應劇組他會回去。他必須提醒自己他現在是顧問，警察局開除他、再也不發薪水給他，他不該幫他們找線索，而且，他做的事情如果被揭發了，警方一定會讓他死得很慘。

「有個受害者互助聚會，」他瞥了一眼手錶。「就是現在。所有跟案子有關的人同聚一堂，那些被喬影響生命的人，有些人也會作證。或許去看看也不錯。一次就可以找到大多數有關聯的人。」

肯特想了想。哈頓也在想，不過他的注意力應該有一半在想他藏在車裡的巧克力棒。

「好，走吧。」肯特說。

「走吧？」施羅德問。

「對啊，我們一起去。開你的車子好了。」

16

「我有問題，」梅莉莎說。

聚會已經進行了一個小時，她只覺得愈來愈冷，愈來愈老，愈來愈無聊。新來的人不需要開口，不需要說自己是誰，不需要告訴別人爲何而來，不需要說我叫傑德，十五天前，我的哥哥被殺，我家只剩我一個孩子——嗨，傑德。不是每個人都做了自我介紹。講話的人多半是固定成員，正常人，或許到咖啡店的時候，你剛好排在他後面，然後再也不會想起他。眾人哀嘆抱怨，梅莉莎只納悶他們爲何不像她一樣，繼續自己的生活。各位，培養興趣吧！費歐娜．海沃德沒開口，只靜靜坐著，兩隻手擰在一起，她在丈夫的喪禮上，想必也是同一個模樣。

大家都轉頭看著梅莉莎。

「說吧。」拉斐爾說。

她清清喉嚨。「嗯，這次公投……」隨著這幾個字出現，眾人開始竊竊私語，一致的聲音告訴她，這個話題很熱門，在這裡的人都站在同一邊。

拉斐爾舉起雙手，揮了幾下。大家安靜下來。「請繼續。」他說。

「嗯，這次公投要辦了，我們都有機會投票決定要不要死刑，」她說。「我妹妹，被殺害了，」殺害她的人是警察，先強姦她，再殺了她，最後自殺。有些人說這是帽子戲法，接連三件壞事。她則說這是壞運氣加上噩運，最後卻是超級好運。不過，她沒說出細節。「我在想，如果有誰該死，應該就是喬・米德頓，」她說。「他下星期就要受審，審判結果很難說。我的意思是，他該死，那就是我的——」

「他眞的該死！」圈圈另一邊的女人大喊，她的面孔漲紅了，一臉怒氣，應該很久沒化妝了，黑色的長髮亂成一團。

「我附議。」這次則是隔幾張椅子的男人。大家都停下來，等其他人的怒氣爆發，只剩一個，隔兩張椅子的男人喊殺了那王八蛋。

「妳繼續說吧。」拉斐爾說。

「嗯，要是他被判無罪怎麼辦？要是他說他精神異常，陪審團就放過他呢？然後怎麼辦？他無罪釋放嗎？那很不公平。我覺得不公平，對我妹妹跟在這裡的各位，都不公平。我們要怎麼做，才能確保他得到制裁？」

「很好的問題。」拉斐爾說，梅莉莎早就知道了，所以她才會問出口。

「答案很簡單，」坐在另一邊的男人說。「我們把他做掉。」

另一個人站起來。「對啊，我們可以殺了他。找到那個王八蛋，一槍打死他。」

拉斐爾伸出手。「請坐下，」他說。「拜託，我們聚在這裡，不是爲了鼓吹暴力。」

「我們應該以暴制暴，」第一個大喊的女人說，梅莉莎細細打量說話的人，他們都有可能成爲她的搭檔。就目前的情況看來，在場的人或許都願意幫忙。她可以組成一支軍隊了。

「這並不是我們集會的目的，」拉斐爾說。「呃……妳叫什麼名字？」

「史黛拉，」梅莉莎說。「要是他無罪釋放，我受不了。」

「好，史黛拉，他不會逍遙法外。」拉斐爾的聲音更加堅定，梅莉莎突然忘了在場的其他人，因爲她對拉斐爾有種很強烈的感覺。去年她第一次見到喬．米德頓的時候，也有同樣的感覺。自從被大學教授強暴，她就培養出第六感，被他壓著不能動、流血不止的時候，這種感覺灌輸到她體內。就是拉斐爾了，她知道。有些人看得出別人會作詩，看得出某些人很平靜；有些人則能感受到誰是同性戀。她則能看到別人心中的憤怒，拉斐爾的內心絕對有黑暗面，今天晚上，她就期望能找到這種黑暗的東西。

「萬一他逃過了呢？萬一他眞的無罪釋放？」她問。

「我們就去抓他。」對面的人說，不過梅莉莎沒轉頭，不管那是誰的聲音，因爲她現在只看得到拉斐爾。拉斐爾名牌眼鏡後的一雙藍眼睛也盯著她，額頭上青筋跳動，下顎咬得死緊。對，那雙明亮的藍眼睛後有惡念，絕對有。

「他會接受保護拘留，或安置在誰都不知道的地方。想到就難過，」她說，「想到她，更讓我傷心，如果，如果喬無罪釋放，我就自殺……我就死了算了。」

費歐娜用手臂環住她，梅莉莎眞想甩掉她的手，開槍殺了她，費了好大力氣才忍住。在場的人現在多半都往前傾身。

「史黛拉。」拉斐爾說，梅莉莎舉手掩面，費歐娜把她抓得更緊了。

「我要去一下廁所。」她從費歐娜的環抱中溜出來，站起來揉揉肚子，往大廳後面走。大家異口同聲開始說話。她聽到後面傳來腳步聲。她到了廁所，把水潑在臉上，她的妝糊了，看起來好像哭了一場。然後費歐娜進來了。

「親愛的，妳沒事吧？」

「沒事。」梅莉莎抹抹臉。

「眞的沒事？」

「眞的。」

「拉斐爾說該做個總結了，」她說。「大家都很擔心妳，我覺得妳也不是第一個哭著跑進廁所的人。要來杯咖啡嗎？喔，」她看看梅莉莎的肚子，「還是來杯水呢？」

「我沒事。」

「有些人說星期一要去抗議，」她剛認識的好朋友說。「他們要去法院支持死刑通過。我想去，但我應該不會去。我應該要去，但是……但是我覺得我會受不了。不知道妳明不明白？」她沒等梅莉莎回答，又問了下一個問題。「我陪妳走到停車場，好嗎？」

「我想先洗個臉。」梅莉莎說。

「我可以等，沒關係。」

「我沒事，」她說。「眞的，拜託妳，不要擔心。我只想……一個人好好靜一下。」

「我懂，」費歐娜說。「我明白妳的感受。」她開了門，又停下腳步轉過身。「我其實不知道來這裡有什麼用，」她說，「不過，我想下禮拜我還會再來。妳呢？也會來嗎？」

梅莉莎點點頭。

「說不定可以帶妳先生一起來，」費歐娜說.

「好。」

「OK，那就再見了。」兩人一起出了廁所。

有些人來用廁所，有些人走出大廳，拉斐爾把椅子疊起來。有些人在喝咖啡。她走過去的時候，大家都停下來問她怎麼了。她說她很好。有些人在討論星期一的示威。她把外套留在椅背上，只得走過去拿，也靠近了拉斐爾。

「妳沒事吧？」拉斐爾問，他身上散發出麝香味的鬍後水氣息，有點像她父親給人的感覺——不過他英俊多了。她突然發覺，自己很想念爸媽。

「對不起，我控制不住。」她說。

「我很難過妳妹妹死了。」

「我很難過你女兒死了。」

拉斐爾點點頭，他當然也難過。他繼續疊椅子，但轉過身來，不背對著她。

「你有沒有想過，如果能折磨那個害死她的人，會是什麼感覺？」梅莉莎問。

拉斐爾舉到半空中的椅子又回到地上。他把雙手放在椅背上，正視她的面孔。「我想問妳一個問題，」他說。「妳爲什麼會來我們的聚會？」

「大家來，又是爲什麼？」她問。「希望有人能了解自己的心情。有個完結。」

「沒有完結，」他說。「通常不一定有人能了解。」兩人四目凝望，她心下讚嘆，他的眼神居然不透露出他的黑暗面，不過她看得到。一定有。「不過這些話都只是場面話。我要問，妳來做什麼？妳妹妹是誰？她也被喬殺害了嗎？」

「對，」她說完就發現自己說錯話了。他會問她妹妹是誰。

「她是誰？」他問。

「丹妮耶拉・沃克，」她說出丹妮耶拉的名字，因爲她剛才才跟丹妮耶拉的丈夫見過面，還殺了他，表示這世界上少了一個能證實她說謊的人。

他立刻回話，沒表現出他知道她在說謊的樣子。「丹妮耶拉的遭遇讓我很難過，」他說。「你爲什麼要組織這個聚會？」她問。

他稍稍停了一下，但思索的時間沒長到讓她懷疑他在編謊話。「爲了幫助別人，」他說。「不然妳覺得我爲什麼要做這件事？」

「爲了幫助別人，」她說。她希望她就老實說了，要他幫忙把喬殺了。他是最理想的候選人。就那麼簡單嗎？「我想，我會來，因爲我希望有人告訴我，不管怎麼樣，喬都會面對制裁。」

「你會投票贊成死刑嗎？」她問。

他的下顎肌肉繃緊，緩緩點了點頭。「他會得到制裁。」

「會，」他說。「我們準備了一個月，要去示威。妳去廁所的時候，我們討論過了。歡迎妳參加。」

「你要抗議反對死刑？我以爲你說——」

「我們抗議的對象是反對死刑的人，」他打岔。「會有人聚集在法院外面，不希望恢復死刑。我們也要去表達我們的意見。這些人自稱人道主義者，根本不懂人性。」

「對，我懂，」她說。「等法案通過，判喬死刑，可能要等十年。」

「很有可能，」他說。「很有可能就是那樣。」

「你受得了嗎？」她問。

他皺皺眉，稍微偏過頭。「難道還有其他的方法？」

「我希望能趕快完結，」她很小心地試探。

「妳先生有什麼意見？」

「他離開我了，」她說。「他說，妹妹死後，我就變了個人。」

他上下打量她，看看隆起的肚子，他心裡一定覺得她丈夫是個王八蛋。「安琪拉死後，」他說，「珍妮絲也離開我。唉，發生那種事，婚姻不免跟著破裂。」

「如果能由你下手，」她說，「如果你負責扣扳機，或按按鈕，或用其他方法來奪走喬的性命，你會動手嗎？」

「不會，」他又抬起椅子，跟其他的疊在一起。「我希望我能動手，可是那不是我的個性。」

她又揉揉肚子。浪費了一整個晚上。只剩三天，命運把她帶錯了地方。是她錯了，不該相信命運。她覺得很蠢，居然認爲拉斐爾有其實根本不存在的黑暗面。

「我該走了。」她說。

「很高興能認識妳。」他說。

她抓起外套，朝著大廳後面走過去。她偷來的雨傘被偷了，或許這就是宇宙取得平衡的方法。車子正陸續開出停車場——幾個人站在中心旁聊天，有些人在抽菸。有些人還在裡面上廁所，也有人在喝咖啡。大雨仍然沒停，風速變快了，猛拉其他人撐起的雨傘。她很小心地走到車子旁邊，開車門上車，用外套蓋著上半身，但長褲已經淋濕了。她很討厭戴著假肚子開車，便取下了僞裝，動作笨拙，花了半分鐘才完成，因爲她沒先把外套脫下來。在黑暗的車子裡，沒有人能透過雨水看到她在做什麼，就算看到了，也不知道是什麼。

她拉下假肚子，丟到後座，正準備要取下假髮時，副駕駛座的車門猛然開了，拉斐爾上了車。

「好，史黛拉，」他看看她的腹部，又看看後座仍藏著槍的假肚子，「不如妳告訴我，妳今天來到底有什麼目的？」

17

洗過的連身服有點硬，上了太多漿，清洗的時候不夠小心，洗的人也絕對沒有付出愛。搔得我脖子癢癢的，我一直東拉西扯。淋浴時間結束了，我們再過一個小時要回牢房，不過我已經先回來了，遠離迦勒．寇爾跟他的思緒，趁這時候獨處一下。

我拿起一本梅莉莎給我的書，不是剛才拿來讀的那本。共有六本。封面上的人都有無瑕的肌膚和線條分明的肌肉，看起來都很開心，因爲他們都不需要焦慮自己要被吊死了。我迅速翻閱，尋找梅莉莎的訊息。沒有鉛筆痕跡，沒有標記的頁面。我翻過第三本，不讀內容，只尋找蛛絲馬跡，仍沒有摺起的頁角，沒有滑出來的紙張，沒有畫線的段落。第四本第五本也一樣。沒有訊息。第六本也一樣。六本都不是新書，書脊散開了，書頁也有點髒污。

我進了公共區域。現在只有看電視的權利。一台電視三十個人看，似乎不算什麼特權，不過可以稍減無聊。電視機上的按鈕都被拔掉了，遙控器則不在牢房裡，所以我們不會爲了選台而爭吵。如果警衛覺得我們想看某個節目，偶爾會把遙控器拿來。不過這種節目也不存在。

今晚看新聞，但我跟獄友就是新聞題材，我們沒心情看，因爲內容就是我們生命中的一小段，或其他跟我們很類似的人。電視開了，一段連續鏡頭換成另一段，像監獄裡就只是一段接一段的無聊。形形色色的人做這做那、被槍殺、去打仗、強取豪奪。廣告來來去去——糖尿病的藥丸、血壓的藥丸、勃起的藥丸、如果我想去碰廣告裡那些女人的話也會需要的藥丸。所有的男人都需要在醒來的時候高挺老二，困住只有自己一半年齡的對象。

新聞結束後，時事節目開始。舞台上鋪了灰色地毯，周圍是藍色牆壁，中間的講台後站了個男人。他對著攝影機講話。過了一分鐘，又多了兩個男人，站在各自的講台後，一個在舞台左邊，另一個在舞台右邊。他們走出來的時候，台下的掌聲只能用零零落落來形容，彷彿聽眾都很不情願來參加。

右邊的人是總理。他快五十歲了，沒有頭髮，我就是討厭禿頭。我沒把票投給他，也沒投給別人。另一個男人我不知道是誰，一定也想當總理，要是我會去投票，我就投給他，因爲他有頭髮。這就是不合理的地方。禿頭男都可以治理國家，我卻得坐牢？

聖誕肯尼跟小雞雞羅傑在玩牌。他們離我幾公尺，對坐在桌子兩旁。他們在玩「記牌」，所有的牌都打亂了，正面朝下，翻開時必須成對。如果這兩人能出獄，他們在玩的遊戲就預示了他們的未來。成對尋找受害孩童，讓他們趴下，留下記憶。不過，我算哪根蔥？怎麼能評斷別人在自家地下室的私人活動呢？迦勒．寇爾瞪著我看，我裝成若無其事的樣子，似乎被瞪著也沒關係。有人在看書，那就沒道理了，回牢房去看就好了。

艾德華．杭特不在，去接受治療了，或許爲他的審判做準備，他在今年也要受審。房間旁邊有長凳，也有犯人坐在那裡抽菸。

電視的音量很低，主題也很無聊，但我聽到一頭濃密棕髮（一定是染的）的帥氣主持人說：「大家對於犯罪都滿懷憤怒。謀殺率眞是他媽的太可怕了。」我在電視上看到這傢伙已經好多年了，看來他很喜歡聽自己講髒話，顯然覺得加個他媽的，他的話就更有分量，表示他也是那種扁壞人的人。有時候他也會說王八蛋。現在他正在努力，要把該死的混蛋加入詞彙。

「下一任政府已經準備好要花更多錢在執法和監獄上，對嗎？更重要的是，如果人民想要恢復死刑，今年選出來的政府會不會聽從人民的意願？不如你先回答吧，」他看著反對派的領袖。

「好，首先，」反對派領袖說，「我覺得現任政府根本不懂如何打擊犯罪，」他對著主持人皺眉，又對著攝影機皺眉。「等我當了總理，我會先把更多資金撥給目前的警力，然後開始招募活動，因爲我們需要更多警察，」他說，「因爲，目前的警察不分男女，都工時過長、薪水太低、工作太累，離開的人愈來愈多。」

「是啊，是啊，」主持人說，「但貴黨之前做過同樣的承諾，有機會執政時卻不能實踐。現在的執政黨在上次選舉前也說過同樣的話。」

「目前的執政黨讓大家都非常失望，」反對派領袖回答，忽略主持人的第一段話。「那就是爲什麼我們需要改變。」

「但你們的政黨，」總理指著反對派領袖，「五年前削減了警察的預算。」

「完全是假話！」反對派領袖說，彷彿有人控訴他從嬰兒手上偷來了糖果，還偷吃嬰兒母親的豆腐。

主持人點點頭，舉起雙手。「兩位，」他說，「請你們慢慢來。好，選新總理的那天，選民也要投票——」

「你的說法不恰當，」總理面帶微笑。「人民不需要選新總理，他們會選同一個總理。」

主持人點頭。「好的，好，對不起，不過，過一陣子就知道了，對不對？重點在於，投票選出執政黨的那天，也要投票表示贊成或反對死刑。如果你是總理，」他對著反對派領袖說，「你會允許法律通過嗎？你贊不贊成死刑？」

反對派領袖的臉色已經恢復原本的模樣，看起來開心堅定，知道如何治理國家，知道他光靠滿頭頭髮就能獲勝。「嗯，吉姆，我贊成什麼不重要，重點是人民贊成什麼。」

「所以你的意思是，你會遵從人民的意願，對嗎？」吉姆問。

「如果恢復死刑的呼聲非常高，我的政府一定會探索有沒有可能。」

「探索？」

「對，沒錯。我們要很謹慎，」他說。「如果舉行公投，人民決定他們再也不要繳稅，你會說我們應該遵從他們的意願嗎？」

主持人吉姆點點頭。「對，好，我懂了。你呢？總理先生？」

「如果人民希望恢復死刑，」總理說，攝影棚的燈光照下來，讓他的頭閃閃發亮，「那我們就要做到。我保證。因爲，剛才我的對手舉稅務公投的例子，跟死刑不一樣，死刑是不爭的事實。大家都不想繳稅，但都知道我們該繳。沒有人希望殺人犯在路上橫行，我們可以想個辦法。我們不會去探索有沒有可能，對犯罪的立場就是要堅定。如果全國人民的投票結果要恢復死刑，那我的政府會優先做這件事，年底前就恢復死刑。這是我的承諾。」我盯著電視機，全身發冷。這個人要我死。他完全不給我機會來改變對禿頭人的印象。「不要假設所有的罪犯經過法庭程序後都會被吊死。只會用在極端的案件上。」

「比方說喬．米德頓？」吉姆問。

周圍的人聽到我的名字，就開始喧鬧，有人在我肩膀上打了一記，表示喬，加油啊。但照目前的情況看來，加油會加到絞刑台上。我覺得更冷了。

「對，我認爲是，」總理說。

「那些已經上法庭的人呢？」

「他們已經判刑了，」總理說，「我們不能追溯改變他們的刑期。不過，將要受審的罪犯則會被判得更重。」

「所以拿米德頓來說，」吉姆說，「我認爲你也同意，就是他才引發了整個贊成或反對死刑的活動，他下星期就要受審。可能會延續兩個月，結束時也差不多是選舉的時候。他的判決會拖延到法案通過以後嗎？」

總理笑了。「吉姆，你想太多了，也偏離今天的主題。」他對著主持人搖搖手指，像斥責孩子的老師。「很好，但我不會討論該由法庭決定的事情。我覺得你該明白我跟我的對手來這裡是爲了辯論政見，而不是辯論喬．米德頓的審判該如何進行。」

「喬，加油，」有人在另一頭大喊，我抬頭一看，長凳上抽菸的人對著我比大拇指。另外兩個人拍起手來。迦勒．寇爾仍瞪著我，彷彿公投沒什麼意義，因爲不論如何他都要殺我。

話題從我轉到經濟上。他們才講了六個字，我就聽不懂了。經濟不論好壞，坐牢的日子都不會改變。如果景況不佳，我們也不能宣告破產，被迫搬遷，經濟好轉，我們不會在早餐的時候喝到香檳。

我站起來，回到牢房。反正再過十五分鐘，大家都不能留在外面。我躺在帆布床上，瞪著天花板，不知道我怎麼會在這裡——運氣不好，不正常的世界害我坐牢。我回想真實世界一年多以前的樣子，一切都很美好，唯一的莎莉會帶三明治來辦公室給我吃，晚上我去看我媽或我迷戀上的人。然後我想到那個星期六早上，唯一的莎莉出現在我家門外，我想開槍自殺的時候唯一的莎莉跳到我身上，然後，每次想到這裡，我就會納悶她這樣到底對不對。

大家都討厭我。

除了梅莉莎以外。

我拿起書，繼續尋找她的訊息。

18

槍還在假肚子裡。現在梅莉莎沒有武器。她的鑰匙插進了開關。她可以抓起鑰匙，亂刺拉斐爾。很混亂，也很有效，但是他會大叫，別人也會看見，突然之間，她並不如自己預期般能載著共犯離開，而是要坐在警車後座被帶走。如果別無選擇，她願意試試看，希望結果會很樂觀。不過現在先演戲好了——看看會怎麼樣。她的直覺很強，現在直覺告訴她，或許機會來了。

「你可以先告訴我那是怎麼一回事，」他用大拇指指指後座。「妳是記者嗎？要寫書嗎？妳到底是誰？」

「都不是，」她說。

「我認識不少受害人的家屬，」他說。「丹妮耶拉．沃克，我們找過她丈夫，他跟小孩。他不肯來，但她的爸媽來了。他們今晚也在，如果她眞是你妹妹，妳應該認得出他們吧，」他說，梅莉莎早就知道，不該隨便給個名字，但是他很厲害，太厲害了，沒讓她知道他已經發覺了。她得小心一點。「我再問妳一次，妳到底是誰？」

「我的名字眞的叫史黛拉。」她說。

「胡說。」

她搖搖頭。「是眞的。」她口氣堅定，足以說服他——不然他就是跟剛才一樣，知道她說謊卻不點破。

「可是妳妹妹不是喬．米德頓殺的。」

「不，」她說。「不是他，但是……」她抹抹臉，抹上一些雨水，希望看起來像眼淚，「但他眞的害死人，害死我的寶寶。」

「假的。」他說。

「眞的，」她說。「他……他強姦我。去年的時候。我懷孕了。懷了三個半月，流產了，失去了寶寶，」她說。「所以……所以我才戴假肚子，因爲我現在應該九個月了，可是我沒有，我沒有懷孕，因爲他害死我的寶寶，我丈夫也離開我，他後來都不想碰我，因爲他怪在我頭上，他也很生氣我不肯去報警。對不起，我騙了你們，我不該戴假肚子，但我戴著會覺得心情比較好，讓我覺得又變回該有的樣子，人生仍按著計畫進行，按著我的努力在走。可惜不是，一切都變了樣，因爲那個王八蛋害了我，害死我的寶寶，害我難過，我要他死。我要他死，我想，今天晚上過來，或許可以幫我原諒他，或原諒我自己，可是現在我更想一槍打死他。如果我有槍，我要把子彈全射到他身體裡。我要他死，我想……我想找到有同樣感覺的人。我已經計畫好了，殺死喬的計畫，我要……我要找人幫忙。」

他不發一語。過了五秒，又過了五秒。她知道他信了。他只是在思索怎麼辦。有幾個選擇，但就那幾個。

「他害死我的寶寶。」她說。

「妳說出來，就好了。」

「告訴你們？說什麼？去裡面告訴大家我戴著假肚子，因爲我無法承受失去寶寶這件事？我假裝懷孕，藉此安慰自己？」

他沒回答。他怎麼有答案？

她也不說話。雨水繼續打在車頂上。副駕駛座的門還開著，間或有風吹進來，夾雜著雨滴。拉斐爾腦海裡浮現了幾個可能。她腦海裡則浮現了另幾種可能。他在想，要幫她，還是離開？她在想，如果抓起鑰匙，要刺他的眼睛，還是喉嚨？

「如果找到人幫忙，要怎麼做？」

「我不希望他受審。我要他死，我要負責執行死刑。我不要他的律師靠著技術問題幫他脫罪。我不要他無罪釋放後躲起來。我要殺了他。」

「妳已經計畫好了。」他說。

「很不錯的計畫。」

她說話的時候，他一直緩緩點頭，用手撫摸下巴，不停思索。那副名牌眼鏡後的劇場可熱鬧了。「等我二十分鐘，」他說。「我要把東西收起來，然後鎖門。在這裡等我。我們有幾件事情要講清楚。我覺得我們有幾個……共通點。」

「二十分鐘，」她說。「讓你報警？」

「我不會報警，」她信了他的話。「妳會等我嗎？」

她點點頭，她會等。他下了車，關上車門，走回中心裡，低著頭拉高衣領，雨水無情地打在他身上。他到了台階上，另一台車開進停車場。他轉向掃過他的車燈，把手舉到臉上蓋著眼睛。

車子停下來，熄火了。卡爾．施羅德走入雨中。

19

拉斐爾累了。

他不記得上次一夜好眠是什麼時候。女兒被害後，他並非每天晚上都輾轉不成眠，但要等到精疲力竭，體內的重要系統都關閉了，不睡就會死，才能好好睡一覺。他常常希望就這麼死去，醒來卻發現自己還沒死。他想過求死的方法。一大早醒來，就想著朋友會在你的喪禮上說什麼，眞不是人過的日子。想到自己會怎麼死，感覺也很不好，最好不要給別人造成麻煩，不過方法倒很多——很多聰明的法子，也有很多簡單的法子。有多少次想過要怎麼自殺？上百次？上千次？一天一次，有時候一天五次，有時候更多。有時候他眞不明白，自己怎麼還沒動手。他知道自己早晚都會自殺。每次聽到有人自殺了，他都想這人的法子還不錯。

他當然想堅強點。想爲死去的女兒更堅強，還有女婿跟外孫女。安琪拉死後過了三個月，女婿舉家遠離。他帶走小孩，去世界的另一端。他的親戚在英格蘭。某個小村莊裡。他說，村裡沒有像喬一樣的瘋子。

拉斐爾這輩子從來沒覺得這麼寂寞。

他站在門口，看著車子開進停車場裡。或許另一個在基督城失去了親人的可憐王八蛋。車停下來，一個人下車，另一個人也下了車。他們翻起衣領擋雨，快步朝他走來。施羅德，跟另一個人。他的心跳加快了一點。除非有壞消息，不然警察不會來。他的妻子出事了嗎？天啊，難道他妻子實踐了他的幻想？難道她吞了一整瓶安眠藥？

「探長。」拉斐爾的聲音有點顫抖，他伸出手。

「不是探長了，」施羅德跟他握握手，「叫我卡爾就好。這位是偵緝督察蕾貝卡．肯特，」他介紹另一個人是誰，然後對肯特說，「這位就是拉斐爾．摩爾。」

他看看肯特，她濕漉漉的頭髮一綹綹黏在臉旁邊。他很想伸手過去撥開她的濕髮，他覺得，因為肯特警探實在太美了，他才有這種衝動。

「天氣好糟。」他想，如果一直跟他們講些空洞無意義的事情，就不用聽到實際上發生了什麼事。

「你們的聚會剛結束嗎？」肯特問，三人都瞥了一眼門口，大廳裡還有六個人徘徊不去，邊喝咖啡邊聊天。他不知道這兩名警探——不對，一名警探和一名前探長——認不認得他們。他們都在過去幾年的某個時刻聽到了壞消息。這個國家只有壞消息，這座城裡只有最糟糕的情況。

「十分鐘前吧。」拉斐爾轉眼看著他們。「有事嗎？是不是我太太？」

施羅德搖頭。「不是，我們不是來報告壞消息。」

拉斐爾鬆了一口氣。感謝老天。他又回頭看看裡面，希望其他人快走。希望他能快點擺脫這兩個人。他想回去找史黛拉。假懷孕的史黛拉，計畫要殺掉喬．米德頓的史黛拉，說真的，他沒有一天不想到要幹掉米德頓，就跟他每天都想要自殺一樣。「卡爾，有一陣子不見了。」

「是啊，很抱歉，我太忙了，」施羅德說。

拉斐爾懷疑忙不是理由。一開始他跟施羅德都覺得不錯，有警察來參加他們的聚會，不過他們錯了——有警察在場，其他人就有可以責怪的對象。

「你應該要來，」拉斐爾說。「很有幫助。讓來的人覺得他們的聲音有人聽到。那麼今天來有什麼事呢？跟米德頓有關係嗎？是不是跟他的審判有關？」

「算是吧。」施羅德往門口靠近，不過雨水仍打在他身上。拉斐爾仍站在原地，他不想讓他們進去，只想快點結束會面。

「崔斯坦．沃克來過嗎？」肯特問。

「崔斯坦．沃克？」他問。「老實說，」他說，「我不太確定，跟你說誰來這裡，我覺得很不自在。我的意思是，大家都有權保護隱私，」才說完，他就知道自己前言不對後語——半分鐘前他才叫施羅德再來參加聚會。

「拜託，拉斐爾，」施羅德說，「別幫我們找麻煩。如果不是很重要，我們也不會來了。」

拉斐爾點點頭。「爲什麼？他怎麼了嗎？」

「他參加過聚會嗎？」肯特對他燦爛一笑，突然之間，拉斐爾好想把埋藏在心裡的狂想全部告訴她，比方說把自己包在塑膠袋裡，躲到地下室，呑一大把藥丸，就沒人能找到他了，沒有人會知道發生了什麼事，他就能消失，離開這個世界。很多男人看到這樣的笑容就會屈服吧，換個時間，他也會臣服。不過，今天晚上他不會。史黛拉在等他，他一心想要殺死喬．米德頓。

「我找了他幾次，他總不肯來，後來我就放棄了。」

「你爲什麼要放棄？」施羅德問。

拉斐爾聳聳肩。「嗯，他不太高興我一直找他，」他說。「我又聽到謠言，發現他不屬於我眞的想找來互助團體的那種人。」

「什麼謠言？」肯特問。

「聽說他會打他太太，」拉斐爾搓手取暖。團體裡的人告訴他這件事，那個人又從表親還是鄰居那裡聽到。「是眞的嗎？」

「他沒被指控。」施羅德也開始搓手。

「我問你是不是眞的，跟有沒有人指控他沒關係。你們來問他的事情又是爲什麼？他對別人施暴嗎？」

「他今天下午被殺了。」肯特把手插進口袋。

「喔。」拉斐爾稍稍往後退了一步。「喔，」他重複了一次，不知道還能說什麼。他不能說太好了，算他活該，因爲他不知道沃克是不是眞的會打老婆，如果是眞的，他就該死嗎？恰當的情緒終於浮現了。「可惡。」

「沃克預定要在米德頓的審判上作證，」施羅德說。「跟你一樣，還有其他的受害人家屬。今晚來聚會的人裡面，應該有十多個會作證。」

拉斐爾慢慢點了點頭。大約每隔十秒，風吹過來，雨水就掃過他們。他想到作證是什麼情況。他想好久了。他想過在被人攔阻前，他能不能從證人席跑到喬前面。他想到，要帶武器進去一定很困難。他可以用木頭或骨頭刻一把刀。他想過，要很多人合力才能擋住他。這些都只是空想——他知道，自己頂多只能成立互助團體，幫助其他人，從下星期開始，他們就去抗議。

「你們的意思是？」拉斐爾問。「你覺得有些成員也是目標？」

「我們不排除這個可能。」肯特說。

「誰會攻擊我們吶?」

「不曉得。」施羅德說，但拉斐爾不信。從他的聲音聽來，拉斐爾覺得施羅德已經想到是誰了。

「那我能怎麼辦?」拉斐爾問。

「我們本來希望能在聚會結束前就到，」施羅德說，「就可以跟所有人講這件事。」

「嗯，我認識裡面幾個人，」拉斐爾說。「我可以把名字列出來給你。星期一我們還會見面。」

「又有一次聚會嗎?」肯特問。

「不是，」拉斐爾說。「我們約在法院外。我們要示威，抗議的對象是那些抗議反對死刑公投的人。大概有三十個人會去，都可能帶個朋友，應該還有更多人參加，大概幾百人吧，」事實上，他希望有幾千人參加，不覺得應該少於這個數字。他剛才想過，這個國家只有壞消息。所有的壞消息在大家嘴裡留下了怪味道——大家怒氣勃發，都很樂意參加示威。

「你負責領導嗎?」肯特問。

「不是，」拉斐爾說。「只參加而已。沒有人領導。」

「但是由你安排。」肯特說。

「我只是盡一個好市民的義務。」

「你知道，那樣的示威活動很容易失控，」肯特的聲音加入了幾分嚴厲。「兩方都有可能。」

拉斐爾皺起眉頭。「我們要表達自己的意見，」他說。「我們有權舉行和平示威。我們的權利完全合法。喬・米德頓就是我們需要這條法案的原因，」他竭力保持聲調平穩，不過心裡已經開始對她怒吼。「我願意全力支持，我們都在規劃。」

「要是有人受傷了呢？」她問。「該怎麼辦？」

「我們都是受害者，」拉斐爾說。「我們已經受傷了。我們只想用和平的方式抗議反對死刑的群眾，反對目前的系統。在場應該會有不少警察維持秩序，」不過說實話，他也不確定。過去幾年來，警力缺乏，爲基督城帶來不少負面影響——或許星期一的抗議也一樣。但保衛秩序不是他的工作。肯特才要負責，還有她的同事，還有像施羅德這一類的人。

「崔斯坦・沃克也要參加活動嗎？」肯特問。「他本來也要去嗎？」

拉斐爾沒聽過別人用活動來描述他的行動，聽起來怪怪的。「我們這群人想要改變我們的國家，」他說，「如果那可以稱爲活動，就叫活動吧。」

「沃克呢？」肯特重複她的問題。

「我不知道。我還沒告訴他，或許他會來吧。我希望他會參加。」

「今天有新面孔嗎？有沒有可疑的人？」施羅德問。

拉斐爾把手放在下巴上，食指橫過了嘴唇，然後開始上下敲打指頭。他只想到車裡的女人。

「可疑？怎麼個可疑法？」

「不屬於這個團體的人。」施羅德說。

他搖頭，手指仍在嘴唇上。「沒有，沒有這種人，」他說。「我的意思是，今晚有新人，只要有人被殺害，總會有新人加入。至於可不可疑，就沒有了，大家都能融入。」

「你確定嗎？」施羅德問。

「沒有人渾身是血，揮著刀子進來，」他說。「在聚會上，大多數的人都不開口。很像匿名戒酒團體。大家都很緊張，不知道會碰到什麼事。他們想聽別人分享傷痛，才能聊起自己的事。要等幾個星期才能敞開心胸。我們做得很好，幫了很多人。」

「女的呢？」肯特問。「有沒有特別不一樣的女人？」

「女人？」他遏止自己的衝動，不讓目光移向那台車。「怎麼了？殺死崔斯坦・沃克的兇手是女的？」

「沒有人說兇手是女的，」肯特說，「不過我們想找一個女人問話，金髮女性。」

金髮女性。車裡的女人是黑髮。儘管如此，車裡的女人想把喬殺了。爲什麼要殺喬的女人也想殺崔斯坦・沃克？他想到其他的成員。有個金髮女，一定有，但是……怎麼了？基督城起碼有五萬名金髮女性吧？

「你知道她叫什麼名字嗎？有沒有其他特徵？」

「只知道是金髮，」肯特開口前先瞥了施羅德一眼。「戴金色假髮的女人。」

「那就很難說了，」拉斐爾說。「今天有人第一次來，每次都有新人，我們也不會叫大家簽名。今天來的也有金髮女，但沒有特別可疑的人。」

「你幫我們把名字列出來好嗎？」肯特說，「你知道的那些人。」

「大概要五分鐘吧，」他說。

「我們可以等。」

拉斐爾點了一下頭，又回到裡面。最後幾個人也要走了，他們道別，臉上帶著悽苦的微笑。他開始寫名單，卻沒寫上史黛拉的名字，不想讓警方注意到這個沒理由傷害沃克的女性，而且她可能會帶給他無限的欣喜。

20

雖然晚餐才過了一個小時，我又餓了。在這種地方要倒胃口，最簡單的方法就是想想監獄的食物。我想了想我們的飲食，飢餓的感覺稍微解除。但我又想到軟嫩的牛排，配上薯條和烤肉醬，腹痛一發不可收拾。我愈努力不去想，愈能想像那種美味。那就像死前的最後一餐，如果我跟絞刑台有約，那我希望能先吃塊牛排。

當然，要逃過死刑，就要找出梅莉莎的訊息。我繼續翻書，知道裡面什麼也沒有，確定裡面什麼也沒有，怎麼找就是找不到。快到熄燈的時候了。所有的牢房門都已經鎖上，只有我、我的床、我的馬桶，和不肯把好消息告訴我的那幾本書。我聽到隔壁牢房裡的聲音。他們在自言自語，或跟自己的想像對話。

六本書。

一條訊息。

或許根本沒有訊息。

我覺得很沮喪，把書丟到牢房一角，玩起遊戲來，看看能把書丟得多近。另一個遊戲，梅莉莎在玩的遊戲，我則不知其所以然。

我把書撿回來，又丟了一次。第一次在牢房裡感受到樂趣。我消磨了十分鐘，未來三十年也這麼好消磨就好了，不然我會無聊死。六本書落在牆角，我撿回書，排齊了書脊，敲了敲把四邊都對齊。然後又丟出去。明天迦勒・寇爾會來找我。明天或許就是我的死期。

我把書撿回來，排在一起。

我看著書名。

《暮光天使》、《示愛得愛》、《欲望肉體》、《愛來小鎮》、《公主們的王子》、《暮光天使續集》。

或許訊息就在這裡，在書名裡面。我抽一個詞排起來，暮光、示愛、肉體、愛、公主、暮光。我亂排一通。暮光欲望。示愛肉體。感覺有意思。讓身體露出來？兩個暮光就很難拼湊。愛要放在哪裡？梅莉莎是不是要告訴我把屍體所在告訴警方？他們要找的只有卡爾霍恩警探的屍體，因爲他們只知道要找這個人，梅莉莎殺了他，我埋了他，施羅德的靈媒也想知道屍體在哪裡。

我不知道，太牽強了。但是梅莉莎確實知道卡爾霍恩埋在哪裡。大略的位置。我們在床上講甜蜜悄悄話的時候說到這件事。她的訊息眞是那樣的話，要帶他們去看，而不是說出地點。

我不知道。愛呢？

我不要當消極喬，大家都不喜歡消極喬，我要當積極喬，人人喜歡的喬。我想像到監獄外面的樣子。我想像我帶施羅德去看卡爾霍恩埋葬的地方。不告訴他地點，不幫他畫地圖，而是帶他走過土路，到那個土堆旁，裡面就是被塵土包裹的卡爾霍恩。我想像會有四五名警察陪同。他們身穿制服，槍掛在腰間。或許連逮捕我的黑衣人也會來。我想像我在走路——前面有幾個人，後面有幾個人，小心戒愼就怕有麻煩。空氣冷冷的，地上濕濕的。鳥兒停在掉光葉子的樹木上。然後，不知從何而來的槍聲響起，破壞這一天平和的寧靜。

不過不是白天，是傍晚，暮光時分，梅莉莎說得很清楚。可是她沒說清楚是哪一天。她知道母親今天會來看我。她知道我會拿到書，也會明白她要傳遞的訊息。她知道把警察帶去那裡需要時間，所以她不會安排在今天。審判星期一開始，那她的計畫一定是明天了。在兩次暮光之間，包括今天，太合理了。

明天我得告訴施羅德卡爾霍恩埋在哪裡。

除非……

除非怎樣？除非我看到了根本不存在的訊息？

積極喬回來了，來挽救世界。他帶我重回剛才的情節。暮光。我們排成一列往前走。槍聲響起。鳥兒驚逃。槍聲如雷，發出回響。警察不知道子彈從何而來，然後結束了——制服上爆開紅色的血漬。鮮血滲入了地面，梅莉莎現身了。她抱住我，親我，一切都沒事了，都恢復正常了，她帶我離開塵土和鮮血，開始遠離戀童癖和警衛的生活，遠離迦勒．寇爾和他的決定，遠離葛倫和亞當和他們給我的折磨，遠離一切，我們安心躺在床上，遠離黑暗。

消極喬又來了。他覺得積極喬或許有目的。

六個書名。在暮光時分展露屍體。愛。

現在我信了。我覺得自己好像白痴，沒早點發現。很聰明，太聰明了，梅莉莎比誰都聰明。所以她還在外面，所以警察找不到她。

她會來救我。

因爲她還愛著我。愛。

我躺在床上，很久不見的感覺出現了——我覺得有希望。

21

拉斐爾又進去了，肯特和施羅德留在門口。他們讓了兩次路，讓裡面的人出來，一名老人出來的時候，對他們點點頭打招呼，「警探們好。」施羅德認出一對老夫婦，五年前他們的兒子被殺，兇手搶走了他口袋裡的零錢和腳上的球鞋，跟那時候比起來，他們似乎老了二十歲。兇手把零錢拿去買了漢堡，吃到一半就被上了手銬。

「或許該跟他說梅莉莎的事，」施羅德說。

「我們說過，不提比較好，」肯特說。「我應該不需要提醒你，我們不知道她是否涉案，如果提到梅莉莎的名字，說不定就有人開始調查莫須有的案件，我們擔不起風險。我們不能提不知道的事情。一說就上新聞了，像那樣的假消息可能會激怒她。逼她找人開刀。要真的是她，我們也不能透露消息，不然她就知道我們在懷疑她了。」

「我懂，」施羅德繃緊了下顎。「我以前也是做這行的。」

她微微一笑，化解了緊張。「我知道，對不起。」

這段對話讓他想起以前常跟搭檔泰奧多・泰特講的話，泰特的女兒死後，他離開警隊，改當私家偵探。四個星期前，泰特又回來當警察了。他的試用期還沒過——暫時停止了，因爲他昏迷不醒，正在跟死神搏鬥。他們兩個角色互換。泰特變成警察，施羅德變成泰特原本擔任的角色，管它是什麼。或許更糟糕。泰特跟他的妻子也互換角色——在泰特女兒死亡的意外中，他妻子變成植物人——泰特昏迷那天，她清醒過來。

那天，施羅德殺了那個女人。

一團亂了，你慢慢琢磨吧。

「我還是覺得沒關係，」他說。「我們應該告訴他。」

「你聽到他說的了，」肯特說。「沒有令人起疑的女性。說老實話，梅莉莎來這裡幹嘛？本來覺得是個好主意，現在也還是好主意。我們去調查名單上的人，當然也會跟檢方的證人名單比對。」

不過不是我們，是他們。他不能插手。跟泰奧多．泰特周旋了兩年，他終於明白泰特在幹什麼，因爲他現在也在他媽的那種情況裡。有些東西就是放不下。

「或許我們該給他看梅莉莎的照片，」他說，「但不說她是誰。」

肯特嘆口氣。

「我們說她可能有嫌疑就好，」他補了一句。

「說不定他會說，他在電視上看過她。」

「說不定他會說，他看到她來過。」

她緩緩點頭。「好吧，你有照片嗎？」

他跑回車上，每踏一步，雨水就從地上濺起，浸濕了他的褲腳。他探進後座，打開資料夾，梅莉莎的照片卻不在原來的位置。他匆匆翻過其他文件，翻了兩次，又在地上和後座尋找，雨水打濕了他的雙腿跟下背部。那張照片是梅莉莎還叫作娜塔莉．福勞爾斯的時候，後來她改用死去妹妹的名字，開始殺人。他連座位下也找了。照片落出來了，但不在車裡。或許在他家裡。或許在某處的陰溝裡，已經濕掉了，跟他現在一樣。

他跑回肯特旁邊。「找不到。」他說。

「我覺得沒關係。」

「我明天拿給他看。」

「卡爾——」

「我知道，我知道，這不是我的案子了，」他舉起手。「我只想幫忙。」他的手機響了。他從口袋裡抓出手機，看看來電顯示。是電視台。他應該回去了。他把手機調成靜音，讓來電接入語音信箱。明天《清掃魔》要在賭場拍攝，週末過後，狂賭的人都自殺了，主要角色有很多清理工作要做。

「嗯，你去找照片的時候，」肯特說，「我想到一件事，拉斐爾不是說要舉行示威嗎？如果那就是關鍵呢？說不定這件事跟梅莉莎沒有關係，而是跟公投有關係？今天早上的簡報說，到法院外抗議這件蠢事的可能高達五千人，他們認為死刑讓紐西蘭回到黑暗時代。但我們也知道拉斐爾會帶幾百人去支持公投，或許不止幾百人，他們認為死刑才是趨勢。很多人都想表達意見。正適合帶著炸藥去表達自己的意見。」

施羅德想了想。「妳覺得拉斐爾知道內幕？妳覺得炸藥屬於團體裡的人？」

肯特搖搖頭。「他這個團體反對暴力，」她說。「他們組成這個團體，就是希望不要有人受害。」

「那也是一種看法，」施羅德說，「但反過來說也對。這個互助團體基本上贊成暴力，因爲他們想報復。大家都覺得爲了正當目的可以不擇手段。」

「報復，對，但對象不是無辜的人。」

施羅德點頭。他覺得累了，剛才的話很紊亂，證實他眞的累了。等這裡的事結束，他就要回家，或許在嬰兒起床前，可以睡上幾個小時。「妳說得對，」他揉揉眼睛。

「不過每個人狂熱的程度不一樣，」她說。「不論站在哪一方，都有可能覺得炸藥可以幫他表達意見。或許有人覺得傷害無辜可以爲更多人謀福利。」她瞪了他幾秒。「卡爾，你沒事吧？」

他還沒說自己沒事，拉斐爾就出來了。跟去年看到他的那時候比起來，他老了一點，不過仍很英俊，在電視上扮演總理的演員就是他這一型。如果施羅德擔任顧問的節目想拍政治劇，應該找拉斐爾來演。

拉斐爾把名單遞給他們。「我只記得這些。」名單上大約有二十個名字。

「你聽過德瑞克·瑞佛斯或山姆·溫斯頓嗎？」肯特透露了這兩個即將上新聞的姓名。在今天結束前，全國的人都會知道槍殺公民的罪犯在逃——不過他們也不是好公民。

拉斐爾抓抓頭，手指消失在濃密的頭髮裡。「沒聽過，他們也死了嗎？」

「你確定沒有人特別可疑？」施羅德問。

他又想了幾秒，然後點點頭，「我確定。」

「謝謝你的幫忙。」肯特說，三人彼此握手，她跟施羅德衝回停車場，躲進他的車子裡。

22

下了車的不只施羅德——還有一個女人。梅莉莎看過她。站在打擊犯罪前線的人，都會進入她的資料庫。她不知道她叫什麼名字，但知道她最近才加入。一想就知道施羅德爲什麼跟她在一起。屠夫案。他們找到了崔斯坦．沃克，覺得一定有關聯，屠夫案本來是施羅德的案子，所以他們現在找他幫忙。不過她不懂，他們怎麼會找到這裡來。

施羅德跟女警探開車離開，梅莉莎拉開槍的保險栓，塞到座位下面。她把C-4的觸發器放回置物盒。她準備好了，等拉斐爾指著她，施羅德走過來，她就磅磅施羅德跟那個女人，也砰砰拉斐爾。

過了幾分鐘，活動中心裡沒有其他人出來。拉斐爾不知道去裡面做什麼，又出來了。他把門鎖上，不過梅莉莎不覺得裡面有什麼好偷的——家具跟棄置路邊、放了紙板說請自行拿取的差不多。或許他鎖了門，才不會有人把東西丟在裡面。或許以前有人丟過，裡面才有那些家具。拉斐爾拉緊了外套，跑到她車上。

「那是警察。」他說。

「眞的嗎？」她努力裝出驚訝的模樣。今晚的表演過後，她覺得自己應該當演員。

「有人被殺了。」他說。

「噢，天啊，好可怕，」她舉手掩住了嘴。「是你認識的人嗎？」

「嗯，沒那麼可怕，」他說。「那傢伙會打老婆。」

這時候要皺眉跟一臉疑惑。「警察來幹什麼？」

「因爲他太太也被米德頓害死，」他說。「他要上法庭作證。」

「我不懂，」梅莉莎說。

「警察認爲，或許某人的目標是受害人的家屬。那些要作證的人。」

「那就……那就太誇張了。」聽了警方的懷疑，她覺得很高興，努力不要笑出來。如果他們以爲有那種關聯，她就不用擔心了，眞的太誇張。「不是嗎？難道我們都很危險？」

隨著時間過去，車內愈來愈冷。她轉開引擎，開了暖氣。停車場裡除了她的車，只剩下另一部車。一定是拉斐爾的。深藍色的休旅車，備胎固定在車後，輪胎蓋上寫*我的另一台車被偷了*。

她想起前一陣子聽到的說法——*歡迎來到基督城，你的車子已經到了*。

「我不確定，」他說，「不過他們跟我要了名單，想知道今天晚上誰來參加聚會。」

她想問她在不在名單上，也懶得問了。光靠*史黛拉*這個名字，也查不到什麼。如果開口問，說不定才會引起他的懷疑。

「我想聽聽看妳的計畫，」他說。

「爲什麼？好告訴警方嗎？」

「不是，」他搖頭。「我想幫妳。如果要報警，我剛才就報了。」

她知道，她故意那麼問，因爲她覺得自己可以得最佳女演員獎了。「我計畫，在審判開始前，就開槍殺了喬。」她說。

「就這樣？這就是妳的計畫？」

「還有。」她說。

「我也希望還有。」他說。

她閉上嘴，瞪著他，過了幾秒，他開始點頭。他想到了。「但妳要知道妳能不能信任我。」

「能嗎？」

他停止點頭，儀表板發出的光芒把他的臉孔照成橘色。車裡慢慢變暖了。「安琪拉死後，」他說，「我也想死。我想買把槍，插進嘴裡，跟世界說拜拜。失去她，是我這輩子最痛苦的難關，」他說，梅莉莎也想起了她妹妹。「她死後不久，我跟我太太——唉，那種事通常就是婚姻的盡頭。我們也沒避掉。我沒什麼活下去的動力。不過我發覺，痛苦的不只我一個。還有其他人。我想，或許我可以幫助他們。但日子一天天過去，我每天都在做夢，想殺掉那個害死我女兒的人。基督城不止一個屠夫。還有其他人在殘害別人心愛的女兒。這個團體，起碼算件好事，」他說，「但事實上，如果我能召集一群志願者來維護治安，清掉垃圾，我也願意。我一直想到這件事，就跟西部片的情節一樣，妳懂嗎？一群做好事的人騎馬進城，帶著槍。就像約翰．韋恩和克林．伊斯威特。可是我做不到，找不到方法。不過我可以幫你。我早該死了，可是還沒死。只等著變化出現，等著生命再度有意義。意義就是殺死喬。我不在乎我的生命。我去年就該死了。這個互助團體就像我的維生系統——讓我繼續有心跳有呼吸——但我其實已經死了，只是苟延殘喘。殺了喬，我就心安了，等我心安，就可以放棄一切。我可以……可以含笑死去。所以拜託妳，史黛拉，告訴我，妳除了計畫外，也準備好了工具。因爲，如果沒有，我只剩下夢想了。要我怎麼做都可以。眞的。」

「你會用來福槍嗎？」

「我應該可以學。那就是妳的計畫？」

「等時候到了，你能扣下扳機嗎？」

拉斐爾咧開嘴，臉上浮現了微笑，然後他伸出雙手，來強調他的意思。「我有兩個問題，」他說。「第一，我希望喬能看到我。我要他知道我是誰。所以從遠處拿來福槍射他，似乎不符合我的心願。如果只能這樣，也可以，但我想靠近他。我要看他的生命流逝。我要他在死前想到我女兒。」

「第二個問題呢？」她問，她知道他會說到痛苦和折磨。一定是。痛苦，折磨，好好地報復一番。

「第二個問題，我要他痛苦。胸口中槍，他馬上就死了。所以如果妳的計畫就是讓他一槍斃命，沒辦法改變，那就這樣吧，我願意加入，但如果我們能——」

她伸出手，按住他的上臂。「別說了，」她說，「因為我的計畫兩個問題都能解決，」太好了。命運的安排。一定是。命運和她能探知別人祕密的能力。這是經驗的累積，從大學教授撕開她衣服的那天晚上，她的學習曲線就猛然往上衝。

「審判星期一就開始，」他說。「時間夠嗎？」

「我們有整整三天，」她說。「剛好夠我們安排好一切跟實踐計畫。」

23

汗如雨下，滑雪面罩戴著好癢。滑雪面罩眞是一種很奇怪的東西。在電視上、奧運比賽裡或電影裡，滑雪的人都不戴面罩。他們穿厚外套，戴毛線帽跟好像蛙鏡的眼鏡，但看起來不像搶銀行的人。滑雪面罩應該改名爲搶匪面罩，或強姦犯面罩。不過我現在就戴著面罩，因爲流汗，愈來愈濕。今天天氣晴朗，大多數人都不會戴滑雪面罩，晴日的藍天總讓我覺得心情很好。雲朵幻化成不同的形狀，我看到刀子，我看到女人，我看到雲裡出現了壞事。我不需要撬開前門的鎖，因爲我有鑰匙，我用鑰匙開門進去。我很自然地拉開冰箱，一股冷氣吹來，我拿出一罐冰凍的啤酒。不是可樂，而是啤酒，因爲可樂沒有特價。我坐在桌旁，聽到臥房裡傳來的聲音，多半是鼾聲，偶爾夾雜著翻身時彈簧發出的聲音。然後我發覺白天過了，藍天不見了，現在是半夜。時間迅速過去，我不知道怎麼了，做夢的時候時間就會過得這麼快。我抓抓面罩，調整了一下，然後打開公事包，撫摸裡面的刀刃。

我待在廚房裡，過了一會兒，鼾聲停了，腳步聲傳來，走廊那頭的燈光亮起，過了兩分鐘，我聽到沖馬桶的聲音。然後又是腳步聲，我母親進了廚房，我仍坐著不動。

「你是誰？」母親問。

「我不是喬，」我告訴她，我最不希望母親覺得我是壞人。接下來，我讓刀子當我的代言人。刀子說個不停，直到她跟我跟廚房達成共識。一片髒亂。總是這麼亂。

「每次都是這樣？」她問，那個她就坐在我對面。

我回到會客室，回到現實中。現在是星期五早上，我一早起來又滿懷希望地重翻梅莉莎送來的書，反覆讀她的訊息。然後吃了早餐，跟迦勒．寇爾交換了幾次眼神，然後警衛來找我。要跟心理醫生面談。心理醫生往前靠，十指交扣在一起。那一定是心理醫生的標準姿態。一定是在心理學校學的，老師播放四〇年代畫質粗糙的黑白片，要所有的學生練習看起來很聰明的坐姿。有點諷刺，這一行的人都看不出來自己這樣有多蠢。還好，我的心理醫生除了坐姿蠢，還有其他的特色。她是個美女。美女當然好，但也不好，因爲會讓我分心。喬會想到害喬坐牢的那些事情。她面前放了一台小錄音機，把每個字都存到記憶裡。

「不一定每次都一樣，」我告訴她。「幾乎都一樣。我不知道。以前我不會做夢，現在就不確定了，因爲夢境感覺很熟悉。就像我這輩子都在做同一個夢。有時候從夢裡醒來，覺得那一定是親身體驗，我媽死了，所以我才要坐牢。有一次我眞以爲我殺了她，還打電話給她，確定她沒事，」我說，不過打電話是我編的。「有時候我在夢裡下藥毒死她。有一次我甚至扮成強盜偷偷跑進她家，把她嚇死了。夢境總感覺很眞實。」

我還有話要說，但我沒說出口。我不太確定正確答案是什麼。心理醫生叫愛麗絲，我已經忘了她姓什麼。事實上，我也不太確定她叫什麼名字。可能不是愛麗絲。可能是艾倫。或愛麗森。或是愛麗艾倫。我努力把目光放在愛麗的臉上，她的顴骨線條柔和，下巴很漂亮，還有藍色的大眼睛。我努力不讓目光游遍她的全身，她的曲線就像藏寶圖，有很多地方我想發掘想侵佔，想在上面用刀畫個叉。她穿乳白色襯衫跟黑色長褲，要刺出血來有點難。襯衫的領口不低，長褲也不緊。

不需要問她我的答案對不對，因爲她已經告訴我沒有正確答案，我們都知道她在胡說八道。她說，她無法判定對錯，只能負責評估我，把結果送上法庭。她當然在騙我。如果我告訴她每個受害者我都記得一清二楚，殺人只是爲了好玩，那就是錯誤的答案。正確的答案很多，她聽了以後想也不想，就會贊同我用精神異常當成藉口——我只要找出正確的答案是什麼。

她分開手指。「你對母親一直有不好的念頭嗎？」如果她認識我母親，就不會問這個問題了。

「要看妳說不好的念頭是什麼意思，」我說。「每個人都有不好的念頭。」

「但不是每個人都會夢到殺死自己的母親。」

「不會嗎？」

她的眼睛瞪大了一些，我說的話一定嚇到她了，但我不知道是哪句話。「喬，不是每個人都會做這種夢，眞的不是。」

「喔。」我眞的沒想到，她肯定也注意到我很驚訝。接下來，我一定要表現出眞的很驚訝的樣子。「但在睡覺的時候，不算不好的念頭吧，對不對？沒有人能控制夢境。」

「那倒是，」她說。「被你害死的女人，」她說，我舉起手——沒被銬住的手——打斷她。

「我不記得。」我說。

「是。我知道。你說過了。但你沒殺你媽媽，卻夢到她被你殺死。你沒夢過其他人嗎？」

我搖頭。「沒有，沒夢過。」

她點頭。我知道她在想什麼。她覺得我母親跟這些人有關聯。她想知道我殺死那些女人是不是代表我想殺死母親，可是不用眞的殺了她，這些人都是代罪羔羊。

「你母親是什麼樣的人？」愛麗問，她的聲音充滿誘惑，很撩人，我不懂他們爲什麼送一個女人到這種地方來約談我這種人，然後我明白了，她一定有壞小子情結。我又發覺，其實不對——幫我辯護的女性一定能迎合陪審團的想法。他們會看到，她花時間在我身上，我們之間絕對沒有強姦，也沒有謀殺。我的支持率一定會爆增。

「她要結婚了。」我告訴她。

「你有什麼感覺？」

我敢打賭，除了交叉十指外，她精通的第二招就是這個問題，然後再學怎麼把皮片縫到外套的手肘上。各位同學，別忘了，如果都行不通，就問：「你有什麼感覺。」心理學似乎就這樣。如果都行不通的固定程序。心理學家不喜歡自己的意見，必須先向患者徵求答案。

「感覺？我沒什麼感覺。」我說。

「你不覺得生氣嗎？」

「爲什麼我要生氣？」我覺得火上來了，不光氣艾倫，我也氣母親。

「你可能會覺得被拋棄了，」她說。「或許你覺得，母親會忘了你，忘了你在坐牢，跟生命中的新男人繼續生活，而你在父親死後，應該是她生命中唯一的男性。婚禮什麼時候舉行？」

「星期一。」我說。

她點頭，彷彿點點頭就能證實我的話。「審判開始那天。」

「妳剛才說的那些，我都沒感覺，」我對母親的怒氣衝上頂點。她已經開始新生活了。她已經證明，除了她自己以外，她唯一在乎的人就是華特。「我只是不明白時間那麼多，她爲什麼偏選擇現在訂婚，下禮拜結婚？爲什麼不等幾年？」

「你要他們先放下自己的生活嗎？」從她問話的方法，我看不出她是否在評斷我。

「放下？是啊，我希望他們考慮一下。我的意思是，沒有差別吧？先不要結婚，起碼等到審判結束。」

「或許他們覺得，你永遠不會出獄了。」

我搖頭。我不贊同別人有這種想法。「他們錯了。」

「因爲你沒殺人？」

這個問題很重要，她顯然在開車來這裡的路上預演了很多次。

「我知道我殺了人，」我說。「大家都這麼說。一開始很難相信，但如果有一千個人跟你說天要塌了，那天就會塌，」我一臉陰沉。我那個喬很難過的表情。已經在好多人身上實驗過，磨練得很完美。「如果是眞的，我就不該出獄。我想，我眞的……」爲了增加戲劇效果，我暫停了一下，數完一拍，然後又一拍，「我眞的該死。那就是……」停一拍，停兩拍，「他們眞的會那樣。要殺了我，你知道的。他們會通過電視上大家都在談論的法案，我要第一個上絞架。」

她不答話。我說的都不是眞的，我不確定她相不相信。兩人繼續沉默，我覺得我該說點什麼話，聽起來要有點弱智，但不是太蠢。

「我的意思是，他們說我做了那些事——可是那不是我。我不是那個人。妳問別人，問我媽，問那些以前跟我一起上班的警察，」我心裡想到一連串的事情——以前那些女人，以前那些受害者，蛋卡在嘴巴裡，死前發出的呻吟聲。我在椅子上挪了挪屁股，還好有桌子擋住，她看不見我的老二慢慢豎起來了。總有這種討厭的時候，我跟愛麗這樣的女人之間居然隔著東西。

「你都不記得了？」

「我知道，我說了好多次。或許妳早就知道我會說不記得，但事實上妳聽我說不記得，證明那些事都是我編的。壞人一定記得他們做過的壞事。他們做壞事，是爲了留下記憶。應該吧，我只想當好人，」我說，「如果我眞的做了那些事，我希望有人能幫我不要做壞事。或許這只是浪費時間。或許他們就該把我關在這裡，把鑰匙鎖起來。」

「把鑰匙丟掉。」

「什麼？」

「大家都說把鑰匙丟掉。」

「什麼鑰匙？」

艾曼達又交扣住十指。她用兩根食指按住嘴唇。「說這種話的人很少，」她說，「說自己該被關起來。聽起來很誠實。」

「我很誠實。」

「喬，問題是，聽起來你也想操控別人的看法，控方心理醫生說你會這樣。」

我不說話。我知道她正要做出非常重大的決定。我知道一不小心，就會表演得太過火。最好什麼也不說。最好相信自己，我的表現很不錯，已經說服她了。

「不是眞話，就是假話，」她說，「但我不知道是眞是假。」

我不知道該怎麼回答，也不知道該做出什麼表情。我不知道接下來有什麼要假裝。我該謝謝她，說些充滿智慧的話？還是應該像魚一樣在地上跳來跳去？

「問題是，你表現得很像你有智力問題。」她說。

「我沒有裝出弱智的樣子，」我說。「別人就覺得我是這樣。」

「是他們的問題？」

「我不知道，或許吧。或許是我的問題。可是大家都瞧不起我，不知道爲什麼，他們有點可憐我。我一直都知道，可是不懂爲什麼。或許大家就是瞧不起工友，因爲我們是低三下四的人。」

「你爲什麼不問？」

「那又怎麼樣？*探長，對不起，你爲什麼覺得我是白痴？*我才問不出口。他們一定會讓我覺得我不如他們，」我說，智障喬不見了，我是快速喬、聰明喬，聰明喬一開口就停不下來。「或許那就是爲什麼他們覺得我是白痴。」

「你對事情的見解很深刻。」愛麗說。

我沒回答。聰明喬有個問題，有時候他太聰明了，反而對自己沒好處。

「我想更了解你，」她說。「我們還有週末的時間。你對我說什麼，都會保密。我服務的對象是你跟你的律師，不是檢方。」

「OK。」

「但如果你說的話讓我覺得你在說謊，我們就結束討論，我也不會再來，等我上法庭，我就一五一十說出來。所以基本上，喬，雖然我爲你工作，我也追求眞理。這三天你都要說實話。」

三天內不要被抓到說謊，我應該做得到。不然，如果梅莉莎的計畫成功，就不需要了。

「OK，」我說，說到誠實，一開始就沒打下穩固的基礎。「要怎麼開始呢？」

「我想了解你的過去。」

「我的過去？為什麼？」

「在你做的夢裡，你會把面罩拿下來嗎？你媽媽認出你來了嗎？」

我想了想。在夢裡，有時候我會喝啤酒，有時候喝可樂，有時候我開藍色或紅色的車子，有時候房子看起來不一樣，可能是我家，可能是她家，或我去過的某間房子。我媽可能穿著睡袍或洋裝。有時候我的金魚也在夢裡，我用捏碎的肉餅餵牠們。我殺她的方法也不一樣。唯一不變的情節就是我。我一定會戴著面罩。甚至當我把毒老鼠的藥放進她的咖啡裡，我還是戴著面罩。

「沒有。」我告訴她。

「你確定嗎？」

「不確定。我的意思是，我不完全確定。」

「你媽呢？她知道你是誰嗎？」我想了想，點頭點到一半又改成搖頭。「或許吧，她看起來嚇到了。她就是耶誕節的表情。」

「耶誕節的表情？」

「嗯，那是我的說法。她看起來很驚訝。說來話長。」

「嗯，總要有個開始，」愛麗說。「不如就先說這個故事吧？」

我們就從頭說起了。

24

我記得，小時候我相信有聖誕老人。父母很注重過節。早上起來，我會發現為聖誕老人準備的餅乾牛奶不見了，壁爐邊散了煤灰，爸會告訴我，他聽到聖誕老人在屋頂上發出聲音，也瞥見麋鹿的身影。我很興奮，他眞的來了，又很失望，因爲我沒看見。耶誕夜我總會努力保持清醒，第二天早上七點，陽光穿過窗簾，我起床後才發現自己失敗了。聖誕老人懂得怎麼潛入你家，不會驚動任何人。我也會。

記憶特別深刻的耶誕節是我八歲那年。那時候我已經不相信有聖誕老人了——只是過了多年，我發現世界上也有聖誕肯尼這種人。那時候我媽跟現在不一樣。父親也不一樣。其實我不確定父親是什麼樣的人。他很不一樣，到現在我還是說不上來。不管是什麼，我媽應該知道。他們兩個處得不太好，每次出了問題，父親就跟威廉混在一起——我們都叫他比爾叔叔。比爾叔叔不是我親叔叔，是我爸最好的朋友，但是那年耶誕節過後，比爾叔叔幾年沒出現，他跟我爸媽鬧翻了。我總覺得爸媽的問題就是比爾叔叔。

我送我媽的耶誕禮物是一隻小貓。黑白花色，七個星期大。學校裡的朋友給我的，他家的貓生了一窩。我拿一本雜誌跟他換貓。他沒告訴他爸媽，我也沒告訴我爸，要是大人知道發生了什麼事，結局應該完全不一樣。看到小貓咪的時候，媽臉上的表情讓我永生難忘。耶誕節的表情。她的嘴唇翻起，一臉凶相，牙齒像鯊魚一樣爆了出來。眼睛瞪得好大，快要掉出眼眶了。那種表情就是她在探究最可怕的夢魘，卻發現夢魘已經成眞了。我媽不喜歡那隻小貓咪。一開始我覺得她好壞，冷血無情，因爲大家都喜歡貓咪。沒有人不喜歡小貓咪。

原來，我媽不是不喜歡小貓咪，而是不喜歡死掉的貓咪。她不喜歡在繫了緞帶、包了包裝紙的紙箱裡封了五天的貓咪。八歲的時候我不懂別人心裡在想什麼，過了這麼多年，我依然不懂。

我告訴愛麗這個故事，她邊聽邊寫筆記。監獄的椅子很不舒服，我被銬在上面，或許正因如此，她才會跟我獨處。她如果沒有信任問題，應該清楚知道，過去十二個月來我有多寂寞，我要是沒被銬著，不到十分鐘，警衛就要拿拖把清理地上的血跡屍體，我會說我又出現了記憶斷層。

「你知道貓咪會死掉嗎？」

「我沒想過，」眞的，我眞的沒想過。我只覺得我可以送媽媽一個很好的禮物。結果一點也不好。我這輩子從沒做過讓我媽高興的事。除了被逮捕以外。她現在跟華特在一起，似乎眞的過得很開心。

「你沒檢查嗎？沒想到要餵貓？」

「我幫牠取了名字，」我想都沒想就脫口說出。「牠叫約翰。」

「你叫那隻貓約翰？」

「牠死了，跟我爺爺約翰一樣，他那年也死了。」

「你在貓死後才幫牠取名字？用你爺爺的名字？」

「大家不是都會幫貓取名字嗎？」我問。

她又在筆記本上寫了些東西。「打開盒子，發現貓死掉了，你有什麼感覺？」

「我不知道。難過吧。」

「你不知道？」

「大家不是都會覺得難過嗎？」

「難過或生氣。但你只會猜測，對不對？你不知道你有什麼感覺。」

我聳聳肩，裝出不在乎的樣子。或許吧，我不知道。感覺她在找方法陷害我，我不知道她要怎麼害我。他不是說要幫我嗎？過了一會我明白了。這跟我沒有關係。跟她才有關係。她在意的是她的事業，等這裡的事情都結束了，她會好好利用我。或許會變成醫學論文的題目。

「喬？你在想什麼？」

「那隻貓。」

「誠實告訴我，你難過嗎？」

「當然難過，」我說。

「因爲貓死了？還是因爲母親生你的氣？」

因爲我拿一本最喜歡的雜誌去換來的東西變成一點用也沒有。那才是眞話。「都有吧，我猜。」

「你不能一直都用猜的。你父親呢？發生了什麼事？」

「什麼意思？」

「他看到貓的時候，有什麼反應？」

「嗯，媽拿不住盒子，掉在腳前。盒子翻過來，貓咪就滾出來了。看起來跟我放進去的時候完全不一樣，而且盒子打開後還發出臭味。我爸用盒蓋把貓咪弄回盒子裡，拿到外面埋了。」

「喬，我的意思是，他對你有什麼反應？」

「沒有啊。」

「他沒打你嗎？」

「他是打了我。妳就要聽我說我被打嗎？他打了我一巴掌，用力到我的臉都瘀青了。他只打過我那一次。後來，他到我房間來，把我抱住，說他很抱歉，以後不會再打我了。一切都很突然，我不知道發生了什麼事。我本來以爲他很氣，氣我沒送他一隻死貓。」

愛咪沒答腔。我微微一笑。「開玩笑啦，」我說。「最後那句。」

她也微笑，以爲她的白馬王子喬出現了。她只有一個問題，我在牢裡，罪名是多椿強姦和殺人案。她知道，愛能超越一切，因爲大家都知道。她很開心，白馬王子喬有幽默感——大大加分。女人總愛胡說八道，說幽默感最重要。她們說比外表更重要。希望也比前科更重要。女人很愛挖瘡疤，但我的疤讓我半邊臉扭曲成萬聖節的面具，有時候我感覺得到子彈撕開肌肉的地方還在發熱。我笑了，不過眨眼時眼皮卡住了，感覺像在擠眉弄眼，正在醞釀的情感便突然消失。她略微皺起了眉頭。

「會卡住，」我說。「都是因爲上次的意外。」我舉起手拉拉眼皮，有點刺痛，但馬上恢復正常了。

「你說那是意外？」

我聳肩。「不然該怎麼說？又不是我故意的。」

「按那個邏輯來看，得癌症的人也可以說是意外。」

「但我沒得癌症。」我說。

「OK，喬，」她說。「如果都不是你計畫的，你也不記得自己做過什麼，你爲什麼帶著卡爾霍恩警探的槍，又爲什麼想用那把槍自殺？」

很好的問題。我被問過幾次，都覺得很困擾。還好，答案很簡單。「那件事我也不記得了。」我告訴她。

「喬——」

「是真的，」我又把手伸到眼皮上。醫生警告過我，偶爾眼皮就會卡住，沒辦法治好。我不知道爲什麼，也不知道他說這話有什麼用意，不過他似乎不想講得那麼清楚。他似乎比較在意病人的身分，也準備那天晚上去喝酒的時候要跟其他人大肆宣揚。

她的表情放鬆了一點。「會痛嗎？」

「睡著的時候就不痛了。」

「繼續吧，」她說。「你後來又送過其他的寵物給你母親嗎？」

我嗤之以鼻。「沒有，她一定不喜歡。」

「喬，我是說活著的寵物。」

「喔，沒有，還不一樣。」

「有其他的動物死在你手下嗎？」

「妳在暗示，我殺了約翰。」

「你確實害死了牠。」

「不對，約翰會死，因爲牠在盒子裡，沒有空氣。我才八歲，所以牠死了。那是意外。」

「你的疤也是意外。」

「一點沒錯。」我很高興她終於懂了。

「喬，你還是沒告訴我，後來你又殺了其他動物嗎？」

「怎麼可能？」當然有——那是我要脅別人的方法。

「好，我覺得今天差不多就到這裡吧。」她把筆記本塞回公事包裡。她的公事包很像我的，以前拿來放午餐跟刀槍，隨身帶著走，突然——有那麼一秒——我覺得那其實是我的公事包。

「爲什麼？」

「因爲你不夠坦誠，所以我要走了。」

「什麼？」

「有關動物的問題，我問了兩次，兩次你都迴避問題。表示你其實不想要我幫你。」

「等等。」我想站起來，但被手銬困住了。

「讓我想想，再決定明天要不要來。」她說。

「什麼意思？妳可能不會來？」

「我得決定你說的話是眞是假。你說的或許只是你覺得我想聽的。我不太相信你眞的不記得你把那些女人怎麼了，我不知道。我以前就碰過了，現在的情況跟那時候很像。你要用精神異常上訴，但你似乎都明白你在說什麼。」

我不說話。感覺保持沉默比較好。

她走到門邊，用力敲門。

「等一下。」我告訴她。

「等什麼？」

「拜託妳。求求妳，跟我的性命有關係。我很怕。裡面有人要殺我。我不知道過去這幾年我做了什麼蠢事，我很迷惑，也很害怕，拜託，拜託妳不要走。先不要走。就算妳不信我，我也希望有人可以跟我聊一聊。」

警衛打開門。愛麗站在門邊瞪著我，警衛站在門邊瞪著她。

「小姐，怎麼了？」他說。

她向警衛看了一眼。「沒事，搞錯了。」她走回來坐下。警衛關門的時候，還同時聳聳肩，翻了翻白眼。

「喬，你希望我再來嗎？」

我當然想再看到她，能看到她身上的地方愈多愈好。要不是有手銬跟外面的警衛，我現在就願意努力，看到她的每一吋肌膚。

「當然。」

「那就對我老實說，好嗎？」她坐下來，把身體往前靠，這次沒有十指交扣，值得鼓勵——起碼沒有立刻扣起來，一直到她開始問：「喬，你不會繼續旁敲側擊了吧？」

「不會。」

「繼續告訴我你小時候的事情吧。」

「沒什麼好說的。我爸我媽都很正常。」

「你父親自殺了，」她說。「喬，那不叫正常。」

「我知道。我的意思是，妳知道的，家裡的氣氛很正常。爸爸去上班，媽媽留在家裡，我去上學。唯一的變化是年齡改變。」

「他自殺後，你有什麼感覺？」

我搖搖頭。我真的很不想討論這件事。「妳認真的嗎？妳覺得我會有什麼感覺？」

「喬，你在猜答案嗎？」

「不是，當然不是。我很生氣，很難過，很困惑。他是我爸。他應該一直都在我們身邊。他應該要保護我。妳知道，他就想幹，隨便啦，結束了一切。很自私。」

「你那時候看過心理醫生嗎？」

「我爲什麼要看心理醫生？」

「你父親留下了遺書嗎？」

「沒有。」

「你知道他爲什麼自殺嗎？」

「不知道，」不全是實話。我做過一個夢，有時候，我覺得可能是回憶，而不是夢境。那是比爾叔叔因子。九年前，我回到家，發現爸爸跟比爾叔叔一起淋浴。我不知道父親自殺，是否因爲我逼得他好好想了想這件事。應該吧，與其忍受母親的憤怒，他選擇自殺，但不是捨棄生命，而是他的獨子把他往天堂推進了一步。我聽到他說噢，天啊，噢，天啊，說了一次又一次，我想他很想去天堂吧，然後我打開了浴室門。他死了，對大家都好。對我來說一點也不痛苦。當然，那可能只是一場夢……

「你確定嗎？你看起來好像想起了什麼事情。」

「我只是想起了我爸爸。我很想他，一直都很想。」

「專業人士會說你父親的行為是觸發點。」

「什麼？」

「觸發點。某種迫使你改變行為的行動。觸發事件。」

「喔，我懂了，」我不確定我懂不懂。我沒用什麼觸發的東西殺他。做夢喬有時候會把他綁起來，塞到他車子裡，用管子連上排氣管，然後從車窗的縫裡塞進去。

「我想繼續聊你的童年。」

「因爲妳覺得還有更多觸發點？」

「可能吧。說到貓咪的時候——」

「約翰。」我打斷她。

「約翰，」她說。「約翰的故事讓我覺得還有更多觸發點。喬，告訴我，你喜歡異性嗎？」

「喬喜歡每一個人。」我說。

她看了我幾秒，不發一語，我覺得她可能要罵我，叫我不要用第三人稱來自稱。當工友的時候我很喜歡叫自己喬，大家都能接受。在這裡我就不確定了。

「你最早的創傷記憶是什麼?」她問。

「沒有這種東西。」

「跟女性有關的,」她說。「可能是你母親。可能是阿姨或鄰居。告訴我吧。」

「爲什麼?心理學教科書這麼教妳的嗎?」話說出口,我就後悔了,但說了這句話,才能防止我想起青少年時期。

「對,喬,那就是爲什麼。我知道我想聽你說什麼,我也覺得,你知道你該說什麼。我給你六十秒,告訴我你小時候碰到的事情。相信我,你亂編的話我一定看得出來。但你一定碰到了什麼事,我想知道。」

「什麼也沒有。」我靠在椅背上,開始用手指敲桌子。

「那就談完了。」她把錄音機放回提包裡。

「很好。」我說。

她收好了東西。「我不會回來了。」她說。

「隨便妳。」我告訴她。

她走到門邊,又轉過身來。「喬,我知道很難,但如果你要我幫你,就要老實說。」

「沒有什麼可說的。」

「看起來一定有。」

「沒有,什麼也沒有。」我說。

她敲敲門,警衛開了門。她沒回頭,踏出一步,然後第二步,我開口喊了,「等等。」

她轉過身。「爲什麼?」

「等一下。」我閉上眼睛，往後一仰，用手揉揉臉，再把手放回大腿上，看著她。愛麗又回來坐下，警衛這次看起來比剛才那次更惱火。他再次把門關上。

「那時候我十六歲。」我開始告訴她發生了什麼事。

25

拉斐爾醒來，覺得煥然一新。他覺得年輕了十歲。不對，是二十歲。幹，他覺得自己只有二十歲，不過全身痠痛，跟五十五歲一樣。他正好就是五十五歲。下床後，他揉揉肩膀，拉開窗簾。昨晚上床睡覺時還在下雨，現在卻陽光普照。外面看起來依然很冷，但是一片藍天，風也停了，更適合今天早上規劃的活動。淋浴後，他瞪著鏡子裡的自己，足足一分鐘，這幾天心裡一直納悶同一件事——他的身體跟臉怎麼了，這些年到底怎麼過的。他想到史黛拉，已經心碎的史黛拉，要修復他的史黛拉。

還有時間，可以吃一頓豐盛的早餐。這些日子以來，他吃得不多。脫下襯衫就可以看到他瘦了多少。沒有胃口，而且懶得進廚房。工作也是一個藉口——他現在其實工作也不多。不過今天他要改頭換面。他要慶祝。他做了格子鬆餅。混合了麵糊後倒進鬆餅機，一個接一個，比他想像的更費時，不過鬆餅總讓人無法自拔。他用楓糖漿和幾片培根來搭配。他喝了一杯咖啡和一杯柳橙汁。天啊，感覺眞好。一年多以來，他第一次覺得內心不再麻木，不覺得空虛。第一次覺得怒氣勃勃，想要找個出口。以前他幫怒氣取了名字。赤色盛怒。赤色盛怒讓他晚上睡不著，心裡思索該怎麼幫女兒報仇，可是他無法復仇。他不知道誰殺了她。他不是警察。他找不到兇手。然後喬被捕了，赤色盛怒必須面對現實，無法復仇，因爲喬在坐牢，所以赤色盛怒也去冬眠了。

拉斐爾從沒想過怒氣會再度出現。

他把車從車庫裡倒出來。今天早上不如他從臥房窗戶看出去時預期的那麼冷。他跟史黛拉擬定的計畫需要好天氣，預報也說天氣不錯。路面已經乾了，但草地和花園依舊潮濕。現在是七度，可能會升高一兩度，但不會太多。路上的車子很少。拉斐爾開了廣播，聽談話節目。拉斐爾很迷這個節目，起碼聽了兩個月。他一直覺得該打電話進去。其他人都在打，表達自己對死刑的看法，打電話進去的人看法都很極端。

他的看法也很極端。

他把車開到昨天跟史黛拉一起去過的咖啡廳。是家獨立小店，叫作渣滓，每一吋牆面都貼滿了電影海報，還有一扇窗戶也貼了電影明信片。這次他沒進去。史黛拉在後面十多家店鋪共用的停車場裡等他，這裡還有幾家髮廊跟新奇的情趣玩具商店。他把車停在她的車旁邊，按開了行李廂。他幫她把東西從她的車子搬到他的車子上。她今天沒戴假肚子。

然後他們一起開車離去。談話節目還在談話，聽眾也一直打電話進去。

「老實說，我不知道其他人在想什麼，」拉斐爾對她說。「怎麼會有人反對恢復死刑？看到喬．米德頓這種魔鬼怎麼能說他有人權？大家腦子都有問題了。他們覺得讓罪犯受死等於謀殺，才不是。受刑的都不算人了，怎麼算謀殺？」

「我也這麼認為，」她當然同意——如果他們對這些事的看法不一致，就不會約今天了。上了高速公路，他們被卡車擋住了，掛了兩台拖車的卡車，裡面載滿了綿羊，靠近邊緣的綿羊從木條間往外瞪視，看著外面的景色飛快消逝，不知道生命正如風景般快速閃過，不知道裝滿了綿羊的卡車要開去屠宰場。要按那些反對死刑的人來說，殺羊也是謀殺。

但史黛拉不是那種人。

能認識她眞好。急切、憤怒、能幹。而且說眞的，有點嚇人。既然只是在心裡想，他也覺得史黛拉是個大美女。昨晚他覺得內心空虛——審判要開始了，抗議也在星期一開始。但是又怎樣？他跟其他想法相同的人在法院外耐著寒風，舉高標語，他女兒還是不會回來。去抗議，只是找點事做——要完成的動作，用來拖延某件事，有一陣子，他整天穿著睡衣躺在家裡，袖管沾到番茄醬或威士忌留下污漬，心裡只想到那件事。昨晚，史黛拉進入他的生命。他買了咖啡，她告訴他計畫。很好的計畫。咖啡很好喝，但計畫還要更好。

綿羊卡車下了高速公路，他們繼續開。今天早上的對話跟昨晚完全不一樣。他很激動，感覺要爆炸了，但他不敢開口，怕說錯了話，怕史黛拉不像他想的那麼能幹。而且，他也不想讓她失望。

會達成目標，他一直告訴自己。完成心願，喬要死掉，拉斐爾就是負責扣扳機的人。不能讓安琪拉死而復生，但絕對比抗議更值得。他會得到寧靜。或許也決定了他的命運。還有其他人需要幫助。團體裡的其他人。感覺眞有新的開始了。

當然，他要謹慎，不要操之過急。

「快到了。」他說。

「你上次來這是什麼時候？」她問。

這裡離基督城北邊只要三十分鐘。

「很久以前，」不過不是很久以前，去年而已。「我爸媽在附近有間度假屋，」他告訴她，

「不過幾年前燒掉了。我以前常在夏天的時候帶我太太跟安琪拉來這裡野餐，很久沒來了。快二十年了。」

他下了高速公路，開上小路，穿越農場，五分鐘後轉上另一條岔道——這次是條小路，過了約兩百公尺，變成土路，風景也從田野變成森林。路面崎嶇不平，還好四輪驅動車很輕鬆就過去了。他放慢車速。彎路和轉彎不多，但轉過最後幾個彎的時候，後輪可能會壓過巨大的樹根。幾乎是原始的紐西蘭景色。所以才會有人來這裡，來拍電影、養綿羊和養大小孩。不遠處就是覆滿白雪的山峰、清澈的河流和高聳的樹木。

他把車停在空地上，跟他說的一樣，方圓幾里內都沒有其他人。

「風景真美。」史黛拉說。

「一看就喜歡。」他說。

他們下了車，空氣完全靜止，很安靜。拉斐爾只能聽到休旅車引擎砰砰作響，還有史黛拉走動的聲音。沒有鳥，沒有其他生物——他們就像世界上僅存的兩個人。他走到休旅車後面，拉出裝槍的箱子。史黛拉在背包裡亂翻，重新排列東西，然後才把背包甩到肩膀上。他太太以前也會這樣對待她的手提包。在車旁走動和穿過林地時，雙腳有點陷入土裡，然後來到另一塊空地，度假屋原本在這裡，有天有人覺得好玩，就放火把房子燒了。

「我真不敢相信，我從來沒開過槍，」他真覺得難以置信。五十五歲了，居然沒開過槍？「我一直想試試看。」他說了以後就後悔了。他這麼說只表示他不是理想的人選。事實就是事實。赤色盛怒會給你答案。

史黛拉沒說話。他知道她開過槍。正因如此，她才來找他。她說她槍法很差，如果他也很差，任務就完蛋了。不過她沒用「任務」這個說法，不知道警方會不會稱之爲活動。

她打開背包，拿出幾個白鐵罐頭。都是空的。嬰兒食品、義大利麵、湯品。她把罐頭排成一列，相隔幾公尺。有幾個直接放著，有些半掩在樹根後，有些固定在不同高度的樹枝上。過了幾分鐘，她布置好了射擊場，可以說在樹上放了很醜的裝飾品。

他們在空地裡移動了將近三十公尺。現在離車子大約兩百公尺，中間隔了一叢森林，防止亂飛的子彈打到休旅車。再走幾百公尺，就是度假屋的地基，不過現在蓋滿了長草，燒過的土地讓土壤更佳肥沃。「這個距離很好，」她說。拉斐爾跪下，濕氣立刻從地裡滲入他的長褲。他把箱子放在地上，按開箱蓋。他第一次看到這把槍，默默在心中吹了聲口哨。完全出自本能——就像看到美女或跑車會吹口哨一樣。沒有說明指南。「嘩，」然後他又驚嘆了一聲，「嘩。妳應該知道怎麼組合吧？」

「我上過課。」她說。

「賣槍的地方會教妳嗎？」他在刺探她，也太明顯了，看來他不會得到眞正的答案。

「正是。」她說。

他拿起槍管。黑色，十分紮實，感覺很危險，比他想像的輕一點。他把槍管放回箱子裡。他很想試試看把所有東西組合起來，不過他還是耐心等候。這是她的表演時間——他不希望不小心把零件弄壞，那就掃興了。她用了幾分鐘，零件發出清脆的卡嗟聲，結合在一起。他站起來看她組裝；在箱子旁邊跪了一下，他的背就有點痛。她從背包裡取出一盒子彈，放進彈匣裡。可以裝二十發，盒裡有二十四顆子彈。從她的樣子看起來，她說自己槍法不好，並不是開玩笑。

「幾盒？」他問。

「三盒。」她說。「可以都用來練習。只需要留下兩發就好了，還有特別的那一發。」她又把手伸到背包裡。「拿著。」她把耳罩遞給他，然後開始在背包裡亂翻。

「在找什麼？」他問。

「沒事，」她說。「我知道在……喔，對了，我剛才拿出來了。」

「拿什麼出來？」

「我的耳罩。」

「我去拿。」拉斐爾說。

「沒關係，」她說，「我去拿，你把這個鋪好。」她從背包裡取出毛毯，然後朝著車子走去，背包也帶走了。

他攤開毛毯，很大，兩個人躺在上面，手腳都不會伸到草地上。也很厚，不過遲早會吸收潮濕地面上的雨水，尤其等他們趴上去以後。他想起以前在這邊野餐的情景。珍妮絲，他的妻子，和安琪拉，他的女兒。珍妮絲仍住在基督城，拉斐爾會找她講話，但不常聯絡——太令人傷心了，兩人都無法打破愈來愈難過的循環。最好只去想快樂的時光。比方說帶著野餐毯和魚竿來這裡。他們會去幾百公尺外的河邊，不過這些年來他們從沒釣到魚，那也好，因爲他也不知道怎麼處理。他們來的時候當然都是夏天，他沒在冬天來過。

史黛拉回來了。她拿著耳罩。他的是橘色，她的是藍色，除了顏色外，看起來一模一樣。她舉起耳罩，抱歉地一笑，然後戴上耳罩。他報以微笑，也戴上自己的耳罩。他跟史黛拉發出的聲音立刻大幅減弱。她趴下來，握住槍。他站在她後面，看著她的曲線，看著槍，看著前方的目標。她用手肘撐住地面，肩膀稍稍聳了起來，來回轉頭，找到適合的位置。昨天這個時候，他在看晨間節目跟吃吐司，懶到沒塗奶油。他把暖氣開到最強，只穿著內衣褲走來走去，就不用穿衣服了。在聚會前一天，他不知道要怎麼過，結果還是過得跟平常一樣。

史黛拉舉起手，把頭髮撂到耳後，免得擋住了瞄準器。她又調了一次姿勢，然後把手伸到扳機上，手指頭扣住了扳機。拉斐爾屏住呼吸。

槍往上一跳，子彈從槍管裡噴出。聽起來有如一聲霹靂。聲音很響，他覺得戴上耳罩只是爲了阻止血液從耳朵裡噴出來。不過沒有血。他覺得如果沒戴耳罩，應該就噴血了。他不知道她瞄準了哪個罐頭，因爲罐頭都還在原處。

「嘩。」拉斐爾覺得自己聲音彷彿從地面深處發出。

她再度瞄準罐頭，不慌不忙。他看著她吸氣吐氣，迫不及待想要試一下。他覺得心跳加快。她扣下扳機，同樣的爆炸聲。這次他看到罐頭前三十公分的地方有塊草皮跳起來。她的槍法眞的很遜。

「無三不成禮。」拉斐爾說，不過不知道她能不能聽見。結果第三次奇蹟仍沒出現。第四次第五次依舊失敗。她把槍放在毛毯上，側躺著取下耳罩。她聳聳肩，表示我盡力了，他微微一笑，表示別擔心。

「看看你覺得怎麼樣。」她說。

拉斐爾點頭，他覺得又回到小時候，而且是耶誕節。

他蹲下來，膝蓋有點痛，左膝蓋還發出啵的一聲，他覺得很尷尬，他覺得自己好老。史黛拉戴回耳罩。他趴在她剛才的位置。槍枝感覺跟他的手臂合而爲一，他覺得好強大，他喜歡這種感覺。他把眼睛湊到瞄準器上，視野好清楚。清楚到他不知道怎麼會有人打不中。當然打不中了，因爲環境的變化。風、雨、太陽的強光、旁邊的人，形形色色的因素。射罐頭跟射人不一樣。罐頭不會動。沒有迫切的感覺，也不覺得焦慮，射錯了罐頭，也不用擔心愛它的罐頭因此一生就被毀了。

他扣下扳機。罐頭飛起來，落到地上，跳到幾公尺外的地方，側倒在地上，半邊凹了下去，穿了一個洞。他抬眼瞄準一半藏在大樹根後的罐頭。也飛起來了。兩次都中，他是天生好手。

他又回到瞄準器後面。他想到女兒，他知道她怎麼死的。他知道喬闖入她家，殺了她的貓，把她從浴室拖出來。他很清楚地知道他把她怎麼了。他把她綁在床上、把蛋塞進她嘴裡、把自己頂入她的身體……第三發沒中。太偏右邊了。他抬起頭來，盯著胸口下方的地面。

「怎麼了？」史黛拉問。

他抬頭看看她。「沒事，」他說。「只是……沒事。等我一下，」他深吸了幾口氣，很想尖叫。他現在就想開車去監獄，把這管槍帶進牢房，找到喬就開槍，射穿他的膝蓋，用力亂踩，一拳拳打在他臉上。他想割掉他的眼皮，剜出他的內臟，溺死他再救活他，用火燒他。他想把所有的酷刑用在他身上。赤色盛怒要讓這王八蛋只留下一口氣，讓他繼續割剁砍殺。

而史黛拉——可愛甜美的史黛拉要給他機會。

他又看著瞄準器，射出子彈，跟上一發一樣偏了。可惡。他閉上眼睛。行不通，生氣的時候就沒辦法。

「拉斐爾，你怎麼了？」

他跪起來。「等一下。」他站直了身子，這次換另一邊的膝蓋發出啵一聲，不過他氣到不覺得尷尬了。他盯著度假屋的地基，長草也蓋住了殘留下來的牆。如果他現在射不中，等時候到了，他也會失誤。

史黛拉把手放在他肩膀上。「沒事，」她說。「你集中注意力就好了。」

「我已經很集中了。」但他的注意力放在不對的地方。他不能想他的女兒，不能想她裸體被喬壓著的樣子，不能想到她的恐懼，不能想喬是她最後看到的東西，她也知道自己要死了。他不能想有多少人愛她卻無法幫助她。他必須想著喬。喬跟射進他腦袋裡的子彈。喬跟他被打爛的腦袋。喬受盡一切折磨。

但安琪拉不會回來。

他又爬到毛毯上，膝蓋再度發出聲音。他看著瞄準器，看著掛在樹上的罐頭。那個罐頭就是喬的頭。他只能想這件事。他必須放下怒氣。不是永遠，只爲了現在，他在用槍的時候。吸氣，吐氣，保持冷靜，什麼都不要想。他做得很好，專心想自己做得很好就夠了。保持冷靜，好事就要發生。不是完結，他永遠無法完結，可是他可以報仇。復仇的機會等著他，他只要抓住機會就可以了。

他扣了扳機。罐頭還在原處，但確實打中了。他又開了一槍，這次罐頭飛得無影無蹤。他瞄準另一個，然後再一個。他的心跳變慢了。如果要的話，他現在可以連開一千槍。

他覺得比較平靜了。平靜的話，就很簡單。他用掉了剩餘的子彈，罐頭都飛開了。史黛拉教他把彈匣拿出來，他練習裝進子彈。他繼續射罐頭，罐頭上彈痕累累。他把這一匣也射完了。

然後他側躺在地上，抬頭看著史黛拉。他想到了赤色盛怒。赤色盛怒很開心。「真的要動手了。」他說。

「真的。」她說，他又裝了一輪子彈，繼續射擊。

26

十一月前，我甚至不記得我碰過這件事。十二個月前，我被更重要的事情佔滿，都是很讚的娛樂活動——娛樂的結果就是全城警察都在追捕我。被關起來後，我才有時間想事情——事實上，我擁有的也只剩時間了。我的過去混合了遙遠的回憶，感覺是另一個人，又像在電視上看到的情節，不知道為什麼我認為那是我自己。

那時候我十六歲，沒犯過法，只闖進過幾間房子，偷點裡面的東西，有一次我燒了一座穀倉，但我不知道裡面養了山羊。我常在半夜偷溜出去，在街上亂走，沒有目的，只是亂走而已，融入我的社區，想著住在這裡的人。我可以聽到幾個街口外傳來的海浪聲。有時候，我走到海灘上，看著海水跟空中的月亮。有時候很平靜，又碰到滿月，潮水退下時在沙上留下的水跡會反射月光。我想要游泳，但我又想到水一定很冷，還有在水面下游動的東西。牠們肚子一定很餓。

我在椅子上扭了扭，看看愛麗，看看她柔軟的肌膚和她的臉龐。雖然錄音機正在工作，她還是不停寫筆記。我什麼都跟她說了，記憶激發了某些情緒，還有不知名的東西，剩餘的那顆蛋蛋也跟著抽痛。

我以前會闖入別人家。不是為了錢。我買東西，爸媽一定會發現。我不能偷電視機帶回家，因為那時候的電視跟洗碗機一樣重。我有不同的理由。我會挑選學校裡我喜歡的女生，趁著她們全家人夏天去度假的時候，我就溜到她們的房間裡。房子裡反正沒有人，可以在那裡消磨一整天，躺在別人的床上，去了解這個人。你眞的可以當自己家一樣。冰箱和食物櫃裡有東西可以吃，躺在床上可以休息，在女生抽屜裡找到的內衣褲是幫助幻想的材料。等假期結束，她們絕對不知道自己不在的時候我碰過什麼，讓我有種優越感。她們穿著我碰過的內褲走來走去。事實是這樣，但我不能告訴我對面的女人。

我闖入阿姨家的時候，則純為了錢。我不想吃她的食物或碰她的內衣。我在學校被一對兄弟狠揍——事實上是一對雙胞胎，他們說，不想被揍的話就要付錢。所以，一切都從這兩個人開始。很簡單。兩個比我年長的惡霸造就出連續殺人犯。我沒有錢。但我知道我得弄錢。在闖入阿姨家之前，我去過的房子裡都沒有人，我知道他們去度假了。但在學期間沒有人去度假。

「我需要錢。」我對心理醫生說，我告訴她為什麼。我的故事她聽了似乎不覺得難過，沒有皺起眉頭，說可憐的喬，你從小就被人欺負，不過她應該寫下來了，因為她的筆動個不停。我相信她在亂畫，畫出我們兩個裸體的樣子。「我只想到阿姨家。賽勒絲特阿姨。她本來是我媽的姊姊。」

「本來？」

「她五年前死了。」

「怎麼死的？」她的語調帶著懷疑。

「癌症吧。」我說，不過其他原因也有可能。腫瘤。心臟問題。過了六十歲就常見的毛病。總之不是我下的手。

「所以，你就闖進她家？」

她家是平房住宅，比我爸媽家好一點，但沒好到讓我想進去消磨時間。常見的中產階級住所，在南布萊頓邊上，靠近新布萊頓，那兩區都沒有這麼新的房子。從我家到她家，騎腳踏車要十分鐘。賽勒絲特阿姨家的屋頂鋪了水泥瓦，牆板是木頭的，她每天都清理鋁質窗框和窗戶上的鹽霧。後門的鎖很漂亮，比門上的鉸鏈更堅固，如果你用力踢門，螺絲釘會從門框上裂開，門則會塌下去。也有別的方法進去——我用我媽的鑰匙。賽勒絲特阿姨的丈夫心臟病突發，死了，然後我媽跟她姊姊就換了鑰匙。她們覺得，碰到緊急狀況時能進彼此的家門，會比較安心。

這就是緊急狀況。

午夜剛過，我就溜出臥室。挺簡單的，只要打開窗戶，身手矯健地往下落一段距離就可以。我把腳踏車騎到離阿姨家一個街口的公園。基督城的公園到了晚上就很危險。我那時候就知道了，我也在公園裡留下了不好的體驗。我沒看到其他人，就把腳踏車藏在樹叢裡。我沒上鎖。一路走到阿姨家，街上一片死寂。大家都睡了，準備第二天去上班或上學。那是星期天晚上，一般人在星期天晚上的警覺性都比較低。我看到幾盞燈亮著，但就那幾盞，阿姨家則全黑了。我聽到海的聲音，潮汐帶來了海浪。海浪打在幾百公尺外的海岸上，每次敲擊都蓋過了我發出的聲音。

房子後面很黑。沒有門戶或籬笆擋住從前面到後面的通道。每戶之間都有籬笆，後面也有。這一區的籬笆都殘破不堪，陽光和空氣裡的鹽分讓木條變彎，彎到像射箭用的弓。後院的草都燒掉了，留下一片枯黃。以前種菜的地方現在只有野草跟乾掉的馬鈴薯——姨丈的驕傲和欣喜，但不是我阿姨的。她放任一切順其自然，就像自然奪走了姨丈的性命。

我到了後面，用鑰匙開門進去。我快緊張死了，緊張到我在公園裡放腳踏車的時候就吐了。

我知道房子裡的格局。過去這些年來，爸媽拖我來過上千次。房間在後面，只有一間是臥室，另一間則是阿姨從未眞正用於縫衣服的縫紉室，姨丈都在裡面喝酒。從後門進來，我到了客廳跟餐廳。我沒開燈，帶了小手電筒，沒有刀子，因爲我不需要武器。我十六歲，還沒有殺人的欲望——除了想殺掉學校裡那些欺負我的人跟幾個鄰居，去過幾個女孩的臥房裡玩她們的內衣褲後，我對她們的性幻想或許很猥褻，但沒想到用刀捅她們。那時候還沒有。

食物櫃裡有個茶包罐，阿姨在裡面放了一疊鈔票。如果媽要去店裡，賽勒絲特阿姨會叫她幫忙買包香菸或糖，或她需要的東西，就會從這裡拿錢給我媽。我打開罐子，拿出鈔票，沒時間數了。也沒有必要。我要趕快離開。我很緊張，廚房一如以往，泛出菸臭味，我想馬上出去。我關上食物櫃，朝後門走去，走到一半燈就亮了。阿姨站在餐廳裡。她穿著粉紅色長袍，頭上戴著髮捲，手裡拿著十字弓。是我阿姨——但我沒把她認出來。她一臉嚴厲。

「十字弓？」聽到這裡，心理醫生開口問了。「你阿姨有把十字弓？」

「我不知道她有十字弓，」我告訴她。「早知道，我就不去了。」

「十字弓呢，眞的嗎？」

我懂她爲什麼這麼驚訝。阿姨家裡通常沒有十字弓，但我阿姨就有。「我沒騙妳。」我說。

「我不認爲你在說謊。你覺得她爲什麼有這種東西？你姨丈會去打獵嗎？」

「那我就不知道了。我不知道她爲什麼有十字弓，我也沒問。我記得五年前她死掉的時候還看到那把弓。我們必須去她家整理東西。看起來一模一樣。我不知道她有沒有用過。」

「你媽看到是否也嚇一跳？」

「她就算很驚訝，也沒說話。」

「去她家那天晚上，你做了什麼？」

「她叫我站著別動，我就站著不動。我覺得我又要吐了。我相信如果我動了一下，就算只眨了一下眼睛，她就會射我。我看過的電影夠多，知道接下來就會怎麼樣。她會扣扳機，哨聲持續半秒後，我就會抱著肚子，手指抓著箭尾。我甚至屏住呼吸，免得她因爲呼吸聲而殺了我。」

「然後怎麼樣？」

「沒怎樣。我們兩個呆站了十秒鐘吧，她叫了我的名字。我覺得她不是花了十秒才發現是我，而是想明白眞的就是我。她應該立刻就認出我了，卻不相信，想遍了所有的可能，沒有其他的解釋，才承認是我。確定我的身分後，她仍沒放下十字弓。

「她說她要報警。我求她不要。她說那是爲我好。我繼續求她。她說她很失望，非常失望。這句話我聽過了，但我沒告訴她。她說，我爸媽會傷心欲絕。我說我需要錢，才會鋌而走險。然後我告訴她爲什麼，告訴她學校裡有人威脅我，付錢買通他們，我才能在學校裡自由走動，不必擔心在眾人面前被拉下褲子，或被推到牆上，或被人用狗屎弄髒我的頭髮。她點點頭，似乎明白了，但仍用十字弓對著我。她說，我講的這些事情都很恐怖，學校裡的人無法無天，但不管再怎麼難過，我都沒理由闖進她家。我還把她的錢抓在手裡，感覺暖暖的，揉成一球，我的手也在流汗。兩隻手都有點抖，但她的手則堅定不移。感覺那天晚上她已經抓到三四個人了。」

我很緊張，怕她射死我，但可以選擇的話，我寧可被她射死，也不想讓我爸媽知道。阿姨一定會告訴他們。我開始思考該怎麼辦，該怎麼跟她討價還價。我只想到要去搶她的十字弓。到了早上，爸媽就會知道我去搶劫了。我不知道會怎樣，但結果一定很不好。我會被禁足，但禁足也沒什麼了不起。他們會很失望，不過失望就算了。他們可能會報警，這我就怕了。我寧可被殺，也不要接受警察給我的處置。十六歲的我只想到那麼多。所以我開始轉念頭，要怎麼搶來十字弓，要怎麼留下死阿姨跟離開房子，而且不讓別人發現是我幹的。

「你覺得很愧疚。」愛麗艾倫說。

「對。」

「你確定嗎？」

「當然確定，我覺得很糟糕，眞的很糟糕。」

「嗯嗯，」她寫了點東西，又抬頭看我。「喬，告訴我，你覺得偷阿姨的東西很糟，還是覺得被抓到很糟？」

問得好。那一年來，我常闖入別人家，我覺得他們抓不到我。被一個有我三倍歲數的女人抓到。那表示就算我搶到了十字弓，事後還是有可能被抓。

「都有。」我說。

「嗯哼，好，然後呢？」

「阿姨問我，如果她告訴我爸媽，他們會怎麼說。」說了這句話，我又回到過去，我後來覺得那個時刻應該叫大爆炸，而我回到了前一刻。實際上，阿姨說如果我告訴你爸媽，他們會怎麼說？她沒說等我告訴他們的時候，而是如果我告訴他們。

他們會很氣我，我告訴阿姨。或許他們會把我趕出去。我不覺得他們會，但我希望阿姨能同情我。

或許吧，她還是舉著十字弓。喬，你帶了武器嗎？她問。

沒有。

喬，你跟女人在一起過嗎？

什麼？

女人，你跟女人做過愛嗎？

我才十六歲，我說。

那有什麼關係，她說。現在的電視節目，每個都有青少年在亂搞。那就是肥皂劇的潮流。從成人故事變成小孩故事，讓小孩過大人的生活。四十年前的電視都在演人類的差異，努力經營酒吧和企業；現在都是在亂搞。你知道納維爾姨丈死了多久嗎？

妳忘了嗎？我問。

沒有，當然沒忘。他死了六年了。

那妳爲什麼要問我？

那不是重點，她說。重點是，我很想他。我想念家裡有男人的感覺。很多事就這麼過去了。

她垂下了十字弓。我心想，如果她扣扳機，不知道會射進地板裡多深的地方。穿過地板總比穿過我的身體好。喬，你拿了多少錢？

我不知道。

數一數。

我開始數鈔票。我數了兩次，因爲第一次我太緊張，數錯了。我抓了所有的鈔票，可是沒拿零錢。我有三百一十塊。很多。我猜應該夠我平安度過今年了。

那表示你欠我三百一十塊的工作量。這裡有很多事情要做。十年沒粉刷了。後面的菜園變成叢林。我需要你的時候，你就要來，不可以拒絕。永遠不可以。懂嗎？你幫我，我就幫你，不告訴你爸媽我在這裡抓到你。成交？

我得做三百一十塊的工作，我說。那有多少？幾個星期？

不對，喬，我說夠了，才夠。我得算算看一個小時多少錢，或許五塊，或許一塊。等我要你做的事情都做完了，我就會告訴你。當然，也隨你了。還有一個辦法，我現在打電話報警，看看之後怎麼樣。

我不覺得我有其他的選擇。割草和粉刷牆壁，就是我要做的事情。還有大爆炸也是——不過我那時候還不知道。起碼她沒有貴賓狗叫我帶去遛和清大便，不會減損我的男子氣概。

好吧，我回答。

好吧？你說話的方法可以更高興一點。

成交了。我努力裝出興高采烈的樣子。

很好。喬，你出去的時候把門鎖上，週末我就打電話給你。

我動也不動。我了解她說了什麼，但我不確定。我可以走了？

你可以走了。

嗯……謝謝，我不知道還能說什麼。

「然後我就走了。」我告訴心理醫生，重現當時闖入阿姨家的情景。

愛麗面露疑惑。「就那樣？」她問。「那就是你十六歲時的創傷經驗？差點被阿姨射殺？」

「那只是開始。」我說。

「然後怎麼了？」

我還沒回答，外面就傳來敲門聲，我沒看過的警衛進來了。

「你有訪客。」他說。

「我知道，」他好笨，我不禁搖起頭來。「她就坐在我對面。」

「不，不是她，另一個訪客。」他看看愛麗。「抱歉，小姐，不過妳可以在這裡等——十五分鐘就夠了。」

「沒關係。」她說。

警衛解開我的手銬，我表現得就像個模範市民。他把我押到大廳。我已經知道會看到誰，所以等我進了另一個房間，在前探長面前坐下，也想好我要說什麼了。

27

他討厭來這裡。就各方面而言，施羅德知道他運氣很好，走狗運，才沒有自己住進監獄裡。他最後一件案子糟得一塌糊塗。他跟搭檔泰特被迫做出決定。有人要傷害一個小女孩。他要他們選擇。照他的話去做，不然他就動刀子。他已經切掉了小女孩的指頭，還有別的地方可以下刀。所以施羅德照那人說的，開槍殺了一名老婦人。

罪行被掩蓋了。要是沒有人幫忙遮掩，他也要坐牢，說不定牢房還跟喬同一區。他也會認識很多人。他逮捕的那些人。聖誕肯尼就是其中一個。還有艾德華．杭特跟迦勒．寇爾。其他人也會很高興每天都能見到他，他們會共處十五年。

只有幾個人知道施羅德幹了什麼好事。泰奧多．泰特跟幾個警察，還有迦勒．寇爾，因為要他開槍的就是寇爾。施羅德有兩件事可以指望。第一，如果寇爾告訴大家實際發生了什麼事，沒有人會相信他。第二，寇爾決定閉緊嘴巴，好遠離一般的犯人。他跟那些人相處了十五年，結果不太好。他會無所不用其極，只求不用回去。此外，寇爾的道德觀有點偏差，他所謂的對錯很奇怪。要施羅德殺死老婦人沒錯。開口談論就錯了。寇爾要她付出代價，動手的卻是施羅德。所以寇爾欠他情。很奇怪的情分。

施羅德站著等喬過來。他很累。小兒子每兩個小時就醒來一次，女兒在凌晨三點偷跑進他們的房間要抱抱。在孩子出生前，他從沒想過自己會喜歡小孩。昨天晚上，他的想法就得到證實。

喬終於被帶進來了。他有種病懨懨的感覺。監獄裡的人看起來都不健康。他還記得去年屠夫案完結的時候，他同時也在處理另一樁跟泰奧多・泰特有關的案子，還有在墓園的湖裡找到的幾具屍體，也要擔起父親的責任。屠夫案結束時，一切眞相大白，他眞不敢相信事實。他覺得很噁心，遭到背叛。有幾分鐘的時間，他拒絕承認眼前的證據。大家都一樣。喬・米德頓不是殺人犯，不可能，一定弄錯了。不過沒錯。喬・米德頓不但是嫌疑犯，根本就是罪犯。

喬坐到椅子上，被銬住了。施羅德不想說什麼打趣的話，閒聊就留給無辜的人吧。

「OK，喬，你的答案呢？我還要去其他地方，別耍我。」

喬舉高了手。「牛仔，你慢點，」他說。「我的律師還沒來。」

他沒想到會聽見律師這兩個字。「什麼？」

「如果要訂協議，我的律師要在場。我想你也希望他在吧，確保我的權利不被揉淋。」

「是蹂躪。」

「是什麼？」

「沒關係啦，」施羅德說。他看到喬的律師在外面等。那人叫凱文・威靈頓。他以爲威靈頓來找其他的客戶——他不知道自己爲什麼會這麼假設。看來他的辦案技巧糟透了。所以，又有一個理由證明他被開除不是壞事。好吧，起碼今天沒有渾身滴下雨水。

又過了一分鐘，威靈頓就走進來，坐在施羅德旁邊的椅子上。他的古龍水讓施羅德的鼻子癢了幾秒鐘。他們沒伸手互握。

「喬，你找我來幹什麼？」威靈頓聲音中的嫌惡非常明顯。他心想，那股嫌惡或許就是威靈頓還活著的理由。喬的前兩個律師很愛逞強，他們很想出名，下場卻不太好。第一名律師的屍體到現在還沒找到。

「因爲施羅德要找我們做交易，對不對，施羅德？」

「什麼交易？」律師聽起來一點興趣也沒有。施羅德開始對他有好感了。

「首先，我要說，我不記得我殺過人。」喬說，施羅德瞥了律師一眼，律師臉上的表情應該跟施羅德一樣，他覺得喬一定很討厭別人用這種表情對著他。難道喬眞以爲別人會相信他的話？如果是，或許他眞的瘋了。

「繼續啊，喬，」施羅德說，「不要浪費我們的時間。」

「你要做什麼交易？」律師問。「不對，等一下，你還是警察嗎？」

「現在不是，」喬說。「他被開除了。卡爾，不如你告訴我們你爲什麼被開除，好不好？」

「我並非代表檢方前來，」施羅德說。「強納斯・瓊斯個人想要做一筆交易，我來幫他談這件事。」

威靈頓終於顯露出有興趣的模樣。他用手肘撐在桌上，重心往前移。「那個靈媒？我不——」喬在這時插嘴了，他還沒來得及說懂有什麼好談。

「他要我幫忙找一具屍體，」喬說。

「他什麼？」

「報酬是五萬塊。」施羅德說。

律師歪歪頭，皺皺眉。手肘離開了桌面，重心回到椅背上。很不好談，這一點施羅德挺確定。

「我希望你還沒答應他。」律師說。

「還沒。」

律師轉頭看著施羅德。「我懂了，」他說。「你要我的客戶告訴你瓊斯要找的屍體在哪裡——你們不希望別人知道，我的客戶會拿到獎金——功勞都算強納斯的，對不對？瓊斯要大家相信他眞的能通靈。」

施羅德嚇了一跳，律師這麼快就發現了內幕。也有點煩。如果律師這麼厲害，那就麻煩了。沒有人希望喬得到很好的辯護。

「差不多是那樣。」他說。

「只是差不多？還是就是那樣？」

「接近吧。」施羅德坦承。

律師轉向喬。「如果你知道屍體在哪裡，可以拿來跟檢方交換不要死刑。賣了錢你在這裡又不能用，那就太蠢了。我們可以跟檢方談條件。」

「我又不會被判死刑，」喬說。「我是無辜的，我不記得我傷害過任何人，我本性就不會做壞事。我會被放出去，很有可能送到醫院接受治療和服藥，等我從醫院出來，就需要錢了。」

威靈頓瞪著喬，然後又瞪著施羅德，施羅德知道，如果要玩牌，就要跟這個律師對戰，因爲他看得出這人心裡在想什麼。施羅德絕對不要和喬爭論——只要能簽訂合約，這個心理變態愛怎麼想就怎麼想。想到要付錢給這個人，讓強納斯·瓊斯利用情勢來出名，他會拿到獎金，他就覺得噁心。噁心的事情好多，但仍有一絲光明——卡爾霍恩警探不再行蹤不明。他該被好好安葬。

律師瞪著桌子，開始在上面敲起手指來，陷入長考。他抬頭看著施羅德，「我再確認一次，你現在不代表檢方，也不代表警方。」

「沒錯。」

「所以在這裡說的話純屬律師客戶之間，你現在有機會聽到，表示你不能透露我們的對話內容。」

施羅德點頭，不知道是眞是假。他從沒請過律師。沒有人眞的請過律師，只有律師才會找律師，儘管如此，他也覺得有一半的律師不知道另一半在做什麼。他很樂意配合他們。

「好。」他說。

「我們可以繼續嗎？」喬問，施羅德很想踹他。「我不記得我殺過人，眞的，但我或許能記起來卡爾霍恩警探埋在哪裡。」

「哪裡？」施羅德問。

「嗯，很難說，都模模糊糊的。回憶起來就跟回想夢境一樣。一想到什麼又馬上消失了。」

「但有了錢，就比較清楚，對不對？」施羅德問。

「就像你老闆說的，我似乎看到有錢就行了，對。」

很好，所以他不會爽快給個回答了。喬會爲了錢耍他們，因爲現在他也只能在這件事上當老大，施羅德只能任他坐地起價，好完成交易。他又開始納悶，從上個月以來，他的人生爲什麼會如此一塌糊塗。他又只能把重心放在那絲光明上——找到卡爾霍恩警探的遺體。

「屍體是誰埋的？」他問。「你？還是梅莉莎？」

「我說了，都很模糊，」喬說。「我知道我沒殺他，你也知道，因爲有影片。我不知道影片是誰拍的。」

「錄影帶在你的公寓裡，」施羅德說。「上面都是你的指紋。」

「都很模糊。」喬說，施羅德好想揍他。

「五萬塊就能幫你記起來。」施羅德說。

「我是這麼覺得。」喬臉上露出他特有的蠢笑，就是他帶著水桶和拖把在警局走來走去的時候常出現的表情。那時候感覺很可愛，現在則引人反感。「你知道的，卡爾，你總是不相信別人。你應該要用更正面的心態來面對人生。不好的想法會讓你愈來愈負面。」

很奇怪，他居然覺得贊同，但贊同喬的話就是很黑暗的想法——會把他打垮。

「你已經擬定了合約嗎？」威靈頓問。

「對，」施羅德把一個薄薄的資料夾推到律師面前，但他沒拿起來，只盯著資料夾看，施羅德想，律師或許看到了他不想參與的未來，那也很好。

「我要跟我的客戶談十分鐘。」他終於開口了。

「沒問題。」施羅德站起來敲敲門。「你們談好了就告訴我。」一名警衛過來，把他領回等候室。

28

我的律師穿著同樣的衣服，臉上還是那股懊惱的表情。我們坐在同樣的房間裡，對話內容也一樣。

「喬，怎麼了？」他問。

「很簡單。我告訴他們我覺得某具屍體會在哪裡。如果說對了，我就可以拿到五萬塊。」

「不行，喬，這麼做你就危害到你的辯護。對一個什麼都不記得的人來說，這種計謀很蠢。你告訴他們屍體在哪裡，證明你還是記得某些事情。」

「才不是那樣，」我告訴他。「強納斯．瓊斯會『找到』屍體，」說到找到的時候，我在空中比出引號，才覺得我以前從來沒比過這個手勢，以後也不會比，因爲這個手勢讓我看起來一定蠢得不得了。「所以要簽約。他們不能讓觀眾知道實際發生了什麼事，很安全。」

「喬，你玩的遊戲很危險。」

「這不是遊戲，」我有點氣他。「這是我的人生。大家都說我做過那些很可怕很恐怖的事，我才沒有。不是我，不是坐在你面前的這個人。或許是另一個喬，但這個喬不記得那個喬。等陪審團明白，等我無罪釋放，我需要錢。就那麼簡單。」

我看得出來，他一個字都不信。我也看得出來，他一定覺得我真的瘋了。「好吧，這是你的決定，」他說。「你跟心理醫生一定處得很好，才會他媽的這麼有自信。」

「還不錯。」我很有信心，不需要接受審判。我會告訴施羅德屍體在哪裡，梅莉莎會來救我。

「如果你被處決，五萬塊就沒什麼幫助了。你要交易，我們就跟他們交易。如果你要告訴他們屍體在哪裡，我們要用來談條件。我們可以先要他們撤除死刑。」

「不可能判我死刑。」

「一定會。」他說。

「公眾不會投票贊成。」

他搖頭。「你錯了，他們會投票贊成。」

「我需要錢。」我告訴他。

「你需要聽律師的話。」

「我在聽，」我告訴他，「但你不用擔心被判無期徒刑，你沒被人控訴做了可怕的事情。你的工作就是要告訴我你的想法，但做決定的還是我，對不對？」

他點頭。「沒錯。」他說。

「那就來交易吧。」我說。

「我先看看合約。」他打開了資料夾。

我看著他讀，他不是讀得很慢，就是理解速度很慢。或者寫合約的律師這輩子沒用過簡單的英文。合約有三頁長。我覺得寫兩段就夠了。律師讀完後又讀了一次——這次還做筆記。我開始不耐煩了。我不想打斷他，只瞪著他看，過了幾分鐘，我的心思飄到別的地方。我想到梅莉莎，想到該怎麼共度第一個晚上。我已經想好了。然後我又想到未來——一個星期、一個月、十年。接著律師讓我回到現在。

「喬，你確定嗎？很危險，很有可能你會惹更多麻煩。」他面無表情，就像在看足球賽，卻不關心誰贏，也不懂規則。或許當一個律師不在乎他的客戶的時候，就會是這個樣子。

「我確定。」我說。

「OK。」他說。他站起來捶門。警衛開了門，他們交談了幾秒，律師坐回椅子上，過了幾分鐘，施羅德又進來了。他看起來很累，也很不爽。大家都很不爽。

「同意成交了嗎？」施羅德問。

「同意。」我的律師說。

「還不行。」我說。

兩人都看著我。律師嘆口氣，表情不再是我他媽的都不在乎。施羅德也嘆了氣，或許他們會一起離開，嘆氣哄著對方入眠。

「問題是，很模糊，」我說。「我不太記得他埋在哪裡。」

「是啊，你講過上千次了。」施羅德說。

「因爲你得明白有多模糊。」

「喬，我們明白，」律師說，「不如你說得更清楚一點。」

「嗯，我對卡爾霍恩在哪裡的感覺很模糊，沒辦法用講的。我必須親自帶路。」

兩名訪客都沉默不語。施羅德開始搖頭，然後律師也開始搖頭。感覺他們在進行搖頭比賽。

然後他們互看一眼。還好，兩人都沒做出你要怎麼辦？的手勢。

「你不能親自帶路，」施羅德說。「我們的交易不會讓你出去，連一個小時都不行。」

「那你們永遠找不到卡爾霍恩了。」我說。

「可以，我們可以。死人總有方法現身。」他說。

「不一定每個都行，」我說。「你也知道。讓我帶路。或許你會找到線索，幫你找到梅莉莎——你不是很想抓到她嗎？比什麼都想？你有收穫，你的靈媒夥伴也有收穫。」

「我最想看到你被吊死，因為你做了那麼多壞事。」施羅德回答，我覺得他的意思其實是他希望我被吊死，因為我害他看起來像個傻瓜。他站起身來，律師伸出手搭住他手臂，如果我媽看到，她一定會相信等出了這幾面高牆，這兩個男人會做的事絕對得不到她的認可。

「等等，」律師說，施羅德又坐回椅子上。律師看著我。「喬，你到底想怎樣？」他問。「你為什麼一定要帶他們去埋葬卡爾霍恩的地方？你覺得帶路的話就有機會逃跑嗎？」

「我不需要逃跑，」我大笑，只為了證實他們的猜測有多蠢。即使他們猜對了。「陪審團絕對不會判我罪，因為我無法控制自己的行為。但我不能告訴你屍體在哪裡，我就是說不出來，」我對他們說。「可以的話，我就說了。老實說，卡爾，不可能的。我該怎麼辦？叫你們沿著土路走，到第三塊石頭的時候左轉？一年多以前的事了。拜託，你也知道不可能吧。你得相信我。不論你們怎麼想，事實就是這樣，」我說，不過事實並非如此，差了十萬八千里。「真的就是這樣。」

「你沒有資格出去一個小時，一分鐘都不行，」施羅德說。

「你怎麼想不重要，」我說。「重要的是你要不要我帶你們去埋葬卡爾霍恩警探的地方。」

「更重要的是你最好留在這裡。」施羅德回答。

「爲什麼？你覺得我會逃跑？我知道爲什麼你會這樣想——畢竟，你讓基督城屠夫逍遙法外好幾年，當然不認爲自己可以阻止我逃跑。」

「算你厲害，喬，不過你再怎麼激我，我也不會放你離開。」

「好吧，卡爾，你拿的主意。隨便你要不要了。牽涉到的利益可不少。你的新老闆想大大出名，而我需要錢，所以我要跟你們交易。卡爾，我先問你，你能賺多少？嗯？如果沒有好處，你也不會來吧，」我舉起手，搓搓手指，表示我們在談錢。

「幹你媽的。」

「你也想把卡爾霍恩找回來，對不對？」

「兩位，」律師伸出雙手。「我們不要偏離重點好嗎？」

「喬，我現在不是警察了，」施羅德說。「你知道我沒辦法安排那種事情。」

「你會有方法。」我說。

施羅德搖搖頭。「你就是不明白，」他說。「天啊，」他把頭往後一仰，看著天花板。「可惡，這麼蠢的人怎麼能逍遙法外這麼久？」他垂頭看著我。「我一定比我自己想像的還要笨，沒有早點逮捕你。」

「你想說什麼？」我問。

「要我滿足你的要求，就要找警方。如果警方插手，就不能交易了，因爲他們就知道是你帶我們去的。如果警方知道，那對強納斯・瓊斯就沒有幫助，對不對？」

我花了幾秒，才明白他的話。

「他說得對，」我的律師說，幹，他說得沒錯。他們兩個都沒錯。

我搖搖頭。我可以放棄交易，同意幫警察帶路。那就沒有錢。如果一定要這樣，也只好同意了。我必須在明天的傍晚時分離開監獄。那才是最重要的。

「你們兩個要想個方法，才能交易，」我說，「而且要在審判開始前。」

「喬——」律師開口了。

「今天到此爲止。」我告訴他們。

「你眞是笨死了。」施羅德說。

我站起來。我討厭別人說我笨。

我更討厭表現出很笨的樣子。我的手腕還銬在椅子上，把我拉了回去。「警衛，」我大吼，一拳敲在桌上。「警衛！」

警衛開了門，面無表情。我說我們談完了。他走進來，卸掉了手銬。

「去想辦法，」走到門邊的時候，我對施羅德說，然後又被押回心理醫生那裡。

29

「第二天，她就打電話給我，」我對心理醫生說，從逃脫喬變回成受害喬，很好，因為受害喬看到的風景美多了。「我以為她會等到週末才打，不過放學後她就打給我。她先跟我母親聊了一下，說要我去她家幫忙，她會付我錢。我媽覺得很不錯，因為那表示我就不會一直待在家裡。我去她家幫她割草。結果她還要我粉刷車庫內外，連屋頂也要。結果工作要用好幾個禮拜才能完成。不只一份工作而已。她每天都打電話給我，要我做這做那……一直到她厭倦我為止。」

「厭倦你？」

「厭倦我。」

「厭倦你幫忙做雜務？」

「不完全是啦，」我低頭看著被銬住的手腕，看著椅子扶手，看著我的腳跟地面。眼前的景色或許比十分鐘前的律師好看多了，但想起過去，只有醜惡。「兩年後，她就厭倦我了。」

「喬，怎麼了？」

我抬眼看她。「一定要我說得那麼清楚嗎？」

她慢慢搖了搖頭，竭力隱藏臉上的嫌惡，可是她藏不住。她頓了頓，深呼吸幾次，才能繼續。「你想告訴我，你阿姨幫你保密，來交換性愛？」

「我其實不想告訴妳，」我說。「不過，對啊，就是那樣。她說了，她很寂寞，家裡六年沒有男人了。」

「她脅迫你。」

「我還能怎麼辦？不照她的話做，她會報警，會告訴我爸媽。她說如果我不配合，她會告訴別人我強姦她。所以我只好繼續配合。我的意思是，我只想到一個方法，就是殺了她。不管妳對我有什麼看法，我不會殺人。起碼我不想殺人。」

「那是你第一次的性經驗嗎？」

「對。」

她依然望著我，彷彿想問我那時候覺得爽不爽，再繼續下去，她就會脫掉衣服，趴在桌子上。「我想知道經過，」她說。

雖然我很希望她慾火焚身，卻不很想講阿姨的事情。「爲什麼？」

「因爲我要你告訴我。」

「妳要聽我們做愛的經過嗎？」

「告訴我你阿姨是什麼樣的人，爲什麼事情最後會變成這樣。」

我聳聳肩，彷彿沒什麼大不了。彷彿被迫跟自己的阿姨上床就跟談論天氣一樣稀鬆平常，不過比較有趣味。其實很不平常，長久以來這件事一直壓抑在我的心裡。阿姨死後，我們去整理她的東西，我又看到十字弓，等媽把東西都打包拿走了，我覺得很噁心。那天晚上，我去墓園找到她的墳墓，在上面拉了一堆屎。我覺得那就是結局。我用這種方式向那個女人道別，她讓我很討厭自己，又覺得自己很棒，然後又再度討厭死自己。

「我剛粉刷完屋頂，」我告訴心理醫生。「那天很熱。那時候夏天總是很熱，一片藍天——起碼看起來是那樣。不像現在，一星期有兩次晴天就算幸運了，」我剛才想得沒錯——被阿姨強姦就跟天氣觀測一樣不重要。「我在屋頂上曬傷了，很嚴重。我幫阿姨做了四天工，大爆炸在第五天，也是我們在一起的第一個星期六。我在屋頂上——」

「你把那件事叫作大爆炸？」

「不然要怎麼說？」

「你繼續吧。」她說。

「阿姨到外面來，叫我下去。我下去，以爲她會告訴我花園突然需要整理或燈泡突然要換了，或我沒把屋頂漆好，等我到房子裡面，她提醒我我人在這裡的理由，」我還記得，還記得她身上的洋裝，跟滿臉濃妝豔抹。曬傷的感覺又回來了，還聞得到後來她塗在我身上的蘆薈膠。她叫我坐在沙發上，我坐下了，她給我一杯她準備的檸檬水，喝起來就是我想像中貓尿的味道，只是加了氣和一片檸檬。然後她坐到我旁邊，把手放在我腿上，我抖了一下，她叫我不要抖。然後她說，要我做另一項工作，如果我不接受，我就要去坐牢。她一隻手放在我大腿上，一隻手放在我頸背上，要我親她。我不知道該怎麼辦。她把臉湊過來，我從來沒親吻過女生，味道好像香菸，濕濕的像咖啡，我還記得我只想咬掉她的鼻子，但我還沒想到辦法，她就跨坐在我身上。我往沙發裡倒，用手按住她的肩膀，把她推開。她說，如果我再推她，她就要告訴我爸媽我幹的好事，而且我還強姦她。」

對心理醫生說了這番話，我覺得臉上發紅，彷彿那時的曬傷和恥辱又想辦法回到我的生命中。

「在臥房裡，」心理醫生說，「都由你阿姨主導？」

「我不想……我真的不想講這件事。」我說。

「喬——」

「拜託，可不可以不要再說了？」

「後來呢？在臥房裡結束後？」她問。

「她叫我回去屋頂上繼續粉刷。」

「就那樣？沒先跟你聊聊？」

「聊了一下吧，多半在說我姨丈，她說我有很多地方跟他很像。我不知道她指什麼地方，也不知道是不是指做愛這方面。過程就……妳知道的，很快。然後她就叫我繼續做工。」

「你有什麼感覺？」

「嗯，外面很熱，我曬得更痛了。」

「我是說，阿姨這麼對你，你覺得怎麼樣？」

「我……我不確定。」

「生氣？受傷？」

「應該吧。」

「興奮？」

「沒有，」我說，或許有那麼一點點。不過沒那麼興奮。姨丈會死也有原因——每天看著我阿姨對他的健康應該沒有幫助。如果我阿姨再辣一點——嗯，或許也沒有幫助。總之，感覺就是很奇怪。「幾天後又來了一次。然後變成習慣了，每次我回到家，都只能聞到菸味。」

「持續了兩年？」

「差不多，對。」

「你沒想辦法停止？」

「我不知道該怎麼辦，」我說。

「你試過吧，對不對？」

我點頭。「我殺了她的貓，」我說。

我的回覆沒嚇到她。「你剛才說你沒害死過動物。」

「我根本忘了，」是眞的，這件事我眞的忘了。「是妳說要談，不然那段時間有很多事情我都忘記了。」

「你把貓怎麼了？」

我搖頭。「貓不想講這件事。」

她沒笑。「喬，你殺了那隻貓。告訴我爲什麼。」

「我想，她的貓死了，或許就能轉移她的注意力，不會一直要我跟她上床，」我說，「結果反而相反，她更需要我了。」

「貓怎麼死的？」

「我讓牠溺死在浴缸裡，」我說，「然後用吹風機吹乾，阿姨就不知道發生了什麼事。她以爲貓就這麼死了。」

「那是在性侵開始多久後？」她問。

「搞什麼？我沒有性侵貓咪，」我說。「我只是把牠溺死了，總得想個方法。」

「喬，我不是那個意思。我是說你跟阿姨之間的性侵犯。」

「我沒有侵犯她，」我說。「妳爲什麼一直往最糟糕的地方想？如果大家都這樣，我怎麼能面對公平的審判——」

她舉起手要我住嘴。「喬，聽我說，你聽錯了。你阿姨侵犯你。你是無辜的孩童，做出錯誤的決定，遭到她利用。我只想知道貓死掉的時候她侵犯你多久了，之後又持續多久。」

「喔，」對啊，那才比較合理嘛。只是……性侵？是那個意思嗎？「喔，」我重複一次，鬆了一口氣，原來她站在我這邊。跟我熟一點以後，大家都會站在我這邊。不過說眞的——開始滿口性侵後，我覺得自己聽起來好沒種。「中間吧，我想。性侵犯……開始一年後，貓死後還有一年。」

「怎麼停止的？」

「她只說，她不想再跟我有關係了。我不明白，就那樣而已。我應該要先想到。那時候，我去她家的次數愈來愈少。我覺得……我不知道。我有一種感覺。」

「被拋棄？」

「不是，我覺得鬆了一口氣，」不過她說對了，我確實覺得被拋棄，然後我發現該說出來，才能掩藏我眞實的穩定性格，讓我看起來更像精神不正常的人。「我的意思是，我當然覺得被拋棄了。我不想跟阿姨上床，但我不明白爲什麼就那麼結束了。我對她來說不夠好嗎？」

「不是那樣。」她說。

「那是怎樣？」

「你是受害者。」她說。「重點在於權力，她要找一個她管得住的人。可能她發現你長大了，愈來愈有自信。後來你怎麼了？」

「後來就沒關係了，我其實沒再見過她。」

「耶誕節或家庭活動也沒有？」

「我爸的喪禮，」我告訴她。「就那麼一次吧。她沒跟我說話。我是說，我跟她講話了，可是她不理我。她一直留在葛雷葛利旁邊，葛雷葛利是我一個表弟，比我小五歲。很奇怪。不知道爲什麼，我有點想念她。」

「那也合理。」她說。

「合什麼理？」

「不重要，」她說得對，眞的，都不重要。只是在比我的牢房好一點的房間裡消磨時間，等梅莉莎救我出去。跟美女在同一個房間裡，人生應該多一點這種好時光。

「喬，她對你做了那些事，不是你的錯。」

「是我的錯。如果我沒有闖入她家——」

「她利用你，喬。她是大人，你還是孩子。」

「我知道，」我告訴她。「但如果我沒闖進她家，就不會有這些事情。誰知道我現在會是什麼樣？」

「你這話是什麼意思?」她往前靠，我覺得遠方豎起了紅旗。

「我不知道。」

「你知道。」

「我是說，或許一切就從那裡開始。」

她用筆敲敲筆記本。「一切?聽起來你在自我分析。」

「我不是那個意思，」我說。「我只是想說，妳知道的，或許那條路接上了另一條路，又連上某條路。」

「你確定你沒想過要殺她?」

「沒有，沒有，當然沒有。」

「大多數人碰到這種情況，都會想要殺人。」

「是啊，可是我沒有，」事實上我想過。每次她躺在我下面，我不得不低頭看她的時候，我都想扼住她的脖子。天啊，我很想握住自己的喉嚨用力擠壓。但我還是有點想念她。

「喬，你第一次殺人是什麼時候?」

「我不知道。」

「你不知道?」

「我不記得殺過人，就算我殺過，也不記得什麼時候開始。」

她伸手拿起錄音機，按掉了開關。「好，今天就到這裡。」

「怎麼了?」

「你又開始撒謊了。我告訴你，你好好想想你想要有什麼結果，我明天會再來，我們再談。OK？」

「等等。」

「明天還有時間。」她站起來敲門。

「我只希望有人幫我。」我說。

「那很好。」

警衛開了門，探頭進來好好打量我。我對他微笑，露出滿口牙齒、屬於喬的微笑。我的眼皮扯了一下，很痛。然後我也對愛麗傻笑。她走出去，警衛關上門，我盯著牆壁，眼皮卡住了，我得用手拉下來。我收起微笑，把頭靠在手臂上，臉快黏到桌子上，呼出的氣息在桌面上形成一層薄薄的霧氣。我已經很久沒想起我阿姨了，愛麗是我第一個說起這件事的人。我總以爲心理治療可以卸下負擔分享痛苦，結果只撕開了很多舊傷口。我根本不想告訴別人這件事。

突然之間，我覺得梅莉莎一定要救我出去。如果這件事在法庭上被抖出來，我不知道該怎麼面對這個世界。即使我媽不會到場，也不會看新聞，我想她還是會聽到她姊姊怎麼對待我，然後她一定不會相信我。

在我逃跑後，愛麗最好不要說出去。

我突然覺得很高興，我媽不會來。

我現在最常做的就是等待，所以我等，我要保持樂觀。我盡量不去想阿姨的事情，把注意力放在積極的未來上，不過在這種地方，有時候眞的很難很難保持樂觀。

30

「放屁。」施羅德說。

「我同意，都是放屁，」威靈頓說。「你提出來的交易對我的客戶毫無益處。」

「你根本就不想幫他辯護，」施羅德說。「為什麼要刁難我？」

「你說對了，我不想幫他辯護，但我會盡我所能幫他，因為這是我的工作，你也知道。如果你殺了人，探長，我也會盡力幫你。」

「你這話什麼意思？」施羅德問。

「我什麼話什麼意思？」

「如果我殺了人？」

「打個比方罷了。如果你殺了人，又雇用我，你當然想知道我會全力以赴。如果我做不好，以後誰敢找我？」

「好吧。」施羅德說。

「不管怎麼說，刁難你的不是我，」威靈頓說。「是喬。」

兩人都還在監獄的會客室裡。施羅德很討厭這個房間，臭兮兮的，又冰冷又令人沮喪。威靈頓剛才說的也對。

「他的要求，我沒辦法安排，」施羅德說。

「如果眞能安排，」威靈頓說，「就違反了我客戶的最高利益。我們不能讓警察押送他去找屍體，又要說服陪審團說喬不知道屍體在哪裡。」

施羅德同意。「也不能找警察押送，再說瓊斯用他的超能力找到屍體。」

他們一直在繞圈圈，沒辦法交易了。強納斯無法展現尋找屍體的能力。施羅德拿不到獎金。喬拿不到錢。偵緝督察羅伯特．卡爾霍恩沒辦法回家。前三件事施羅德都不在乎，但第四件很重要。自從卡爾霍恩失蹤後，就很重要。重要到他還留在這個房間裡絞盡腦汁想幫喬找一條出路。

「感覺怎麼樣？」威靈頓問。「幫那種人工作？」

這個問題令施羅德的面孔抽搐。聽威靈頓問話，就知道他有什麼看法，讓施羅德覺得大家一定都有同樣的想法。不過，不管怎麼說，強納斯幹得還不錯，不是每個人都討厭他。「或許就跟幫喬辯護是一樣的感覺，」施羅德說。

威靈頓慢慢點點頭。「有那麼糟，嗯？」

「聽我說，」施羅德說，「我知道你不希望他接受交易，我明白，但卡爾霍恩警探該重見天日。我們只要專注在這一點就夠了。他是警察，可惡，還是個不錯的警察，就跟其他警察一樣，他該得到恰當的葬禮，有人爲他哀泣，懷念他，而不是失蹤後就不見蹤影。」

威靈頓聽了，默默無語，施羅德想到這傢伙反應挺慢的，要等很久他才會懂。

「一定有方法。」施羅德補了一句。

「沒有辦法，」威靈頓說。「警方一插手，瓊斯就玩完了。」

施羅德站起來，開始在房間裡踱步。威靈頓看著他。他開始在腦海裡設想不同的情境。如果他還是警察，整件事就簡單多了。但如果他是警察，他就不會來找喬交易，給連續殺人犯五萬塊。警察從喬口中問不出卡爾霍恩在哪裡。他們問過了。檢方也問過了。

唯一得知地點的方法，就是付他錢。

唯一讓喬說出來的方法，就是讓他帶路。

唯一讓他帶路的方法，就是警方不能插手。

那就沒戲唱了。

「我想辦法勸他，」威靈頓說。「看他能不能把地點告訴我們。我覺得，如果他不告訴你，他就拿不到錢，所以他才搞這套。我想他眞認爲自己在審判後就會無罪釋放。」

施羅德轉過身，靠在牆上。他瞪著威靈頓，想到了一件事。他得花幾分鐘弄清楚。「你覺得呢？」

威靈頓聳聳肩，不過還是說了他的看法。「我想，既認爲他能無罪釋放，又認爲大家都相信他講的話，就足以證明他眞的精神失常。」

施羅德快想到了，想法就在眼前。他只要繼續跟著這條思路，在十字路口不要迷路就好。他一推牆把自己撐起來，坐到律師對面。「要是，」他只說了兩個字就沒接下去了。他瞪著牆，瞪著煤渣磚，不過他還在想，也在檢查磚頭是否都對齊了。

威靈頓沒開口，不想打斷他的思路。

「要是，」施羅德又說了一次，對，或許行得通。「要是我們做兩次交易呢？我們的交易不變。我的雇主付錢給喬，換卡爾霍恩警探埋葬的位置。」

「OK，另一筆交易呢？」

「我們去找檢察官，不論喬把卡爾霍恩警探怎麼樣，都要求他們豁免。我們都知道他沒殺他。他當然把他埋了，或許也是他布置好了，本來就想殺掉卡爾霍恩，但我們還有其他殺人案可以定喬的罪。多加卡爾霍恩一樁也沒差。技術上來說，我們不需要他認這個罪名。」

我們。他聽見自己這麼說。一日爲警，一生爲警。起碼那些再也不是警察的人都這麼說。對其他人來說，他只會找麻煩罷了。

「技術上來說，」威靈頓點點頭。「我覺得應該有很多人不想聽到這個說法。」

「我雖然說了，自己也不高興，」施羅德說。

「我可以告訴你，檢方多半不會買帳。」

施羅德站起來，又開始踱步。「我們要求豁免權，交換卡爾霍恩埋骨的位置。他們還有很多罪名可以定喬的罪，所以沒理由拒絕。他們能找回卡爾霍恩。雙贏。兩筆交易。喬得到一小時的自由，帶他們去找屍體。」

威靈頓直挺挺坐著，施羅德看得出來，他在吸收資訊。他在一小時要價四百塊的腦袋裡反覆思索。「或許吧。」

「沒問題的。」施羅德說。

「或許吧。另一個問題是，警方或許不願意把屍體留在原地，讓你老闆佔這個功勞。」

「先說清楚，他不是我老闆，」施羅德說。「第二，他們會同意，因爲他們能找回自己的夥伴。」

威靈頓差點笑了出來。「你在開玩笑吧，對不對？」

「不對。」

威靈頓搖搖頭。「沒理由他們會接受。卡爾，這是真實的人生，不是你的電視節目。警察不是強納斯．瓊斯和電視公司的工具。」

「我知道。」

「那你為什麼有這個提議？」

「因為只有這個方法，才能找回卡爾霍恩，」施羅德說。

「不對，」他說。「你知道嗎？我連提都不想提。我要去跟他們提這件事，會被他們笑死，然後趕出來。以後我說的話都沒人聽了。警方絕對不會有人想幫強納斯．瓊斯。」

「他們不是幫瓊斯做事，」施羅德說。「而是為了卡爾霍恩，那樣差別就很大了。非常大的差別。他們是為了卡爾霍恩跟他的家人。賣點就在這裡。」

威靈頓還在搖頭。「要是有陷阱呢？」

「不可能，」施羅德說。「我們昨天才跟他談交易。去看看他的訪客紀錄，應該只有你、我、心理醫生跟他母親來跟他講過話。他不可能在這段時間內準備好逃脫方案。」

「如果你想錯了呢？」

「我不會錯。」施羅德說。

「OK，」威靈頓說。「我同意。你說得沒錯，不過還是行不通。就算有一組人帶他出去，你還是忽略了很嚴重的問題。」

「是嗎？什麼問題？」

「這些人要幫忙保密。」

「他們是警察，」施羅德說。「警察懂得保密。我們只需要四五個可以信任的人來做這件事就好。」

威靈頓還在搖頭，不過施羅德看得出來，他的心意慢慢改變了。「至少試試看。」施羅德說。

「OK，我去找檢察官，反正行不行都沒差。」

「如果喬不能保密，就是自掘墳墓，」施羅德覺得自己的靈魂有一塊賣給魔鬼了，就一小塊。有一塊賣給了強納斯．瓊斯，還有一塊給喬．米德頓。很快就什麼都不剩了。

「他不會說出去，」威靈頓說。「我把好處告訴檢察官，我說不可能有陷阱，我也會指出對我的客戶有好處。」

「該說什麼就說什麼，」施羅德說。「快點定案吧，不然會變成鬧劇一場。」

威靈頓用食指敲了敲桌面。「我女兒是大學生，」他說，施羅德知道接下來有兩種可能。威靈頓可能會說有女兒的人都不希望喬這種人可以自由。或者更糟。他會說他女兒已經遭遇不幸。不過他錯了，因為威靈頓說的是另一件事，「一個小時前，她打電話給我。她念法律系三年級。她很喜歡法律，想跟我一樣當律師，想幫無辜的人辯護。」

「她以後會嚇一跳。」施羅德說。

「因為世界上沒有無辜的人？」

「有，只是很少。」

「或許吧，或許不像你想的那麼少。不過你要不要猜猜看，坎特伯雷大學的學生星期一要做什麼？」

不需要猜就知道了。「抗議。」施羅德說。

「是嗎？你覺得他們贊成還是反對死刑？」威靈頓問。

施羅德聳肩。「不知道，我猜一半贊成，一半反對。」

律師微微一笑。「都不是，」他說。「他們計畫爲了抗議而抗議。我女兒說現在在社群媒體上，這是最熱門的話題。有幾百名學生要趁機開趴。他們甚至會比賽誰在鏡頭上亮相的時間最長，就可以贏一瓶伏特加。所以爲了一瓶伏特加，幾個孩子會盛裝打扮，抓住機會上電視，不過他們去的理由並不是這個——伏特加只是額外的獎品。他們去抗議，只是趁機喝酒喧鬧，喝到要吐在水溝裡。他們覺得這樣很酷。我女兒也要去。他們不關心喬·米德頓和司法系統，他們只在乎喝酒。這一代就是這樣，我女兒這一代。讓人不禁覺得我他媽的在這裡做什麼，我們想讓他們有更安全的生活，他們一點都不在意。」

「我不知道該怎麼說。」施羅德說。

「什麼都不用說，現實就是這樣。但我只想指出，如果你不想讓這件事變成鬧劇，或許在我認識的人裡面，只有你才是眞正的瘋子。」

31

如果拉斐爾早知道有訪客要來，就會先打掃一下。他覺得很丟臉，希望史黛拉不會認爲他向來就這麼邋遢。事實上，他眞的就這麼邋遢好一陣子了。他也曾擔憂過自己的生活跟飲食狀況，不過還好，他已經放棄擔憂了。

「對不起，家裡很亂，」他說，她似乎也不在意。說不定在她失去胎兒、被丈夫拋棄後，她家也差不多這麼亂。她跟孕婦一樣揉揉肚子。他記得妻子懷安琪拉的時候也常常這樣揉肚子。他記得晚上躺在她旁邊，把手放在她肚子上，感覺寶寶的踢動，妻子微笑，覺得很好玩，他則有點驚嚇。那時候，他覺得亂踢的寶寶跟《異形》裡餐桌上的可憐王八蛋沒什麼兩樣。

「要喝什麼嗎？」他問。

「水就好。」

他進了廚房，早餐的盤子仍散落在流理台上，水槽裡則有累積了一個星期的麵包屑跟水漬。他拿了兩個乾淨的杯子，裝了水，走進客廳。史黛拉在看牆上的照片。

「這就是安琪拉？」她問。

「對。」

「這是你的外孫女？」她看著小孩的照片。

「亞得蕾德六歲，」他說。「她今年要上小學了，在英國上學，希望她的學校跟哈利波特的一樣。霍格什麼的。薇薇安四歲，想當芭蕾舞伶跟流行歌手。」

「眞可愛。」她說。

「我見不到她們，」他很氣女婿把外孫女帶走，所以牆上都不放他的照片，但他也不能怪他舉家遷移。完全不能怪他。「幸運的話，每個月可以跟她們講一次電話。」

史黛拉把裝了衣服的塑膠袋遞給他，她剛才就拿到他車上了。「試試看，」她說。他拉出淺藍色的襯衫跟深藍色的長褲。「應該合你的身材。」她說。

「妳從哪裡弄來的？」

「租來的道具服，」她說。「別弄破了，不然我的押金拿不回來。」

他不確定她是否在開玩笑。他攤開警察制服看了看。「看起來像眞的。」他說。

「當然像，道具服飾店就是要租看起來很眞的衣服，來啊，試穿看看。」

「妳眞覺得要改裝嗎？」

「希望不要，不過我覺得改裝比較好。場面會很混亂，很多人跑來跑去。穿這身衣服你就不會被逮捕了。」

他把制服拿進房間裡。他的臥室跟家裡其他地方一樣，不太亂，但也不怎麼整潔。床沒鋪，地上有衣服，不過地毯沒有食物污漬，窗台也沒發霉。他把制服攤在床上，很快換好了衣服。有點鬆，但不難看。

「嗯，妳覺得怎麼樣？」他走回客廳裡。

史黛拉微笑。他第一次在她臉上看到正面的情緒，她連眼睛都閃亮了起來。別人說，制服男人特別有魅力，看來說得沒錯。如果他年輕二十歲，女兒還在，技術上而言未婚，如果史黛拉不是強暴受害者，想爲未出生的寶寶復仇，或許他穿著這身制服的時候，他們之間就會擦出火花。

「尺寸滿合的，」他說。「妳估尺寸的眼光很銳利。我很訝異居然還附皮帶，」他撥弄著放手銬的分區。「還有無線電，看起來好眞。」

「無線電不能用，」她說。「不過除了無線電以外，你說對了，幾乎跟眞的一樣。」

他走到客廳裡的鏡子前面，打量自己。如果他停下來想想發生了什麼事，可能就會突然喊停。他必須繼續跟著計畫走。他要殺了喬。他想，接下來這幾天就要一鼓作氣，如果他不繼續走下去，計畫就不會成功。他相信赤色盛怒會帶他繼續。

「妳確定我們能逃得了嗎？」他拉拉制服。理論上來說，計畫還算不錯，不過他仍覺得心裡不安。他從鏡子裡望著她，跟她四目交接。

「逃不掉，有關係嗎？」她問。「如果現在讓你選擇，你可以把子彈打進喬的腦袋，但要坐牢十年，你願意嗎？」

「我願意，」他說。他連想都不想。而且不需要十年。他開槍射殺姦殺他女兒的壞人，法官不會判他十年徒刑，不過那也只是他一廂情願的想法。有些法官判的刑期更長。「妳呢？」他問。

「我也願意。」她說。

前面傳來敲門聲，兩人都呆住了。

「你約了人嗎？」她問。

他搖頭。

史黛拉移到窗邊，從窗簾縫裡偷看。「又是昨天晚上那台車，條子開的車。」

「可惡，」他開始解釦子。「不能讓他們看到我這身裝扮。」

「別應門就好了。」

「可能是重要的事，」還有一半的釦子沒解開，他把襯衫從頭上拉起來，加快脫衣服的速度。「而且我的車在車道上，他們知道我在家。」他踢掉鞋子，拉下長褲，只剩內衣褲和襪子，外面的人又敲門了。

「等一下。」他大喊，左右看看，想找衣服穿，可是什麼也沒有。「可惡。」他走到最近的浴室，抓了一條浴巾圍在腰間，再朝門口走去。

32

施羅德正在往賭場的路上，他突然決定去拉斐爾家看看。昨天他不在，《清掃魔》的編劇跟製作人都很不高興。他有不祥的預感，今天下午或下禮拜，製作公司的人可能會來找他談話，說那算第一次，在什麼都用過就丟的世界裡，他只能再得到一次機會，然後就出局了。來到這裡，或許就是第二次，接下來沒有了。

「探長。」拉斐爾腰間圍著浴巾，全身上下只穿了一雙襪子，施羅德希望到了拉斐爾的年紀，還能看起來跟他一樣帥。

施羅德微笑。「現在叫我卡爾就好了，」他提醒他。「看來我來得不是時候？」

「除非你想跟我一起沖澡。」拉斐爾說著笑了起來，雖然很無聊，施羅德也笑了。

「我只要耽擱你幾分鐘就好，」施羅德說。「我們可以進去嗎？還是你寧可站在門口受凍，給鄰居看好戲？」

「嗯……問題是，卡爾，我急著要出門。可以改天再說嗎？」

「一下子就好。」施羅德想起昨天晚上，拉斐爾也站在活動中心門口，不請他們進去。他起了疑心。當然，當警察這麼多年，什麼在他眼裡看起來都很可疑。他很想加一句經典台詞，除非你有什麼見不得人的東西。多年來，這句話他說過無數次，對方也真有見不得人的東西。有時候很管用，但不一定每次都有效。

「嗯，當然，好吧。」

拉斐爾朝著走廊另一頭走去，施羅德跟在後面。他來過這裡，他們來告訴拉斐爾跟他太太，他女兒慘遭殺害。那是一年多以前的事情，不過來到這裡，感覺就像上星期才來過。那時候，拉斐爾一開門，他跟他太太就知道事情不妙了，不用等到施羅德跟他當時的搭檔藍德里舉起警徽，要求進門談話。警察上門，絕不會告訴你好消息——他們不會跑到你家，說你贏了樂透頭獎或豪華假期。他們還沒走進客廳，他太太就崩潰了，拉斐爾和施羅德必須把她扶到沙發上坐著。拉斐爾坐在她旁邊，握著她的手，一直搖頭，似乎這樣就能斥退壞消息，嘴上一直說*但我們今天早上才見過她*，彷彿這幾個字就能擋住想侵入他們生活的魔鬼。施羅德和藍德里陪他們坐了一小時。拉斐爾和他妻子的人生在這一個小時內完全改變，但對施羅德和藍德里來說就是一個小時，他們敲過別人家的門，告知類似的消息。他最近常想起藍德里，想到改變藍德里人生的那個小時，想到藍德里的喪禮，已經快滿一個月了。那時候，這棟房子比較整潔。現在少了女人的打點，女人也走了。

他們進了客廳。拉斐爾東張西望，彷彿掉了什麼東西。

「有客人嗎？」施羅德問。

「什麼？沒有，只有我。」

「你通常會喝兩杯水嗎？」

拉斐爾搖頭。「一杯是昨天晚上的，」他環顧四周。「我倒了，可是沒喝完，你也知道，最後就懶得整理。說起來很丟臉，但你到處看看，會發現更多亂七八糟的地方。如果你要幫我打掃，那就太感激了。」

施羅德坐在沙發上，他相信他。這地方看起來有一陣子沒打掃了。咖啡桌上有一疊沒打開的帳單，旁邊的《電視節目表》是去年的。拿來墊杯子。

他把手伸到外套口袋裡，拿出昨天應該在他車子裡的照片。他後來還是沒找到丟在哪裡，不過家裡還有一張。有些東西他留了兩份。「你看過這個女人嗎？」他把照片遞給拉斐爾，他仍站著，施羅德覺得這樣比較好，如果他坐下來，施羅德會看到不堪入目的東西。

拉斐爾接過照片，凝望了幾秒，然後又幾秒，感覺不認得她。不像昨晚偏著頭想他是否聽過警探口中的名字。沒有轉換照片角度好看清楚一點。然後他緩緩搖頭，把照片還給施羅德。

「我應該見過她嗎？」

「應該，」施羅德說。「起碼你應該在電視上看過。」

「爲什麼？她是誰？」

「她本名叫娜塔莉．福勞爾斯，」施羅德說。

「喔，對了，」拉斐爾說。「梅莉莎。我認不出她來。我現在很少看電視，看了就難過。」

「所以你在聚會的時候也沒看過她？」施羅德問，接回照片。

「在聚會上？」拉斐爾笑了，然後搖頭。「她怎麼可能來聚會啊？」他取過照片，貼在臉前，開始轉向不同的角度，也跟著歪頭。「她就是梅莉莎？」他問。

「對。」

「她看起來不像……」

他還沒說完，施羅德就接口。「壞人？」拉斐爾沒答腔，仍盯著照片看。

「你認得她，對吧？」施羅德說。

拉斐爾搖搖頭。「或許吧，就像你說的，在電視上看過。不過除此之外，我沒見過這個人，絕對沒來過我的聚會。」

「拉斐爾，你確定嗎？」

「嗯，不行，我沒辦法確定。她一定會改裝吧，對不對？所以你們才找不到她，不過就我所知，沒有，她沒來過。我想像不出她有什麼理由要來參加。」

「她或許會來享受她帶給大家的痛苦，」施羅德說。

拉斐爾點頭。「我沒想到這一點。」

施羅德拿回照片，塞進外套口袋。這趟不算白費。他站起來，該工作了，但是辦案不是他的工作。

「想到什麼就打電話給我吧，」他知道拉斐爾不會打給他，就算拉斐爾想到什麼，也只會打電話報警，而不是通知施羅德。好吧，他的任務結束了。他跟拉斐爾握握手。

「慢走，探長。」拉斐爾送施羅德到門口。

33

「妳不該進這個房間，」拉斐爾說。

梅莉莎把視線從牆上移到他臉上。他站在門口，圍著浴巾，除了下面的內褲，什麼都沒穿。「這間房是拿來幹什麼的？」她問。

他朝她走了一步。「我女兒還住在家裡的時候，這間是她的房間。等她搬出去，我們改成書房，以前的東西都放進儲藏室。後來她死了，我們把房間恢復成她小時候的樣子。」

「不完全是她小時候的樣子。」梅莉莎看到貼在牆上的剪報。太讚了。她能想像拉斐爾坐在床邊，盯著這面牆，規劃他的復仇，白天變成傍晚，進入黑暗，來到午夜。加少許酒精催化他復仇的意念。

「我說了，妳不該在這裡。」他又朝她走了一步。他讓她想起自己的父親在她淘氣的時候也是這個樣子。他會抓住她的手臂，把她拉走。拉斐爾看起來就要伸手了。

「我得找個地方躲起來，」梅莉莎說，「不然那個警察會看到我。」

「他看到妳有什麼關係？」

「沒有，應該沒關係吧。」梅莉莎說，不過果真如此，關係可大了。她在他死去女兒房間裡找到的東西很棒，真的很不錯。

「我猜妳想要個解釋。」他說。

「我想，既然我們要合作，對，解釋給我聽。」

「妳會去報警嗎？」

「那就看你怎麼解釋了。」她說，事實上她絕對不會報警。

「給我一分鐘，我先去穿衣服，」他說。「我不想讓妳在這裡等，這是安琪拉的房間。」

梅莉莎走進客廳，坐下來。她剛才在這裡等過了，聽拉斐爾和施羅德對話，然後他們兩個顯然要進客廳。從安琪拉的房間，她可以清楚聽到他們的聲音，同時也看過釘在牆上的那些東西，很有趣，但是青少女應該不會喜歡。

一分鐘後，拉斐爾進來了。他穿上出門射擊時穿的衣服，不過沒有靴子。他還是沒穿上衣比較好看，穿制服的時候更是英俊。他平日流露出的那股帥氣沒了，一臉緊繃。他坐在她對面的沙發上，拿起咖啡桌上的水杯，一口氣喝了半杯，然後又起身進了廚房，拿了一瓶波本威士忌過來。他喝乾了水，用好東西裝滿了水杯。他示意梅莉莎也來一些，她搖頭，喝酒對她假想中的胎兒有害。

「起碼，現在妳知道我能扣得下扳機了。」他哼了一聲。

「很好笑嗎？」

「不好笑，一點都不好笑。」

「你殺了他們？兩個都是你殺的？」她問。

他點頭。「他們要幫他辯護。」他說。

她早就明白他為什麼動手。一看到牆上有關兩個律師要幫喬辯護的剪報，她就知道了。在剪報上，拉斐爾在他們臉上畫了紅叉。

「就算日子過得再好，我也不會找律師。」他說。

「那在日子過得不好的時候呢？」她問。

「在過得不好的時候，他們努力幫喬・米德頓這種人辯護。這兩個王八蛋用我女兒的慘劇來出名，在律師界大出風頭，以後就可以幫其他像喬一樣的人辯護，變得更有名，賺更多錢。能幹出那種事，還有什麼做不出來。」

梅莉莎沒說話，她知道人的惡行沒有極限。她也知道不用答腔，拉斐爾就會繼續說下去。讓他發洩。這個祕密只有他知道。她拿起剛才沒碰過的水杯，喝了一小口。水已經變成室溫了。

「我去找他，」他說。「我跟第一個律師約好碰面，求他不要幫喬辯護。我眞的用求的。妳知道怎麼了？他說他知道我爲什麼去找他，他能想像我有什麼感受。妳相信嗎？那個王八蛋說，他知道我一定覺得不好受。然後他又說，每個人都該得到辯護的機會，那是法律，喬跟其他人一樣，享有法律賦予的權利，我覺得不合理。我的意思是，那傢伙藐視法律，藐視人性，結果他還有公民權？幹。」梅莉莎第一次聽到他罵髒話。

「所以你就寄死亡威脅給他。」她說。

他搖頭。「不是。我在報紙上看到了，兩個律師都收到死亡威脅信，不過都不是我寄的。」

「你只是殺了他們。」她說。

「對，但我沒有馬上動手。跟第一個談過後，我等了一個月。我相信，如果他好好想一想，就會接納我的想法。一定的，對不對？一個月後，我覺得最好找個沒那麼正式的地方碰面，因爲我希望他不要打官腔，表現得更像人一點。所以我選了個傍晚去他的事務所，等他下班，然後我跟在他後面，走到他的車子旁邊。」

他對她舉起手。「我知道妳在想什麼，」不過他錯了，他絕對猜不到她在想什麼。「我跟蹤他，並沒有惡意。我只想再求他一次，提醒他他會造成別人什麼樣的痛苦。」

「他沒聽你的？」

「不，他聽了。那才是問題，」拉斐爾舉高雙手，感覺更激動。「我要說的他都聽了，但他還是拒絕不當喬的辯護律師。」

「所以你生氣了。」

「誰聽了都會生氣。」

「所以你殺了他。」

「不是，其實是意外。」

「發生了什麼事？」

他用指頭撫過前額，又穿過頭髮，然後稍微搖了搖頭。「我打他，」他重重吐出一口氣。

「用鎚子打。」

「你平常會把鎚子放在車裡？」

「不會。」

「所以你帶了鎚子去。」

「應該吧。」

「你跟他講話的時候，他沒看到鎚子，對不對？所以你把鎚子藏在口袋裡，或扣在褲腰裡。你帶著鎚子，因爲你知道如果情況不妙，他不跟你站在同一邊，你就要殺了他。你等了一個月才去，因爲你知道警察會查看他的行程，不過只會調查他最近碰過的人。」

「我知道看起來是這樣，」他說，「可是，都不在我的計畫之內。」

「如果他不同意，你覺得會是什麼情況？」

拉斐爾聳聳肩。「我不知道。反正不該是那樣。」

梅莉莎點頭，她很喜歡這段對話，眞希望對象是喬。他們可以聊著聊著就把衣服脫了。「然後呢？」

「我把他塞到他車子的行李廂裡，然後去開我自己的車。我把車停到他的車旁邊，再把他搬到我車上，接著開車去……嗯，就把他埋了。」

「埋在我們今天練槍的地方，」梅莉莎說。「就是那裡，對不對？」

「對。」

「然後你覺得好過了一點嗎？」

「安琪拉不能死而復生，我早就知道了，不過我眞覺得好過了一點。就一點點。過了幾天，另一個律師舉手說要接下案子。我也不打算去找他，因爲我知道會講的話都一樣。我就把他處理掉了。這次我讓別人找到他的屍體。妳知道，我覺得這就像傳遞訊息給其他的律師。眞的有效。喬的第三個律師由法庭指派。他似乎不怎麼情願，那也沒理由對他怎麼樣了，起碼先靜觀其變。

「總有人會殺了他們，」他接著說，「他們接到那麼多死亡威脅。」

「你殺了兩個無辜的人。」其實她也不在乎，不過她覺得在拉斐爾面前要表現出關心的樣子。

「他們並不無辜。」他說。

「我覺得他們認爲自己是無辜的。」

「所以……」他說，「計畫有變嗎？」

她遲疑著不給答案，彷彿她正在認眞思考。似乎要權衡非常艱難的決定。不過一點也不難，簡單得很。昨晚決定找拉斐爾，看來是正確的決定。

「我只是……我不知道，我認識的人裡面，沒有人會殺人，」她說。「我應該要覺得開心，因爲這表示星期一你會開槍，不過老實說……有點怪。你殺了兩個人。」

「兩個壞人。」他說。

「兩個壞人，」她重複他的話。「做壞事的律師。」

「沒錯，」他說。「所以我再問一次——計畫有變嗎？」

「不變。」她說。

「很好。」他靠回沙發背上。

「不過我們的目標只有喬，」她說。「不是押送他的警察。也不是律師。已經死了太多人了。接下來只有喬。」

「當然，」他說。「警察想把他關起來，他們跟我們是一國的。」

「那個來你家的警察呢？」她問。「他想怎樣？」

「施羅德？嗯，他現在不是警察了，」他的口氣添了一絲謹慎。「他只想問我有沒有想到其他人。」

「想到其他人幹什麼？」

「團體裡有沒有可疑人物，我不確定他想找誰。」

「你怎麼說？」

「我說我一個也想不到。」

她從安琪拉的房間聽到他們的對話。她知道施羅德給他看她的照片。她知道他們談起她，還說出她的眞實姓名。或許跟她在施羅德車子後座找到的那張相片一樣，拍照的那天，辛蒂在海灘上跟兩個陌生人搞三P。在照片裡，梅莉莎的頭髮是深褐色，那是她的自然髮色——現在就技術上而言，當然還是深褐色——不過她習慣染黑，剪得短短的。她會戴假髮，長的也戴。在拉斐爾眼中，她有一頭黑色的長髮。

「就那樣？」她問。

「對啊，例行公事。」她回想昨天拉斐爾上她車的時候。在他們還沒開始聊天前，他把很多事情都藏得很好。他那時候就知道她不是她口中那個人，她也相信他現在知道她是誰了。

「那麼，我們再複習幾次計畫，如何？畢竟我們原本就要討論這件事。」

她又喝了一口水，然後放下杯子。「好。」她說。

「還是跟本來一樣，」他說。「起碼妳知道我會動手，我會扣下扳機。」

拉斐爾錯了。一切都跟本來不一樣了。並不是因爲他殺了兩個律師，而是因爲他撒謊他跟施羅德說了什麼。她知道施羅德拿照片給他看。是她的照片嗎？一定是，不然拉斐爾就會提了。所以他知道她是誰，現在她得假裝她不知道。也表示她必須調整計畫，因爲拉斐爾也會有所調整。重點在於搶先——她向來都搶在別人前面。從她放棄娜塔莉的身分，變成梅莉莎後，只有喬打敗過她。

拉斐爾是殺人犯，星期一早上，他就會顯現出殺人犯的那一面，目標不光是喬，還有她。一號子彈會對著喬。

她已經知道了，二號子彈寫了她的名字。

34

結果，我錯過了午餐，因爲我忙著跟心理醫生、施羅德和我的律師見面，然後又回到心理醫生那邊。所以下午才開始，我的胃就打結了，正好警衛亞當來看我。他拿來一個三明治。之前，我因爲其他會面而錯過吃飯的時候，已經碰過現在又碰到的問題——你就是不知道監獄警衛拿來的食物裡有什麼，他們的工作就是要拿東西給你吃。

「祝你胃口大開，」亞當說，我相信他說的絕對是反話。

我打開三明治，翻開麵包。在一片乳酪和一片肉中間，有一團陰毛，夠幫老鼠織件毛衣了——很可笑，因爲上次亞當拿三明治給我的時候，裡面眞的有一隻死老鼠。我把三明治包好，還給亞當，他不肯接。

「吃下去，米德頓，不然你就餓肚子。」

「我寧可餓肚子，」上次拿到米奇三明治的時候，我也選擇餓肚子。

「走著瞧吧，」他漫步走開了，留下我一個人在牢房裡。

我又回去盯著牆壁。我想到梅莉莎，想到我阿姨，想到心理醫生，想到死刑，愈想愈餓，我發覺，其實我對未來沒有那麼篤定。大眾幫我建立了形象，可是他們根本不了解我。陪審團成員一定讀過或看過過去十二個月來的狗屁報導，只有負面消息。我應該讓一群我的同類來審判我，對不對？能找到十二名男女，殺過人，搞過幾個寂寞的家庭主婦，生殖器少了一塊，還試過自殺嗎？找不到，審判我的人會有牙醫、賣鞋的人和音樂家。

牢房間的公共區域開了。同樣的人在裡面做同樣的事——玩牌、聊天、希望自己在外面做那些讓他們被鎖在這裡的事情。除了一天能在外面的小圍欄裡運動，大多數人已經很久沒看到外面了。外面就算被外星人毀滅，我們也不知道。

又過了一個小時，我的肚子叫得更大聲了。亞當回來找我。「電話，」他說。

他帶我穿過牢房區。我們穿過走廊和上鎖的門，電話固定在牆上，跟其他的公共電話一樣大，形狀也一樣。牢牢固定在牆上，並不是怕被偷，而是監獄裡有很多人可以用這個沉甸甸的好東西把人打死。話筒懸在空中，微微地左右搖晃。亞當離我幾英尺，靠在牆上監視我。

我拿起話筒。

「喂？」

「喬，我是凱文．威靈頓。」他說。

「誰？」

嘆氣聲，然後他說：「你的律師。」

「交易談成了嗎？」

「算你走運，」很好，我需要一連串的幸運日，今天或許就是讓球掉下去的時候[3]。「我跟檢方，對，達成協議了。如果你告訴他們屍體在哪裡，卡爾霍恩警探這件事上你就有豁免權。在審判的時候不能拿來對付你。其他的事你都不要說，只要帶他們去埋屍體的地方就好。明白嗎？」

「明白。」

「那你說一次。」

我抬眼看看亞當，他仍瞪著我。我放下電話。「我律師打來的，」我說，「不就表示我有隱私錢嗎？」

「白痴，是隱私權，」他說，但我不太確定他說得對不對。「你應該有權，」不過他依然動也不動。

我背對著他，拿起話筒。

「我懂了。」我告訴律師。

「不行，喬，你得告訴我你懂了什麼。」

「我得保守祕密。」我說。

「那就對了。你不回答他們的問題，不跟他們聊天。最重要的是，別表現得很驕傲，要起嘴皮子來，就是那種態度會讓你不好過。」

「你到底想說什麼？」

「你的態度，喬。你覺得你比其他人都優越，才不是。你以爲——」

「嗯哼，OK，酷。」我打斷他的話，因爲他居然覺得比其他人都優越不好。就是那種態度才會讓目光狹隘的人變成輸家。「還有呢，」我說。「錢怎麼辦？我們怎麼知道他們會付錢？」

❸應該是「讓球滾動起來」，表示開始執行計畫。

「錢要先進代管。」

「那是在哪裡？大水管？」

「喬，你是認眞的嗎？」

「你到底想怎樣？」

「不是在哪裡，而是什麼東西。類似錢的中間人，幫忙照管的鑑定人。等確認屍體是卡爾霍恩，你就拿到錢。」

「所以我什麼時候會拿到？明天？」

「看情況了，看屍體是否容易辨認。你最後把他怎麼樣了？」

「可惡，」我說。「所以這個代管人，不論怎麼說，等確認身分後，我就拿到錢，對不對？」

「沒錯。」

「不論發生什麼事。」

他停頓了一下，然後確認，「不論發生什麼事。」

「假設核子彈爆炸，全國的人死掉一半，到處都是死警察，沒人管監獄，所以我們都自由了。我還是拿得到錢，對不對？」

「喬，你想說什麼？」

「我只是要確認。不管怎樣，我都拿得到錢。如果幫他們找到屍體，我能走出去，但依然被通緝，那——」

「你還是拿得到錢，」律師說。「只有一個條件，辨明屍體是卡爾霍恩。但是，如果你仍被通緝，又離開監獄，你會發現你很難從帳戶裡提款。」

「噢，」我說。「可以拿現金嗎？」

「不行，喬，不能拿現金。有關係嗎？你計畫要逃走，要被通緝？」

「不是，當然不是，不過我在牢裡，有銀行帳號也沒用，」我說。「這裡又沒有自動提款機。有人要殺我，我也不能寫張支票給他。」

「你也不能把五萬塊放在床墊下面。」

「你能不能開一個帳戶？用你的名字，但是我可以提款？」我問。

「不行，聽我說，喬——」

「OK，那轉到我母親的帳戶吧。」我說。

「爲什麼？」

「因爲她需要錢，」我告訴他。「因爲我要照顧她，因爲她每個星期都來看我，來看我的時候就可以帶錢給我。」

「你有她的帳號嗎？」

「她有，你找她要吧。」

「OK，」他說。「我明天跟她聯絡。」

「我什麼時候帶他們去找屍體？」

「早上十點。」

我搖頭。「呃……不行，我沒辦法。」

他又頓了一下。「你認真的嗎？」

「我當然是認眞的，十點太早了。」

「拜託，喬，你不是故意在刁難我吧？這筆交易對你很有利，我們幾個人努力了半天才能——」

「我說了，太早了。」我說。

「爲什麼？」

「明大我一整天都跟心理醫生有約。那很重要，我不能冒險毀了我的機會。你也警告過我了。」

「嗯，她應該可以排其他時間。」

我又開始搖頭，彷彿他看得到我。「聽我說，大衛——」

「我叫凱文。」

「凱文，早上不適合我。」

「因爲你排了其他會面。」

「對，這裡的重點是我的辯護，我的未來，我的人生，我可不想搞砸了。」

我想像，他坐在辦公桌前，一隻手放在額頭上，把電話拿得遠遠的，瞪著話筒。或許他已經想掛電話了。或許想把電話線繞住脖子，勒死自己。

「喬，球已經滾起來了，你一不小心，就會搞砸很多事情。現在到底怎樣？」

「沒怎樣，除了我跟你說的以外。你是我的律師，你可以說服他們，如果要繼續交易，就不能排在早上。」

「那要什麼時候？」

「等心理醫生結束，」我說，「四點吧。」

「四點，」凱文說。「爲什麼要四點？」

「爲什麼不要四點？」

「天啊，喬，你眞的很會找麻煩。」他說。

「去安排吧，」我說。「還有，是落下來，不是滾起來。」

「什麼？」

「我們讓球落下來，不是滾起來。」

他沒答腔，我聆聽他的沉默，過了幾秒，我把電話掛了，跟電影裡一樣，沒說再見，雙方似乎都知道對話已經結束了。

我轉頭看著亞當。「我需要打個電話。」

「你剛打過電話。」

「不對，我接了電話，現在我需要打電話。」

他對我微笑，笑容中沒有一絲暖意。「喬，我不在乎你需要什麼。」

「拜託，很重要。」

「老實說，我剛才的話有哪裡不清楚？你看看我，你覺得我會關心你需要什麼嗎？」

我看看他。他其實看起來好像很關心我的需要，也會確保我無法滿足自己的需要。如果我用力拉話筒，把它拉下來，可以當成棒子。我可以用話筒把他裡面的東西都打出來，然後電話就沒用了。很矛盾，因爲我需要打電話，也需要出其不意地攻擊他，最好能兩全。

「拜託，」我對他說。「拜託。」

「你給我聽清楚，」他邊搔鼓起的二頭肌，邊把自己從牆上推起來。「三明治你吃了嗎？」

「什麼三明治？」

「剛才我給你那個。」

「沒吃。」

「我告訴你，喬，接下來就這麼玩。我讓你打電話，爲了回報我讓你打電話，你把三明治吃掉。」

我不說話。

他也不說話。

我想了想三明治，不知道怎麼樣才能入口。我想到明天，我就出去了，再也不回來。

「怎樣？」他說。

「OK。」我幾乎說不出口。

「喬，你說什麼？」

「我說OK。」

「很好，既然我覺得心情不錯，我就信任你。你先去打電話，我讓你打電話，不過等我們回去牢房，如果你不吃三明治，以後就別想打電話了。事實上，以後你只會碰到壞事，壞事只會找你。我們不會像現在這樣好好照看你。接下來，你就知道了，你會不小心回去大牢房，跟大個子一起洗澡。意外就是層出不窮。喬，這樣你明白了嗎？」

「我會吃三明治，」我說。等梅莉莎救我出去，我會去找亞當，把他塞滿陰毛三明治，讓他變成一件長毛毛衣。我又拿起話筒，撥了我媽的號碼。響了幾聲，她沒接。

「沒人在家的話，也算打了，」亞當說。「你依然打了電話。」

「沒人接的話就不算通話。」我說。

「你在打電話，可是沒人接，」他說。「基本上還是一通電話。」

基本上陰毛三明治不會殺死他，不過我會讓他吃個痛快。等我把刀子慢慢轉進他的肚子裡，他才會死掉。

就在此刻，母親接起了電話，我這輩子從沒想過跟我媽講電話的時候我會覺得鬆了一口氣。

「喂？」

我聽到華特在後面問是誰打來的。

「還不知道呢，」她對他說。「喂？」她又說了一次。

「喂，媽。」

「沒有人。」她對華特說，因爲她已經把話筒拿開耳朵了。

「媽，是我。」我說。

「喂？」媽又說。

「讓我聽聽看，」華特說。

「可惡，媽，我在這。妳聽不到嗎？」

「喬？是你嗎？」她問。

「是。」

「喬？」

「我在。」我想到剛才心理醫生的暗示，我在找代罪羔羊，因爲這場對話讓我又起了剛才的念頭，想把話筒從牆上扯下來，打死亞當。

「嗯，你爲什麼都不講話？」媽問。

「是喬嗎？」華特問。

「是喬。」媽對華特說，她又把話筒從耳邊拿開，聲音有點模糊。

「問他他好不好。」華特的大嗓門感覺像在吼她。

「太好了，親愛的，」媽把話筒放回嘴邊。「喬，你好嗎？」她也差不多用吼的，因爲華特還在對她講話。

「很好。」我告訴她。

「他說很好。」她也拉高了嗓門，要壓過華特的聲音。

「太好了，」華特說。「問他是不是很期待我們的婚禮。」

「他當然很期待。」她說。

「媽——」

「還是問一下。」華特說。

「媽——」

「喬，我們想知道，你是不是很期待我們的婚禮？」

「是啊，當然很期待。」我說。

「太棒了，」她把我的話轉給華特，他的反應跟媽一樣。「謝謝你打電話來告訴我們。」她說。

「等等，等一下，媽……」

但是媽已經掛了。

我翻了翻白眼，翻得太用力了，覺得有什麼東西拉著我的眼睛，很痛。

「通話結束。」亞當說。

「不公平，」我說。「電話斷了。」

「基本上，你還是打了電話，」他說。

「一定有什麼我們可以達成共識的東西，」我說。

他想了幾秒。「OK。」他說，我發覺他一直在等我說這句話。

「接下來就這麼玩，」他剛才也講過這句話，一定是他很愛的一句。「你可以再打一次給她，我拿給你的三明治你就吃下去，不能看裡面有什麼。同意嗎？」

「同意。」我說。

「慢點啊，小傢伙，我是認眞的。你要不守信用，我就讓你付出代價。你不知道我會怎麼修理你。」

「成交。」我說。

他微笑，皮笑肉不笑。「你剛來的時候，還記得他們都在防你自殺嗎？」

我記得，迦勒．寇爾也有同樣的待遇，可是我不想自殺。我很憤怒，很失望，但我要是死了，就不能幫自己平反。

「那時候，你要求我把你跟一般犯人放在一起，你記得嗎？」

「我記得，」不過我沒好好想。一開始除了憤怒失望，我也有點疑惑。

「你以爲我把你放在那裡，就可以快點了斷。你以爲跟撕OK繃一樣——速戰速決——我已經告訴你了，沒錯，不過那會像邊撕OK繃，邊在淋浴間裡被人強姦，還有削尖的牙刷壓在你脖子上。」

「我說了，我記得。」我告訴他。

「不過你現在感覺不一樣了吧，對不對，喬，因爲你有時間冷靜下來，現在馬上要上法庭，你覺得陪審團裡的人腦袋都有毛病，會讓你無罪釋放。你現在想活下去，對不對，喬？」

「對。」

「我就直說了吧。如果你不吃我拿給你的三明治，」他說，「我剛剛講的恐怖命運就會降臨在你身上，一直重來。等你受審回來，每天都要面對噩運。如果你想辦法投訴，會變成每天兩次。喬，我們先說清楚，你再打電話。」

我想了想。一切順利的話，明天我就不在了。要等好幾天或好幾個禮拜，亞當才會拿三明治給我。在這段時間裡，會出現很多變化。他可能會死。我可能會重獲自由。我跟心理醫生說過的核子彈可能會爆炸。我只知道，我現在就要打電話，其他的事情都無所謂。

「我明白，」我說。「但是電話講完才算，如果斷線，我還要打回去。我要講完電話。如果沒人接，也不算。」

亞當緩緩點頭。「我很明理，」他說。「可以接受。」

我背對著他，撥了我媽的電話。過了一分鐘她才來接。彷彿斷線後，她就散步進了客廳，然後迷路了。

「喂？」她說。

「媽，是我。」

「喬？」

「對，不然是誰。聽我說，媽，我要妳——」

「是喬打來的，」媽對著華特喊。

「喬？問他好不好。」

「喬，你好嗎？」

「我很好，」我說。「媽，聽我說，我要妳幫我一個忙。」

「當然，喬，當然好。」

「他打來問婚禮的事嗎？」華特問。

「是嗎？喬，你打來是要告訴我們你很期待婚禮，對不對？」

「我兩分鐘前打過去的時候已經告訴妳了。」

「我知道，喬，我又不是白痴。」

「對嗎？」華特問。

「白痴？」媽對華特說。

「不對，他是不是打來問婚禮的事？」

「我不知道，」她對他說。「他不告訴我。」

我壓低了嗓門。「我不需要再問一次婚禮的事，」我說。「我需要妳幫忙打電話給我女朋友。」

「你女朋友？為什麼？」

「妳有她的電話號碼嗎？」

「我當然有，不然我怎麼打電話給她。你要帶她來參加婚禮嗎？噢，喬，我好開心！該是你找個好女人定下來的時候了。你知道，我本來有點擔心。你女朋友讓我想起我年輕的時候。她很漂亮。我當然會打給她，邀她一起來！你想得好周到！」

「OK，很好，媽，很好，但我要妳告訴她，我收到她的訊息了。」

「什麼訊息？」

「妳告訴她，她就知道了。」

「等等，喬，讓我寫下來。」匡的一聲，她把話筒放在桌上，拖著腳走開。過了一分鐘，我愈來愈著急，她可能迷路了，或者睡著了，或者看電視看到忘了我。我轉頭看看亞當，他對著我獰笑。他敲敲手錶，在空中繞了繞手指。快結束。

腳步聲再度傳來，有人拿起話筒。媽回來了。

「喬，是你嗎？」

不是我媽，是華特。「華特，你好嗎？」

「我很好，氣象預報說整個星期天氣都很好，不過你也知道氣象報告是怎樣——就像在電梯裡跟你姊姊搞起來，大錯特錯。」

「什麼？」

「大錯特錯，」他笑了起來。

「我不懂。」我說。

「這是電梯的笑話，」他說。「暗示跟你姊姊亂搞就跟搭錯電梯一樣。所以很好笑。我以前是修電梯的。喬，你知道嗎？這一行我幹了三十年。天啊，我們好愛講這個笑話，不過不一定是你姊姊。可能是你哥哥、你家的狗或你阿姨。」

「你爲什麼那麼說？」

「好笑嘛，也不是認眞的。」

「不是，我是說，你爲什麼要提起我阿姨？」

「大家都需要電梯，」他說，「阿姨跟姨丈也需要。」不知道我媽去哪裡拿筆了。月球嗎？

「建築物愈來愈高，電梯井愈來愈長，更容易磨損。我現在就不想修電梯了，我告訴你，太複雜了，太高深了。以前只有電纜跟滑輪，現在都是電子。得拿到火箭科學的機械學位才行。噢，對了，有一次，二十還是二十五年前，傑斯，一個很整潔的孩子，他的手臂卡在……噢，等等，」他的聲音變模糊了，應該是他用手攏住話筒，然後他對我說：「你媽回來了，別把我的笑話告訴她。」他走了，帶走他的笑話，也沒說傑斯的手臂怎麼了。

「喬，你還在嗎？我是你媽。」媽說。

「我還在。」我說。

「所以我要打幾號？」

「妳知道號碼，」我說。「我女朋友的。」

「對，我當然知道。我只需要你再說一次要跟她說什麼。」

「我要妳告訴她，我收到訊息了。」

「我。收。到。訊。息。了。」她寫下每一個字。「不對啊，喬，訊息是什麼？」

「就是這句話。」

「你說訊息是我收到訊息了？」她問。

「對。」

「那是說你收到訊息還是我收到訊息？」

「那表示我收到訊息了，」我說。

「是什麼訊息？」

「媽，我不知道，就是這句話。」

「感覺好蠢。」她說。

「還有，告訴她我收到訊息了，而且就是明天。」

「就。是。明。天。」她繼續寫，字體一定很潦草。她還沒開口問，我就知道她要問什麼了。「等等，喬，你說你收到訊息，而且是明天？還是你要明天才會收到訊息？」

亞當對我獰笑，他覺得很好笑。

「就把這幾個字告訴她，」我對媽說。「我收到訊息了，就是明天。」

「沒意義啊。」她說。

「我女朋友聽了就懂了。」

「好吧，喬，不過你眞的很會找麻煩，」我想，等我的律師打電話給她，他們一定會聊得很高興。「明天一早我就打給她。」她說。

「媽，不行，現在就打給她。如果她不在，妳才明天打，明天打的話，訊息就不一樣了，OK？事實上，把訊息改一下好了，告訴她就是星期六，」如果她明天才打，她還是會說明天，就變成星期天了。「懂嗎？這件事情很重要。妳告訴她我收到訊息了，時間是星期六。這個星期六。明天，星期六。」

「喬，我又不是白痴。」

「媽，我知道。」

「那爲什麼有時候你跟我講話好像對著白痴一樣？」

「是我不好。」我說。

「我知道是你不好，不然還有別的理由嗎？」

「所以妳現在就會打電話給她？」

「OK，喬。」

「媽，我愛……」不過她已經掛掉了。「妳。」我還是說完了。

我掛上話筒，亞當對我微笑。他不需要說出來，我知道他聽得很高興，看他的表情就知道了。他把我送回牢房。三明治在我丟下的地方，包好了，就在床前的地板上。我本來希望它會神奇地消失。

「你記得我們說好了吧，喬，記得有兩個三明治。」

「我記得。」

「你看，這不是很好嗎？因爲最近大家都一直聽你說你什麼都不記得。撿起來，」他指著三明治。

我撿起三明治，打開了包裝。「在你大口咬下前，」他說，「爲何不看看裡面包了什麼。」

我看了一眼。乳酪。像肉的東西，來自動物身上無法辨別的部位，或許是無法辨別的動物。還有那團陰毛，捲成一團，沾得到處都是。

我把三明治合起來，想著梅莉莎，想著逃獄，想著她的書和她的訊息。我想到過去的美好時光，又想到未來更美好的時光。

「說好的。」亞當說。

說好了。我憋住氣，咬了下去。

35

在賭場拍攝《清掃魔》的計畫落空了。賭場老闆不滿意情節。他們不喜歡電視節目暗示絕望的人在絕望的時候揣著A計畫跟B計畫去賭場。A計畫是把所有財產賭在紅色或黑色上，B計畫則看A計畫的結果如何。有兩個B計畫，第一個是拿走贏的錢去付清貸款。大家都希望B計畫是這樣。有百分之五十的機會讓財富加倍，讓你的生活更美滿。付清貸款、新車、酷炫的玩具。問題是，也有百分之五十的機會輸光，一切變得更糟糕。這時候就換第二個B計畫上場了。這個B計畫則是進廁所吃一大堆藥丸，或割腕，或把槍塞進嘴裡。

問題在於，第二個B計畫出現的頻率比大家想像的都高。賭場並不希望賭客發覺這件事。如果可以拿來賭，他們會設很低的賠率。他們覺得那會害他們生意不好。或許他們說得對。在牆上的海報裡，一身西裝的男人站在俄羅斯輪盤旁邊把錢撒到空中，美女嬌笑，實在不適合在旁邊貼張廁所裡有死人的海報，上面還寫來擲骰子吧。所以，上個月賭場老闆本來還同意，昨天晚上就說不行。拍攝工作依然繼續。他們拍了賭場的外觀，這沒問題，內部的場景則來自五年前的紀錄片，那時候賭場的人簽了棄權聲明，讓電視台用這些鏡頭。好吧，現在則要用在《清掃魔》裡面。

不能進賭場的廁所，他們在攝影棚二樓的廁所拍攝。場景已經搭好了。更漂亮的門，更好的內裝。他們會在背景加入吃角子老虎的聲音，應該行得通。

「你覺得怎麼樣?」編劇問，又是昨天那個編劇，叫查克・瓊斯。查克不是強納斯的親戚，有時候施羅德懷疑查克根本無親無故。「血跡看起來夠眞嗎?」

施羅德看看廁所。天花板和牆頭有血跡。有人把槍頂在下巴上，扣了扳機。從假血看來，這把槍一定火力十足。發出的響聲一定震耳欲聾。不過他看過這種情況，場景有點過火，但看起來不算太誇張。

「看起來很好，」施羅德說。

「所以，情節是屍體搬走了，警察早也走了，」他說。「三天前有人自殺，現場沒有人。」

「應該更快有人來清理吧，」施羅德說。「尤其是這種地方。」

「OK，對啊，但是在我們的故事裡沒有。不知道，或許有點混亂。我們再想想。總之，血已經乾了，乾透了，他們要清的時候發現很困難。傑克站到馬桶上，想清理高處，馬桶從牆上裂開，這時候他們發現藏在水箱裡面的籌碼，當然決定佔爲己有。」

「聽起來……」施羅德不知道怎麼接下去。聽起來怎樣?好讚?好蠢?

「沒問題的，」查克說。「好戲總會搭配喜劇的情節。」

「主題是清潔工清理死人留下的痕跡，」施羅德說。「你讓一個可憐蟲進了賭場，希望能大賺一筆，心裡也準備好面對最糟糕的情況，偏偏結果很糟糕。你還覺得有什麼好笑的地方嗎?」

「找對了方法，什麼都很好笑，」查克說。「我說了，沒問題的。所以，他們很辛苦，因爲血眞的乾透了，黏在磁磚縫裡。」

「看來都很妥當，」施羅德說。

「很好，很好，我只是要確認一下。」

施羅德心存疑慮。在《清掃魔》現場，他指出不恰當的東西，都被否決了，因爲情節無法配合。第一天查克就這麼說——有時候，眞實會妨礙好故事。施羅德學到了，妨礙好故事的還有壞劇本。

廁所裡架了更多燈光，假馬桶也固定到假磁磚牆上。場景還沒完成，他的手機就響了。蕾貝卡・肯特。他既期待她打來，又怕聽到她的聲音。

「你聽說了嗎？」她劈頭就問，他知道她在生他的氣。

「聽說什麼？」

「檢方跟米德頓達成協議，他會帶我們去找卡爾霍恩警探的屍體。」

「那是好消息。」施羅德說。

「因爲我們知道他沒殺他，所以他在卡爾霍恩的案件上得到豁免權。」

「是嗎。」施羅德說。

「不要假裝驚訝了，」肯特說。「交易不只這樣，你也知道，因爲你就是中間人。」

「聽我說，蕾貝卡——」

「卡爾，你做的交易好爛，」她拉高了嗓門，大聲到連查克都轉頭看他。他走到走廊上，任她辱罵，免得對話被加進以後的劇情裡。「最糟糕的是那些知情的人。你知道有多少人要跟著喬出去嗎？四個，四個人，連我在內，因爲不能讓太多人知道這件事。卡爾，很危險，如果有陷阱——」

「沒有陷阱，」施羅德說。

「大家都這麼說，但我告訴你，如果有陷阱，我們第一槍就打死喬。」

「我懂。」

「天啊，卡爾，你在想什麼？你先答應要幫瓊斯，現在又跟喬交換條件？你到底怎麼了？四個星期前，你跟我們是同國的，現在你就背叛我們了。」

「我希望能找到卡爾霍恩，」施羅德被她的話刺傷了。「他是好人，應該要好好埋葬。他不該留在荒林或河水裡。」

「這也不是好方法。你要給喬一大筆錢，卡爾，你錯了。你知道不應該，你把獎金頒給罪犯。要是消息流出去，你覺得這世界會變成什麼樣？犯罪不但有報酬，」她說，「還是投資，被捕後仍有收益。」

「嗯，有人同意我這麼做，」施羅德說。「不然交易也做不成了。」

「卡爾，你的回答好爛。明天要發生什麼事，你要負全責。」她說。

「我知道。」他說。

「一定有事，」她說。「我們都排好時間了。辯方律師打電話給檢察官，說時間不好，說喬白天在忙審判的事，說他四點才有空。」

「可惡，」施羅德說。

「你看？是不是喬有什麼陰謀。」

「不是陷阱，」他說。「不可能，喬沒有時間安排。」

「律師跟他談過之後，他打了兩通電話給他母親。」

「相信我，喬不可能讓他母親幫忙。他計畫要她做什麼，結果一定相反。」

「我們四個，他一個，」她說。「如果外面有人要把喬救走，我們佔了優勢。那個人或許昨天殺了兩個人，還拿走炸藥。」

「對不起。」施羅德說。

「如果是陷阱，」她說，「起碼我們準備好了。如果要跟梅莉莎鬥，希望我們能把她引出來。檢方說，我們的人都受過訓練，應該可以面對。但我們可沒有受過被炸死的訓練。我們只知道，會有炸彈等著我們。」

施羅德閉上眼睛，捏捏鼻梁。在黑暗中，他看到砲火跟爆炸。他也看到血。查克會很高興，那就像大家心目中的情境一樣，戲劇效果十足。

「我可以跟你們去嗎？」他問。

「卡爾，我不認爲那是個好主意。」

「拜託，蕾貝卡，我最好跟著去。」

「萬一出錯，你只會礙手礙腳。說老實話，卡爾，我很希望能帶你去，如果你幫他們設下了陷阱，我們可以拿你當盾牌。你連幫強納斯．瓊斯做的工作都做不好。」

「我的老闆是電視台，」他說。「不是瓊斯。」

「你都這樣催眠自己嗎？最糟糕的是，等我們找到卡爾霍恩，還得把他留在那裡，讓你那個噁心的老闆演出一場秀，大賺特賺。那些相信這些王八蛋推銷員的人就會得到虛無的希望。你讓一個很噁心的傢伙變得愈來愈值得相信了。」

「對不起。」他說。

「別再道歉了。卡爾，再見。」

「等等，」沒想到過了幾秒，她居然沒掛斷。「既然妳已經這麼討厭我，我還是有話要說。」

「噢，最好是好事，」他以前聽到泰特的聲音，也會有這種沒好氣的語調。「你不會想要我幫忙吧？」

「聽我說，我今天又去找拉斐爾了。」

他可以想像她正在搖頭。「天啊，卡爾，眞的嗎？爲什麼？」

「給他看梅莉莎的照片，」他靠著牆蹲下來。

「然後呢？」

「他有祕密。我不知道是什麼，不過他有點不對勁。」

「不對勁？」

施羅德點頭，又聳聳肩。「不對勁，」他說。「我認眞的，他有什麼地方不對。」

「他有什麼地方不對。」她說。

「妳又重複了我的話。」他說。

「不是重複，」她說，「而是在吸收。卡爾，你可以說得具體一點嗎？」

「我覺得他認得梅莉莎。」

「他當然認得，她的照片上報紙幾百次了。」

「不，不是那個緣故。我覺得他看過她。」

「你覺得？就憑你覺得？」

他把自己從牆上推起來。「他可能在聚會中看過她，他可能在騙我們。」

「他爲什麼要騙我們？」

「我不知道，」不論從什麼角度看，他都想不到理由。「我只覺得，跟蹤他說不定可以找到線索。」

「是嗎？你眞覺得我們有人力去跟蹤你覺得不對勁的每一個人？」

「我可以跟蹤他。」

「拜託你不要。你沒有理由，只覺得不對勁。一天下來，你會碰到多少個讓你覺得不對勁的人？十個？二十個？現在你讓我覺得不對勁了。那表示我該跟蹤你嗎？聽我說，我得掛了。明天找到卡爾霍恩，我再聯絡你。」

他還沒來得及開口，她就掛了電話。他把電話塞回口袋裡，去跟強納斯．瓊斯報告最新的情況。

36

「你的眼睛怎麼了？」心理醫生看到了我的黑眼圈。

我伸手摸摸臉，痛得齜牙咧嘴，不知道我幹嘛要用手去碰。「我滑倒了，」我告訴她。

「誰弄的？」

「我們應該要對彼此誠實，」我說。「我要誠實對妳，但我不能告訴妳是誰，如果我說了，只會更糟糕。」

「不，不會，喬，我可以幫你。」

「在裡面，妳幫不了喬，」我說。「妳不知道是什麼情況。」

現在是星期六早上，我昨晚睡得很不好，因為臉痛死了。前一天晚上，我們還沒回自己的牢房，迦勒．寇爾就來找我。他說，他寧可殺了我，也不要錢。他覺得沒有理由等下去。在監獄裡，每天就是等待，要打破單調，就要動手，所以動手比等待更好玩。他靠近我，第一拳打在我肚子上，第二拳打在我臉上。問題是，我心懷博愛，痛恨暴力，不知道該怎麼自衛。第三拳還沒出，亞當就過來了，迦勒只好住手。他問寇爾怎麼了，寇爾說他看到我跌倒，所以過來扶我。後來他一直在甩手，打我兩拳，他跟我一樣痛。

米德頓，眞是那樣嗎？亞當問。

暈頭轉向之下，我點頭說對，就是這樣，亞當很滿意。他不會回家後因為滿心內疚而睡不著覺。起碼他來了，寇爾就住手，我也算幸運。也難怪，如果我死了，他就不能強迫我吃他精心調製的三明治。

「喬，如果有人威脅你，你應該要告訴我。」愛麗說。

「爲什麼？妳覺得警衛會聽妳的話嗎？」

「喬——」

「拜託，能不能只談跟審判有關的事情？其他的就不用管了。」

她不答腔。

「拜託。」我說。

「好吧，喬，如果你不肯說的話。」

我的心理醫生——我決定叫她愛麗，很簡單的兩個字——穿著比較休閒一點，因爲週末的關係吧。她的緊身牛仔褲引起我的惡念。排釦襯衫也讓我有惡念。或許我就是一個滿腦子惡念的人。

「你阿姨什麼時候停止性侵你？」

「又要講這件事了，對不對？」

「喬，回答我的問題。」

「我說過了，」我說。「將近兩年。」

「我的意思是，什麼時候停止。哪個月？你記得嗎？」

我不知道什麼時候爲什麼很重要。我閉上眼睛思索。現在我心裡的惡念變了。學期快要結束，不過那表示我要從學校畢業了。不知道未來會怎樣，很可能找不到工作。我從來不知道我想做什麼，說老實話，我現在也不知道。或許開家寵物店好了。那時候我覺得很恐懼。在過去六個月來，學校的輔導老師一直想幫我們明白要走哪條路，變成一級連續殺人犯的選項卻不存在。可惡，那時候我也不知道我想當連續殺人犯。眞的沒想到。

「我快要從學校畢業的時候，」我說。「大概還有一個月吧——我猜是十一月。」

「你十八歲？」

「十七歲。我的生日在十二月，十號，」三十二歲的生日必須在牢裡度過，但三十三歲的生日就會在其他地方過了。「你知道十二月十號是什麼日子嗎？」

她搖頭。

「人權日，」我微微一笑。「有點諷刺，大家都希望我死。」

「別人覺得諷刺，是因爲其他的理由。」她說。

「比方說？」我問。

「連續殺人犯的生日正好是人權日，他認爲除了自己以外，其他人都沒有權利。」

「才不是，」我說。「我不——」

「記得。」她幫我接下去。「所以，你不記得殺人的時候你在想什麼。對，我懂。不過，人權就是辯論的核心。贊成死刑的人說，他們希望別人看見他們的權利，受害者也有權要求殺人犯得到相同的處置。你有沒有想過這個角度？」

聽了她的話，我不太確定有沒有，我不太確定我願不願意想。我何必在乎呢？「沒有。」

「我覺得你應該想想看，我覺得你會看到不一樣的東西。」

「OK。」好哇，我就立刻試試看。

「告訴我你第一次殺人的經過，」她說。

一開始我以爲我聽錯了。沒想到她會這麼問，所以我花了幾秒鐘才確認，她不是說告訴我你第一次接吻的經過，對象是我阿姨，我希望頓了一下，會讓她覺得我絞盡腦汁在思索。我當然記得，不過我才不會說出來。「我……我不記得了。」

「你一直這麼說。不然你告訴我，你第一次懷疑自己傷了人的經過。」

「嗯，就是警察來抓我的時候。」

她緩緩點頭，低頭看著自己的雙手，寫了筆記。「所以你的意思是，從未突然驚醒，發現自己渾身是血？喬，這就是我們的問題。」我喜歡她說我們的問題，不光是我的問題，讓我覺得充滿團隊精神，「如果你什麼都不記得，爲什麼會帶著槍？警察圍住你的時候，你爲什麼想自殺？」

「嗯，那很難講，」我說，「妳說得很好，」我發覺，這是她第一次問這個問題。「我的意思是，我記得警察來抓我，我知道我受傷很嚴重，但我不記得想要自殺，我當然也不記得我有槍。」

「那把槍屬於偵緝督察羅伯特．卡爾霍恩。」

「他們告訴我了，我就是不記得。」

「OK，喬，」她說。「你要堅持你的說法嗎？」

我一直都堅持這個說法，現在改變，會讓我變成白痴。「對。」

她點頭，接受我的說法，然後站起來。「喬，今天就到這裡。」她敲敲門，我知道我只要說出正確的答案，她就會留下來。

「有一次——」

她伸出手阻止我。「喬，我不想聽你隨口亂編的故事，不過明天我還會來，那就是你最後一次的機會了。」

37

我回到牢房裡，躺在床上瞪著門，等迦勒．寇爾現身，思索他來的時候我該怎麼辦。時機就是不太妥當，不過或許我的命運就是這樣。除了滿腦子惡念，我也運氣很差——看看我在什麼地方，就能證明這一點。我只要能撐到下午就好了。就這樣，我就能出去了。迦勒．寇爾、警衛、聖誕肯尼，都去死吧。

我沒有東西可以防身。不確定去公共區域是否比較安全，說不定我在公共區域尖叫，警衛來的速度比較慢。一聽到腳步聲，我就渾身緊繃。

「你錯過淋浴時間了，」亞當進了我的牢房。發現不是寇爾，我鬆了口氣。

「我不需要洗澡。」

「你很需要洗一下，」他說。「你臭死了。聽說，等一下你要出門郊遊，要跟你去的人可不希望你弄臭他們的車子。」

他領我出了牢房。鄰居三三兩兩坐著聊天，只有幾個人獨自一個。我沒看到寇爾，他應該在牢房裡，可能在磨牙刷吧。亞當帶我進了淋浴間。他開了門，裡面沒有人。門在我身後關上了，只有我跟他，跟不祥的預感。我轉身對著他。

「你有沒有聽人說過，人生就是個包屎的三明治？」他問。

我沒答話。

他朝著長凳頷首，上面有摺好的浴巾和用了一半的肥皂。在最靠近我們的浴巾上有個紙袋。

「拿起來。」他說。

我反而退開了。他伸出手，抓住我的衣領，把我往前一拉，我的臉離他的臉只有幾英寸，聞得到他呼出的洋蔥味。

「你欠我的，米德頓，」他說。「沒忘了吧？你打了電話，我們說好的。」

「我也是認眞的。」

他放開我，推了我一下，然後伸出左手指著牆壁。我轉頭看他手指的方向，突然之間他的右手拳頭打在我的肚子上。我痛得彎下了腰，覺得七葷八素，然後他把我推倒在地，地上仍有幾灘剛才淋浴後留下來的水，像腳印那麼大。我坐起來，水浸濕了我的連身服跟內褲。

「這裡就我們兩個，米德頓，」他說。「不過今天晚上你回來的時候，沒時間跟你那組人一起洗澡，所以我們得特別安排。你可以跟幾個獄友一起洗。就跟我昨天告訴你的一樣。有幾個人可能會覺得你很合他們的胃口。已經有人說，要給我一千塊，讓他偷偷進來，打掉你的牙齒，用他的老二插你的嘴巴。正好呢，我很想買一台大電視，一千塊可以貼補不少。我有點心動了。你懂好，你給我聽清楚，我跟大電視，你跟那個犯人，中間只有一個障礙，就是你吃了三明治。你懂我的意思嗎？」

我的呼吸恢復正常。我站起來，把連身服濕掉的地方從皮膚上拉起來。亞當的肌肉繃得緊緊的。他的眼睛裡閃著奇異的光芒，那些人在快死之前，應該也會看到我有這種眼神。他一定很享受。

「我不是開玩笑，」他把我往牆上一推，我沒反擊，因爲我不知道怎麼反擊。「吃了那該死的三明治，」他說。

「不要，」因爲我今天晚上就不在了，梅莉莎會把我救出去。亞當想怎麼整我，都沒用了，除非梅莉莎失敗。但正面喬不會往那方面去想。

他又在我肚子上打了一拳，這次更狠了。然後他把我推到地上，推回水灘裡。我抬眼看著他，他手臂上的青筋冒了出來。他彎下腰，把我拉起來，又把我摜在牆上。「喬，我可以玩一整天，」他說。「陪你洗澡的人可以玩一整晚。把三明治給我吃了，」他把紙袋推到我胸前。

「不要，」我又說了一次。

淋浴間的門開了，另一名警衛走進來。「裡面在搞什麼？」原來是葛倫，雖然他一天到晚欺負我，現在卻是我的救星。他看看亞當，又看看我，再看看亞當，把門關上。

亞當沒說話。

「他正要——」我說。

「米德頓，閉嘴。」他說。「亞當，搞什麼？」

「不是你想的那樣。」亞當說。

「是嗎？你確定嗎？」他看起來氣得要命，氣到手臂上的青筋冒得比亞當的還高。「看起來你沒等我就開始玩了。」

「我沒有，」亞當說。「你看，還在這裡，」他把紙袋舉高。「他一口都沒吃。」

我不明白這是怎麼一回事。

葛倫從他手上接過紙袋。他翻開紙袋上緣，裡面是個密封的塑膠袋，塑膠袋裡就是三明治。他剝開塑膠袋，散發出來的味道很濃烈。

「OK，」葛倫說。「我不是故意發脾氣，我怕我錯過了。」

「我只是先講清楚一些規則，」亞當說。

我瞪著三明治。他們兩人都撇過頭，我也轉開頭。我看著蓮蓬頭的方向，今天晚上我得保護好自己的屁眼。我想到有人說，十個人裡面有九個喜歡輪姦。

「來啊，米德頓，吃了三明治，不然今天晚上你就要去另一個牢房，讓人打掉你的牙齒，吃更多東西，」葛倫說的話跟他的夥伴差不多。「你跟他說了嗎？我們要讓他跟一般犯人一起洗澡，」他問亞當，「會有很多人想侵入他的——」

「別說了，」我說。「OK？我懂了，別說了。」

就算我要吃三明治，我也吃不下去，光氣味就讓我作嘔。亞當再度把我推到牆上，葛倫站在我前面，拿著三明治。他猛擊我的肚子，我沒辦法倒下去，因爲亞當抓著我。葛倫把三明治往我嘴裡塞，我別無選擇。如果不吃，他們只會繼續折磨我，如果今天下午梅莉莎沒在那裡等我，我就活不到明天了。我該怎麼辦？去找典獄長？投訴？就算典獄長相信我，就算亞當跟葛倫被炒魷魚，那又怎樣？其他認識他們、跟他們是好友的警衛會怎麼樣？人生總像永遠不會結束的星期一。如果我不順從，不會結束的星期一也會充滿噁心的三明治。麵包貼得緊緊的，起碼看不出隆起的地方。旁邊露出了一角生菜，我看到裡面夾了沙拉米（Salami，一種義式臘腸），似乎在迪斯可退流行的時候就過期了。三明治聞起來就跟他剛才說的一樣，他問我有沒有聽過包屎的三明治，所以我知道把三明治黏住的東西或許看起來像花生醬，或許裡面也有幾塊花生，但吃起來絕對不是花生醬。

葛倫用一隻手按住我的額頭，我的後腦勺用力抵住了磚牆。然後他用手指壓住我的雙頰，想按開我的下巴。他又在我肚子上揍了一拳，我痛得張開嘴巴，他緊緊捏住我的臉頰，卡住我的牙齒，讓我沒辦法把嘴巴閉起來。

亞當把三明治送到我嘴邊。我還在當工友的時候，常要應付這種惡臭，因為喝醉的王八蛋被關在警局的牢房裡，會拉得滿地都是，我要負責清理。不過，眼前的三明治要臭上百倍。感覺他們用屎來蓋過死東西的味道，跟醫院濫用消毒水一樣。

葛倫捏住了我的鼻子，好一點點，這時候能有一點點幫助也好。

三明治碰到我的嘴唇。我感覺到那片懸著的生菜在我的下巴上跳舞。我感覺到麵包——很硬很不新鮮，感覺像稍微烤過，不過應該沒烤。麵包跑到我舌頭上，刮了刮我的上顎，到目前為止還行，還行，因為我只吃得到麵包的味道。麵包開始變濕。亞當繼續往我嘴裡塞，然後葛倫放開我的雙頰，把我的下巴往上推，我的牙齒咬穿了三明治。

那滋味爆進我口裡，所有的味蕾驚慌奔逃，都朝著同一個方向跑，把我的舌頭拉進喉嚨深處，讓我作嘔。雖然鼻子被捏住了，我還是能聞到三明治的味道。喉嚨裡面有個東西開始卡嗒作響，三明治依然繼續往裡面推。我不能呼吸了。不咀嚼，就窒息。只有這兩個選擇。

我只好開始咬。

我想著我媽跟她的肉餅，我想像我現在就在吃肉餅，可是我的想像力不夠強。衝進我嘴裡的東西又髒又臭，讓我希望一年前我動作能快點，開槍殺了自己。我左右扭頭，但葛倫用力壓住我，他又往我肚子上打了一拳，彷彿想說他不是在開玩笑，不過這次沒打得那麼重。

我想，現在唯一能做的，就是盡量少咬幾下，趕快吞下去。我隨便咬了幾口，想吞嚥的時候，一塊不知道他媽的什麼東西黏在我舌頭上。我開始嗆咳。

「你別以爲那麼簡單就可以逃過，」葛倫說，他轉過我的身子，雙手抓住我胸口下方往上推。三明治球噴出來，打在牆上。他又把我轉過來。「米德頓，小口吃才對，」然後我們重複剛才的步驟——毆打、捏鼻、蜂擁而入的味道——不過這次我咬的時間比較長，第二口吞下去了，然後是第三口。我把舌頭盡量往下壓，盡量在咬的時候不要嚐到味道，不過沒有用。我看看三明治，吃了三口。

咬、嚼、亞當笑了。

吞、重來、葛倫笑了。

我從來沒感覺過這麼屈辱。葛倫拿出相機，拍了照片。然後他拍了我咬三明治的影片。如果我能讓人把我的蛋蛋硬生生壓碎，三明治也不會打垮我。過了十分鐘，三明治消失了。我以爲他們會要我吃掉嘔出來的那塊，不過他們沒想到。我覺得臉頰發燙，連到眼睛的那道疤扯緊了。另一隻眼睛在流淚。少了眼皮的眼睛不會流淚，可能是淚腺受損的關係。

「你看，沒那麼糟糕吧，對不對，」亞當放開我。

我跪到地上，開始乾嘔。我覺得膽汁湧上了喉嚨，但三明治不肯出來，或許也好，不然他們一定會逼我吃下去。

他們過了幾分鐘才平靜下來。葛倫笑到一身大汗。我又等了十分鐘，才覺得自己可以站起來走路，而不會吐得滿身都是。他們把我押回牢房，一直催我快走，我還是慢慢拖。他們一直笑我，等我回到牢房，還能聽到他們從走廊那頭傳來的笑聲。

我看著門，等迦勒・寇爾進來。如果他來，我只能束手待斃。心裡這麼想，也不用一定要盯著門看了，緊張也沒好處。我把頭放在洗手台的水龍頭下方，把水灌進嘴巴裡，洗了十多次。然後我大口喝水，喝到我再也喝不下為止，等胃感覺翻過來，我俯身對著馬桶。從胃裡噴出一股水後，三明治終於現身了，不過吐出來的分量太少。今天沒有好運，我知道很有可能還會更糟糕。

38

拉斐爾應該相信他昨天晚上的直覺。直覺告訴他，史黛拉還有很多祕密，但他看到了他想看的東西。她很會說謊，可以騙倒任何人。還有化妝。天啊，她愛騙誰就能騙誰。她也騙了他。就連施羅德給他看照片的時候，他也沒發覺。等後來細看，才慢慢看出來。她看起來不一樣了，不同的化妝，不同的髮型——天啊，完全不一樣的髮色。此外她也胖了，胖了一點點，臉跟脖子都比較圓。

他琢磨出答案了。

史黛拉不是史黛拉。她不是失去胎兒的強暴受害者。

她是梅莉莎。

想到答案後，簡直就像肚子上中了一拳。他覺得喘不過氣來，用盡全力才能保持鎮定，不透露出他知道相片裡的女人是誰。他盯著照片看，心中波濤洶湧。他覺得被背叛了。他應該覺得要對施羅德說實話，她就在他家裡——對，他想過——可是最終的決定卻變了。告訴施羅德，他就踏出把自己送進牢獄的第一步——畢竟他確實殺了兩個律師。

施羅德當然覺得不對勁，怎麼可能感覺不到？但他在停頓後就恢復了正常——他告訴前任探長，他在新聞上看過她，施羅德也信了。沒理由不信。梅莉莎也會相信他嗎？

不過他不懂，她爲什麼要喬死。一定跟審判有關係，畢竟時機上來說，審判馬上要開始了。

她要喬死，他能接受。他也希望喬死掉，所以他們的目標正巧一樣。

不一樣的地方則是無辜的人該不該死，他們有不同的看法。梅莉莎這幾年來殺了不少人，其他的警察、保全、醫務人員、穿制服的人。媒體叫她制服殺手，不過這個外號似乎不夠響亮。他那套警察制服看起來像眞的——可能原本屬於她殺害的人。

他知道很諷刺。他很聰明，聰明到知道他是殺人犯，爲另一個殺人犯效命，要去殺死另一個殺人犯。很簡單。

守法的拉斐爾知道他應該去報警。赤色盛怒的拉斐爾覺得他應該開槍殺了喬，再殺梅莉莎，不管會有什麼後果。明智的拉斐爾知道他不能去報警，因爲梅莉莎看到他女兒房間牆上的剪報。她發現了他的祕密。如果他去報警，就會跟她一起坐牢。然後喬接受審判，有機會用精神異常上訴，結果是什麼誰也不知道。他可能被定罪，一定會，但那對拉斐爾來說還不夠。所以明智的拉斐爾同意赤色盛怒。有足夠的子彈來達成目標，都在計畫之內。事實上，計畫本來就考慮到這些細節了。如果因爲多開了一槍而被捕呢？那也無所謂。無。所。謂。

心裡想著這些事，還在施羅德面前掩飾得很好，後來在梅莉莎面前也若無其事，雖然心中的思潮十分紛亂。如果她懷疑他發現了她的身分，她會殺了他。不知道用什麼方法。他沒有那麼自大，覺得自己比較高，或許也比較強壯，就能佔優勢。她殺了這麼多人，一定有過人之處。低估她的人是笨蛋。

不過她沒起疑心。沒理由懷疑他，因爲他說出他有多氣喬，喬害了他、他女兒，還有史黛拉。能親手做掉喬，他表現得很興奮。他們討論過計畫，反覆討論。不簡單，眞的不容易。不過他有方法，可以讓事情很順利。

今天早上，梅莉莎打電話來。計畫的下一步就在今天。她說她下午會來接他，兩點半左右。

「我們絕對不能遲到，」她說。

現在已經三點半了，他在門口徘徊，再過一分鐘，她的車子停在他家門口。他走出去，上了車。她仍一頭黑髮，他不知道是假髮還是染色。他把裝了警察制服的袋子丟到後座。

「眞的要動手了，」他說。「眞的要開槍殺了喬。」

「槍放在後座，」她發動了車子，把車開出去。

39

最後我躺下了，希望肚子能好一點，可是不覺得會好轉。三明治發動的攻擊我不知道該怎麼對付。這裡痙攣那裡劇痛，偶爾兩者結合在一起，幾乎沒有一點也不覺得痛的時候。聽到有人走近，我也不想看門口。如果迦勒．寇爾帶著能取代刀子的東西進來，反而能助我一臂之力。

最後，又傳來腳步聲，慢了下來。他們進了牢房，我難過到根本不想抬頭看是誰。不止一個人，八隻腳，四個警衛，一股尚未發作的怒氣。沒有亞當，也沒有葛倫。我的手被銬在前面，腳銬間的鍊子大約有一公尺。那條鍊子上還有另一條鍊子連到手銬。胡迪尼如果去戀物癖派對，應該就會打扮成這樣。

我努力跟上警衛的腳步，如果我走得太慢，背後會有人推我。監獄前面的那個警探我沒看過。女的。她正在簽表格，跟典獄長講話。她可能比我大兩歲，頭髮很美，五官很美，美妙的曲線裹在相當時髦的衣服裡。她瞥了我一眼，也不理我，繼續跟典獄長說話。典獄長五十多歲，身上穿的西裝彷彿要告訴別人他沒什麼可搶的。

典獄長跟女人走過來。我的腹部肌肉緊繃，肛門也緊繃，因爲內臟正在跳很奇怪的芭蕾舞，亂跳得好快，都化成液體了。

「你敢行差踏錯，」典獄長說，「他們就會開槍。」

「踏哪隻腳叫踏錯？」我問。

他不回答。

「我是肯特警探，」她好辣，我眞想綁架她，但留她活口，天啊，我們一定能玩得很開心。

「典獄長的話百分之百正確。」聽著她的聲音，看著她的眼睛，剖開她的胸脯，我已經不知道自己是誰了。就連典獄長心裡也在想能拿他老婆換她多好。

「喬會聽話。」我說。

「很好，」她說。「因爲大家都認爲喬有密謀。」

「喬沒有密謀。」

「很好，因爲萬一有事，喬就會發現自己的後腦勺進了一顆子彈。」她說。

「喬只想乖乖的。」他們看著我的眼神，好像我是脫口秀演員，會錯了觀眾的意思。「卡爾探長呢？」我問。

「施羅德探長不會來，」她說。

「我想念卡爾。」我說。

「他一定也很想念你，」她說。「好吧，該上路了。」

我被押送到門口。外面有三個荷槍實彈的警察。今天下午很冷。天空幾乎都是灰色，遠處有幾塊藍色。沒有太陽，雖然冷，我的皮膚卻發起熱來，肚子裡似乎全是亂跑的大蟲子。我被帶到白色貨車後面，很不起眼的車子。後門開了，他們叫我上去。地上焊了個金屬孔眼。我爬上去，雙腿發軟，有人抓住我。

「別亂搞。」一個聲音說。

我深吸一口氣，憋在胸口裡，覺得有點天旋地轉。

「他要暴衝了，」有人說。「大家後退！」

每個人都往後退。我重重跪在地上，明天這個時候，我兩個膝蓋都會瘀血。我張開嘴，可是發不出聲音。汗水從我臉上滴下來。我張大眼睛和嘴巴，用力吐氣。我的肚子快撐不住了，三明治即將往四面八方噴發。

「你確定能去嗎？」肯特問.

我點頭，她眞好，還關心我。這一切結束後，等我去她家，我不會拖拖拉拉折磨她。

「OK。我先告訴你規則。」肯特高高站在我面前。「我們說什麼，你就做什麼。我們問話，你回答。你尊重我們的交易。你不聽話，我們立刻帶你回來。你想逃跑，我們就射斷你的脊椎。你有什麼陰謀，我們也射斷你的脊椎。隨便啦，我們就是要開槍打你的脊椎。你懂了嗎？」

「我本來以爲妳要打我的後腦勺。現在變成脊椎了嗎？」

「都打，」她說。「還有你的睪丸，不過只剩一個，得瞄準一點。」

「好好笑，」我使盡力氣，想站起來。

「你在玩什麼把戲嗎？」她問。

我搖頭。「我吃壞肚子了，沒別的。」

「你要不要堅強點，趕快完事？」她的口氣好像我媽，我每次上學前覺得不舒服，她也會說這種話。那時候她會問我，我是女孩還是男孩，還是男人。

我站穩了身子，上了貨車，用動作回答她的問題。我的手銬用鍊子連到孔眼，讓我站不直，沒關係，因爲我的肚子也讓我想彎著腰。車廂裡沒有窗戶，前後用鐵絲網隔開，所以我看得到外面，手上有毛線針的話也可以拿來刺駕駛，但使不出其他招了。全副武裝的駕駛看起來很眼熟，不過我忘了在哪裡看過他。肯特坐到他旁邊。另外兩名荷槍警官也上了後車廂。地板上橫了把鏟子。梅莉莎要對付四個人，他們連藏屍體的工具都準備好了。

貨車開始前進。自從我不認罪，準備接受審判，我還沒離開牢房這麼遠過。我媽跟律師來看我的時候，就會看到這樣的景色。

「走哪邊？」肯特問。

「右邊，」我說。「能不能開窗戶？」

「不行。」

我們得在車陣中找空隙，然後一下子換了車道，往城裡駛去。

「拜託你好不好？後面很熱。」

「一點都不熱。」肯特說。

「他看起來不太對。」斷鼻警官說，這傢伙坐在我對面，鼻子看起來被打斷過好幾次。他旁邊那傢伙戴著眼鏡，我叫他爛屌警官。

「要走多遠？」肯特把窗戶搖下了一半。

「我不知道，」我說。「我根本看不到外面。」

「你爲什麼不乾脆給我們地址？」

「沒有地址，」我說。「不然我們也不會在這裡了。我們要找一塊地。我說不出在哪裡，但我知道方向。」

「太好了。」駕駛說。

「很好，對不對？」我問。

我們愈來愈接近市中心，經過巨大的基督城招牌，上面多了塗鴉，可是我看不到塗了什麼。我們繼續往前，左側都是無聊的東西，右側也是無聊的東西。我不知道大家怎麼活得下去，我不知道爲什麼沒有更多人開槍自殺。

「左轉，往機場的後面，」我說。

車速慢下來，往左轉。我看到頭上有架飛機準備降落。我從來沒搭過飛機，從來沒離開過紐西蘭，從來沒去過北島，應該沒離開過基督城吧。不知道梅莉莎要帶我去哪裡。澳洲？歐洲？墨西哥？我等不及了。從空中往下看別人跟螞蟻一樣庸庸碌碌。他們在我眼中就是庸庸碌碌，少有讓我看得起的時候。不知道從幾千英尺的高空看下來是否有同樣的感覺。然後我納悶駕駛艙的英文直譯爲什麼是**老二窩**，這個詞誰想出來的？他想的時候不知道在做什麼。

「一直直走。」我說。

車子直直往前開。我們經過曠野，不遠處有飛機降落在兩側裝了燈的跑道上，接著看到更多田野。路上我都想起來了，想起卡爾霍恩被殺的那個晚上。他就是殺了丹妮耶拉．沃克的警探，發現他是兇手的人是我。我要當警察，一定很行。他故布疑陣，想栽贓到我頭上——基督城屠夫——我很不高興。同時，梅莉莎勒索我。我把卡爾霍恩綁起來，結果梅莉莎把他捅死了，我拍下整個過程，她不知道。一切都很完美。我跟梅莉莎達成共識。我不知道爲什麼——她用鉗子夾爛了我的蛋蛋，我卻愛上了她。她的妹妹被警察謀害，她被壞人強姦，而她卻愛上我。我們之間的火花強烈無比。

天空有點暗下來。我不確定暮色與黃昏的差別。有差嗎？反正都快來了。我猜一個接著另一個吧。暮色或許是天空還有光的時候，黃昏的時候就沒有光線了。再過一個小時就沒有差別，反正都過去了。或許那就是梅莉莎的計畫。天一黑她就開槍。我的肚子感覺好了一點，但還是不舒服。

「下一個路口左轉。」我對駕駛說，之後我說下一個路口右轉。我們轉了幾個彎。有一種走回頭的感覺，他們開始指責我亂指方向，這時，到了我去年找到的那條土路。上面橫了道門。

「到……」一陣痙攣抓住我的胃，我往前彎得更低了，咬緊牙關等疼痛消失。「到了，」我說完了剛才那句話，駕駛把車停到路邊。我們都沒下車，肯特開始講電話，或許要把地址告訴某人，萬一他們全都消失了還有線索。我不覺得熱了，也停止流汗。事實上，感覺完全相反。

「開上去。」我說。

「這台車不是四輪驅動，」駕駛說。「路太濕了。還有多遠？」

「不遠。」我說。

他看看肯特。「這是私人產業，」他說。「妳想怎麼辦？」

她放下電話，好回答他的問題。「一個鬼影子都看不到，」她說。「用走的吧。」

肯特跟駕駛下了車。他們繞到車後把門打開。爛屌警官下車，其他三個人用槍指著我，然後斷鼻警官把鍊子從孔眼上解開。他扶我下了貨車，我努力抬頭挺胸。坐了二十分鐘的車，我的背好痛。如果我能用手撐著背伸伸腰，或許會好一點。肯特掛上了電話。

眼前有岩石、樹木、塵土和泥巴。遠處看得到高山，附近有小溪。更多樹木和曠野，我覺得如果你很愛野餐，來這裡剛好。如果你很愛把混帳傢伙吊死，來這裡吊死典獄長或卡爾・施羅德也不錯。我沒看到其他的車子，不知道梅莉莎來了沒。她應該來了，我感覺得到。我的蛋蛋有點刺痛，也感覺到了。

肯特穿上了防彈背心，她剛才在監獄裡可沒穿。她沒問我要不要，眞沒禮貌。我擺出智障喬的咧嘴微笑，她看起來在生我的氣，生氣，因爲前面可能有泥巴，她不想弄髒了登山鞋。其他人也穿上了防彈背心。

「你的臉怎麼了？」她問。

「我撞到門了。」

「很好，」她說。「你應該多撞幾次門，很適合你，正好搭配你的疤。」我想伸手摸摸我的疤，可是我的兩隻手中間有連到腳鍊的鍊子，沒辦法舉高。「要走多久？」她問。

「我剛才告訴他了。」我比比駕駛的方向。

「嗯，現在你也有機會告訴我。」

「要走幾分鐘吧，」我說。「帶著鏟子。」

駕駛把手伸進車廂裡，拉出鏟子。我終於認出他是誰了。他是傑克，那個用鞋跟踩爛我眼皮的黑衣人。他看到我瞪著他，發現我剛發現他是誰。

他對我微笑。

「你眼睛怎麼樣?」他問。

「還不錯,等一切都結束了,還能看到我怎麼幹你老婆,」我說。

他對我猛撲過來,不過他的兩個同事手腳更快,抓住了他。

「別吵了,」肯特大吼,但還不夠,因為傑克仍掙扎著要衝向我。「可惡,給我住手。」

訊息傳達成功。傑克停止掙扎,另外兩人放開了他。我們圍成一圈,但我不屬於這個圈子。

「好,喬,別鬧我們了,帶我們去找卡爾霍恩警探,」肯特說。

我朝著門走去。門上有鐵鍊跟鎖,去年我只花了幾秒就撬開了。門的高度到我的胸口下方。兩邊有鐵絲網,圍住了整塊地。

「把鎖剪開?」傑克問。「還是爬過去?」

「不能讓別人知道我們來過,」肯特說。

我們只好爬過圍籬,身上帶了鍊子,要翻牆也不容易。兩個人先過去,在前面不情願地拉,另外兩個則在後面不情願地推。我們都到了另一邊以後,就開始往前走。跟上次比來,路更難走了,冬季的蹂躪就跟死神對待新來的人一樣——有些地方發黑,有些地方隆起,有些地方化掉了。監獄發給我的鞋子不適合走這種路,再走幾步,右腳的鞋子就捲進了泥巴裡。樹根和石頭上蓋滿了青苔。指著我的槍,圍住我的人。所有的注意力都放在我身上。我蹲下去拉出鞋子,然後盡量弄乾淨,再穿回腳上。我們繼續走。更多樹木,沒有槍聲。我隨時準備好要蹲下去。有人踩到樹枝,喀啦一聲斷了,我立刻倒在地上。

「別鬧了。」傑克把我拉起來,手銬卡進我的手腕裡,好痛。

側腹深處流過一股暖流，有點痛。我們繼續走，一百公尺，兩百公尺。去年開車過來的景象我記得清清楚楚。天氣也差不多，不過冗長的夏天才剛結束。肚子裡的暖流漸漸變成劇烈疼痛，感覺好像盲腸要爆了，不過我的盲腸已經割掉了。我用拇指死命按住那個地方，感覺好一點。

再一百公尺。

我慢下腳步，開始研究樹木。前方的空地都是土，跟一年前一樣。我都記起來了，只是有點不一樣。樹葉都落在地上，跟泥土混成褐色的爛糊。大小石頭上都是青苔。去年這些樹上的葉子比較多。

「他在這裡，」我沒看他們，指著一塊毫不起眼的泥地，繼續用另一隻手的拇指壓著肚子。「我覺得，」我補了一句。「如果不在這裡，就在旁邊。」

「不怎麼具體。」肯特說。

「總比你們之前什麼都不知道的好，對不對？」

屍體一定爛得不像話。他們都很恨我，我處理卡爾霍恩的方法也不會讓他們轉而崇拜我。除非他們會崇拜切掉指頭跟拔掉牙齒的人。有可能。如果連侏儒色情片都有人迷，還有什麼不能迷的。我把卡爾霍恩切下來的地方放進塑膠袋，跟他的身分證一起丟掉了。再怎麼努力回想，也想不起來我怎麼處理塑膠袋。我被捕的時候不在我身上，一定丟在某個地方。如果我告訴愛麗，她一定不信。不過那天晚上我無法專心。勒索、暴力、愛情。三者混合下，把裝了指頭的塑膠袋弄不見也值得原諒吧。

傑克開始挖土。卡爾霍恩埋得不深，只有幾英尺吧。傑克一下子就找到證據了。鏟子撞到了骨頭，傑克沒再往下挖。

「找到了，」他小心翼翼地用鏟子的尖端舀起蓋住卡爾霍恩的泥土，挖了一個小洞，泥土又開始稀稀落落地滾回去。「是屍體，」他說。

「OK，」肯特說。「把土蓋回去，任務結束了。」

「妳在開玩笑吧，」傑克說。

「你知道交易就是這樣，」肯特說。「你知道我們得把他留在這裡。」然後她看看其他三個人。「你們都知道交易的內容。不需要贊同，不過大家都得保密。」

「根本是胡搞。」爛屌警官說。

「不，這是我們的工作，」肯特說。「就是這樣。把土蓋回去，拍實一點，」她拿出手機，開始撥弄衛星定位功能，標記墳墓的位置。

傑克沒動手蓋土。他雙手抓著鏟子靠在上面，心裡不知道在想什麼。然後他的思緒從嘴巴裡出來了。「我們還是可以開槍殺了他，」他說，如果我沒記錯，我被捕那天，從我家到醫院的路上，他也提過這件事。「我們殺了他，說他想逃跑。然後就不用交易了，對不對？我們殺了他，也把卡爾霍恩送回家。」

肯特放下電話。我想舉起雙臂，但舉不高，因爲鍊子鏗鏘作響，停住我的手臂。「說好的不是那樣。」我說。

「但對我們很有利，」傑克說。「不如來投票吧。」

其他人都不說話，似乎都在用心想這個問題。眞的，眞的很用心。空氣有種凝結的感覺，隨便什麼聲音都能傳個一英里吧，不過現在一英里內沒有人發出聲音。我看看這張臉，又看看那張臉，有人臉色凝重，有人心裡想的完全反映在臉上。

「我們能不能繼續？」我問。

沒有人回答。事實上，只有傑克看著我。其他人不是看著我後面，就是似乎看不見我。他們腦海裡仍在上演不同的場景，思索所有的可能性。除了傑克以外，他已經想清楚了。這就是生命中的重大時刻，能改變一個人的方向。轉捩點。大爆炸又要來了。

「你們都需要深吸一口氣，」我說。

「就像女人發現你在她們家的時候，會深吸的那口氣？」斷鼻警官問。

答對了！不過我沒說出來。我看看肯特。我覺得，如果她同意傑克的提議，再過幾秒，我身上就有十三分之一是人類，十三分之十二是子彈。梅莉莎可悠哉了，還不趕快開火。

「我有資格接受審判。」接下來我要說我是無辜的，可是我沒說，我覺得說了他們會動怒。

「我們應該投個票。」傑克又說了一次。

「一定要全體通過。」爛屌警官說。

「我同意。」斷鼻警官說。

大家的目光突然都聚集在肯特身上。她現在跟我剛才一樣，變成注意力的中心。我的命就由她決定了。我的心怦怦亂跳，雙腿有點發軟，眞的快吐了。一年前，警察找到我的時候，我想要自殺，不過那是一股衝動，很蠢。我不想死。不想死在這裡，不想現在就死。永遠不想死。不想讓這些混蛋開槍殺了我。

不過，死了肚子就不痛了。

肯特緩緩搖頭。「太荒謬了，」她的聲音不流露一絲情緒，彷彿手上拿了提詞卡，台詞是牛會哞哞叫。然後她加入了一點說服力，只有一點點。「我不想拿我的事業冒險。」她說。

「沒有風險。」傑克說。

「一定有，」她說。「你覺得我們能說，喬跑了，我們必須對他開槍？我們抓不到他？」

「為什麼不行？妳覺得別人會在乎嗎？」傑克問，突然之間情況變了，彷彿肯特不同意的話，也要陪我一起挨子彈。他們可以說我搶了槍以後對她開槍，然後他們才殺了我。他們就有藉口把我打成蜂窩了。肯特沒想到。如果她想到了，她就不會繼續跟他們爭辯。

「會有人在乎。」她說。

「誰啊？」傑克問。「拜託，蕾貝卡，不做白不做。我們不就是為了這個理由才當警察嗎？伸張正義，討回公道。如果殺了他，我們就可以坦承我們為什麼來這裡，不需要給那個王八蛋靈媒機會。」

她沒回話。鐘擺在擺盪——也有可能是拆房子的大鐵球在搖晃——她還沒決定要不要支持其他人的想法。「受害者的家屬會在乎。」她說。

「不會，才不會，他們會高興死了，」爛屌警官說。

「他們有權在法庭上作證，」她說。「他們有權指責他。」

大家都安靜下來。思潮起伏，梅莉莎還不來，緊張的局勢變得更緊張，我肚子也更緊了。我把大拇指往裡面推了點，有些東西在肚子裡轉來轉去。裡面的東西想要出來了。

「可以的，蕾貝卡，」傑克說。「我們可以動手，然後愛怎麼說就怎麼說。妳知道的，對不對？」

她點頭，動作很慢，帶著不明的意味。「我……我不知道，」她說。「但是……」

「你們不能殺我。」我說。

「閉嘴，」傑克說。「蕾貝卡……」

「我們能心安理得活下去嗎？」她問。

「不要——」我說。

「他媽的給我閉嘴。」傑克說。

「我可以。」爛屌警官說。

我的胃打了最後一次轉，雙腿眞的軟下來，肛門的肌肉控制不住了，接下來還沒有人來得及說話，我的屁股打了一個雷。雷聲在樹林田野間引起了回響，然後土石流弄得我一身髒。

「幹，」傑克說，斷鼻警官跟著咒罵，爛屌警官跟肯特也罵了，幹聲不絕。他們都從我身旁跳開。我往地上一跪，倒在泥巴裡。雷聲又出現了，接續的聲音則像一桶水倒在床墊上。我側倒身體。爛屌警官看起來要吐了，傑克放聲大笑。他的頭往後一仰，得扶住鏟子才能保持平衡，笑得跟亞當還有葛倫一樣——感覺更激烈。他笑到聲帶都快撕裂了。肯特也笑起來，一開始只是咧了咧嘴，讓她更添美麗。傑克的笑聲充滿感染力，他笑得前仰後合，其他人也跟著笑。爛屌警官和斷鼻警官簡直要失控了。我的肚子又推出氣體——這次不像雷聲，比較像用刀子撕開車胎。我感覺到液體流下大腿。我想跪起來，但一點力氣也沒有。

「現在我們眞的應該開槍殺他了，」傑克邊說邊笑，不過他的語氣仍有一點認眞，不過沒那麼緊繃了。「讓他弄臭法醫的車子，別上我們的車。」

肯特面帶微笑，搖了搖頭。她摀住鼻子，對著手掌說話。「送他回去吧，」她說，「叫監獄的人幫他洗乾淨。」

沒有人反對。沒有人再次提議他們應該殺了我。或許跟技術細節有關——我一身是屎，開槍殺了一個渾身是屎的人比較難說得過去。

「會臭死。」爛屌警官說，他們還在笑，不過笑得沒那麼用力了。

「走吧。」肯特說。

「等等。」我說。我仍側躺在地上，臉埋在冷冷的泥土裡。

「爲什麼？」她問。

好讓梅莉莎殺了你們。殺了你們四個人。等她來救我。天色變黑了，不過太陽還沒下山。這不就是暮色嗎？媽不知道有沒有把我的訊息傳給她？

「我想向他致意。」我說。

「走吧。」傑克伸手把我拉起來。爛屌警官把土蓋回去，恢復成原來的模樣。

離開的路線跟來時相反。現在遠處的山在我的右側。同樣的樹木，同樣的泥土，同樣覆滿青苔的石頭。四周都是同樣的景色，只是更暗了。一百公尺，兩百公尺。監獄連身服的臀部感覺冷颼颼，黏在我的腿跟屁股上，聞起來就跟那個三明治一樣。因爲腳踝間的鍊子，我走得很慢。肚子沒那麼痛了，不過我覺得又開始隱隱作痛。梅莉莎就在某棵樹後面，她要慢慢來，等待最完美的開槍時機。看我渾身屎，她說不定也沒心情了，不過我洗洗就好。走到剛才掉了鞋子的地方，我的鞋又掉了，不過我沒力氣彎下腰找鞋子。時間一分分過去，天色愈來愈暗。我的襪子沾滿了泥巴，我的腳很冷，踩到樹根或石頭或任何不平的東西就覺得很痛。然後到了圍籬前面。我們用剛才的方法翻過去，兩個人在前面拉，但後面那兩個人不肯推。他們不肯碰我，所以前面的兩個人必須更用力拉，我也擠不出力氣來。翻過圍籬後，我跌到地上，只好用手臂撐住，過了幾秒就被拉起來了。我們走近貨車，我的雙腳都是泥，非常沉重。我的銀行帳戶也要裝滿沉重的鈔票。如果梅莉莎不開槍，我就不能用那些錢了。不過她沒開槍，沒有人開槍。

我們全都站在貨車後面，不知道怎麼樣才能弄得更乾淨俐落點，不過沒人想到好方法，沒有東西可以蓋在座位上，我先上去，其他人也上了車，全部按著跟剛才相反的次序來。可惡，就連卡爾霍恩的屍體都出土又蓋起來了。唯一沒反過來的就是我拉了一身——永遠抹滅不去。鍊條穿過孔眼，固定我的手銬。我弓著身子。後面的兩名警官盡量離我遠遠的。傑克開了窗，肯特把車窗完全打開。一開始貨車無法發動，引擎響了兩秒，我忍不住想，可能是梅莉莎動了手腳，但引擎發動了，傑克用力踩了幾下油門，放開手煞車，迴轉車子。左轉右轉，都是相反的次序。傑克開了頭燈，照亮二十公尺外的兔子，牠似乎很想被貨車輾過去，在車輪下翻滾時，才發現一點都不好玩。飛蛾朝著車燈飛來，打在擋風玻璃上。看似周圍的自然生物都想自殺，我們是朝著市中心前進的死亡貨車。路上的車子很少，我的腳又濕又冷，而梅莉莎沒來。

她沒來。

40

建築物已經粗具規模，裡面的辦公室則各有不同的施工階段。除非經濟局勢好轉，不然這棟企業大樓不會完工。沒人知道經濟什麼時候會好轉。建築物對面是基督城刑事法院，最近才完工。不論經濟狀況好壞，都要起訴罪犯。舊法院只離這裡幾條街，不過基督城成長快速，問題愈來愈多，也需要更大的法院來應付問題，更快把壞人丟進監獄。

梅莉莎和拉斐爾上了三樓，這裡的辦公室有的快完工了，有的還沒動工。他們選的那間接近完工。牆都蓋好了，有燈具和電器，沒有外露的電線。牆邊有幾罐油漆、清潔用品、亂放的工具、兩座鋸木架和一片權充鷹架的木板。灰塵已經積了厚厚一層。東西都用砂紙磨光了，可是沒有人清理。每樣東西看似位置都固定了，彷彿已經放了一陣子，沒理由去亂動。

六個月前，她殺了兩條街外一棟大樓的警衛，從那棟樓可以看到法院正面，她本來要去那裡。命運無常，對那警衛來說很不幸，她本來不想殺他，只打算扒了他的鑰匙，卻被他逮到。她別無選擇。她以爲計畫要用那棟建築物。她覺得可以從屋頂開槍。這棟比較容易，不需要殺人。星期四選中這棟建築物的時候，她只花了一分鐘撬開後門的鎖。小孩子拿根牙籤也開得了。等門開了，她用螺絲起子拆掉裡面的鎖，所以門就不會從裡面閂上。她必須這麼做。如果門鎖了，她得在拉斐爾面前撬鎖，他一定會東問西問。還好沒有遊民拿這裡的辦公室當二星級飯店，眞是奇蹟。她很驚訝裡面固定住的東西沒有被偷走賣錢。

拉斐爾打開箱子，開始組合槍枝。她看得出來，他很喜歡射擊，喜歡充滿男子氣概的感覺。她只打得中泥巴，雖然那只是故意做給他看的。兩人的合作關係就此建立。他負責射擊，她不用開槍。她負責採收成果，他不用費心。是一種狩獵採集的關係，因此需要兩個人來完成計畫。沒什麼不合理的地方。

拉斐爾沒把瞄準器裝在槍上，反而站到窗前，用兩隻手拿著瞄準器。他戴了一副乳膠手套，她也戴了。不需要到處留下指紋。警察制服仍裝在袋子裡。

「看得很清楚。」他說。

「法院呢？清楚嗎？」她明知故問。她早就來過了。辦公室正好對著法院的後門。可以清楚看到停車場和法院的入口，還有停車場跟入口之間十公尺長的水泥路。這十公尺長的路可能就是最重要的舞台。街上會有好幾千人，不過停車場裡只會有兩個警察跟喬。應該沒問題，不會被人群擋住。拉斐爾只需要保持鎮定。六個月前她選的那棟樓就看不清楚，不論哪一個角度都被擋住了。起重機、推土機和工人。

「都很清楚。」他說。

「我看看好嗎？」

他把瞄準器遞給她，比望遠鏡更清晰。她看看法院，然後看看街道，思索哪邊的車子會比較多。法院只有一層樓，從三樓的辦公室從上往下看，可以看到法院的屋頂和其他建築物。法院佔了一整條街，後面的入口在街區正中間。道路貫通四面八方，兩條主要道路彼此平行，穿過基督城——法院左右兩邊各一條。所以，星期一抗議的人都會聚集在這裡，有些路會封鎖。太完美了。現在路上幾乎空無一人。隆冬的星期六傍晚，這一區只有辦公大樓和法院，沒有賣啤酒的地方——怎麼可能會有人呢？

「拿著。」她把瞄準器還給他。

他拿著瞄準器趴下。很好的高度。往下看停車場，完全沒有阻礙。不會太高，不用擔心建築物之間的旋風。只有三層樓，要逃跑也很容易。

最需要擔心的是天氣。天氣不必很好，但壞天氣就會壞事了。絕對不能下起暴雨，也不能吹起陣陣強風。問題是，基督城的天氣很難預報得準，就像賭馬也很難猜到誰會贏。你可以選你最喜歡的，但就要看機率了。

「我沒辦法趴下，」他說。「要趴在窗邊，別人會從窗口看到我。」

她看看手錶，再十分鐘就六點。六點整，運輸車會到達法院後門。從施羅德那邊偷來的行程表上寫了這件事。她也知道怎麼解決拉斐爾的問題。星期四過來的時候她就想到了。

「幫幫忙。」她走到油漆罐旁邊，那裡有一大塊防水帆布，整整齊齊摺成一英尺平方的正方形。他們攤開帆布，拿到窗戶旁邊。

「怎麼弄？」

「掛起來。」她從包包裡拿出膠帶。

拉斐爾似乎懂了，他們一起把膠帶撕成一段段，不到幾分鐘就有塊窗簾，阻擋外面的視線。辦公室本來就很暗，現在更一片漆黑，她用手機的手電筒功能製造光線。她拿出刀子，割開一扇窗戶前的帆布，弄出一個不比手掌大的洞。

「我從這裡開槍？」拉斐爾問。

「你也可以趴著，」她說。「別人從街上什麼也看不到。」

「趴在哪裡？」他問，她轉向鋸木架和那片木材，還沒開口，他就明白了。

他們把搭好的平台就定位。他趴在木板上，調整好位置，能從帆布上的洞口看出去。

「試試看，」她把瞄準器裝在槍上，遞給他。

他把身子往前挪了一點，用瞄準器抵住眼睛，把槍靠在肩膀上。

「很好。」他說。

「所以你能完成計畫？」

他抬頭對她微笑。「開著窗戶也沒問題。」

「穿著制服的時候別走到窗戶前面，」她說。「換了制服再說。」

「我知道，」他說。

她看看手錶。「時間快到了，」她說。

拉斐爾趴著不動。梅莉莎走到帆布旁，關掉了手機上的手電筒，然後才把窗簾拉開。街燈、建築物的燈、各個方向的鎢絲燈和霓虹燈，夠亮了。他們都沒開口，靜靜等待。鄰近的辦公室傳來空調打開的聲音，不知道是樓上還是樓下，低沉的嗡嗡聲形成了背景噪音，讓辦公大樓原本那種在鬼城的感覺少了一點，不過就一點點。

時間到了，一串燈光從南邊射過來。三台警車後面跟著一輛貨車，後面又跟著三台警車。車速很慢，沒有閃爍的燈光。靠近法院的時候，因為角度的關係，有幾秒鐘看不到，不過她知道他們會轉到建築物前面。

星期一的速度還會更慢，因為路上有車子，還有人群。

這列車隊只是在掩人耳目。

同時，平行的街道上出現了一輛貨車。靠近法院的時候也被法院遮住了，不過到了法院後方又能看得很清楚。貨車轉到辦公大樓和法院後門入口中間的道路上。法院停車場的邊上有道鐵絲網。裡面的人按了鈕，鐵絲網捲起來，貨車開進去。鐵絲網又閉上了。

貨車停在門旁邊，車廂門對著辦公室的窗戶，兩扇門猛地開了。

「我都看得很清楚，」拉斐爾說。

「專心點，」她說。「別錯過開槍的時機。」

她也看到了，不過不怎麼清楚。兩個黑衣人從貨車車廂下來，然後一個穿著橘色衣服的人拖著腳出來。她看不到鐵鍊，但從他移動的方式看來，腳踝和手腕間應該都有鍊子。他下了車。其他人用槍指著他。每個人都靜止不動，停了兩秒。

兩秒就很夠了。

囚犯開始走那三十英尺的距離。

「你抓到開槍的時機了嗎？」

「我可以。」拉斐爾說。

「看得清楚嗎？」

「很清楚。」

三十英尺走完了，那群人站在後門邊。

「讓我看看可以嗎？」她轉向拉斐爾，可是看不到他。她伸出手，朝他走了一步。辦公室裡唯一的光線來自窗簾上的洞口。一開始什麼也看不到，然後她碰到拉斐爾遞過來的槍。她抓住槍管，移到他旁邊。她看到四名警察和橘衣服的男人，簡直就像特別做了標記的靶心。橘衣男人也是警察，她看過他。在電視上還是看到本人？她忘了，反正也沒關係。今天他扮成喬。他們出來一趟，預演星期一早上的大活動。

也讓她和拉斐爾有預演的機會。

警察跟入口處的警衛聊了起來。其中一人頭往後一仰，哈哈大笑，其他人也對著他笑。

「不會打不中。」拉斐爾說。

「路上會有很多人，」她說。「會有人發現警察可能從後門走。警方可能會擔心，派兩部車護送。不過不管有多少車，貨車一定只有一輛。也只有一個喬。他會走剛才替身走過的路。」

拉斐爾站起來。他拿起裝槍的箱子，放在他剛才趴過的木板上。梅莉莎用膠帶黏住她剛才割開的洞口，然後又開了手機上的手電筒。拉斐爾開始把槍拆開，彈匣是空的。箱裡有一盒快用完的子彈——他們只剩下這些，裡面只有兩顆子彈和她特別訂的子彈。她把特殊子彈拿給拉斐爾。

「這顆要放在彈匣最上面。」她說。

他舉起子彈看看，掂了掂重量，覺得跟其他子彈不一樣。

「這是穿甲彈？」他問。

「別落空了，我們只有一發。」

「我知道，」他說。

他把子彈放進箱子裡，朝著棉墊用力推，跟其他東西分開。

「另外兩顆最好不要用，」她說。「你在這裡待得愈久，愈有可能被抓到。我們需要一擊致命。多開幾次槍，風險更高。」

「一槍就夠了。」

梅莉莎爬到木板上，站了起來。

「怎麼了？」拉斐爾問。

她舉起手，推開天花板。

「把槍留在這裡比較安全，」她說。

「爲什麼？」

「因爲，如果你要在星期一早上把槍帶來，我覺得不太好。我們把槍藏在這裡，你用完以後再放回去。警方會推論出開槍的地點，但他們沒理由會想到槍還在這裡。如果他們眞找到了，算他們好運，但也沒有線索。」

「有道理，」他說。「那我來放吧。」

他們交換位置。他把槍藏進天花板裡，她把裝了警察制服的袋子拿給他。「也放這裡吧。」她說。

他把天花板放回原處，爬了下來。

「所以妳不會再來了。」他說。

她搖搖頭。「不需要，」因爲她會混入人群中，夾雜在警察和抗議人士中間，處於緊張的中心，聽大家喊口號和罵髒話。拉斐爾負責開槍，她負責採集成果，不用改變角色。

「不需要繼續演練了嗎？」

她搖頭。她拉開窗簾，看到窗外的貨車正準備開走。今天和星期一不太一樣，因爲星期一還有會一台救護車。法院周圍的街道上會有幾台救護車待命。

一定要有，因爲抗議就像小型火藥箱，隨時都可能爆炸。

幾個月前，她弄了一套醫務員的制服，也正爲了這個理由。畢竟，成果由她採收。

41

監獄出現在左側。我們轉了個彎，貨車裡的車窗都開了，確實有幫助，不過助益不大。大家都準備好要抵禦寒冷，但潮濕的空氣湧入車內，似乎吸飽了臭味，讓臭氣變成一層薄霧，黏滿每個地方。我們通過閘口，回到我剛才離開的入口。典獄長等著迎接我，他用嫌惡的眼神看著我，每個人的眼神都一樣。只因爲我已經習慣了這種眼神，不代表我能欣然接受。在公平公正的世界裡，我不會戴著鐵鍊，這些人才應該倒楣。

「把他弄乾淨，」典獄長不知道對誰說，也不知道有誰聽到了，我只能站在那裡，旁邊的人連看都不想看我一眼。我站得有點歪，因爲鞋子掉了一隻。典獄長懊惱的程度似乎超過所有人，如果他跟我們一起去，也參與投票，我一定會被丟在那裡，被聚光燈和犯罪現場警戒帶圍繞。回來也有一道文書工作。我站著看他們塡表簽名。剛才押我出來的四名警衛把我押回去，表情很不高興，沒有人願意碰我。有人把鑰匙丟給我，叫我自己開手銬跟解開鐵鍊。有人告訴我先把剩下來的那隻鞋子和另一腳的襪子脫掉，因爲都沾滿了泥巴。水泥地好冷，肚子裡的壓力又慢慢升高了。我被直接帶去淋浴間，有六十秒可以清理。我好好利用了每一秒，從來不知道洗澡能這麼舒服。水被關掉後，有人丟給我毛巾和剛洗好的連身服跟襪子，命令我在一分鐘內穿好，然後我被帶回牢房。其他人三三兩兩坐著，玩牌看電視，也有人在閒聊，那種從入獄第一天起、五年十年或甚至二十年後內容仍一樣的閒聊。我不想參加，我回到牢房裡，坐到馬桶上，花了十分鐘自憐自艾，馬桶一定覺得自己更可憐。

我一直在等肚子感覺好一點，可惜沒有。

我思索梅莉莎怎麼了，想不出來。

我應該已經恢復自由了，可是我還在牢裡。

積極喬努力要名副其實，樂觀一點。

我從馬桶上起來，還不到一分鐘，警衛就帶我們去吃晚餐。我沒有鞋子穿。我們這群裡沒有新人，也沒有人離開。晚餐的肉依然看不出是什麼東西。迦勒．寇爾跟我隔了幾張桌子，獨自一人坐著。看到他，我的臉就痛了。我看著食物，一口也不想吃。

「期待星期一趕快來嗎？」聖誕肯尼到我左邊坐下，開始吃那塊本來可能是某人寵物的肉，也可能就是某人。

我想了想他的問題。我不確定。有點不期待，因為正義可能會遭到歪曲，我被判有罪。也有點期待，起碼打破一下無聊的生活也好。我有機會洗刷罪名。

我只聳了聳肩，什麼也沒說。

「對啊，我懂你的意思。」很好，那我更該多多聳肩來傳達我的意思。等我上法庭的時候，我得記住。米德頓先生，你殺了這些女人嗎？你聳肩？我懂了……嗯，我想大家都明白了。

「審判很難熬，」聖誕肯尼說。「別人看不到眞實的你。他們根據你可能做的壞事來評論你，只因爲他們以爲你做了壞事，警察節目和連續殺人犯的電影看得愈多，愈覺得你是壞人。他們覺得我們都是人魔，可是沒那麼高級。」

我懶得說了，肯尼只是穿著聖誕老人服強姦小孩的罪犯，看多少警察電影或耶誕節電影都沒有關係。

「眞的很不公平。」他又說。

我推開托盤，這時候不管吃什麼，都會引起劇烈的反應。聖誕肯尼在嘴巴裡塞滿了馬鈴薯泥，說不定根本不是馬鈴薯做的。他很快咬了幾下，咕嚕一聲吞下去，然後又開始對話。不論外面有什麼傳言，監獄裡的人其實都很友善。

「我想過了，」他說，「如果團員不想復合，我應該怎麼辦。」

我終於回答他了。「感覺你很懂得怎麼坐牢，」我說。「而且經驗豐富。」

「我一直想當作家。」

我掩飾不住驚訝的意思。「眞的？」

「對，犯罪小說，」他說。「你喜歡羅曼史對不對？喜歡犯罪小說的人其實比較多。」

我眞想叫他滾開。

「我覺得可以把兩種結合起來，」聖誕肯尼說。

「是嗎？怎麼結合？」

「我不知道，問題就在這裡，我只需要一個很好的構想。」

「你可能需要不少很好的構想，」我說，不過我沒看著他，反而看著幾張桌子外的迦勒·寇爾。寇爾也看著我，滿臉怒色。如果我是賭徒，我賭晚餐後還沒回到牢房前，他就要來對付我了。一想到就心跳得好快，肚子也咕咕亂叫，但不覺得餓——而是所有東西準備傾瀉而出的咕咕聲。「尤其是你不止寫一本的話。」

他點起頭來。「對啊，沒錯，眞的，」他好像沒想到這一點。「我告訴你，你別說出去，」不過他嗓門還是很大，我左邊跟他右邊，還有對面的幾個人都聽到了，「我已經開始寫了，你知道的。在我還沒被捕前，我會坐在餐桌旁打電腦，想寫點什麼出來，不過一直寫不出來。我本來以爲跟寫歌詞一樣，你知道嗎？可是不一樣。」

「你要寫你知道的事情，」我說，作家最愛嘮叨這一點。

「對啊，我聽別人說過，」他說。「有道理，我要寫我知道的東西。」他的聲音愈來愈小。

「問題是，我不覺得別人想讀怎麼蹂躪兒童的書。」

他皺起眉頭，似乎想知道我在開玩笑，在侮辱他，還是想幫他？不過他猜對了。「喬，你眞的是個王八蛋。」他拿起托盤，走了。

晚餐結束後，我問警衛能不能打電話，他不是亞當也不是葛倫。他個子很大，身上一半是肌肉，一半是速食，看起來一拳就能把你的頭打掉，不過用力後可能也會痛得彎下腰。

「你又不是在度假，」警衛說，他負責晚班，從六點開始，帶我們去吃晚餐或淋浴，再把我們帶回去，等我們都關進牢房裡，他就坐在小隔間裡看電視看七個小時。他的名字似乎叫撒旦，但不是撒旦——可能是史坦，也可能是賽門。

「我有打電話的權利，」我說。「很重要，我過兩天就要接受審判了。」

「你在這裡就沒有權利。」還好他沒笑。

「一百塊。」我說。

他瞇起眼睛，從比我高幾英寸的地方看著我。「你說什麼？」

我覺得我應該有閒錢。「我給你一百塊。」

「拿來。」

「我身上沒有，不過我的律師明天會帶來。」

「兩百。」他說。

「成交。」我說。

「如果明天我看不到現金，你在這裡的日子就會有點難過。」他說。「別耍我。」

我想到今天有多難過，可惜他說對了——有可能更糟，就像聖誕肯尼說的——就看可能會怎樣。警衛把我帶到電話旁邊。他靠在亞當之前靠過的那塊地方，不過沒有一直威脅我。

「兩通電話。」我說。

「快點。」第一通打給我的律師。時間晚了，而且是星期六，不過我有他的手機號碼。響了幾聲之後他接了。我聽到話筒裡傳來說話聲跟音樂聲。

「我是喬。」我告訴他。

「我知道。」他應該把監獄的電話輸入通訊錄了。我眞好運，他還願意接。或許第一顆球落下了，我的好運也要開始——畢竟，今天下午沒人開槍殺我。從今以後，我會過得很快樂。

「交易有進展了嗎？」

「你做到了你該做的事情，」他說。「當然有進展。等屍體的身分確認，錢就會轉到你母親的戶頭裡。我已經拿到資料了。你母親……嗯，很特別。」他說得沒錯，但另一方面，特別不足以形容我的母親。

「要多久才能完成辨認？」我問。

「你運氣好，」他說。「五年前，卡爾霍恩開車追逐強姦犯，」不知道強姦犯是不是都這樣被抓到。「出了車禍，所以卡爾霍恩的腿上有金屬釘，上面有序號。如果你帶他們找到的屍體也有那根釘子，錢就進來了。瓊斯早上會看到異象，今天太晚了，也太黑了，他要先放出消息。明天下午驗屍。明天晚上錢就轉進去。星期一早上你母親就拿到錢了。」

「你明天什麼時候來？」

「明天星期天，」他說。「我休假。」

「但我們要討論審判的事，最後一天了，」我聽起來更絕望了，因為梅莉莎沒救我出去，或許幸運之球還沒落下。

「嗯，再看看吧，可以去的話我就去。」

「我需要你帶兩百塊給我。」我說。

「晚安。」他掛了電話。

警衛仍靠在牆上，拿手機玩遊戲。我撥了第二個號碼，耳邊還聽到警衛那兒傳來的主題音樂聲跟爆炸聲。響了一聲母親就接了，似乎她就在電話旁邊。

「哈囉，媽，是我。」

「喬？」她問話的口氣好像世界上有很多人會打電話給她還叫她媽。

「是我。」我說。

「你打來幹什麼？星期六晚上是約會時間。我們正要出去吃晚飯。」

「我要——」

「你不能來，今天是約會日。爲什麼你要搗亂我們的約會？」她聽起來很氣惱，我可以想像她在電話那頭對著牆壁皺眉。「這是婚前最後一次約會了。」

「我打電話給妳，跟約會沒有關係。」我說。

「爲什麼？你覺得星期六晚上被別人看見你跟老媽在一起很丟臉嗎？」

「不是那樣。」

「那不然怎樣？」她肯定還皺著眉頭，而且還一臉疑惑。

「我要問妳另一件事情。」

「跟婚禮有關嗎？」

「不是。妳還記得我昨天晚上打電話給妳嗎？」

「我當然記得。你打來說你女朋友的事，」她說。「喬，我很高興你找到了一個好女人。每個男人都該有一個好女人，」她又變得興高采烈。「你覺得你們會結婚嗎？是不是因爲這個你才打來？噢，天啊，我好興奮喔！說不定我們可以同一天結婚！想想看，是不是很棒？噢，噢，華特當你的伴郎好不好？噢，天啊，太棒了！」

「媽，我不確定我們會不會結婚。」

「因爲你覺得被別人看到跟我在一起很丟臉，喬，你知道嗎，我從小可不是這樣教你的。」

我們又離題了——不過，我媽過去三十年來都沒回過正題。「媽，妳打電話給她了嗎？」

「什麼？」

「妳打電話給我女朋友了嗎？妳有沒有告訴她我收到訊息了？」

「什麼訊息？」

「妳打給她了嗎？」

「有啊，我當然打了。你不是叫我打嗎。她不知道我在說什麼。」

「訊息，」我說，「書裡的訊息。」

「什麼書？」

「妳帶給我的書。她交給妳，要妳帶來的書。」

「哦，哦，那些書啊，」我希望回憶的威力能把她打倒，她就會跌斷髖關節，不得不延後婚禮。「你喜歡嗎？」她問。「希望還算好看。比不上電視啦，不過電視當然最好看。每次看過電視上的電影再看書，我都會很失望。我只希望作者能寫得好一點。喬，你不覺得嗎？」

我沒答話，我一點力氣也沒有，因爲我正全力讓自己靈魂出竅。我眞希望能有方法把我的手伸過電話線，掐住她的喉嚨。

「喬？你還在嗎？」她把話筒在手上敲了敲——我聽到她敲了一兩下，然後第三下，然後聲音回來了，她的嘴唇貼著話筒，我眞希望能掐死她。「喬？」

「妳都看過了？」我問。

「我當然看了。」

「可是妳看書很慢。」

「那又怎樣？」

我面對牆壁，不知道能把額頭埋進去多深。「所以，到底我女朋友什麼時候把書拿給妳，要妳拿給我？」

「什麼時候？」她沒說話，應該在算時間。我可以想像母親站在廚房裡拿著電話的樣子，後面是盤子，流理台上有冷掉的肉餅，用手指數過了幾天。「嗯，不是上個月。」她說。

「那就是這個月。」

「噢，天啊，不是。不是，應該是，我看看……耶誕節前，不對，不對，等等——耶誕節過了。對，我覺得過了。我猜，或許是四個月前吧。」

「也有可能是五個月。」

我握緊了話筒，另一隻手緊緊握拳。我聽不到母親嗆咳的聲音。「四個月？」

我閉上眼睛，把額頭靠在牆上。牆面是塗了油漆的煤渣磚，因此很冷很平滑，沾了血也很容易擦掉。

「五個月。」不知道爲什麼，我的聲調很穩定。

「不會超過六個月。」她說。

「不會，」我說。「媽，聽我說。注意聽。妳他媽的爲什麼不立刻把書帶給我？」

「喬！你怎麼敢對我罵髒話！我這麼辛苦把你養大！我把你養大，照顧你，還把你從我的陰道裡擠出來！」她怒吼。

十六年後，我又被擠進我阿姨的陰道裡。我認爲，這兩個人對我都他媽的不夠體貼。

「六個月！」我大吼，連想都沒想，就把話筒往牆上猛摜。「六個月！」我對著話筒吼叫，不過現在已經不是話筒了，只是破裂的塑膠片連著一條電線和零件。我又對著牆猛敲。我現在只聽得到斷線的聲音，頭也愈來愈痛。我沒辦法繼續對著話筒大叫，因爲我被制伏了。我倒在地上，雙臂被扣在身後。警衛對我吼，叫我保持冷靜。我又吼了一次六個月，警衛用膝蓋抵住我的背，對著我的側腰猛擊，猛烈到我快吐了。

他把我翻過來，又多了一個警衛。

「走吧。」他說。

他們把我拉起來，今天是星期六，約會時間。我沒被帶回自己的牢房，反而走反方向，穿過另外從某處按鈕控制開啟的兩扇門。天花板上的攝影機在監視我們。我沒來過這個方向，不過我知道會往哪裡去。單獨監禁——一開始我覺得，一定比我本來的環境好，然後我又想，今天其實也不賴。不是指我媽搞砸的事，而是我弄壞電話。我在這裡很安全，迦勒・寇爾找不到我。

牢房之間的距離更寬，所有的門都關著，沒有任何聲音。沒有公共區域，感覺更加昏暗。就連煤渣磚牆感覺也是不同的灰色。兩名警衛把我押到走廊底，等著牢房門打開。一路上我們都沒說話。我的魂似乎留了一點在電話那邊，繼續想該怎麼抓到我媽。第二名警衛消失了。

「睡醒就沒事了。」第一名警衛把我推進牢房，脫下了我的手銬。「別忘了你欠我兩百塊。」他說。門在我後面砰一聲關上了。沒有燈光，我慢慢走，找到床緣。我躺下來，肚子又開始吵鬧。如果肚子繼續隆隆響，在這麼黑的牢房裡要找到廁所可不容易。

入獄以來，我第一次哭了。我把臉埋進枕頭裡，如果把臉就這麼埋著睡著，不知道窒息仙女會不會來把我帶走，說不定那樣還比較好。

不知道梅莉莎現在在幹嘛，跟誰在一起幹嘛，還有，不知道她現在還會不會想起我，我的肚子愈來愈沉重了。

42

天氣很冷，不過不會下雨，梅莉莎鬆了一口氣，看來天氣也能配合。星期天早上，大家都在賴床。有些人去教堂了，有些人因爲昨晚喝太多而宿醉。有的小孩子爬到爸媽床上或坐在電視機前，有的小孩子在後院玩耍。梅莉莎記得那段日子。星期天早上，她和妹妹跟爸媽窩在床上。其實她妹妹才叫梅莉莎，她用了她的名字。她自己的名字本來是娜塔莉。梅莉莎和娜塔莉會邊看卡通邊吃早餐穀片，偶爾也想幫爸媽做早餐。有一次她們把烤麵包機弄起火了。應該是她妹妹幹的好事——她負責操作麵包機，而娜塔莉負責準備早餐穀片和柳橙汁。她妹妹先在吐司上塗了果醬，才放進烤麵包機。不知道什麼東西著火了。之後，爸媽要她們保證再也不幫大人準備早餐，起碼過幾年再說，她們也願意聽話。

她很想念妹妹。以前他們都叫她梅莉——不過她惹人煩的時候，娜塔莉會叫她臭梅莉，她還挺常找麻煩的。梅莉的金髮綁成馬尾，有一雙大大的藍眼睛。甜美的笑容在進入青春期後更加甜美，可惜她也碰到人生旅途的終點。大家都愛她。有一天，陌生人愛上了她。他愛她愛到殺了她，然後吞槍自殺。那人是警察。他們從來沒看過這個人，不知道他跟梅莉的人生怎麼會交會在一起。在一個短短的下午，他們碰上了，帶來無盡的痛苦。一點意義也沒有。沒什麼好說的，就是一條社會新聞。

失去妹妹後，她非常痛苦。最後，父親因喪女之痛去世。她跟母親繼續活下去。人生很奇怪。殺了她妹妹的是個警察，她卻迷上了警察。不是著魔——一開始的時候只是迷戀。那時候的心理醫生說了一堆，她太年輕了，聽不懂。她不明白為什麼她會喜歡上讓她如此痛苦的人物。心理醫生叫史丹頓，用更簡單的方法解釋給她聽——他說，她迷上警察，並不是因為警察害死她妹妹，而是因為警察代表正義。她懂了。畢竟，她喜歡警察這個身分，而不是姦殺少女的那些人。

妹妹去世後過了幾年，換她碰上了一個大壞人。他們家似乎被詛咒了。這次壞人是大學教授。她進了心理系，想明白人為什麼會發瘋。她想成為犯罪學家。然後噩運來了，詛咒起作用了，她跟梅莉一樣遭人強姦。她本來以為自己會死，可是梅莉來救她了。她聽到死去妹妹的聲音，告訴她要反抗。她就反抗了，不像梅莉一樣束手無策。她反抗壞人，從那時候起就開始鬥爭。爭到她愛上了暴力。可是不合理。她讀的心理學還不夠，無法了解為什麼，她也不覺得史丹頓醫生能解釋清楚。史丹頓醫生起碼說對了一件事——她迷上警察，不是因為警察殺了她妹妹，因為，如果她迷戀上壞人，她也會迷戀大學教授。事實上，遭到強姦後，她對警察的迷戀變成著魔。她會在警察局外徘徊，會跟著警察回家，也會溜進他們家裡。她知道很瘋，她知道自己已經瘋了，不過她沒辦法住手。她迷上了警察，也迷戀他們要找的罪犯。

聽到妹妹的聲音後，她開始叫自己梅莉莎，不過妹妹後來再也沒對她說話。那是因為梅莉不贊同她的行為。她知道，因為梅莉告訴過她。那是妹妹死後告訴她的最後一件事。在夢裡對她說的。梅莉說，她不贊成，梅莉莎說，男人就是禽獸。所有的男人。梅莉莎說，有人掩飾得比較好，但所有的男人都應該當成畜生來對待。梅莉沒答腔——梅莉莎懷疑，說不定消失就是她的回應。

她還是很想念她。

跟蹤警察久了，她也分辨得出好警察壞警察，有幾個眞的很壞。然後她遇見了喬。她沒把他當成警察來跟蹤。事實上，她不想跟蹤他，他只是工友，一眼就看得出來。一年前，她在酒吧碰到他，聊了起來，就此開始一段關係。

她想念他。

對警察的著魔，那天晚上結束了，她迷上了喬。她應該要恨喬——他跟害死她妹妹的兇手以及強姦她的壞人是同一類人——而她迷上了他，更跟他墮入愛河。她心裡一定有病，糟糕得不得了的毛病。她知道，自從警察來她家跟她爸媽談過話後，她就病了，那天她躲在走廊底，只能聽到片段，他們說了死、裸體、警察、自殺等字眼。如果要史丹頓醫生用白話解釋，他會說她腦袋有毛病。不過，如果你喜歡那種感覺，知道自己有病也無濟於事，梅莉莎就喜歡那種感覺。其實她很愛那種感覺，覺得自己才像個活人。如果生命中沒碰到這些爛事，如果梅莉還在，情況會不會不一樣呢？她會找到另一條路變成現在的自己嗎？

她問過自己這個問題上千次了，跟一年前碰到喬的時候一樣，她還是找不到答案。

五金行前面停了幾台車，不過店裡空空蕩蕩的。她很久沒進五金行了，小時候跟爸爸來過幾次，爸爸計畫要修什麼或造什麼的時候，就會來五金行。好久了，雖然鎚子跟螺絲起子看起來還是一樣，電動工具卻變得比她上次看到的更亮麗，有些看起來好像未來的工具。她戴了紅色假髮，沒戴假肚子。她不太確定要從哪裡找起，不過一個手臂和脖子上都是痣的禿頭男人幫她找到東西，花了幾百塊，想要的都齊備了。

下一站是市區。她把車停在辦公大樓外，跟昨天晚上同一個位置。她進了大樓，搭電梯到三樓，懶得爬樓梯。她的小腿或許會感謝她，不過太不環保了。辦公室跟昨天離開的時候一樣。爲什麼會不一樣呢？防水帆布仍掛在原來的位置，不過周圍的光線也夠亮了。槍還在原來的地方。她把槍拿下來，放在那塊木板上，然後走到窗邊。她拿出在五金行買的東西，很快讀完說明書，指向窗外路上那塊明天喬會站上去的地方。裝置用雷射測量距離。她指著道路，可是看不到雷射筆的紅點，也不知道自己指到哪裡去了。她試了一分鐘，正因爲沮喪而決定放棄的時候，突然看到紅點就在法院後門的陰影裡。她再轉向明天喬要站的位置，鎖定了距離。從樓上算下去，大約四十公尺。

她拿了工具和槍，搭電梯下樓。她把槍放進行李廂。再過一個小時，路上的車子也不會變多。向來不會，不管是星期天早上幾點。氣溫也沒什麼升高，有的話頂多一度吧。她開了暖氣和收音機，播放美國老牌搖滾歌手布魯斯．史普林斯汀的歌曲。歌詞說到五〇年代帶著女友出門濫殺的傢伙。那時候感覺簡單多了。

沒有八九個月的肚子礙事，開車也比較容易，不過她還是戴上了假肚子。她把車停進槍店的停車場，進到店裡。協助她的人四十多歲，戴著厚厚的眼鏡，眉毛長到連在一起。他叫亞瑟。亞瑟好像嚇了一跳，覺得她會馬上在店裡生下紅髮寶寶。他看起來很和善，沒吃過什麼苦的樣子。她告訴他她需要什麼。一盒彈藥，和拆開子彈的拔彈器，以及把子彈重新組合的彈頭安裝模具。她說這些東西是幫她老公買的。他點點頭，若有所思，可能覺得她老公計畫要自殺，而不願意面對那個可能無法留在她子宮裡、馬上要灑到地板上的東西。他拿了她要的東西出來，她用現金付款。

「跟他說，」亞瑟說，「有問題的話來這裡找我。大家常亂搞這些東西，用鉗子跟萬能鉗拆開，不用正確的工具，會把手指炸掉。」

她道了謝，又上路了。

到了林地，她走跟之前一樣的路，把車停在同一個地方，取出毛毯和槍，但沒拿罐頭，因為上次的罐頭還在——不過她也不需要。地面比較乾了一點，空氣裡一絲風也沒有。明天早上的氣候條件跟現在一樣，不過之後會下雨，氣象預報是這麼說的。她用工具從樹旁量出同樣的距離，趴在毛毯上。她放進彈匣，把槍組合起來，對著樹瞄準。

她選了個位置，很大的樹瘤。瞄準後讓呼吸平緩，扣下扳機。耳罩掩住了槍聲。子彈撞進了樹瘤，炸裂開來。她再度瞄準，扣下扳機，第二槍只差了一英寸。夠準了，比她給拉斐爾看的準多了。再射幾百槍，就可以把樹射倒了。

在射擊的時候，她想到計畫對兩人來說都改變了。變化其實很大。梅莉莎不負責採集成果，她會變成受害者二號。喬不會被採集，會變成受害者一號。她很清楚。計畫絕對不是射穿喬的腦袋，而是讓他受傷。穿上醫務員制服的梅莉莎會去接他。然後靠著C-4，她會逃離警察追捕。拉斐爾本以為他們會抓到喬，好好折磨後再殺了他。計畫一直都不是那樣。第一步對了，但第二步不一樣。

她用瞄準器觀察子彈射到哪裡，大約在樹瘤下的四五英寸處。她又調了調瞄準器，找到目標後開槍。這次子彈落在樹幹上更低的地方。她放下槍，走到樹旁拿出捲尺，測量從樹瘤上的洞到最後一個子彈孔的距離。十一英寸，差不多完美了。她走回牆旁邊，調了調瞄準器，這次往旁邊偏。對著樹瘤瞄準，再次扣下扳機。

這次子彈打在距離十一英寸的地方，還往左邊偏了幾公分，子彈幾乎都用完了。太完美了。當然可能有點風險，不過依然完美。事實上，拿來冒險的也不是她的命，是喬的。

風險應該還在可以承擔的範圍內。

43

施羅德討厭在星期天工作。現在似乎比當警察的時候還要忙，他老婆就有這種感覺。今天早上吃早餐的時候，她在生他的氣。這是工作的藉口今天一點也不管用，跟過去二十年來一樣。小孩很煩。嬰兒昨天晚上很難纏，睡了半小時就哼哼唉唉，滾來滾去，然後醒來了。施羅德跟著醒來，他太太也醒來。他們輪流餵他，然後嬰兒拉屎了，很髒，施羅德覺得要找大法師才能清掉那一團亂。一晚上睡睡醒醒，其實一整個星期都沒好睡過，感覺這輩子都沒好好睡覺。他很愛孩子，但每天早上從四點到五點不得安眠的時候，他想好爸爸跟壞爸爸只有一線之隔，好爸爸不會拿枕頭蓋住嬰兒要他安靜。他當警察的時候碰過很多壞爸爸，還有壞媽媽。

今天早上有值得高興的事，可以鬆一口氣了。昨天傍晚，喬帶警察找到了屍體。不是陷阱，梅莉莎沒現身，沒有爆炸跟血濺滿地。施羅德一直在等壞消息。電話來的時候，他怕到不敢接。不是喬殺了警探後拿他們的電話打來，是肯特自己來報告消息。

交易繼續進行。對全世界的人來說，屍體還沒找到，所以強納斯．瓊斯要變成大英雄。如果屍體是別人的，他就糗大了。不過，如果你認識瓊斯這個人，你就知道他總有方法扭轉乾坤。他可能會說卡爾霍恩就算進了靈界，還在幫忙辦案。

還有，肯特說，你聽說大學生也要去抗議嗎？

嗯，我聽說了。

我就是不懂年輕人在想什麼，她說。

沒有人懂，他說。連年輕人自己都不懂。

有人死了，有人受傷，這些孩子只會找藉口狂歡。我只希望不要有人扮成受害者的樣子。你覺得會嗎？

施羅德不知道，他也希望不要，便告訴她不會。去電視台的路上，他停下來買咖啡。他丟了兩粒咖啡因錠到嘴裡，喝了一口咖啡吞下去，高濃度的咖啡因振奮了他的精神，不過一次攝取太多的結果，就是效果不如以前持久。

攝影棚裡的人不多，大家都不喜歡在星期天大張旗鼓，跟上帝的想法一樣。來了一小隊人，兩個攝影師，一男一女，施羅德覺得他們私底下一定有一腿。講話有德國腔的音效人員，負責拿懸吊式麥克風，而且不能擋到鏡頭。負責燈光的實習生。導演是女性，但外表很像男人，看似能把兔子剝了皮做一碗燉肉。他們都在平日拍攝的場景裡。施羅德很討厭這項工作，因爲他要用當警察的經驗來提高節目的可信度。

施羅德習慣了對鏡頭講話，以前報告案情時也要對著攝影機，不難。講案情的時候不難，但要按著劇本唸就很難。他坐在靈媒強納斯．瓊斯對面。他們中間的桌子蓋了黑布，桌子中間有花，背景上也有花，還有蠟燭。桌上也放了兩瓶麥克林多奇的礦泉水，標籤對著鏡頭，因爲節目的經費也來自麥克林多奇礦泉水的廣告部。

每個人都是贏家。

施羅德覺得很噁心。

他看著攝影機。

「今天，我們要調查偵緝督察羅伯特．卡爾霍恩失蹤的經過，」他說完就僵住了，突然覺得很渴，聲音卡在喉嚨裡。

「喝口水吧，」導演說，「然後再來一次。」

「OK。」他抓起一瓶水，喝了幾口，放回桌上，小心地讓標籤朝前。「好了嗎？」他問。

「好了，就在等你。」導演說。

雖然不覺得喉嚨不舒服，他還是摀住嘴巴咳了兩聲，然後繼續說：「今天，我們要調查偵緝督察羅伯特．卡爾霍恩失蹤的經過，」施羅德說，「十二個月前，他遭人殺害，兇手是娜塔莉．福勞爾斯，別名梅莉莎．X。卡爾霍恩警探的遺體雖經過多方尋找，依然沒有下落。今天，強納斯．瓊斯要扭轉局面。今天，強納斯．瓊斯會幫助一直束手無策的警方，幫助卡爾霍恩警探的妻子，帶我們找到他的屍體。」

「卡。」導演說。

「怎麼了？」施羅德問。

「很好，可是不要說今天，強納斯．瓊斯要扭轉局面。你可以說強納斯．瓊斯會想辦法找出答案。」

「OK。」施羅德再一次從頭開始。

一台攝影機對著施羅德，一台對著強納斯，之後會再剪接。強納斯正緩緩點頭。施羅德覺得鼻翼癢癢的，但不想伸手去抓。在他講到幫助一直束手無策的警方的時候，鏡頭一定會切到強納斯身上，說完這些話，他的臉有點皺了起來，彷彿他剛咬到了舌頭。

「是的，是的，」強納斯說。「太可怕了，」他往後一靠，把左腿跨到右腿上。他的雙手放在大腿上，食指和中指靠在一起，無名指跟小指互扣。「羅伯特·卡爾霍恩警探無法安息，他要求正義，渴望回家。他來找我幫忙，告訴我很多事情。」強納斯停下來，緩緩點頭，放低了聲音，彷彿要把大祕密告訴全世界的人，同時他舉起了雙手，中指和食指像槍管一樣，靠在嘴唇上。「我借來了他的制服，」制服擺在桌上，強納斯把手放了上去。他閉上眼睛，抓起一團布料，彷彿要中風了，又放開手，撫平了衣服。「感覺非常強烈，我能感覺到卡爾霍恩警探，」他說。「他的意志力一直都很強，現在也一樣。」

施羅德覺得胃在翻騰。上次覺得這麼噁心，是受邀到哥哥家烤肉，吃到沒烤熟的雞肉。他應該辭了這工作，一點都不值得。四十年來，他碰過癌症和肺病，也生過其他病，這個禮拜跟生病的時候一樣，日後回想起來他會恨透自己。除非那時候他已經得了老人痴呆症——老人痴呆症就跟他的咖啡因錠一樣，是上帝的禮物。

強納斯繼續說下去。施羅德又喝了一口水，喝水不會讓導演喊卡。強納斯告訴觀眾卡爾霍恩有多痛苦，說得天花亂墜。燭光搖曳，強納斯非常專注，跟死去的警察通靈。他分開了交叉的雙腿。不愧是專業，強納斯一次就搞定了，不需要拍第二次。

「他被埋起來，」強納斯的起頭很普通，不過施羅德知道接下來正確度會大幅提升。「在郊外，不遠的地方，開車半個小時吧。我感覺到……我感覺到有水，」他緩緩搖頭，「不，不是水。很黑。又黑又濕。土壤露在外面。下了雨所以濕濕的。我看到……我看到很淺的墳墓。」他頭一歪，像靈犬萊西一樣傾聽卡在井裡的小孩，不過萊西的道德觀念很強。「北方，」他說。「北方……比較靠西邊。」

強納斯．瓊斯睜開眼睛，直視攝影機，臉上的表情是恰到好處的喜悅，因爲能幫上忙，也有恰到好處的悲傷，更融入了一絲疲累——跟靈界溝通總有不好的影響。他眼睛眨也不眨。「我有很強烈的感覺，知道卡爾霍恩警探怎麼了，」他說。「我認爲我可以找到他在哪裡。我……」他緊閉雙眼，頭歪向另一邊，彷彿覺得很痛，有點齜牙咧嘴，在施羅德看來，他再度證實靈媒天分需要付出代價。好大的代價，而且他還猜不出樂透號碼。「我想，我知道他在哪裡。」

「哪裡？」施羅德一臉嚴肅，略微皺眉，演好自己的角色。

「很難解釋，」不過強納斯接著就開始解釋了。「他在呼喚我，他希望有人找到他，他要我去找他，」他特別強調我這個字，畢竟，是強納斯看到了異象，而不是那些一分鐘收四塊錢的靈媒，如果你碰到愛情問題就可能會在凌晨兩點打電話找他們求救。

「很好，」導演說，施羅德覺得他們可能會剪掉最後一句台詞，不然感覺好像強納斯找不到其他不想被找到的謀殺案受害人。

「不會太誇張吧？」強納斯問。

「太完美了，」導演說。「準備上路吧。」

幾分鐘後，他們開始拍攝外景，從停車場開始。今天早上，他們在攝影棚裡已經待了一個半小時，外面仍然很冷。幸好天氣晴朗，不過還是冷到你會覺得要生凍瘡了。他跟在後面，前面的人開心聊大，就像一群合作已久、感情親密的好同事。強納斯上了深藍色轎車的駕駛座，車子看起來頂多兩年吧。一名攝影師坐進了副駕駛座，音效人員坐在後座。導演和控制燈光的實習生上了另一輛車，另一名攝影師上了副駕駛座，好拍攝強納斯開車出城的片段。施羅德開自己的車，沒有人跟他一起。快到中午了，他已經覺得好累。他不能再這樣下去了，要趕快想辦法。那傢伙的節目在施羅德心目中就跟半夜的購物節目一樣譁眾取寵，他不能當他的代罪羔羊。他就是不明白，永遠不會明白，也痛恨自己幫他提高了可信度。

他們往北前進。穿過幾塊郊區，基督城的景色變了，老房子旁邊是新房子，新房子旁邊是商店——每個轉角都能看到基督城的風格。這是他的城市，許多人對這座城又愛又恨。他想起曾看過報導說，大多數人死去的地方就在出生的地方附近。不是從沒離開過，就是遊走四方多年後才回來。他不知道是不是眞的。去年十二月他差點死了，就一直在想要死在哪裡的問題。應該說，在陽光普照的炎熱十二月，他眞的死了幾分鐘，技術上來說他死了。他一直無法忘記這件事，就像深深擠入指甲下面的木刺，怎麼樣也夾不出來。他的雙手被反銬在身後，他的頭被壓進裝滿了水的浴缸裡。他死了以後，並未看到隧道那頭的光線，感覺不到平靜，然後有人救活了他。從那以後，他眼中的世界就變了。他不喜歡這個世界。他不希望自己的孩子在這樣的世界裡長大。不喜歡想起肺裡積滿洗澡水的時候。

他開了收音機，轉了幾個頻道，不想聽有關喬或死刑的討論，尋找沒有廣告的音樂台，最後放棄了。他媽的CD播放器壞了，因爲他女兒一年前滴水進去，她說她想讓音樂聲更清楚一點。要是還能聽就眞的是運氣太好了。或許那就是基督城裡的平衡吧——溺死他，開除他，奪走他的

CD播放器，不過他還是可以選擇自己想聽什麼頻道。

肯特把屍體的定位送給他。相當正確，今天早上他跟瓊斯去農場的時候已經找到了。還不到九點，他們就先開車過去。施羅德負責開車。他不想讓強納斯握著方向盤，要是他突然看到了貓王怎麼辦。結果問題來了，瓊斯決定主導對話。瓊斯說的那些話需要絕對的勇氣，在路上施羅德忍不住納悶，跟死者說話以及上電視收費助人之間的界線在哪裡。某些人的瘋狂行爲對其他人來說卻是出風頭的素材吧。

所以，在車裡的那二十分鐘，強納斯．瓊斯嘮叨個沒完。他們都穿了厚外套和登山鞋，等他們從車上走到墳墓邊，就沒什麼好聊的了。要找到埋葬卡爾霍恩的地方不難。土被翻開了，而且路上都是腳印。施羅德跟強納斯花了三十分鐘掩蓋有人在過去二十四小時來過的痕跡，他覺得成果還不錯。那兒的感覺很怪異，兩人幾乎都沒開口。強納斯很開心，施羅德很難過。這裡埋的人以前是警察，曾跟他並肩作戰，曾是好夥伴，現在卡爾霍恩卻是廉價表演的道具，由施羅德從中促成。太陽穿過光禿的樹枝照在地上，濕氣蒸發後看起來像煙霧一樣。這裡很適合拍攝，鏡頭前的效果一定很好。他知道靈媒強納斯．瓊斯一定也這麼想，不過施羅德卻想到物理作用。槓桿原理和事件彼此的作用。要把卡爾霍恩挖出來換成瓊斯埋進去，應該也不容易吧，他想，能換成功他一定很高興，就換強納斯難過了。他要把卡爾霍恩送到太平間，好好處理後事。他們兩人應該爲死者多做一點。

他當然沒有把強納斯埋進土裡。他們收拾好了，走出來的時候用樹枝掃去腳印。回到車上，他們把外套丟到後座，用肥皂水和抹布擦乾淨登山鞋，因爲等一下拍攝的時候不能滿腳泥。然後他們離開了。回電視台的路上兩人都沒說話。強納斯忙著在行事曆上寫筆記，東想西想，組合他的腳本。

現在又要去那裡了。路上他們停下來幾次，讓強納斯抱著頭對攝影機說，卡爾霍恩正在召喚他。彷彿死去的警探就在電話的另一頭。

彷彿我被拉著過去，眞有被拉走的感覺。他看到強納斯寫了這句，現在就派上用場了。

到了農地，他們停好車，各就定位，燈光、攝影機、開拍！攝影師拍下他們穿上登山鞋的樣子，強納斯抬眼看著鏡頭，說：「我相信卡爾霍恩警探就在這附近。」瓊斯的神色一直十分嚴峻，施羅德知道除了演練外，來到這裡也花了他不少錢。強納斯臉上完全看不出一點點興奮，最讓施羅德感到讚嘆。

攝影師拍下他們穿上厚外套的樣子，然後也穿上了厚外套，接著抓起攝影機繼續拍攝。強納斯歪著頭——又在學萊西了——然後點點頭，同意卡爾霍恩警探傳來的訊息。

「往這邊走，」他說。第一個障礙是圍籬，強納斯輕鬆翻越。他帶著大家走上都是泥巴、石頭和樹根的道路，攝影機全都拍下來了。還好強納斯沒撿起分叉的樹枝當成探測杖。靈媒繼續前進，左轉右轉繼續走。他們走了一百公尺，兩百公尺，到了，墳墓就在面前，導演和攝影師都不知道施羅德和瓊斯早上來過，不知道強納斯花錢買來了眞相。他們以爲是眞的。他們早上留下了足跡，也有喬昨天留下的腳印，不過大家都沒注意到，或者看到了也選擇不說。他跟瓊斯倒把墳墓掩蓋得不錯，不像足跡那麼多破綻。

「這裡，」強納斯說。「我相信偵緝督察卡爾霍恩就埋在這裡，」他說，「就在直徑十公尺內的地方。或許……」他的頭更歪了，「對，對，很強烈。我能聽到他。他要我們找到他。或許就在這裡，」他站到墓旁。「迷路的靈魂，哭喊著要被找到。他很難過，現在卻輕鬆了，」強納斯說。「我們需要鏟子，快點動手。」他對著攝影機，對著旁邊的人，口氣更急迫了，「我們一定要幫他。」

「或許該報警吧。」施羅德口氣平淡地背出台詞。

「警察，」強納斯嗤之以鼻。「報警的話他們也不會來，要給他們理由，要告訴他們屍體找到了。」

施羅德用鏟指指地面。「這裡嗎？」他問。

「再往左一點，」強納斯說，在剪接的時候，這一段會加上靈異風格的音樂，加深這一刻的力量。全國各地的觀眾都會覺得寒毛直豎。

「別挖得太深了，」強納斯說。

施羅德小心翼翼地把鏟子插進土裡。他慢慢掘土，身後出現了一堆濕土。過了一分鐘，他往後退了一步。

「有東西了，」他說，工作人員都圍過來。「看起來像人類殘骸。嗯，你們看，」他對著強納斯和攝影小組說，恢復了警察的口氣，「我知道你剛才說過了，不過我們得住手。這裡的證據已經夠叫警察來了。現在，這裡正式成爲犯罪現場，」他舉起手蓋住鏡頭，跟他們說好的一樣。「不要亂走，」他說，「不要破壞證據，現在就停止拍攝。」

他們關掉了攝影機。

「天啊，棒透了，真不敢相信，」導演說。「說老實話，我本來有點懷疑，老兄，你貨真價實呢。」她看著強納斯。

強納斯報以微笑，不過施羅德看得出來，他有點不高興，導演竟敢懷疑他會沒有結果。「我很高興我能幫上忙。」他說。

施羅德拿出手機，打電話給肯特警探。

44

醒來的時候，覺得很想吐，一時之間還不太確定自己在哪裡。入獄的第一個星期，我每天醒來都有這種感覺。有點想吐，有點忘了我在哪裡，不過想吐的感覺會持續一早上，迷糊的感覺最多兩秒就消失了，頂多三秒吧，然後現實一股腦衝過來。第二個星期好過了一些，從那以後，這種感覺只回來過幾次——當然都不像第一天早上那麼糟糕。今天早上，我的胃在絞痛，只覺得這裡很黑，忘了我在單獨監禁的牢房裡，回憶一點一點恢復，塡滿了時間留下的空隙。我爬下行軍床，趴在馬桶上，以爲我要吐了，過了幾分鐘，還是吐不出來，接著想吐的感覺又浮現，但我仍然沒吐。唯一從我身上出現的液體只有汗水。我才發現，這間房不如一開始那麼黑。我不知道現在幾點了。我知道警衛馬上就會帶我出去——我一定會被帶出去。不過，仍有一絲絲揮之不去的疑惑，一個小小的聲音說，就是這裡了，我下半輩子只能看到這四面牆和微弱的燈光。沒有審判，沒有律師，再沒有警衛來煩我——就只有這間牢房。

我從馬桶上起來，躺回床上。膝蓋很痛，昨天在貨車裡開始乾嘔的時候跪倒在地，所以瘀血了。事實上，過去幾天我一直撞到膝蓋——被強迫吃下三明治，被迦勒．寇爾痛毆。我覺得似乎過了一小時，才聽到按鈕聲，門開了，我從來沒看過的警衛站在門外。

「米德頓，走吧。」他說。

我們就走了。警衛有籃球選手的身高，腰圍跟卡車司機一樣粗，他帶我走向吃早餐的地方，一路上都用一隻大手壓住我的肩膀。來監獄後我認識了不少人，我愛他們，也希望他們死掉，但他們都已經在吃早餐了。我拿到我的份，小口喝著水，看著食物，但吃不下。我坐得很不舒服，一心希望肚子裡面的東西留在裡面，一心想打贏這場戰爭——還好我贏了。然後我們被帶出去。我看到有些人在運動，不想加入。我的胃仍感覺跟絞肉機一樣，已經比昨天好很多了。今天天氣應該不錯，雖然有點冷，但很適合跟蹤美女回家，不過事實上，要跟蹤美女回家，我的習慣跟郵差一樣——不論什麼季節都能達成使命。一個小時後，我們被帶進去了。沒有人提起我打爛電話的事情，我知道遲早會算這筆帳。或許再來一個臭屎三明治，就當還了我的債。回到牢房後，我不是盯著書，就是盯著馬桶，但心裡不是想到梅莉莎沒來救我，就是想到卡爾霍恩被找到了。我期待趕快到中午十二點，等時間到了，我們就可以進公共區域。我的胃還是不舒服，但眞的好多了，看來那兒的器官正在修復。我找到看電視的好位置，新聞已經開始了，有條特別報導。令人興奮的報導。在坎特伯雷的農場，警方找到了一具屍體。讚！記者在現場報導。她好正。讚！二十多歲的女記者多是正妹。我希望她來我的牢房現場報導。一定是獨家。最新消息。

她身後有警車和樹木，那塊地一夕成名了。地主叫馬克・漢普頓，是個農夫。他種麥子、粉刷穀倉、跟牛亂搞、回答警方的問題。屍體的身分尙未得到證實。不過，從周遭環境看來，很有可能就是一年前失蹤的偵緝督察羅伯特・卡爾霍恩。

「我們無法確定他怎麼找到的，」豐唇媚眼的記者說，「不過強納斯・瓊斯帶著攝影小組來這裡拍攝下星期要播出的《尋亡覓死》，以那位失蹤的警官爲主題。大家都知道，去年梅莉莎・X殺了他，到現在依然逍遙法外。節目製作人說，強納斯・瓊斯跟死去的警探之間出現超自然感應。」

記者繼續報導。她等一下應該會努力推銷《尋亡覓死》，跟新聞台屬於同一家電視網，不過她沒說。鏡頭有一度移到卡爾．施羅德身上，他看起來很累。記者證實施羅德服務的電視台負責製作強納斯．瓊斯的節目。新聞也說，找到屍體的時候，施羅德也在場。然後鏡頭轉到強納斯．瓊斯身上，昨天把我押出農場的女人正在跟他說話。

看著眼前這一切，我覺得飄飄欲仙。除了那筆錢保證入袋，也因爲還有人相信靈媒，還有人會看他們的節目，表示你說什麼都會有人相信。

表示也會有人相信我是無辜的。

45

終於有點暖意了。路上的車子依然很少，梅莉莎覺得很幸運。她不喜歡塞車。她很怕被人追撞，碰到行車糾紛，一連串很古怪很悲慘的巧合可能最後害她被捕。並非空穴來風——不是她，而是其他跟她一樣的人，殺了人以後因爲違規停車或超速或闖紅燈而吃上罰單，更因此入獄。最好能快點到目的地，她想趕快完事回家去，畢竟，她已經很久沒好好照管自己的家庭生活了。她得準備好，迎接喬回家。

她回到辦公室，又把車停在同一個地方。門關上了，不過沒修理，一拉就開。她把槍帶到辦公室，從窗簾後偷看外面，看著法院的後門，想到她剛才射過的樹幹，想像喬站在那裡，現在她不如剛才有信心，不知道能不能成功。她確定拉斐爾會開槍——不過他槍法夠好嗎？這裡的手稍微晃動一英寸，那裡就差了好幾英尺。不過她別無選擇。她花了好幾個月的時間思索怎麼把喬救出來——只有這個辦法。並不是說她在一堆爛方法中只能挑這個最好的——事實上，她想不出別的辦法。

她還有兩顆子彈，加上穿甲彈。她把穿甲彈放著，從槍店買來的拔彈器形狀像鎚子，用動能把子彈從彈匣裡拿出來。一次可以拔一顆。亞瑟賣給她的尺寸都對，子彈輕鬆滑入裝置。她蹲在地上用力一摔，就跟敲鎚子一樣，敲了三次以後，子彈裂開了。第二顆子彈敲了四次。她用起工具向來得心應手，喬可以幫她證明。她可以想像一定有很多人用鉗子和萬能鉗來拆解子彈，炸掉自己的指頭。用工具就簡單了，彈頭跟子彈分開。她取出了火藥。接著用跟亞瑟買的彈頭安裝模具來組合子彈。組起來的子彈感覺沒變，少了火藥的重量等於幾乎沒有變化。

她把槍放回原來的地方，等拉斐爾明天早上來拿。今天她還有事情要做，不過她還是又偷看了法院後門一眼。明天對喬來說，不是極好就是極壞，不論如何，明天還沒過完，喬就不是犯人了。

46

愛麗來了，我被押到會客室，我很緊張。我突然覺得負擔沉重，要說服她我是無辜的。我或許剛賺到了五萬塊，但只要能讓她相信我，我願意一個子兒也不要。

「來聊聊你母親吧。」我們坐下來，我被銬到椅子上，她就開口問了。

「我母親？爲什麼？」

「因爲我問了。」

我聳聳肩，手銬撞在椅子上噹啷作響。「嗯，媽媽就是媽媽，」我說。「沒什麼好說的，」我補了一句，也只能補這句。

「你跟她相處得來嗎？」

「當然，怎麼可能處不來？」

「很多連續殺人犯跟母親的關係都很緊張，」她說。

「妳可以不要用那個說法嗎？」我問她。

「連續殺人犯？」

「對啊，聽起來……不知道該怎麼說。我不喜歡這個標籤。」我說。

「你不喜歡標籤。」

「沒錯。」我說。

她瞪著我，彷彿不敢相信我的話，彷彿別人在證明有罪前都是清白，可我不是。

「不管你記不記得，」她說，「你都殺了人，你就是連續殺人犯。」

「我的律師也會說我是連續殺人犯嗎？」

她點點頭。「我懂你的意思了，」她說。「再回到我的重點，大多數跟你……情況……相同的人，跟母親都處不好。」

「喬跟別人不一樣。」我說，再沒有比這更眞誠的話了。

「你跟她住在一起多久？」

「我爸死後我就搬出來了。」我說。

「爲什麼？」

「我沒有辦法忍受母親。爸還在的時候，還有人可以一整天聽她講話，他死後，就只剩我了。」

「她性侵過你嗎？」

「什麼？」我想舉手，手銬變得好緊。「沒有，才沒有。妳怎麼會問這種問題？」

「你確定嗎？」

「我他媽的當然確定，」我說。「我媽是個聖人。」

「好吧，喬，保持冷靜。」

「我很冷靜。」

「你聽起來一點都不冷靜。」

我深吸一口氣。「對不起，」我不太確定，在這個世界上，除了我母親，我曾否對其他人說過這三個字。「我就是不喜歡別人說我母親壞話，」不過我也不確定別人對我母親有沒有正面的看法。「而且我很想念我的金魚。」我說。

「什麼？」

「我的金魚，本來有兩條。泡菜跟耶和華。牠們被害死了。」

「我們正在講你母親的事。」她說。

「我以爲講完了。」我對她說。

她在筆記本上寫了些東西，她把筆前後移動，在某個字下面畫線。我願意付出我右邊僅存的蛋蛋，看看她寫了什麼重點。

「你害死了你的金魚？」她問。

我努力保持冷靜，但我可以感覺到內心的怒火。她這麼問，就表示她不了解我。大家都有這問題，到底怎麼了？首先，她以爲我媽性侵我，現在，她又覺得我害死了我的金魚。爲什麼會變成這樣？我眞的很想用我僅存的右邊那顆蛋蛋去換來她正在用的筆，插進她的脖子裡。

「沒有，我沒有，」我有點激動。「我害死了貓咪。」

「喬，你看起來很生氣。」

「我沒有生氣，我只是不高興大家都把我想得很壞。」

「你殺了不少人。」她說。

「我都不記得了，」我說，「而且我絕對沒有害死我的魚。」

她又寫了點東西，在下面畫線，然後畫了兩個圈。我眞認爲她是故意的。我覺得她想害我措手不及，所以她才問一些八竿子打不著的問題。沒有用，我想到母親和金魚，只有好的想法，想到梅莉莎，也只有好的想法。等我出去，我要給愛麗很好的待遇。或許我滿腦子惡念，可是我做的都是好事。我是積極喬，我就是這樣的人。

「告訴我，」她說，「羅納德．施普林格，這個人跟你有關係嗎？」

羅納德．施普林格，她的確讓我手足無措了。

「沒有，」我說。「我應該認識他嗎？」我問。幾個月前，警察問過羅納德的事情。施羅德問的。他們問我認不認識他。我知不知道他怎麼了。我說，我不認識他，他們似乎很失望，不過也沒理由不相信我。當然沒有理由，不過他們還是花了幾個小時質問我。

「完全沒聽過？」

「聽過，」我知道我對這個名字有反應，她也應該看過之前的紀錄。「前一陣子卡爾警探來找我，問我認不認識他。羅納德跟我念同一間學校。」

「你認識他嗎？」

「不認識。我知道他是誰，不過是在他被謀殺以後。我可以看得出來施羅德不期望我們有什麼關係，他只希望能結束一樁懸案，不過跟我一點關係也沒有。」

「你確定嗎？」

「我當然確定。」

「你不記得殺過人，怎麼能確定你的記憶沒有問題？」她問。

「因爲我天生就不會殺人。」

「你答得很快。」她說。

我聳聳肩，我眞不知道該怎麼反應。

「殺人就是你的天性，」她說。「你只是不知道你在殺人，表示很有可能你的確害了羅納德，可是不記得。你阿姨停止強姦你的那個月，羅納德就失蹤了。」

「強姦？」

「喬，那就是她對你做的事情。」她說，我搖起頭來。

「妳用錯詞了。」我說。

「那該怎麼說？懲罰你？」

「不對，她用那種方法原諒我，原諒我闖入她家。」

「喬，你眞覺得是那樣？」

「當然是，爲什麼不是？」

「你說，他被殺後，你才知道有這個人，」她說。

「沒錯。」

「警方沒說他被人謀殺，羅納德只是不見了。你怎麼知道他被謀殺了？」

「只是假設，」我說，我討厭她愚弄我。「警方也這麼認爲，大家都這麼認爲。人不見了，通常不就被殺了嗎，對不對？」

「有時候吧。」她說。

「嗯，如果他沒死，那是怎麼回事？」

「我們來聊聊羅納德吧。」

「沒什麼好說的。沒有人知道他是誰，等他被謀……等他失蹤後才出名，大家才打聽他是誰，然後他突然就變成每個人最要好的朋友。大家都在學校裡聊羅納德的事。確實有幾個謠言，他離家出走，他被綁架，他爸媽把他殺了。學期快結束了，討論還很熱烈，好像羅納德從學期一開始就是話題人物。很奇怪。如果你認識羅納德，就會大受歡迎。我不懂。羅納德一定會討厭這種人。」

「所以，你知道他個性怎麼樣？」

「不知道。我的意思是，我們一起上過幾堂課，我跟他講過話，不過大家都欺負他。他們也欺負我。那就是我們的共同點吧。」

「聽起來你跟他有一點點交情。」

「我的意思是，我們不會一起混。或許在學校一起吃過幾次午餐，因爲我們都沒有朋友。」

「其他人爲什麼要欺負他？」

「妳看過他的紀錄，」我說。「妳早就知道了。」

「因爲他是同性戀。」她說。

我聳肩。「不管他是不是同性戀，都沒差，」我說，「但是，一有人給你掛上基佬或連續殺人犯的標籤，就脫不下來了。大家應該要謹慎一點——不過在那個年紀，沒有人管那麼多。」

「你認識他多久了？」

「從小就認識了。我們五歲的時候一起開始上學，所以我早就聽過他的名字。」

「喬，他是你殺的嗎？」

我搖頭。「不是。」

「可能你殺了他，但是不記得。」

「也有可能吧，」我說。「妳爲什麼對羅納德這麼有興趣？」

「因爲你的律師要我問關於他的事情。起訴你的人似乎也在查這件案子。我們不知道他們有什麼意圖，但他們可能會在審判時提到這件事。」

我搖頭。「我喜歡羅納德，」我說。「我不會傷害他。」

「你們一直都是朋友嗎？」

「我們不是朋友。我只知道他是誰，我喜歡他，因爲大家都欺負他，學校裡需要他這種人，其餘的人就安全了。」

「你跟他一起吃午餐，有多久的時間？」

我聳肩，想了想。「一年或兩年吧，不久，而且不是每天都一起吃。」

「你跟他放學後還會見面嗎？」

「不會。」

「你以前是不是覺得他受你吸引？」

我差點笑了出來。「什麼？不會，不可能，我又不是同性戀。」我告訴她。

「你沒聽清楚我的問題，」她說。「我問，你是否覺得他喜歡你。」

「我覺得，有可能吧。只有我會跟他聊天，而且不會欺負他。」

「喬，我的意思是，你是否覺得他對你有意思？」

我搖頭。「我不知道妳問這個有什麼用意，」我說，「但我沒殺他。我不知道發生了什麼事。檢方愛怎麼問就怎麼問，因爲我沒做什麼。可以換到下一個話題嗎？」

「不行，還沒完。我還想知道其他羅納德的事情。你最後一次看到他，是什麼時候？」

「天啊，到底怎麼了，爲什麼大家都要一直問羅納德的事？我說了，我不知道他怎麼了。」

她瞪著我，一言不發，我才發覺我在大吼大叫。我搖搖頭，想到羅納德，在腦海裡喚起最後一次看到他的時候。我們上學都上得很不開心，我覺得大多數人應該都跟我們一樣。我們不是死黨，但他對我還不錯。有時候，他會在放學後來找我，我們一起去海邊玩，有時候騎登山車繞著沙丘轉，或到公園裡爬樹。我們會聊十六歲男孩有興趣的話題，可是不聊女生。我們不會討論女生的事情。我知道他是同性戀。我們十五歲的時候，他還躲在衣櫃深處，一定都能吃到土耳其軟糖❹了。我知道他喜歡我。我不介意——男同性戀喜歡你，不代表你會變成同性戀，只會讓你感到虛榮。然後我的世界天翻地覆了。大爆炸出現，連續兩年不斷有小爆炸，我跟羅納德的友誼只好暫時丟到一邊。我們仍會在學校碰面，不過我很少跟他講話。我看到他被別人欺負，不過那表示我可以過得比較輕鬆，既然我有錢付給霸凌我的人，我其實挺逍遙的，除了愛麗說的被阿姨性侵外。

跟賽勒絲特阿姨的關係結束後，我又常跟羅納德混在一起——我覺得我們之間最尷尬的事情就是他其實不想跟我打交道了，我還跟在他屁股後面到處走。我知道他會讓步。畢竟，前一年他才迷上我，那樣的迷戀不會一下子就煙消雲散。他願意跟我恢復友好關係才合理。事實上，他不理我，讓我覺得很困擾，就跟阿姨突然不理我了一樣。我覺得全世界的人都拋棄我了。

我想懲罰我阿姨，不是為了她做過的那些事，而是她最後讓我享受那件事以後，卻突然再也不讓我享受。所以，羅納德也拒絕我以後——嗯，我不只覺得被拋棄了，還覺得很生氣。我對阿姨也有同樣的怒意——但我要採取行動，也只能對羅納德下手。

「我不記得最後一次看到他是什麼時候，」我說。「他本來還在，第二天就不在了，大多數人都只記得這樣。」

「但你不一樣，」她說。「你記得的事情不一樣。」

我看到他最後的模樣確實不一樣。我記得他的頭旁邊有個洞，正好是拔釘鎚的形狀。「我沒殺他，」不過我確實殺了他。他不想跟我做朋友，我用鎚子打他。大家都說第一次會讓你永生難忘——雖然大家講的話常常不對，這句倒準確無誤。羅納德是我的第一次——我記得他——我只是不會想起他。

「你確定嗎？」她問。

「確定。」我說。

「不是他向你求愛，你不想答應就殺了他？」

「才沒有那種事。」我說。

---

❹「躲在衣櫃裡」表示同性戀不公開性向，躲得很深則是引用《納尼亞傳奇》的典故，書中主角躲進衣櫃，結果卻掉進納尼亞王國，其中一人因為白女巫用土耳其軟糖引誘他，出賣自己的手足。

「真可惜，」她說。我又過了幾秒，才聽進去她的話。等她繼續說，我才明白她的意思。

「如果你殺了他，那所有的事情都可以連結到你阿姨身上。我們可以告訴陪審團，都從那時候開始。大家不會相信你被阿姨性侵後，等了十二年才第一次殺人。」

感覺像在試探我，要誘我上鉤，突然改口說我記得我殺了他。

「喬？」

「嗯？」

「我要問的都問完了，」她說。

「已經完了？」

「對。」她站起來。

「然後呢？」

「然後什麼？」她問。

「妳在法庭上會怎麼說？」我問。

「喬，我今天會把我的筆記整理好，然後找你的律師談一談。」

「所以妳相信我？」

她敲敲門，回頭對我說：「我說了，喬，我會跟你的律師談一談。」然後她就走了。

47

慵懶的星期天。其實，他跟妻子度過無數個慵懶的星期天。在安琪拉出生前，在扶養安琪拉的時候，等安琪拉可以滿屋子亂跑，他們又繼續這個傳統。他們身爲父母，就要教她獨立——讓她進入這個世界——不過，去年他覺得他們做錯了。如果把她留在身邊，她就不會死了。如果他們鼓勵她留在家裡。如果他們把她的房門鎖起來，好好保護她。他有責任送她步入世界，也要負責保護她。

可惜的是，拉斐爾知道，無論從什麼角度看，他都沒盡到做父親的責任。他讓全家人都失望了。你當然可以從別的角度攻擊他的說法，他都聽過了——不過，就像他母親常說，事實擺在眼前。安琪拉死了，他沒有好好保護她，沒什麼好說的。

這兩大他很高興，感覺被療癒了。他想到殺死喬．米德頓就是療癒的源頭。他不期望能忘記傷痛——女兒慘遭殺害，怎麼能淡忘——不過他或許可以期待，開始適應得好一點。繼續活下去。或許也能跟妻子和好。

失去安琪拉後，幾乎每天都是慵懶的星期天，雖然從星期四晚上開始，似乎有點進展，他又回到原來的模樣。今天早上，他在安琪拉的房間裡待了幾個小時，瞪著釘在牆上的剪報，然後花了一點時間翻閱相簿。

慵懶的星期天正慢慢過去。他坐在客廳裡，太陽消失了，他在看安琪拉二十一歲生日拍的影片。她前一年已經搬出去住，跟兩個朋友在城裡租房子。她的生日派對在這棟房子舉行，感覺像一世紀前的事了。他肯定看起來比現在年輕一百歲，那時候他很開心。他不確定赤色盛怒現在在哪裡——埋藏在某處吧，蓋在酒精和憂鬱下，等明天上場表演。

他知道他今天爲什麼要看錄影帶。他知道爲什麼覺得難過。這是最後一個慵懶的星期天。再也沒機會翻閱相簿跟看自己拍的影片了。他知道明天，赤色盛怒會完成任務。他有一顆子彈給喬，一顆給梅莉莎，還有一顆留待失敗的時候用——可是他不會打不中。他會達成使命——一項運動——他不能失敗。

開槍後，情況才會變得棘手。就算他能逃離現場，警察也會追捕他。當然會，他們又不是笨蛋。不過他們也夠笨了，居然讓喬·米德頓殺人殺了這麼久——不過也不算太笨，還是預料到明天會出亂子。

明天他就要得到療癒，但覺得療癒過程就要開始是在欺騙自己。能跟妻子和好也是騙自己。明天過完，他多半會在牢房裡，不過他覺得沒關係。他會報了殺女之仇，要他坐牢一千年，他也樂意。

48

梅莉莎很累，很興奮，很緊張。三者的組合感覺不太好。今天太忙了，不過是個好日子，幾個小時前她也打了個盹。把槍藏回辦公室的天花板後，她回到家裡，就很想放鬆一下。她家不在荒郊野外，不過走到最近的鄰居家也要花兩分鐘，她從來沒看過他們。這裡很不錯，非常隱密，她預付了房租跟園丁的費用。脫離娜塔莉的身分變成梅莉莎後，她把銀行戶頭都結束了。從那時候起，她也提空過其他人的帳戶，就靠這一招活下來。

天黑了，熱力也消失了，只留下寒冷的冬天傍晚，正常人都不會喜歡這種天氣。今天早上開了那麼多槍，她的肩膀還在痛，她很想吃止痛藥跟消炎藥，但決定不吃比較好。

她把剛才租來的貨車停在車道上，沒有開進房子旁邊的車庫裡。她用現金付款，給對方看了假身分證，也買了保險，雖然不需要，不過大多數人都會買保險，她希望在別人眼中她看起來很正常。

貨車很重要。

她鎖上了家門，拉緊外套，上了貨車。暖車就花了兩分鐘，她把外套拉得好緊，都快把自己勒死了。擋風玻璃上結了一層霜，到處都結霜了。傍晚還沒結束，無風無雲，很冷，但很適合開槍。

她開了雨刷，想噴水到擋風玻璃上，但噴頭堵住了。雨刷沒幫助，只在薄冰上來回揮動。暖氣升高了擋風玻璃的溫度，雨刷打碎了薄冰。幾分鐘後，她能看清楚了。

旁邊有幾台車，不多。她開了收音機，不然只聽得到貨車引擎單調的聲音。不出她所料，電台主持人正在討論時事，還有明天會發生的事，跟今年有可能發生的事。警方發現了屍體——很有可能屬於偵緝督察羅伯特．卡爾霍恩。爆料的人居然是個靈媒。她覺得很難相信。不可能吧，不知道事實是什麼，她也懷疑喬也插了一腳，透露了地點。真是這樣的話，爲什麼？肯定跟審判有關係。

「當然，各位先生女士，明天就是大日子了，」主持人對她和其他的聽眾說。「明天，喬．米德頓就要接受審判。基督城屠夫。爲了他，才有死刑公投。」她以爲主持人會開放全國各地的觀眾打電話進來，發表自己對死刑的意見，不過他並沒有邀請大家打電話，沒關係啦，因爲她跟其他人一樣，早就聽過各方的意見了。大家都覺得只有兩種看法，不是強烈贊成，就是強烈反對。她兩種都不在乎。

暖車結束後，過了十五分鐘，她到了她要去的地方。她搓搓手，想讓指頭暖一點，抓起了手槍。這一區還算可以，不高級，不廉價，就是還可以。那種獨居的人喜歡選擇的地段。兩個房間，小院子，不老舊不新潮，就是還可以——熱愛平淡無奇的人會覺得是天堂。窗戶後有電視的亮光，客廳和臥房的燈都亮著，除此之外，感覺不到有人或有生物，只有兩隻坐在籬笆兩端的貓咪。上次來是三個月前的事了，比較暖，比現在暖多了。她搞得一團糟。糟透了。流血，肉被撕裂，大聲哭叫。她叫了半天。那個時候，她知道她今晚還會再來。

她把貨車停在街上，鎖了門，要是有人偷車，整個計畫就完蛋了。她走上小徑，花園很整潔乾淨。有兩條花園地精（指花園裡的小塑像）的腿，身體不見了，原本跟身體相連的地方留下參差的邊緣。其他的花園地精一定很爲朋友惋惜。房子裡的燈亮著，她看到窗簾後電視的顏色不斷變換。她上了階梯，手指頭在門鈴上壓了半秒。沒等多久，裡面就傳來腳步聲。

梅莉莎把槍垂在身體旁邊，不讓對方看見。

門猛地打開。

開門的女人穿著冬天的睡衣，外罩的袍子有點太大，不過女人本身就很高大。十二個月前喬被捕的時候，她跳到他身上，那時候上報紙的她比現在胖多了，三個月前梅莉莎來找她時，她也比現在重。她的臉略微泛紅，感覺像要遲到了，脖子上掛著十字架。小十字架上有小耶穌，小耶穌似乎很不高興自己被吊在那裡。

「我以爲我們說好了，」女人說。「妳答應過不會再來煩我。」

「我答應過到現在爲止，莎莉，」梅莉莎說。「不過我今天要跟妳再談一次條件，妳最好先讓我進去，」她舉起槍抵在莎莉胸前，耶穌努力迴避視線。「不然，妳喜歡的話，我就在妳肚子上打一槍，讓妳在這裡爛死。」

49

醒來的時候，拉斐爾希望命運來插手，讓他喉嚨痛或吃壞肚子，或許因爲糟糕的飲食習慣而心跳加速，起碼給他宿醉也好——不過他昨天喝得眞的不多。命運從來不走大家好好相處那一套，基督城裡有太多悲慘的故事可以證明，所以他跟命運在喬這件事情上能達成共識，就像個小小的奇蹟。

他把雙手放在臉前，在早上六點的光線中，幾乎看不清楚，不過他能看到雙手完全沒有發抖。對一個幾乎一夜無眠的人來說，他表現得太好了。他整晚都在看時間，每過一個小時，他就開始算自己能睡幾個小時。他滿腦子思潮洶湧，一開始都是正面的想法。然後到了凌晨一點，負面想法出現了。不到三十分鐘，正負的平衡就改變了。負面想法趕走了正面想法。到了三點，正面的想法全部消失，只剩下緊張的神經，幾乎無法控制。最後他終於在四點睡著了，進入夢鄉，在那個世界裡，討厭的東西都不見了，醒來後他覺得很開心。

他掀開被子。雖然現在都一個人睡，他還是睡在婚後屬於他的那一邊。另一邊幾乎一絲皺褶也沒有。他穿上睡袍和拖鞋，走到廚房裡。整夜開著的兩個熱泵讓屋裡很溫暖。他沒有胃口，只能強迫自己吃東西。一碗早餐穀片，一杯柳橙汁，雙手一直保持穩定。這是，他心想，殺手的雙手。他烤了吐司，卻焦了，只好丟進垃圾桶。他又烤了四片，烤得恰恰好，卻不想吃，依然留在烤麵包機裡。他殺了第一個律師跟第二個以後有同樣的感覺。沒有胃口。今天早上當然不想吃東西。

外面很冷。不知道為什麼，他突然回到小時候，他得在冷冰冰的天氣裡跟基督城其他幾千個小孩一樣騎腳踏車去上學，路上都結冰了，空氣有如寒霜，呼出的氣在臉前結成白霧。不過現在比他以前上學的時候更暗，才七點半。開車去上班的人要開車燈，飲料架上擺了咖啡杯，開車去做跟數字或物料或文字或勞力有關的工作——他心裡想，那些人都沒想到要殺人。太早了，抗議的人還沒現身。他開了收音機，想打電話到電台的人應該不會覺得太早。

他把車停在辦公大樓跟法院中間的街道上，想了想，又把車子移到那棟大樓旁的街角上。附近不久就會擠滿人，等開槍後，法院後門十公尺內會塞滿車子，他不想被堵住。

回到辦公大樓只要走三十秒。他上了樓梯，走到三樓，開了辦公室的門。貼住帆布的膠帶都還在原處，所以裡面很黑。他在辦公室裡踱步踱了半分鐘，然後坐下來靠在牆上。他帶了裝滿咖啡的保溫瓶，倒了一杯，小口喝了起來，看著辦公室慢慢變亮。他從口袋裡拿出安琪拉的照片，放在自己的大腿上。

*你在做什麼？*她問。

「就是今天了。」他告訴她。

你要殺了他？

「對。」他說，不過他當然明白她不在這裡，要是在某處，她能聽到他的聲音就好了。「我知道妳不會活過來，」他說，「但我希望能讓妳覺得好過一點。」

你覺得殺了他是向我致意？她問。你覺得用女兒的名義去奪取性命也是媽媽的願望？還是我

的願望？

「對。」他說。

她沒回答。

「不是嗎？」

是，她說。

「我不能保護妳。殺了他無法改變事實，但我沒有其他的辦法。」

我也很難過你不能保護我，她說。你應該要保護我，那是父親的職責。

「我知道，」他哭了。「我很抱歉。」

謝謝你為我殺了他，她說，我很高興你是為了我。爸，別讓他好過。折磨他，讓他在地獄裡爛死。我只希望你能殺他十次，殺他一百次。

「寶貝，我很想妳，」他把照片放回口袋裡，伸手到天花板上拿槍。

50

我七點起床。大家都七點起床。這時會響起很吵的警報聲，侵入我們的夢鄉，什麼好夢都做不下去了。不過今天我的好夢是用鎚子敲開羅納德的腦袋，他卻面無表情。他只站在那裡看著我，看了幾秒鐘。我想他知道他死了，但身體還沒跟上。我以爲他會撲通一聲倒下去，但過了兩三秒他才倒地。眞是太奇怪了，違反物理學。殺人犯常說他們什麼都不記得，只是突然發作，跟做夢一樣。事實上正好相反。殺人會讓你覺得活力十足——誰他媽的會想要忘了那種感覺？

我上了廁所，在牢房裡耐心等了三十分鐘，等我們這區的早餐時間，早餐就像感染伊波拉病毒的人吐出來的東西。我的胃感覺不錯。三明治裡不管包了什麼，都已經盡力，已經完事了，我覺得我贏了。亞當來找我，打量了我一番，看起來不太高興。

「米德頓，你看起來好多了。」

「去死吧，」我說。

他大笑。「我們把你吃三明治的照片給好多朋友看，」他說。「大家都笑死了。」

「給我名單吧，」我對他說。

「什麼？」

「名單。等我出去了，我就他媽的把這些人一個一個宰了，從你開始。」

他又對著我笑，比剛才更開懷。「天啊，喬，你眞會逗我笑。這座監獄就需要像你這樣的人，還好，你會在這裡待很久——除非他們把你吊死了，你死了也太可惜，要等到下一個好笑的王八蛋出現，我們才會忘了你。」

他把我帶到淋浴間。我洗了澡，亞當丟了衣服給我。一套西裝，以前跟我身材差不多的囚犯也穿過。我被捕後幾天由檢方定罪，也穿著這套西裝。灰色的，襯衫是深藍色，配黑色鞋子。我看起來很像銀行經理，不過沒有鞋帶跟皮帶。亞當說，等我出去前，會給我鞋帶和皮帶。襯衫的腋窩有污漬，發出甘藍菜的味道，我甩了甩衣服，希望能把睡在裡面的頭蝨甩到地上。

我被帶回牢房，要等一個小時。我坐在床緣，想著審判的情況。第一次有眞實的感受。我一直知道這天會來，但我也有點相信我不用受審——因爲我覺得我現在早該出去了，警方會找到理由放了我。一天一天過去，審判日終於到了，我覺得很緊張，差點要吐了。然後我眞的吐了。吐完後，我從馬桶上抬起身子，迦勒．寇爾站在我的牢房門口。「臨別禮物。」他拿著利器，朝我衝過來。

他刺中我的時候，我還沒站直，不過我及時拿起枕頭，他刺過來的武器——其實是磨尖的牙刷——進了枕頭，不過沒刺透，差點就刺到我的手。我用另一隻手猛擊他的胯下。他搖晃著倒退了幾步，但退得不夠遠，我把枕頭丟過去，在別人眼裡看來，可能很像一場鬧劇。

他又朝著我衝來，不過這次我已經站起來。我不知道該怎麼辦。求生的本能被激發了。牢房裡除了我們的腳步聲跟悶哼聲，沒有其他聲音。眞正的打鬥就該這麼安靜。我用雙手圈住他拿著牙刷的手，他這次用另一隻手打中我的胯下，不過我只有一顆蛋蛋。我馬上跪倒在地，卻沒放開他的手腕，放開我就死了。跪下的時候，我把他往前一拉。他的呼吸聲更加粗重，我也一樣。我往後一倒——倒在床上，小腿還在地上，動彈不得。他倒在我身上，我們都停止揮拳，全心爭奪牙刷。我猜，十個牙醫裡有九個不會建議用牙刷刺穿肚子。而第十個不是混蛋，就是正拿著牙刷捅人。

「去死吧，你這個王八蛋！」寇爾說。

我不說話。我只專心搶下他的牙刷。牙刷正對著我的胸口，他把渾身力氣都壓在上面，離我愈來愈近。

「去死吧！」寇爾又罵了一次，恨意跟著唾沫灑到我臉上。我用力向前推，可是我要輸了。所以我只有一個選擇，像女生一樣尖叫。

寇爾遲疑了一下，彷彿抵抗不了我的聲波。那聲音讓我想起一年前梅莉莎用鉗子夾住我，夾在鉗子不該去的地方。我更用力地尖叫。不過叫聲不夠強，幾秒後我叫不出來了，牙刷又朝著我刺來。

死前最後一個念頭轉到我母親身上，母親跟她笨得要死的婚禮，她穿著很醜的禮服，華特說我願意，然後他們當著牧師和那些不幸賓客的面親吻。迦勒．寇爾突然被拉開了，聖誕肯尼站在他後面，他把寇爾往牆上一摜，低頭看著我。

「你沒事吧？」他問。

我還沒來得及回答，爲我預備的那柄牙刷已經換上了肯尼的名字，迦勒把牙刷刺進他的身體，猛力扭轉，刺過肉的聲音好噁心，味道也很奇怪，然後牙刷斷了，發出啪的一聲，有一半留在肯尼體內，另一半在寇爾手上。聖誕肯尼搖搖晃晃地後退，低頭看看連身服上鮮血湧出的地方，一臉不敢相信的表情，彷彿他不信他的音樂和性侵旅程到這裡就結束了。

迦勒再次攻擊我，他一揮剩下那段牙刷，重重打中了我的肚子，不過牙刷柄不夠尖，沒辦法刺進去——從他沾滿血的手上滑了回去，但力道已經重得讓我跪在瘀血的膝蓋上。也重得讓我肚子裡的火又冒了起來。火勢來得又急又快，裡面的東西開始翻騰，我忍不住了——先是陣雨，然後是暴風雨。

警衛進來拉開了迦勒，他沒力氣打了。我扯下褲子，蹲在馬桶上，驟然釋放壓力，雖然很痛，還是釋放出來了。聖誕肯尼瞪著我，生命一點一滴流逝，我也瞪著他，肚子痛到有點暈了。

「女王，」聖誕肯尼說，「揍女王的下面。」我覺得他的臨終遺言很遜。

我用手肘撐住膝蓋，努力不讓自己昏倒，繼續跟肯尼互瞪——我還在拉屎，他還沒死透——他再也沒說其他的遺言，我的暴風雨依然風強雨驟。

51

施羅德不想起床，再也不想起來了。他的頭有點痛，應該說有點宿醉。他喝太多了，而且昨天眞像災難一場。強納斯．瓊斯從頭到尾都開心得要命，新聞頭條都是他。死去的警探誰都不找，就找他透露消息，他一下子成爲鏡頭寵兒。攝影機跟公眾都拍下了所有的片段。幫助活人聯繫死人就是強納斯的天職。他的天賦，一再得到證實。大家不該懷疑他，昨天過後，懷疑他的人更少了，如果你要了解強納斯和他的能力，在各大書局都可以找到他的著作。

當然，媒體不知道屍體是不是卡爾霍恩的——沒有人曉得，沒有人可以證實，晚上肯特打電話給他，告訴他卡爾霍恩五年前出車禍以後腿上打了一根鋼釘。他追捕的強姦犯被卡在卡爾霍恩的保險桿和乳品店的磚牆中間，有沒有鋼釘都無所謂，反正那人被釘住了，現在，既然有了序號，序號也證實他們挖起來的屍體就是死去的警探。之後，錢都轉好了。大家用死人賺錢，包括他自己在內，而且那人死前還被折磨過。一夜之間，施羅德的帳戶裡就多了一萬塊。他從來沒賺得這麼輕鬆，也第一次覺得這麼反胃。

「明天消息就會發布了，」肯特說，「如果你先透露出去，卡爾，我發誓，我再也不——」

「我什麼都不會說，」他說。「妳那三具屍體有什麼進展？」

「進展得很順利。」她說完就掛了電話。

所以，他昨天晚上喝得爛醉如泥，想麻痺自己，忘了他做了什麼，忘了他幫誰辦事。喝酒雖然可以麻痺他，對他的婚姻卻沒有幫助，不過他也不會每天晚上都喝酒。天啊，上次喝酒還是四個星期前幫偵緝督察藍德里守靈的時候——那之後他就滴酒不沾，因為那次喝酒就是他被開除的起因。他做錯的事愈來愈多。幾個月前肯特才剛加入他們，現在她反而用命令的口氣對他說話，彷彿他一文不值。幾個月前，他才是負責下命令的人。幹，怎麼會變成現在這樣？

他當然知道為什麼。

他女兒在床腳亂跳，把他弄醒了，每跳一次，就像有人用手夾住他的腦袋硬擠。他陪她看了五分鐘卡通，然後進了浴室。

熱水讓他更清醒了一點，宿醉有點消除了。洗完澡後，他穿上昨天上過電視的西裝，以前當警察時也穿這一套，因為他只有一套。他妻子正在幫嬰兒跟女兒做早餐。他對她微笑，她卻皺皺眉頭，看來今天也不是什麼好日子。快八點半了，他又覺得好累。他從口袋裡拿出咖啡因錠，搖了兩粒出來，趁妻子沒注意的時候吞下，不想讓她嘮叨他吃太多咖啡因錠。

吃早餐的時候，兩人很少交談，最近都這樣，不說話似乎變成了習慣，也是個問題，他不知道自己的婚姻是否即將不保，全心希望最好不是。嬰兒抬頭對他笑笑，也對母親笑笑，讓她臉上浮現了笑容。

等這件事結束，等屠夫案完了，他就會告訴強納斯……告訴他什麼好呢？不要這份工作了？然後怎麼辦？沒有收入？他可以花更多時間陪家人，愛陪多久就陪多久，然後他們就在寒風中餓死，擁抱著躲在毛毯下取暖，永遠不分離。

他吃完了早餐，妻子祝福他審判順利。她親了他一下，跟他道別，他把她擁在懷裡，或許他想太多了，或許妻子只是累了，他們的婚姻沒事，因爲他們的擁抱感覺很好很溫暖，讓他希望自己什麼地方都不用去，可以跟她回床上躺著。他親吻嬰孩，跟他說再見，嬰兒咯咯笑了起來，嘴唇間出現了一個泡泡，破掉後他吐了一點沒消化的奶。他抱抱女兒，走到門口。

審判在十點開始，喬九點四十分會到法院，還有三十分鐘。他把車子往城裡開去。廣播節目上都是要發表意見的人。記者已經到了法院，說聚集的人不少，還有更多人會來，很多人都帶著標語牌，也有很多人在喊口號。另一個團體人數也不斷增加，他們是扮裝的青少年——有蜘蛛人，兩個齊娜武士公主，四個蝙蝠俠，起碼有半打《威利在哪裡？》裡面的威利，還有幾十個漫畫人物和知名的電影角色。記者說今天對大家來說都很艱難，讓施羅德立刻對他們又恢復了信心——他們想要的話，還是可以報導事實。

他關掉了收音機。法庭大樓已經安排了炸彈嗅聞犬。如果找到爆裂物，現在也會報導了，所以審判會如期舉行。

在下一個紅燈，他用手機搜尋花店的電話號碼，找到幾個選項。再碰到紅燈的時候，他撥了其中一個號碼，燈號轉綠時他還沒把要送給妻子的花訂好。過了十字路口，他把車停在路邊專心訂購，也收到信用卡的確認訊息。想到妻子收到花的樣子，他微微一笑。沒辦法解決問題——不過是朝著正確的方向走。

「您選的很不錯，」女人對他說，他很開心，起碼有人覺得他做了正確的選擇。「中午前就會送到。」

離法院還有幾個街口，施羅德就看到第一個吸血鬼——她在跟另一個扮成吸血鬼的女孩吵架，中間站了一個男生，似乎調停得不太成功，不自在的表情卻非常到位。施羅德不知道是不是她們覺得自己打扮得很獨特，卻一出門就發現撞衫了。兩名吸血鬼似乎都不怕太陽。

車子變多了，行人湧上街頭，駕駛人必須放慢車速。離法院還有一段距離，車流就停了下來。法院外已經聚集了幾百人。據說會增加到幾千人。他又開了收音機。贊成死刑的人打電話進去，要大家到場支持他們的看法。反對死刑的人也要求大家到場支持。大家都要支持者。學生只想在這裡鬼混，喝到爛醉。

他慢慢移動到法院後面。他看到強納斯．瓊斯，打扮成洋洋得意的靈媒，施羅德懷疑又有人洩露消息給他。他來這裡，只爲了能在電視上露臉。

後面有十五個停車位，四個分派給警車，其中一個指定給施羅德，因爲他本來是負責辦案的探長，每天都要過來。其他的車位則留給法官和律師。甚至還有一個特別留給救護車，等審判開始就會過來——都是因爲很多人威脅要殺了喬。如果法庭內的情緒高漲，受害人的家屬可能也需要救護車——很有可能會有人難過到昏倒或失去意識，或氣到心臟病發作。

他下了車。夏威夷神探、藍色小精靈裡的小美人和兩個修女走過去，夏威夷神探跟他四目交接不到一秒，便摸摸鬍子，跟男生扮的修女不知道說了什麼，哄笑起來，施羅德覺得可能是在笑他。施羅德走到入口，拿證件給警衛，警衛看看證件，看看他，看看街上的人，那個人穿了西裝戴了禮帽，手臂上掛了塑膠雞，正在叫人等他。警衛又看看證件，在筆記板上寫了幾個字。他聳聳肩，彷彿表示世界要完蛋了，把通行證遞給施羅德，要他別在外套上。街上的人更多了，不知道是否有人發現警方會走這個入口。希望不要，因爲喬可能沒辦法活著接受審判。

過了幾秒，他改變主意了——要是群眾能抓到喬，也沒那麼糟，事實上，不算是壞事。

52

梅莉莎睡得很好，一夜無夢，也不緊張。她對自己的能力很有信心。對拉斐爾沒那麼有信心，對自己就不一樣了。今天早上很冷，她到莎莉的浴室裡淋浴取暖，穿上莎莉的衣服，在莎莉的廚房裡用莎莉的食物做了豐盛的早餐。她喝光了莎莉的牛奶，把空盒丟到莎莉的垃圾桶裡，垃圾桶上標示了可回收。她很注重環保。昨天她睡在莎莉的床上。太軟了，有種童話故事的感覺。

梅莉莎準備出門的時候，莎莉什麼也沒做。事實上，她什麼也做不了。上次梅莉莎來的時候情況不一樣，她需要護士。莎莉就是護士。梅莉莎需要援助，莎莉伸出援手，爲了報答她，梅莉莎讓她活下來。她只需要說服莎莉不去報警，而她有很多方法說服她。此外，她讓莎莉活下來，因爲她知道三個月後——就是今天——她會再來。當然，莎莉當時並不知道。

現在她回來了，顯然莎莉很不高興，不過她也沒辦法。梅莉莎吃完了早餐，不怎麼健康，她有點不滿意，不過也不錯了。可以塡飽肚子。如果這天妳男朋友可能無法回來，妳就需要在早上好好吃一頓。

現在拉斐爾應該到了辦公大樓。他應該已經組好了槍，也換上警察制服。她可以想像他坐下來，努力安撫自己的情緒。或許他帶了一張女兒的照片來陪他。梅莉莎很擔心他會太緊張，也擔心他會緊張到無法打中。

計畫總有不夠完美的地方，現在才慢慢看出來。

她開始擔心了。

整晚缺席的緊張情緒現在如排山倒海而來，很強烈很突然，她突然覺得計畫一定會失敗。她應該縮減損失，放開莎莉，尋找新的出路。

但她沒有，她把綁起來的莎莉留在臥房地板上，開車進城。車子很多，但她預留了時間。醫院的停車場裡面和周圍都在修路。幾天前她就來看過，確定她的想法——停車場裡沒有監視攝影機。這就是基督城的問題——該有攝影機的地方卻沒有。或許是醫院的問題——他們覺得在停車場裡被打也沒關係，受害人只要拖行三十公尺就能得到救助。或許他們覺得這樣會讓醫院的生意更好。她把車開進去，經過正在鋪人行道的一組工人，大家都停下手邊的工作，對著她猛看。她今天沒戴假肚子。她對著工人微笑，把車停到後面，鎖上了車廂。她在計時器裡面丟了幾個硬幣，取出停車卡放在儀表板上，然後才拿起裝了C-4觸發器的背包，把車門鎖起來。她走向醫院。耳邊全是電鑽和引擎的噪音，還有男人在大聲講話。她穿著莎莉的深藍色護士服。不怎麼合身，不過除了色情片和唱歌祝人快好的扮裝人外，手術服通常都不合身。她不只拿了莎莉的手術服，還有莎莉的門禁卡，可以打開醫護人員的專用門。她進了走廊，裡面開了在這種天氣根本不需要的空調。走廊長約二十公尺，沒有自然光，天花板上裝了幾十根燈管。她走到另一頭，用門禁卡開門進了急診室。她繼續走，穿過另一條走廊，按著莎莉心甘情願告訴她的方向。嗯，莎莉或許不認為那叫**心甘**情願。畢竟，梅莉莎撩起了莎莉上身的睡衣，捏住她肥厚的肚皮，威脅要幫她開膛破肚。

三個月前，莎莉更慘。那時候梅莉莎強迫她脫光了衣服，擺出猥褻的姿勢，拍了裸照。莎莉因爲幫警方抓到喬，得到五萬元的獎金，梅莉莎想把剩下的錢都佔爲己有。所以她拍了莎莉的裸照，用來勒索她。另一個勒索的理由她則要等到時機對了再跟喬討論。三個月前，把光溜溜的莎莉綁在床上時，梅莉莎想過找人強姦她，再拍照的話勒索效果應該更好。她不確定自己有沒有錢付給別人，因爲接下工作的人一定會獅子大開口。最後並沒有那麼過分。她聽到一個聲音——可能是臭梅莉，可能是走上這條路前的娜塔莉——告訴她，她已經做了那麼多壞事，就數這件最過分。她深有同感，覺得很可恥自己居然會想到這種事，而可恥的感覺對梅莉莎來說已經很陌生了。

她走到停放救護車的地方，在員工休息室附近，裡面有醫生和護士坐著喝咖啡看雜誌，其他的醫生護士則可能在清潔間或廁所裡玩醫生護士的遊戲。她在救護車旁站著，撥弄手機，因爲現代人不想讓別人覺得自己在窺探或只有孤單一人的時候，就會玩手機。她知道要找什麼——沒有急忙趕著上車的救護車小組。

她等了五分鐘。他們出了員工休息室，一男一女，都穿著醫務員的制服，跟她的一樣不合身。他們聊天說笑，不急著出門處理車禍或槍擊或心臟病發作。他們分成兩路，走向救護車兩邊。女人負責開車，她發動了引擎。梅莉莎敲敲副駕駛座的窗戶，男人把車窗搖下來，快三十歲的一名帥哥，如果他按著她的意思做事，就有機會活到三十歲。

「嗨。」他說。

「嗨，」梅莉莎擺出迷人的笑容。「你們要去法院嗎？」

「對啊。」負責駕駛的女人說，她應該四十多歲，金髮中夾了幾根白髮——綁成很緊的馬尾，會梳這種快速的髮型，表示這人太累或太懶，已經不在乎自己的外表了。「我們一整天都在那裡待命。」

「很好。不知道能不能讓你們載我一程？」梅莉莎問。

「很樂意，」帥哥上下打量她。

「妳要去抗議的話就不行，」女人說。「不能穿手術服去。」

梅莉莎搖搖頭。「跟屠夫的審判完全沒有關係。」她看著目不轉睛盯著她的男人，笑得更加燦爛。女人還有一絲疑心，男人卻點點頭。

「從後面上車吧。」他說。

她走到救護車後面，上了車。他們往前移動。過了四十公尺，就是醫院道路跟市區道路交會的路口。梅莉莎移到救護車前面，正好在醫務員的背後。

「在出發前，」梅莉莎說，「趁著還沒到路口，可以在路邊停一下嗎？」

「對不起，我們要趕時間，」駕駛頭也不回地說。

「這能幫妳改變心意嗎？」梅莉莎用槍指著她，再指向男人，然後回到女人身上。「現在我需要一個理由，讓你們兩個都活下來，」她說。「但是，如果你們不能幫我找到理由，我只好另外找醫務員了。」

53

地上都是血，牆上也有血。牆上是兩個血手印，血跡從手掌上流到地上，兩隻都是左手，不過我不記得寇爾跟肯尼碰過牆壁。我仍坐在馬桶上，我不想待在那裡，可是我必須坐著。牢房裡除了血腥味，還有屎味，因爲肯尼也拉了一褲子，我猜這又給大家一個紀念他的理由。聖誕肯尼——歌手、愛孩子的人、基督城屠夫的救命恩人。不知道在喪禮上大家會說什麼。不知道眞正的肯尼是什麼樣子，應該沒人知道。

葛倫和亞當進來了。葛倫抓起肯尼的腳，亞當抓起他的手臂，連看都不看我一眼。他們把他提起來，他的身體中間凹了下去，我還以爲他們要把他像床單一樣對摺，不過他們只把他抬了出去。警察來問話的時候，他們會說他們緊急把他送去治療，不過一點也不緊急。他們就讓他流血而死，因爲肯尼這種人不值得救。他們只要讓別人覺得他們並沒有怠忽職守。

肯尼救了我一命，眞希望我能感謝他。但我只能在心裡想像如果他出了書，我會買一本，我起碼該買張他的CD吧。

我上完廁所，沖了水，把衣服弄乾淨。我看著地上的血，差點就是我的血了。襯衫上濺的血也不是我的，我脫下襯衫，躺在床上，仍能看見肯尼臉上的表情，不相信自己被捅了，接受自己碰到了麻煩，希望自己不會死。我在別人臉上看過那種期盼的樣子，我也很喜歡看著他們的期盼漸漸消失，但這次我一點也不享受。這次不一樣，我不想去想這件事了，我要轉移注意力——畢竟，今天是我的大日子。肯尼會希望我好好活下去。他死了，我卻只會在牢房裡長吁短嘆，悲傷自憐，他一定會很生氣。

我拿起母親寄給我的喜帖。她不會來法院幫我打氣，我早就該想到了。今天結束前，她就結婚了。我把喜帖對折，塞在口袋裡。媽今天不會來，但帶著喜帖似乎能消除一點被遺棄的感覺。或許能帶給我好運。不知道今天審判會不會如期舉行，剛才的事件很有可能會把我留在監獄裡。

一分鐘後就有答案了，四名警衛來到我的牢房。其中一人丟給我一件乾淨的襯衫——起碼跟我身上這件比起來算乾淨了。我換衣服的時候，沒有人討論剛才發生的事。彷彿過去五分鐘根本不存在——只有地上的血跡證明剛才有人死了，等我回來的時候，應該也看不到血了。聖誕肯尼的牢房會住進新人，不同類型的肯尼，不過一樣壞。

他們帶我走到出口，其他的犯人透過門上的隙縫看我，沒有人發出聲音。我嚇壞了，沒辦法走直線——而且肚子絞痛難當，也讓我走不直。絕對跟生小孩一樣痛——說不定還要更痛。

我被押到監獄前面，跟星期六一樣。典獄長到了，肯特到了，傑克到了，還有其他幾個王八蛋，我覺得好難受。典獄長穿著同樣的西裝，打著同樣的領帶，臉上帶著同樣的輕蔑。我拿到了鞋帶跟皮帶，大家看著我穿上。典獄長氣惱地看著我。然後我被上了鐵鍊。

外面陽光普照，但很冷，不過還沒到結霜的程度。前面有六台警車，圍著一台貨車。每台車裡都有兩個荷槍實彈的警察，貨車裡也有幾個。他們看起來好像要去作戰。我朝著貨車走了一步，有人按住我的肩膀，叫我不要動。我就停下來了。警官上了警車跟貨車，半分鐘後，車子都開走了，留下我，留下傑克跟肯特，星期六來過的那兩個警官也留在原地。

「怎麼了？」我問。「審判已經結束了嗎？」

肯特對我皺眉。「喬，我懂爲什麼有人會上你的當了。」

「這話什麼意思？」

「沒什麼意思，就給我閉嘴，懂嗎？」

車子一台一台離開，同時又來了一台貨車。很像剛才那一台，不過前面那台是白的，這台是紅的。很髒，有點破爛，車身上寫了惠特粉刷服務，還有李納德·惠特的名字跟他的手機號碼，一顆星星上面寫不滿意保證退費。商人貨車旁邊寫的不滿意保證退費都是騙人的。車子停到我們旁邊。

「來啊，喬，你知道程序。」

我上了貨車，彎下腰讓他們把我銬在孔眼上，好像我眞有辦法逃走一樣。步驟跟星期六都一樣，不過我們沒彎上機場旁的路去農場邊散步找屍體，也沒投票決定要不要開槍殺我。我們一直往市中心前進。一年沒看到基督城了，我才發覺我很想念它。

「啊，可惡，去死啦，」我吐在對面那警官的鞋子上，他對我怒吼。

「對……」我連對不起三個字都沒說完，又吐了，反正我也不想道歉。我腹痛如絞，一下子就吐出來了。不知道他媽的怎麼回事——星期六的三明治弄壞了我的胰臟、肝臟還是其他器官，還有迦勒·寇爾狠狠揍了我一頓。

傑克開始往路邊靠。

「不要停車，」肯特說。「繼續開。」

「後面臭死了。」鞋子被我弄髒的警官說。

「他到底怎麼了？」肯特問.

「他看起來不太好，」另一個警官說。「可能是審判前的恐慌吧。」

審判前的恐慌，加上審判前差點被殺，混合放了屎的三明治。

「喬？喂，喬，你沒事吧？」肯特問，已經很久沒人關心我了。我很感動。感動到我開始乾嘔，有東西從我喉嚨裡冒出來，弄髒了第二件襯衫。

「喬，怎麼了？」

我抬眼看她，點點頭，我沒事。他媽的好得很。我用手擦臉，手掌濕濕的，沾了吐出來的東西。我擦在襯衫上，反正已經弄髒了。貨車裡有的地方亮有的地方暗。傑克似乎一直在繞圈圈，而且開得很快，但等我看向鐵絲網那一頭，卻看到車子還在筆直向前。人群朝著法院的方向前進。我眞的出問題了，因爲我看到耶穌、復活節的兔子和獨行俠。我看到男人打扮成女學生，女孩打扮成童話故事的人物，童話故事的人物在喝啤酒。

我看到死神走在死神的旁邊。

不知道他們是不是來找我，不知道爲什麼需要兩名死神。

我看到一個男人身穿「羔羊的棉條」T恤，上面寫女王和下面的巡迴演唱會，日期是好幾年以前。我閉上眼睛，看到聖誕肯尼垂死的雙眼看著我，一臉難過。我看到他很努力地抓住從指縫間流逝的生命。

眼前一黑，我覺得我要昏倒了。我屏住呼吸，努力撐到法院。

54

拉斐爾在地板上打開裝槍的箱子。他拿出裝了兩顆子彈的盒子，把子彈放入彈匣。他又拿出穿甲彈，放到嘴邊親了一下。爲了好運吧，不過他沒想過要祈求運氣，也不知道爲什麼，就很自然地親了子彈。冷冰冰的。他把穿甲彈放到其他子彈上面，組合好槍枝。愈來愈熟練了。下次要射殺連續殺人犯的時候，說不定能在黑暗中組合。他把彈匣卡好，暫且不換上警察制服。

他坐在窗邊，把帆布拉開一角，看著法院。他想著三顆子彈，一顆給喬，一顆給梅莉莎，一顆備用。希望不要用到第三顆。八點了，路上車子愈來愈多，九點的時候更加擁擠。然後警車出現了，用三角錐封鎖道路。還好他提早到了，還好他把車子停在街角。人群從公車站走過來，從他這裡可以看到路上的人愈來愈多。他們帶著標語牌。之後人潮從四面八方湧來。如果他到走廊另一頭的辦公室去，往北邊看，會看到同樣多的人帶著同樣的標語牌走過來。抗議群眾穿著厚外套，用圍巾保護聲帶，準備等一下喊口號。他認出了幾個人。他們帶來了朋友家人。媒體採訪車也出現了，在街上繞圈子找車位，可是找不到，駕駛並排停車，記者和攝影師跳下來。他看到受害人的兄弟姊妹。他看到有人拿的標語寫著行刑即謀殺以及只有上帝能決定生死。他覺得會有麻煩。兩個標語看起來都不對，應該算是壞標語。他看到強納斯．瓊斯，昨天在新聞上大出風頭的靈媒，他到了後門，但無法繼續前進。其他人也發現了，聚集了一小群人，但大多數人仍往前面走，他就看不到了。

九點一刻，大家開始喊口號。「二、四、六、八，讓我們消除罪惡。」聲音一再從法院前方傳來，在冰冷靜止的空氣中輕鬆散播。人愈來愈多。不久之後，來到街角的人就無法前進，法院外的街道也擠滿了人。人群湧入其他街道，十字路口卡住了。貓王出來了，他跟吸血鬼德古拉走在一起，手上拿著半打啤酒。後面跟了四個喝啤酒的天線寶寶和兩個打扮成女僕的苗條女孩。他突然以爲自己可能中風了，不過沒有，他眞的看到這些人。他不明白爲什麼他們會出現，不過他們眞的來了，又消失在人群中。

九點二十分，一輛車等著門打開，然後進了法院後面的停車場。卡爾．施羅德警探——還是叫他卡爾就好——下了車。門又在他身後關上。

門前走過夏威夷神探和兩個修女，夏威夷神探說了什麼，修女哈哈大笑。藍色小精靈的小美人也跟他們在一起。拉斐爾看到施羅德看著這群人走過，然後緩緩搖頭，才進了法院。拉斐爾把帆布更拉開了一點，把手伸出去開了窗戶。空氣冷颼颼的。街上的人聲更響，他聽到吼聲和笑聲，還有爭執的聲音。他把窗簾貼回原處。

他換上警察制服，把自己的衣服跟保溫瓶塞回袋子裡，然後提到天花板上用力一丟。他知道，今天結束後，他可能就要去坐牢了，不過不需要幫警察提供線索。

九點半，拉斐爾趴在他們搭好的台子上。他很想打開彈匣，重裝一次子彈，確定所有的細節都沒錯。他也很想把槍拆開來重新裝一次，但是說到底並沒有需要。跟現在比起來，不會更好也不會更壞，他已經很滿意了。他看看雙手，檢查有無發抖的跡象，非常穩定。他架好了槍，等喬和梅莉莎上場。

55

「你們哪個人有小孩？」梅莉莎問。

「什麼？」女人問。

「她有，」男人說，「不過我沒有。」

「那就簡單了。」她遞給他一個針筒。

「這是什麼？」他沒伸手來接。

「是你活命的機會，」梅莉莎說。「你注射進去，就睡一個小時。你不打，我就現在開槍打你的臉，」她搖了搖槍。「你選吧。」

「安全嗎？」他問。

「比槍安全。」她又搖了搖槍。

「我不選。」他說。

「如果我要你死，我就開槍，」梅莉莎說。「事實上，我希望你活，不過現在我不要你礙手礙腳。我知道你很困惑很害怕，所以我再給你五秒鐘想一想，你要失去意識，還是要死。」

「妳要拿她怎麼樣？」他問。

「等她幫我辦完事，我會給她同樣的選擇，」梅莉莎說。

「我不知道。」

「你叫什麼名字？」她問。

「詹姆士，」他說，「不過妳可以叫我吉米。」

「這是消音器，吉米，」梅莉莎敲敲槍的一端。「我可以在你們頭上各開一槍，不會有人聽見。我自己也可以開救護車。」

她的話有效了。妳可以叫我吉米拿了針筒。他捲起袖子，用牙齒拉掉蓋子，把針豎直，敲敲針筒去掉氣泡。他一臉想用針刺梅莉莎的樣子，但他還是把針尖刺進自己的手臂，推到針頭消失，然後用手指壓下活塞。

「我覺得不太舒服。」他說。

「到後面來。」梅莉莎說。

「我……我不覺得我爬得過去。」

「可以，你可以的，快來。」

他開始移動，爬到一半他抬頭看著她。「我覺得很不舒服，」他又說了一次，然後倒了下來，證實他眞的很不舒服。

「妳把他怎麼了？」女人問。

「他只是睡著了，」梅莉莎把他拖到最後面。

「妳要拿我們怎麼樣？」

「把妳的駕照給我。」梅莉莎說。

「爲什麼？」

「因爲我很有禮貌地問妳。」她說。

駕駛拉下了遮陽板，駕照塞在上面的口袋裡。她把駕照遞過來。梅莉莎看看照片，五年了。她又看看名字跟地址。翠許．沃克，住在紅木區。

「妳還住在這裡？」

「對。」

「好，翠許，」她說。「我不想每件事都要解釋，邊開邊聽我說，妳就懂了。」

「開去哪裡？」

「你們行程不是排好了嗎？照著行程走。」

梅莉莎拿出手機，翠許開動了車子。梅莉莎撥了不存在的電話，跟不存在的人對話。翠許在紅燈前停下車子，十秒後轉成綠燈了。

「是我，」梅莉莎說。「我拿到地址了，」她對著電話唸駕照上的地址。「妳寫下來了嗎？唸給我聽，」她假意聆聽。「不對，我說十六號，不是十四號，再唸一次，」她知道小細節會提高可信度。「對了。」她說。

她掛了電話。

翠許臉色發白，非常蒼白。

「OK，翠許，妳現在明白，妳惹了很大的麻煩，妳的小孩也跟妳有同樣的命運。想一想。想像妳掉到大洞裡，洞慢慢塌了，泥土把妳圍住，妳只有一個機會帶著小孩爬出來。妳明白我的意思嗎？」

「你要拿他們怎麼樣？」

「如果你幫我？不怎麼樣，一根汗毛也不動。妳不聽我的指示……嗯，那就好玩了。」

翠許點點頭。梅莉莎瞥瞥她身後的吉米，沒有太多地方可以藏失去意識的人，不過她有辦法。首先，要把他的制服剝下來，她需要制服。

「我要妳告訴我，妳明白我的意思。」梅莉莎說。

「我明白妳的意思。」翠許說。

「很好，」梅莉莎說，「因為路上還有幾件事情要討論。妳可以先把妳的手機給我——妳最好別拿著手機，那種東西在不對的人手裡，只會讓妳往洞裡愈掉愈深。」

56

空貨車像被押到城裡的幽靈，護送的警察不見蹤影，不過那台車不是幽靈，而是為了騙人。法院外面現在一定有很多人。警察一定覺得會出亂子，要把我從另一個入口送進去。我們進了城，愈來愈靠近市中心。人聲嘈雜。人好多。我們沿著單行道朝法院開過去。

「噢，天啊。」肯特說。

我看看窗戶外面。我居然沒昏倒，真該頒個獎牌給我。法院外的街道兩旁都是抗議的人。他們怒吼，對著護送的警車尖叫，那台車就在我們前面，被一大群人圍住。很多人手裡都拿著標語牌，不過我看不到上面寫了什麼。我覺得得到了慰藉，這麼多人來支持我。沒有人想看到我被處罰，我太討人喜歡了。我無法控制自己的行為，我是無辜的，甚至感覺不到害我殺人的那股需要，我做了什麼都不記得。我是受害者。司法系統會拯救我。一頭六英尺高的猴子對著走過的人揮手，手裡拿的啤酒插了吸管，臉上則是開心的猴子笑臉。或許我真的昏倒了，還是死了，因為我不明白發生了什麼事。雖然我不明白，大熊貓卻明白，因為我接著就看到了大熊貓，跟猴子應該是好朋友，因為牠追著猴子跑，一把抱住牠，猴子才轉過身來，跟牠碰了碰啤酒，一起痛飲。

「比我想像的還糟糕。」肯特說。

「妳覺得今天就會結束嗎？」傑克問。

肯特搖搖頭。我們看到的東西都一樣嗎？「今天不結束，就這個星期吧，」她說。「像這樣的大學生，只願意把時間花在喝酒哈草跟亂搞上。我覺得他們打扮成動物和電影人物的興頭不會超過一個星期。」

我終於明白了——他們是扮裝的大學生，都來支持我。我猜我特別得年輕人的心吧。

貨車向右轉，幾團嘔吐物橫越地面。我們到了街角又向左轉，嘔吐物又滾回相反的方向。現在我們在跟剛才那條路平行的街道上。人沒有剛才那麼多，他們也拿著標語牌。看來整座城的人都來向全世界宣布我是無辜的，讓全世界知道做錯事的是我們的司法系統。

「繼續開。」肯特說，不過傑克並沒有放棄駕駛的樣子。大家就是喜歡說無聊的話。沒有人注意這台貨車。我練習我的大男孩風、敦親睦鄰的傻笑。我需要先暖身，到法院的時候就準備好了。

肯特轉頭瞪著我。「你到底在笑什麼？」她問。

「沒什麼。」我說。

「你這個混蛋眞的很自以爲是，」她說。「你以爲一切都順你的意。你以爲透露卡爾霍恩屍體地點賺到的錢可以幫你，才怪。你一定會自食惡果，別人也會發現實情。」

「卡爾霍恩警探殺了人。」我說。

「你在說什麼？」她問。

「他殺了丹妮耶拉．沃克。他去找她談話，結果殺了她。她老公會打她，卡爾霍恩沒幫她，反而殺了她。然後他故佈疑陣，讓你們以爲我是兇手。」

「你很會胡說八道，」傑克說。

「是真的，」我說。「警局裡有一半的人覺得不是我，因爲是他幹的。」

「閉嘴。」傑克說。

「喂，我不在乎你們相不相信我。我都拿到錢了，關我什麼事？不過你們把他看得好偉大，因爲他在值勤的時候死了，可是他強姦殺人。你知道我們有什麼不一樣嗎？」我問，我也知道他們會怎麼回答，比方說你被捕了他沒有，或你有病他沒病，不過他們不發一語，我知道我說的每個字他們都聽進去了，他們希望可以用我的話來攻擊我，等站上證人席就大聲告訴法庭裡的人。

「差別在於，他是警察，我只是平凡人，」我說。「我從來沒裝成別人。卡爾霍恩裝成對抗邪惡的好人，他覺得自己不會接受法律制裁，大家應該恨他，不該恨我。」

「你都在胡說八道。」傑克說。

「你剛才講過了，」我對他說，然後我看著肯特。「我知道你不相信我，不過想一想。等今天結束，你會一直想，明天這個時候，你就會想辦法找出證據。有結果的話，跟我說一聲。」

有人走到車子前面，傑克把方向盤一扭，地上的嘔吐物換了方向，我的胃也翻騰起來。然後我們左轉，到了法院後面。我在這條街上偷過一台車，也曾在這裡亂踢遊民的蛋蛋，威脅要在他身上放火——我當然只是開玩笑。我不確定他懂不懂我的笑話——很多人都這樣，不懂諷刺的話。

「你覺得很好玩嗎？」肯特問。

「我只是盡力做到最好而已。」

法院後的人不多——頂多幾十個吧。傑克把車停在門外，等了幾秒讓門捲開來。對面是辦公大樓，停了很多車，也有人走路來上班。十字路口放了三角錐。我看到標語了，不太對。以眼還眼。智障喬滾蛋。殺了那個王八蛋。

發生了什麼事？肯特看到我一臉疑惑，笑容也消失了，換她微笑。「你以爲這些人來支持你嗎？噢，喬，」她說，「你眞的比我們想的還笨。」

門開了，貨車開進去。門在後面又關上了。我的胃突然束緊，我往前晃了一下。傑克把貨車停下來。我依然很迷惘。給誰以眼還眼？殺了誰？智障喬滾蛋——嗯，倒也合理，表示智障喬一定要從監獄裡滾出來。停車場裡有其他的車子、一台救護車和一名警衛。看得出來，覺得不舒服的不只我一個，嘔吐物的惡臭讓大家的胃都難受了。傑克跟肯特下了貨車，走到後面開門。我看著救護車，很想爬進車廂裡，讓別人來照顧我。胃兩側突然劇烈疼痛，不過寇爾揍我的那邊比較痛。我開始乾嘔，只吐出來一點點。

我嘔了一分鐘，最後還是下了貨車，站直身子。

57

看到喬的時候，梅莉莎渾身緊繃，心跳加快。最後一次看到他本人，是那個星期天早上，他正走出她的公寓。星期五晚上和星期六一整天，他們都在床上。他們叫了披薩，看了電視上的愛情喜劇，她討厭愛情喜劇，但跟喬一起看就覺得很好玩。他喜歡愛情喜劇，笑得很開心。她也笑了。喬很浪漫。那天下午他本來要回來，他只打算回家餵貓。他甚至把公事包留在她家，裡面有幾把刀。他走了以後就沒有回來，她很生氣，覺得被利用了。生氣，氣到想去找他，捅他幾刀。不過她沒去。如果喬不要她，就讓他去死吧。是他的損失。結果，跟她想的不一樣。那天晚上她看到喬上了電視，他被捕了。

現在喬站著，看起來不太好，很蒼白。監獄裡的人把他怎麼了？她的計畫隨時有可能瓦解，也隨時可能成功。就看拉斐爾在壓力下能不能打得準。

喬倒下去了。

他倒在地上，縮成一團。不過她沒聽到槍聲，有嗎？

跟喬一起從貨車上下來的人圍住他，把他拉起來，他們一點也不驚慌，所以沒有，沒開槍。他們把喬半扶半拉送進了法院，她知道從拉斐爾那邊絕對沒辦法好好瞄準。

喬被迅速送進法院，沒有尖叫聲，沒有流血。

「我們來幹什麼？」醫務員問。「我是說，妳為什麼要跟著來？」

「閉嘴，」梅莉莎說。「我正在想事情。」

「妳認識他嗎？基督城屠夫？聽我說，妳想殺他的話，我懂，我真的懂，吉米也會明白。但是請妳不要傷害我的孩子，妳要我做什麼我就做什麼。」

梅莉莎瞪著她，她沒殺過女人，不過她也開始想，值不值得體驗一次，就當培養品格。「我叫妳閉嘴。」

「拜託，求求妳，妳一定要放了我們。」

梅莉莎轉過頭，用槍指著她。「聽著，妳他媽的不閉嘴，我就在妳身上開個洞，懂了嗎？」

女人點點頭。

梅莉莎拿出手機，打給拉斐爾，響一聲他就接了。

「沒辦法瞄準，」他的語氣很恐慌。「我沒開槍。」

「我知道，」她說。「仔細聽我說，」她說。「你要保持冷靜。還有時間，事實上還有一整天的時間。他們會把他帶出來。我不確定什麼時候，不過今天下午他一定會出來。保持冷靜，做好準備。」

「妳要我一直等下去嗎？」他聽起來很驚訝。「一直穿著警察制服在這裡等？」

「對。」她說。

「什麼？就在辦公室裡嗎？」

「不然你要去哪裡等？」

「萬一有人進來怎麼辦？」他問。

「不會有人進去。聽我說，你要保持冷靜。沒問題的，我向你保證。」

「妳保證？妳他媽的怎麼——」

她打斷他。「我會一直在下面等，」她說。「別胡思亂想了，保持冷靜，做你該做的事。」

她聽到他嘆氣。她可以想像他在辦公室裡穿著警察制服的樣子，用手撥過頭髮，或許正用雙手蒙住臉。

「拉斐爾。」她說。

「我突然覺得我們的計畫很糟糕。」他說。

「不糟糕，只是運氣不太好，或者該說時機沒抓對。他怪怪的，好像病了。說不定他們等一下就會把他帶出來。說不定再過五分鐘就有機會了。」

他沒回答。她可以聽到他的呼吸聲，聽到他在思索是否眞的有機會。翠許盯著她看。在剛才那一分鐘裡，法院後門外的人群已經膨脹了，因爲大家發現喬從這邊進去。標語牌很直接了當——死王八蛋去死，清楚展示群眾的感受。有些人打扮得很可笑，到底想怎麼樣？

「你沒掛吧？」她問。

「我還在。」他說。

「計畫能成功。如果不是現在，喬下午還是會出來。那時候也不錯，說不定更好。」她不太相信自己最後那一句。如果拉斐爾已經順利開槍，才可能更好。

「OK。」他說，「我等，等他出來就殺了他。我向妳保證。」他掛了電話，梅莉莎瞪著法院後面，對拉斐爾這種人來說，要等多久才算太久？希望他能保持鎮定，留在原處。

58

我被拉向法院的牢房，後來有人決定我應該被拉到廁所，他們就轉了個方向。我想挪動雙腿，卻發現自己站不住。稍早被擠壓的器官沒恢復原形，反而壓得更緊了。我被送到馬桶前，馬桶壁上黏了一塊屎，不需要把手伸進喉嚨，那景象就讓我吐得不亦樂乎。

我這輩子從來沒覺得這麼難受，汗如雨下，我又吐了，然後往前一撲，有人拉住我，我才沒在馬桶上撞掉門牙。他們把我拉起來，一路上除了模糊的牆壁和我自己的腳，我什麼也沒看到，我被帶進急救站，他們讓我躺在行軍床上，依然繫著鐵鍊。房間裡有阿摩尼亞和藥膏的味道，還有嘔吐物殘存的氣味。味道就跟學校裡的急救站一樣，那一瞬間，我以為我回到學校了，我八歲，覺得不舒服，護士把我的頭髮往後撥，告訴我等一下就沒事了。現在卻沒有人幫我撥頭髮。

「喬，」有人叫我，我張開眼睛，是個護士。她很迷人，我想對她微笑，可是笑不出來。她低頭看我。「你覺得怎麼樣？」她說。

「我覺得很不舒服。」

「你能說得更具體一點嗎？」

「真的很不舒服。」我真的很具體。她給我水，要我喝下，我小口喝了一點，就倒在床上，開始乾嘔。

正妹警探肯特、傑克和另外兩個警官也在這裡。護士在跟他們講話，但我無法專心聽她在說什麼。然後正妹警探開始打電話。護士回到我旁邊，正妹護士，我一定病了，因爲我雖然想模擬正妹護士跟正妹警探親熱的樣子，腦海中卻無法構成畫面。心思晃到別的地方，想到母親的婚禮，想到聖誕肯尼，想到跟梅莉莎在一起的那幾個晚上。

「喬，你這幾天吃了什麼？」

「大便。」我說。

「你能說得更具體一點嗎？」

「眞的是大便。」我眞說得更具體了，不知道這女人是不是凡事都要解釋。

「會痛嗎？」她用指尖壓住我肚子側邊，我聽到液體流動的聲音。大家應該都聽到了。不痛，但我不告訴她不痛，她就不會要我說得更具體一點。她按得更用力了，我夾緊肛門，阻擋裡面的土石流。

「對，」我很想把尖銳的東西插進她肚子，再問她同樣的問題。「很痛。」我說。

「哪裡痛？」

「到處都痛。」

肯特走過來，搖搖頭，「監獄裡其他人都沒事。」

「他裝的，」傑克說，不過聽起來他自己也不信。

護士搖搖頭。「不是裝的，」她說。「我覺得我們應該送他去醫院。」

「停車場裡有救護車，」肯特轉頭對警衛說，「去叫醫務員來。希望能趕快解決，就不需要延遲審判了。」

59

「出事了，」翠許說。「對吧，拜託，到此爲止，放了我們。」

「沒事。」梅莉莎把電話塞回口袋裡。她可以想像拉斐爾在辦公大樓裡的模樣，用瞄準器盯著救護車。或許他覺得現在就可以用穿甲彈了。

「幾個月了？」翠許問。

「什麼？」

「妳懷孕了，」翠許說，梅莉莎低頭看看，她知道自己沒戴假肚子，不過還是看一看才能確定。「我看得出來，」翠許說。「妳想掩藏，可是我看得出來。幾個月了？」

「我沒懷孕，」梅莉莎說。

「我從妳的姿勢就看得出來，妳一直揉肚子。我見過很多孕婦，妳不用撒謊。」

梅莉莎沒說話。她沒發覺自己還會揉肚子。她可以感覺到穿在手術服下的束腹。

「我沒懷孕。」梅莉莎說。

「那妳懷過，而且是最近的事。肚子不大。妳剛生過，對不對？」

梅莉莎想到莎莉，想到她床上的血，她開車到莎莉家，用槍指著她，要她幫忙接生喬的寶寶。那個晚上好漫長好辛苦。這輩子最艱苦的一個晚上。「三個月前。」她說。

那時候她不知道可以去哪裡。她不能去醫院，外型可以改變，但她沒辦法捏造病歷，只好去找莎莉了。莎莉伸出援手。嬰兒出生後，梅莉莎精疲力竭，但還沒有累到忽略了該做的事情——也就是強迫莎莉躺在床上，把她銬住。然後她拍了莎莉的裸照，又逼她去銀行把獎金領出來。梅莉莎要求現金，莎莉把錢都給她了，就怕自己的裸照被放到網路上很丟臉。也是爲了嬰孩。梅莉莎說如果她不聽話，跑去報警，她就殺了嬰兒。很簡單。莎莉只要在正義感跟道德感兩者之間選一個，不論如何，莎莉都不希望自己是害死嬰兒的罪人。所以她照做了，把錢帶回來，梅莉莎沒要她的命。梅莉莎當然不會傷害小孩，她很愛孩子，在出生前就愛上了。她把女兒取名艾碧蓋爾。她讓莎莉活下來，因爲今天還要她幫忙。她需要她的手術服和醫院的門禁卡，三個月前如果殺了莎莉，拿走這些東西，只會讓門禁卡失效。她沒殺死她，其實也是因爲莎莉救了喬一命，算她欠莎莉的。

「妳穿了束腹嗎？」護士問。

梅莉莎發覺自己想得出了神。「什麼？」

「遮掩發胖？」

「對。」梅莉莎說。

「眞傻。」

「在我想事情的時候跟我講話，也很傻。」梅莉莎說。

「寶寶是他的，對不對。」翠許對著法院頷首。

梅莉莎知道她不是指門外的警衛。「對。」

「他強姦妳，對不對。妳剛才說的話，打電話給別人要對付我的家人，都不是眞的，對不對。妳不是殺人犯，但妳想殺他，對不對。」

梅莉莎又點點頭。有機會嗎?這女人,這個翠許,想幫她嗎?她緩緩點起頭來。

「妳的方法錯了,」女人說。「誰該付出性命,不由我們決定。關於死刑的辯論根本大錯特錯。大家都想到蠢事上面去,造成社會不和諧。錯了,就是錯了。我明白,妳很憤怒,但每條生命都很神聖。每個人都該有機會取得原諒,跪在上帝面前——」

梅莉莎揮動手槍,重重打在翠許頭上。一次,兩次,然後第三次。翠許住口了,很好,因爲翠許眞要惹毛她了。女人往前趴到,梅莉莎把她拉起來,因爲她壓到了喇叭。計畫快要失敗了。

她伸手過去,把那不知是昏了還是死了的女人往後拖。她很重,四肢跟衣服攫住了座椅,不過她還是把她拖了過去。

感覺失控了。

另一個醫務員在擔架下面。如果警察幫她把喬送過來,看到男醫務員就完蛋了。她現在也只能盡力把翠許塞到下面去,本來用來蓋住男人的毛毯現在要蓋住兩個人。看起來就像兩具塞在擔架下面、用毛毯蓋住的屍體。她該想個辦法,可是什麼也想不到。就這樣吧,已經走到這個地步,不能就此罷手離開。

她爬回前面,坐到方向盤後,才發現救護車旁邊站了一個人。是警衛,但不是站在後門邊那個。他看起來很匆忙。她搖下車窗,把槍拿在他看不到的地方,雖然今天已經一塌糊塗了,整整這個人或許會讓她覺得好過點。

「出狀況了。」他低聲說,說話速度很快,她覺得他的聲音很適合去賣性虐色情片,「基督城屠夫出狀況了。我們需要妳來幫忙。」

60

「醫務員來了。」有人說，但我沒辦法睜開眼睛。我只能躺著，祈禱會好一點。我很害怕，說不定我要死了，體內的損害永遠無法復原，永遠繃得緊緊、痛得要命。

「我要去廁所，」我說。「馬上。」

急救站裡有廁所。他們把我帶進去，讓我自行處理要爆炸的胃，聲傳千里，好幾扇門外應該都聽見了。我應該要在乎，要覺得不好意思，可是我沒感覺。我坐在馬桶上，彎下了腰，手腕跟腳踝之間仍有鐵鍊，我覺得自己又回到了貨車上。

疼痛立刻消除了，在迦勒．寇爾攻擊我以後，我的胃第一次感到輕鬆。暴風雨就要過去了。我擦乾淨，走出廁所，沒有人笑，都一臉掛慮。我坐回行軍床上。

然後我看到了醫務員，很面熟，很值得一姦。

「怎麼了？」醫務員問，她不只面熟，聲音也熟。我剩下的蛋蛋縮了起來，我似乎感覺到自己坐在草地上，天上有星星，我回到一年前的那個晚上，我最愛的蛋蛋向梅莉莎的鉗子打了招呼，然後就再見了。

我凝神看著她，看著她的眼睛，不過她沒看著我，而是看著護士。

「很像食物中毒，」護士說，「不過監獄裡其他人都沒事。他吐了，還拉肚子。」

「血壓跟體溫量了嗎？」醫務員轉頭看著我。梅莉莎？不，不可能，但那雙眼睛……是梅莉莎的眼睛，我能確定。

「還沒。」護士說。

「快點量，」梅莉莎說，我覺得心跳加快了。「幫他補充液體了嗎？」

「我們給他喝了水，不過他都吐出來了。」護士開始幫我量血壓。

「把鍊條拿掉。」梅莉莎說。

「最好不要。」傑克說。

「你們四個人，都帶了槍，還有一個警衛，他就一個病人。我覺得把鍊條拿掉，就算有危險，我們也能對付。」

「不要。」傑克說。

「審判的時候反正也要解開，」肯特說，「現在開也一樣。」

傑克氣呼呼的，不知道他是生氣我的鐵鍊要解開，還是生氣大家都反駁他。他開始打開手銬上的鎖。

「血壓很高，」護士說，「不過體溫正常。」

梅莉莎俯身過來，開始壓我的肚子兩側。她看著我的臉，想傳達訊息給我。很清楚，我懂了。她碰碰我的肚子。我不覺得痛，卻弓起了身子。我的胃其實沒事了。

「別碰我。」我說。

「我們應該送他去醫院。」梅莉莎說。

我推開她的手。「很痛。」我對她說。

「我們得把他送到救護車上。看來他的盲腸快爆了，要真爆了，他可能會死。」

「要什麼花招。」傑克說。

我翻身側躺，開始乾嘔。我用力吐，但吐不出東西來，但那聲音已經讓肯特皺起臉來了。

「他說他吃了髒東西。」護士說。

「有可能，也有可能是其他因素，我當醫務員，不是爲了看別人受苦，我想要幫他們。」梅莉莎雙手扠腰，瞪著他們。「如果是食物中毒，紐西蘭每年因爲食物中毒死掉的人大概有兩百個，」她一定隨口捏了個數字，但她的口氣很有自信。「各位，聽我說，我知道是什麼情況。這裡有個連續殺人犯，馬上要接受審判，但不送他去醫院的話，他死了，也不能接受審判。」

「好像他死了很糟糕一樣，」傑克說，我想告訴他，我懂，大家都懂，他應該把他的話印在T恤上，就可以閉嘴了。

「救人是我的職責，」她說。「救人也是你的職責。」

「喬不是人。」傑克說，感覺又要投票了。

「打電話匯報。」肯特說。

「什麼？」傑克問。

「打電話匯報。看看他，再五分鐘不到，審判就要開始了。趕快報告，讓別人知道我們送他去醫院，需要護衛車。愈快處理好，就可以愈快把他送到法官面前。」

傑克撥了電話，一臉不爽。「把他送到救護車上，」梅莉莎說——至少，我心裡希望她是梅莉莎。

剛才扶住我的警官又過來扶我。我晃了幾下，不過我早就覺得好多了。警官把我扶到走廊上，肯特和傑克跟在後面，警衛和梅莉莎在前面帶頭，我們出了法院，又看到外面喊口號的群眾和標語牌，間或也會看到打扮成耶穌的人。

61

情況不對。

五分鐘前，拉斐爾看到警衛走到救護車旁，敲了敲窗戶，梅莉莎跟他走到裡面。救護車裡的另一個女人沒出來，不合理。接著他突然就明白了——梅莉莎做了手腳。她不會殺她，因為梅莉莎不是真的醫務員，需要留她活口。梅莉莎要保住喬的命。他很確定，所以醫務員被打昏了，但不知道警衛要幹什麼。跟喬不舒服有關係嗎？他看起來臉色很差。

拉斐爾把手指放在扳機護弓上。他的雙手仍很穩定，他也不覺得緊張。那表示他做了正確的選擇。彷彿全身上下都贊同他的決定，每個細胞都和諧無比——都處得很好，要幫他達成心願。他不會按照計畫射喬的肩膀，他要打中他的腦袋。讓他受傷，但不會死。拉斐爾讓他受傷，梅莉莎把喬送到救護車上。

拉斐爾負責打獵。

梅莉莎負責採集。

聯手合作，喬要吃苦了。

現在拉斐爾負責開槍，他要一槍斃了他。當然，他很氣沒有機會折磨喬，不過喬死了，他也會有一點點心滿意足。

他目不轉睛看著法院後面，瞄準了門。門開了，梅莉莎和警衛出來，後面是喬，剛才扶他的警官現在又扶著他，群眾開始大喊，後面跟著肯特和剛才開貨車的人。不論喬怎麼了，他現在還是很不舒服，面色蒼白，好像很痛。太好了。

梅莉莎抬頭看看拉斐爾，他在瞄準器裡看到她的臉。她緩緩搖頭，他臉上浮現了微笑，克制不住的笑意。她不要他開槍，不需要。出了狀況，她把喬弄出來了，但跟他們的計畫不一樣。因爲喬病了。一定是病了，喬生病，大家當然都以爲梅莉莎是眞的醫務員。

他把瞄準器轉回喬身上。

喬，殺死他女兒的人。

喬，毀了他一生的人。

他想到薇薇安，她想當流行歌手跟芭蕾伶娜。他想到亞得蕾德，她想去哈利波特的學校學魔法。他想到自己沒辦法跟外孫女見面，苦苦思念女兒，沒有母親的薇薇安和亞得蕾德。

哈囉，赤色盛怒。太好了，你回來了。

他屏住呼吸。

他把十字準線放在喬臉上。

他扣下扳機。

立刻有結果了，當然很快——不知道爲什麼，他覺得要等一秒，或許一秒半，才能看到物理作用。耳罩堵住了槍聲，但比在森林裡響多了，響到讓他耳鳴。辦公室裡起了回音，發散到街上，路上所有人都往他這個方向看過來。

除了喬以外。

因爲喬失去了平衡。問題在於——當然有問題，他要是覺得沒問題，一定是傻瓜——子彈擊中了喬的胸口，也可能是肩膀，卻不是他瞄準的頭部。或許是子彈的動力學，或許是緊張——他不知道。他只知道赤色盛怒正在對他尖叫，要他再開一槍，他當然會，還有時間。

扶著喬的兩名警官看似不怎麼在乎他，他們把他放開，奔跑尋找掩蔽。少了人肉支架的喬癱軟在地，跟剛才下了貨車以後在地上縮成一團一樣。肯特警探躲到施羅德的車後面。大家都想躲起來——除了喬和梅莉莎以外。

梅莉莎。她爲什麼要躲？他按她說的，射傷了喬的肩膀。她開始把喬往救護車拉。計畫中打獵採集的過程一定正流過她的腦海。他用十字準線對準她的身體。或許她不會死，但起碼警方能發現她是誰。赤色盛怒覺得很高興。

他扣下扳機。

這次，槍在他手裡猛震了一下，跟第一發比起來，槍聲沒那麼響，很有可能是因爲他還在耳鳴，也有可能是因爲子彈不一樣。帆布上的槍管翹起來，落到地上。下面的人還在往這方向看，他又花了一秒鐘判斷哪裡出錯，立刻決定都沒問題，可能是下面的平台害他失去平衡。

他重新放好槍，看到梅莉莎沒被打中。他還有一發，她或喬。嗯，喬已經中槍了，如果幸運之神眷顧拉斐爾，而不是喬，那個王八蛋就會在停車場裡流血而死。所以他選了梅莉莎。他用習慣的手勢扣下扳機，跟在森林裡一樣，他把律師埋在那裡，還射了好多可憐的罐頭，這次槍猛然跳起，離開他的雙手。他聽到指頭斷裂的聲音，感覺很痛。他從平台上滾下來，掉到地上，撞痛了肩膀。

他不懂爲什麼……

沒時間了，也沒子彈了。

他站起來，他早就該走了。從帆布的隙縫往外看，警察把梅莉莎和喬送上救護車，施羅德衝出後門，跑到停車場裡。他不知道過了多久，十五秒吧，確實太久了。

他懶得把槍放回天花板了，脫下乳膠手套的時候他的手痛死了。他把手插進口袋裡減輕疼痛。他拉下耳罩丟在地上，又發現自己很蠢，上面有他的指紋。可惡，他太早脫掉手套了。他空手碰到別的東西了嗎？或許有。組合槍枝的時候。前幾天開槍的時候。星期六晚上過來的時候。他都戴著手套嗎？他覺得戴了，但突然之間不太確定。

他沒有時間擦槍上的指紋。他四處看看，看到了油漆罐，又看看槍，應該沒問題。他又戴上手套，二十秒後他已經下了樓梯。

62

天翻地覆。

喬・米德頓躺在地上，胸前有血，他自己的血。他扭動身子，一臉痛楚。肯特躲到施羅德的車子後面。兩名配槍警官也躲到其他車子後面。他們蹲下去，想辨別開槍的方向，以及有幾名槍手。其中一人對著對講機快速說話。醫務員盡全力把喬拖離火線，向著救護車移動。警衛蹲低了，躡手躡腳回到法院裡去。街上的人大叫著蹲下，用手和標語牌護住頭，沒有人繼續喊二、四、六、八。

施羅德花了兩秒，搞清楚發生了什麼事。他從大家躲藏的方向辨認出子彈的來源。街對面有棟辦公大樓。他抬頭一看，有扇窗開了，窗簾拉上了。他蹲低身子，跑到自己的車子旁邊，找到肯特。

「搞什麼——」他說。

「一槍，」她已經拿出手槍。「對街的辦公大樓。我看到砲火。米德頓倒下了。」

「他怎麼又出來了——」

「不重要，」她說。「重點在於某個王八蛋對我們開槍。」

「對我們？還是對他？」他問。

「你為什麼不把頭伸出去，看看是誰？」

「如果只有一槍，表示我們不是目標，」他卻不把頭伸出去，反而趴下去看看車底。醫務員仍把喬往救護車上拖。只有她一個人沒找掩護。他看到她的腳、她的腿和手臂，也看到她的頭頂，因爲她彎著腰在拖喬。他不知道她爲什麼要冒險救喬，說不定她不知道自己在救誰。或許這就是她的本能，天性就要救人。不論如何，她都犯下嚴重的錯誤。

「她會害死自己。」施羅德說。

「誰？」肯特問。「醫務員？」

「對。」

肯特抬起頭，從車窗看過去。「她在搞什麼啊？」

「我去拉她過來。」施羅德說。

「你敢，」肯特抓住他的領帶，把他拉回來。「你敢出去，就死定了。我去，起碼我穿了防彈背心。」

她正要站起來的時候，傑克火速穿過停車場。他抱住醫務員，要把她拉到有掩護的地方，可是她不肯放開喬，傑克只好拖著兩人往救護車的方向移動。

「我們得進去那棟大樓。」施羅德說。

「不，」肯特說。「你留在這裡，後援——」救護車開動了，警笛響起來。「醫務員眞不怕死，」肯特說，頭也沒抬。救護車朝緊閉的大門衝去，完全沒有減速。

施羅德探頭一看，從旁邊的窗戶看到了醫務員，看到她的臉，看到救護車朝著圍籬衝過去，看到街上的人都發現了救護車，紛紛閃避。

「幹。」他說。

「怎麼了？」

他站起來，沒有人開槍，因爲槍擊已經停止了。

「那是梅莉莎，」他說。「開救護車的人就是梅莉莎。來吧，」他上了自己的車，「快追。」

63

救護車撞開圍籬，衝擊力讓我全身刺痛。這幾天生不如死，上吐下瀉，膝蓋摔爛，又中了一槍，還在可能會翻車或跟卡車對撞的救護車裡。

梅莉莎向右轉，我撞上左邊的牆壁，很痛，此生第二痛。感覺有人一拳穿進我的胸口，用手指抓住可以抓的東西，然後使勁一拉，再把剩下的放火燒了。救護車在路上橫衝直撞，架子上的東西都掉下來了。我躺在地上流血，旁邊都是急救用品，可是我不知道怎麼用。我腳邊有個死女人，身體一半被蓋住，露出來的那一半可以看出她穿著跟梅莉莎一樣的制服，她壓著另一個人，看起來也死了——是個男人，光溜溜的。女人的手臂跟腿軟軟落在地板上。

救護車往前直衝，撞到人的時候發出悶響。好多人尖叫怒吼，彷彿我突然跳進了動作片裡。梅莉莎自言自語，要路人別擋著她，可是別人也聽不到，她一直猛轉方向盤，一直踩煞車。她開了警笛，但我們的速度不怎麼快。

我想坐起來，可是動不了。我知道我中槍了，但實在很難理解。中槍？我從來沒被子彈打過——其實也不能這麼說。一年前，我對自己開槍，不過不算真的中槍——只是被子彈擦過了臉。中槍？這才叫中槍。

我又想辦法坐起來，比剛才好多了，我能看到前面的窗戶。我把手放在傷口上，細看手掌上的血，然後把手壓回肩膀上。我想跟梅莉莎講話，但不知道要說什麼。而且她正在專心開車，專心得不得了。標語牌丟了滿地，有些被她輾了過去，在車輪下發出嘎吱聲，像小狗咬在嘴裡的骨頭。一個小妖精被救護車撞開，還有兩個殭屍跟一個瑪麗蓮．夢露。他們彈開了，一臉茫然困惑——誰要跟著我們，就會撞上這些人。我不知道為什麼大家都要穿上奇怪的衣服。穿過十字路口的時候，我看看右邊，看到法院正面跟今天早上那些掩人耳目的車子。人群把它們困住了，憤怒的群眾亂搖車子，用拳頭敲打車窗，因為他們還不知道我不在裡面。不過這些人的打扮很正常，牛仔褲、襯衫、洋裝、外套——沒有人戴面具或扮成電影人物，不過很多人拿著標語牌。武裝警察動彈不得，不能開火，他們應該很想跳上車頂，對著天空掃射——說不定他們已經氣到想要掃射人群，就能跟摩西分開紅海一樣分開人海，好來追我們。說不定他們應該要那個打扮成摩西的人幫忙，他帶了兩個用紙板做的舊款 **iPad**，都跟人差不多大。板子上寫了改編過的十誡，我看到一條說你要狂熱就要露出你的老二，有個打扮成牛仔、戴著大猩猩面具的人從人海中出現，跳到他身上，兩人消失在人群中。

我倒回地板上，抓了塊棉墊壓在傷口上。還好，我的胃沒事，不過我很擔心其實有事，我的身體現在要處理其他的問題，所以先讓我的肚子恢復正常。

「我的袋子。」梅莉莎大吼，回頭看了我一眼。

「什麼？」

「我的袋子，把我的袋子拿過來。」

「什麼袋子？」

她又轉了轉頭，這次在地上找東西。「那裡，」她說，「那女人腳邊。黑色的袋子。」

在她說的地方，確實有個黑色的小袋子。

「拿過來。」她說。

「裡面是什麼?」

「喬，快點，」她說。「施羅德快追上我們了。」

我伸手抓過袋子，拿給她。她一隻手留在方向盤上，一隻手打開袋子。她拉出一個小盒子，上面有塑膠蓋，掀起蓋子後，裡面是觸發器。她把盒子放在腿中間，以免落在地上，然後雙手放回方向盤，眼睛則不時盯著後視鏡。

「時機很重要。」她說。

「我很想妳。」我說。

「混亂跟騷動，」她說，「我只看到混亂跟騷動。喬，我們要脫身不難，其他人可就要亂七八糟了。」她繼續看著後視鏡，一隻手移到了搖控器上。

64

拉斐爾以為他會被抓。他以為在樓梯間裡就會被武裝警察逼到角落，就算他們沒槍，也有可能帶著警棍、拳頭和胡椒噴霧。他準備好了，他會描述他正在追的那個男人，比方說白色制服上灑了油漆，帽子反戴。

結果沒事。街上的人四面八方亂跑。他們撞到了拉斐爾，他乾脆隱身在人群中。他們都在逃命。沒有人受傷，很多人卻表現得像剛中了槍。突然之間，他不太確定能否把車開出去。他看到救護車在兩個街口外，警笛聲大作，但旁邊的人害車速變慢了，梅莉莎一定希望能開得快一點。他到了自己的車旁邊，這時施羅德探長的車子跳了出來，追在救護車後面。他目睹一切經過，聽到遠處傳來其他車子的警笛聲。

他跟在他們後面。梅莉莎在槍上動了手腳嗎？果眞如此，爲什麼要給他警察制服？爲什麼要幫他逃脫警察？他不知道。趕快離開這裡，就可以好好想了。一定有很簡單的解釋，不過他現在沒辦法找。

梅莉莎繼續往南。施羅德跟在後面，同樣的人群圍住了施羅德，不過人潮開始散開了。拉斐爾放慢車速，他要左轉，離法院愈遠愈好。這個計畫簡直是災難一場。

他一心期待警方對著喬跟梅莉莎瘋狂開槍。他希望喬已經死了。他擴大期盼，祈禱自己不會被逮捕，就靠時間來證明了。他打了方向燈，等待人群散開，好讓他在十字路口轉彎。

65

施羅德把方向盤抓得好緊，緊到指節發白。他們離救護車大約三十公尺。到處都是人——卡在他們跟梅莉莎中間，不過大多數人在人行道上。

「她逃不了的，」肯特左看右看，施羅德聽得出她的言外之意：她逃不了的，所以沒理由要追上去，沒理由我們不能停下來，不然我們可能會害死無辜的人。

「說不定她都計畫好了，」施羅德說，「說不定她知道無路可逃，也豁出去了。說不定這也是她的計畫，但我們不能停下來。我不能讓她逃走。」

「對，她都計畫好了，」肯特說，「可是不合理——她怎麼知道我們會叫她進去？」

「你在說什麼？」

「米德頓病了，所以我們叫醫務員進來。她在等這個機會。」

「你眞相信他病了？」

「他不是裝的，就算他裝病，她也不可能知道我們會找她進去。」

「那我就不知道了，」聽到不知道的事情，他有點氣惱。如果他還是警察，就不會一無所知，也不會被米德頓的屁話騙了。一個坐輪椅的人從人行道上滑到他的車子前面，他輕踩煞車，不知道那人眞的不能走路，還是扮成坐輪椅的樣子。爲了不撞上那個人，不毀壞他的道具，他跟救護車之間的距離多了幾公尺。

「一定有什麼，」她說，「要不是有人開槍，她的計畫就行得通了。梅莉莎怎麼運氣那麼差啊？才救出男友，就有槍手來殺他。我猜她只打算把車開走，沒料到有人會在後面追。」

施羅德拉回那幾公尺的距離，又拉近了幾公尺。「我看過她，幾天前的事情。」

「什麼？」

「在監獄裡。我去找喬，在停車場裡碰到她。」

「你為什麼不——」

「告訴你？我根本不知道是她，」他說，「還眞的是。可惡，我的鑰匙。我從監獄出來的時候找不到鑰匙，然後發現鑰匙掉在地上。」

「她拿了你的鑰匙？」

「她裝成孕婦，肚子很大。我把她從她的車子裡扶出來。天啊，她眞厲害。我完全沒發現。」他慢慢搖了搖頭。「她一定扒走了我的鑰匙，偷了我的車……喔，幹，難怪我找不到她的照片。」

「什麼？」

「我們去找拉斐爾的時候。妳記不記得我去拿她的照片？」

「她為什麼要冒險偷上你的車，只為了偷一張照片？」

一名年輕人打扮成有兩個壺嘴的茶壺，伸出手來對施羅德比中指，可能很氣他把車開得這麼快又不鳴警笛，害他差點一頭撞上。要有警笛就更簡單了。要是大家都看清楚路再走也會更簡單。

「我不知道，」他說。「不太對……等等，妳剛才說什麼？」

「照片嗎？」

「不是，逃脫的計畫。」

「我不知道，」她說。「我說她運氣不好，喬受了槍傷。」

「妳說她計畫把車開走，不會有人追她。」

「對啊，一定是這樣。」

他搖搖頭。「不對，還有別的。就算不怕有人追趕，如果喬上了救護車的車廂，一定有警察跟著。」

「沒錯，」她說。

「所以，她要怎麼擺脫護衛的警察？」

「噢，天啊，」她說，他看得出來，她想到的結論跟他一樣。「你覺得她會用炸藥嗎？」

「一定會——」他一句話還沒說完，就聽到車子爆炸的聲音。

66

爆炸聲震耳欲聾。沒有火焰，只有煙霧、玻璃和扭曲的金屬片。車子像小孩的玩具一樣升到空中，又像小孩的玩具一樣隨手一丟——離地差不多一公尺，往左飛了半公尺，又落回地上。強烈衝擊下，所有的車窗都碎了。肉屑四飛，像穿牆而過的漆彈。尖叫聲四起，有人從爆炸的車子旁邊逃開，有人遭受衝擊，往外飛出去。受傷的臉龐，撕碎的衣服，有幾個人動也不動，躺在路上，周圍都是碎片，身上也是。側鏡飛起，輪胎碎片、螺帽螺栓螺釘和碎裂的引擎四處亂飛，還有碎骨跟血肉。

以為自己也會受到衝擊，施羅德的肩膀往上一聳。肯特轉頭往後看。施羅德繼續開車，從後視鏡裡看爆炸的情況。那台炸掉的車子在他們後面二三十公尺的地方。

干擾追兵的爆炸，目的在於封閉十字路口，讓路上塞滿害怕驚慌的群眾。

「噢，天啊，」肯特說。「那台車有人開。」

「噢，可惡。」施羅德說。

「我知道，我知道。」她說。

「她上過我的車。」他說。

「什麼？」

「他媽的，她上過我的車！」他大吼，用力踩下煞車。

「快下車，快下車。」他邊吼邊解開安全帶。

「怎麼——」

「他媽的快下車，」他大吼，開了車門，肯特也開了車門。許多人朝他們跑來，許多人從他們旁邊跑開。大家四處亂跑。他甩上車門，希望他的車能撐得住梅莉莎賴以逃脫的衝擊跟爆炸。

「後退，」他大叫。「大家都給我後退。」

「卡爾——」

他看看自己的車子。「對空鳴槍，」他大吼。「後——」

他的車子就這麼爆炸了。衝擊讓肯特飛到十公尺以外，撞上停在路邊的車子，她從擋風玻璃撞進車子裡。不過看起來像二十公尺，因爲衝擊把他帶往相反的方向。很多人也飛了起來。扭曲的金屬。黑煙。血肉橫飛。

然後一片黑暗。

67

爆炸聲兩響後，梅莉莎把遙控器丟到地上。傷口上的棉墊浸滿鮮血，我換了一塊新的，看來馬上也會浸濕。我發覺有兩個洞，一個在前面，一個在後面，正好穿過胸口右邊。我的手臂動不了，不知道打傷了哪裡。我連那裡有什麼都不知道。骨頭、肌肉跟筋吧，所以可能要動重建手術和復健，不然這條手臂就廢了。雖然打中側邊，但太高太遠，應該沒傷到肺；我也不曉得——我不是醫生，梅莉莎也不是——所以我還是很擔心。

我跪起來，抓緊旁邊的牆壁和駕駛的椅背往擋風玻璃外看，梅莉莎穿過一個十字路口，又一個十字路口，在下一個右轉。我們又往一兩條街外的法院前進。她把車停到路邊。

「沒有人跟來。」她說。

「我們爲什麼要停在這裡？」

「等一下。」

「爲什麼？」

「等一下你就知道了。」

「梅莉莎——」

「相信我，」她說。「我都把你救出來了，相信我，接下來會平安無事。」

「誰開槍打我？」

「一時之間也講不清楚，」她說，「不過他做得很乾淨俐落。」

「妳怎麼知道？」

「那是穿甲彈，受到衝擊也不會爆裂，就直接穿過去。換了其他子彈，前面的洞小，後面的洞卻大得多。」

「我們在這裡等什麼？」我問。

「現在，不能光我們這台救護車在路上跑，」她說，「因爲警察會找我們，我們得混入人群裡。」

「什麼？」

「相信我，寶貝，耐心等就好。我們等一下就能走了。」她說。

「如果妳知道是穿甲彈，就知道是誰開槍，」我說。

「那是我的計畫，」她說。「只有這個方法能用救護車把你載走。」

「但是，因爲我病了，妳才把我弄出來，」我說。「妳知道三明治的事情嗎？」

「什麼三明治？」

「不知道就算了。」我說。

「我在那裡等你受槍傷，不過警衛來了，要我幫忙，因爲你病了。」

我想了想她的話，還是想不透。「所以妳有幫手，那個開槍打我的人。如果妳已經把我送上救護車，他幹嘛還要開槍？」

「我說了，一時之間也說不清楚，等一下我再全部告訴你。」

「不過妳很行，」我說。「妳跟那護士講得像眞的一樣。」

「電視上的醫生都說過的台詞，全憑演技。」

「妳可能會被抓。」

兩台救護車急速穿越我們前面的十字路口，從左邊移到右邊。

「該走了。」她說。

她開動車子，向右轉了個彎，停在其他救護車原本停靠的地方。我們已經繞了一圈。後面有台爆炸的車子，前面也有一台。她下了救護車，繞到後面爬進車廂。把死女人拖過地板，伸手搖搖男人。「快醒來，」她說，「你睡著對我也沒用啊？」

他沒有反應，她測了他的脈搏，搖搖頭。「不會吧，」她說，我發覺男人沒反應也是應該的，他很有理由不反應。「本來我要讓他幫你的，」她說。

「妳殺了他們兩個嗎？」

「我沒這個意思，看來劑量錯了。」

「那誰能幫我呢？」我拿開胸口的棉墊，又要換了。「我要死了，」我的聲音變得很尖銳。路上躺了一個死神，可能是我剛才看到的那個，也可能不是。他動也不動，斗篷拉開了，他的臉少了半張，也有可能是他刻意化妝的結果。我看不出來。

「該走了，」我說。

「還不是時候，」她說。又有幾台救護車停下來，警笛大作，車子還沒停穩門就開了。裡面的人跳出來，不到幾秒就開始醫治傷患。他們馬上就要把死傷的人送進車廂，然後開走。

「來，我看看，」梅莉莎蹲到我前面，一隻手按住我沒受傷的肩膀，另一隻手開始解我的襯衫釦子，雖然情況緊急，我下面突然硬了起來，一隻手繞到她頸背上，把她拉過來吻了一下，她壓住我。「喬，別鬧了。」

「我很想妳，」我說。

「我知道，你早就說過了，」她說。

她關上救護車門，回到駕駛座上，發動車子後也開了警笛。路上的人依然很多，不過已經散開了——一大群變成好多小群，一小群變成三三兩兩。

我們走的路跟剛才一樣，往南，然後右轉。我一直覺得會出現一百台警車堵住我們——帶了槍的人，重演一年前的星期天早晨，不過這次我沒有槍，胖莎莉也不在這裡。不一樣。我們跟著另一台救護車，一路往醫院前進。不過我們不去醫院的話也不合理，只好跟著進去了。梅莉莎沒走救護車的入口，而是進了公共停車場。她關了警笛，我們繞到停車場後面，沒位子。她並排停在白色的貨車旁邊。我討厭貨車。她熄了引擎，到後面來扶我下車。陽光灑在我們身上。汽車、樹木、繳費機，野餐用的長椅旁有個裝了沙的水桶，裡面都是菸蒂，長椅上有幾個空了的咖啡杯，四周空無一人。拜梅莉莎之賜，休息時間結束了，大家都回到醫院裡。

梅莉莎在背包裡裝滿醫療用品，我們朝著白色貨車走去。路上留下了我的血跡。她從口袋裡抓出鑰匙，用力打開貨車車廂，把我扶進去。

「對不起，」她說。「本來該有人幫你治療的。」

「我不想死，」我說。

「你不會死，」她說。「保持冷靜就好。」

她上了駕駛座，轉頭看看我。

「我也很想你。」她說。

「我知道妳會來救我。」我說。

「我懷孕了，」她說。「那個週末以後。我生了小孩，是女兒。我們的女兒，她叫艾碧蓋爾，很可愛。」

這個消息讓我一下子承受不了。我，當爸爸了？「帶我回監獄吧。」我說完就昏倒了。

68

施羅德眼前是天空，一望無際的藍，幾片雲，有片看起來像棕櫚樹，有片像人臉。附近來了塊深灰色的烏雲。是煙，他的車在冒煙。他想轉頭，可是動不了。他可以轉動眼睛，或許沒事，也有可能很嚴重。

他記得一清二楚。很奇怪，那種事很有可能抹去幾秒、幾分鐘或甚至幾天的記憶，但他都記得很清楚。他覺得這很有可能是去年他死了幾分鐘後又復活的關係，死而復生的體驗讓他的腦袋變得有點不一樣，不會忘記事情，他不願去想究竟是什麼因素——因爲他覺得自己的想法很蠢。

他怕到不敢移動四肢，必須確認他還能動，但萬一動不了怎麼辦？要是以後都不能走路怎麼辦？先不要動，就可以暫時避免癱瘓的命運。他耳鳴不已，感覺到冷冰冰的地面，感覺到一隻手臂扣在背後。右手。他高興起來了，如果脊椎斷了，就不會有感覺，對不對？左臂則毫無感覺。他嚐到血腥味，臉上還有更多血。雖然還在耳鳴，他仍能聽見尖叫聲。

他閉上眼睛開始祈禱，小時候他發現祈禱沒有用，之後就再也沒祈禱過，因爲祈禱跟悲慘總是在一起，就像一起夾在麵包裡的花生醬和果醬。但他現在卻開始祈求他的腿能動，兩條腿挪動了一點點，不痛，他知道他的祈禱沒有得到回應，但他就是很幸運。可是，其他人就沒這麼好運了，比方說肯特。他勉強往旁邊轉了一下頭，藍色的天空消失了，屋頂取而代之，然後是辦公室的窗戶和牆壁，最後是街道。他的車被拋了起來，轉了四分之一圈後落回地面。沒有火焰。車子扭曲到完全變形，到處都是玻璃。地上躺了很多人，有些人歪著頭，跟他一樣東看西看，有些人動也不動。

希望死亡人數不會太高。

希望上帝聽見了他的祈禱。

他躺在地上。他不想躺著，但別無選擇。他閉上眼睛，覺得胸口很悶。有人按住了他的肩膀，他又睜開眼睛，看到威爾森・哈頓警探蹲在他旁邊。尖叫聲停止了，哭聲四起。

「撐著點。」哈頓說。

「肯特呢？」施羅德說。

「很……很糟。」哈頓說。

他聽到警笛聲，看到救護車，不知道什麼時候來的。

「我昏迷了多久？」

「三四分鐘吧。」

「喬呢？」他問。

哈頓聳聳肩，從下巴到胸口的肥肉滾動了一輪。「跑了。」他說。

施羅德閉上眼睛，暫時看不見眼前的混亂，只聽到哭聲和警笛聲。他又睜開眼睛。「肯特怎麼了？」

哈頓搖搖頭，「她可能撐不過去。」

「天啊！」施羅德說。他的脖子痛到無法搖頭，但眼睛卻沒痛到流不出眼淚。他想起來。如果他起得來，她就沒事。不知道爲什麼，他很篤定這一點。「扶我起來。」

「最好不要。」哈頓說。

「可惡，快扶我起來。」

「卡爾，聽我說，你先不要起來。你看起來很不好，明白嗎？」

他一口氣卡在喉嚨裡。「怎樣不好？」

「多重撕裂傷。左手臂斷了。腿可能斷了，脖子也可能斷了。」

「我的脖子沒事。」施羅德說。他轉轉頭，很好，沒事。兩隻腳都能動，所以腿也沒事，不過哈頓說對了，左臂斷了。沒關係，他想看看肯特。如果他能早幾秒把車停下來，如果他能更大聲叫她從車子旁邊跑開，她是不是就沒事了？

都不是。從那次去監獄以後，就是混亂的開端。他沒發現那個女人就是梅莉莎。再回頭看看，一年多以前梅莉莎來警局的時候沒人認出她來，要從那時候算起嗎？還是該回到喬來警察局工作的時候？那時候就該做出不同的決定。

「扶我起來。」他用沒斷的手臂把自己撐起來。哈頓搖搖頭，嘆口氣，伸手幫他。他起來以後，要抱著哈頓才能站好。斷掉的手臂掛在旁邊，疼痛經過血液流到手臂上，痛死了，他知道等一下還會更痛，現在只算暖身。他的腿感覺沒事，可以撐住自己。他覺得有點暈眩，不過不嚴重。他把手舉到額頭上，沾了一手血。他專心看著手指，然後把目光移到手指後面的景象，手指頭反而變得模糊了。

「我的天啊，」他說。街上躺了好多人，有些在他旁邊，更多的則在另一台炸得歪七扭八的車子旁邊。有些人被燒傷了。有些人流了好多血，旁邊的朋友和陌生人都盡力安撫他們。有五六台救護車，不對，可能有十台。那台車的金屬和塑膠及玻璃都碎裂了，像紙花一樣散開，飛到他看不見的地方，碎片上的陽光閃閃發亮。

「肯特呢？」他問。

「在這裡。」哈頓說。

施羅德跟著過去，經過他還在冒煙的車子。他看過不少在意外中損毀的車子——他看過塞到卡車下打掉了車頂的車，他看過被巴士從中撞斷的車——但從沒看過被火藥引爆的車子。燒得焦黑，金屬扭曲，不像車子，倒像奇怪的現代藝術作品。他用右臂攏住斷掉的左臂。

肯特躺在藝術品另一邊的人行道上。附近有個蜘蛛人，一頭趴進了陰溝裡，頭旁邊有面側鏡，頭上跟鏡子上都有血。他不知道肯特是否從摔進去的那台車彈出來，還是醫務員把她拉出來了。

肯特抬眼看看他，笑了。「嗨。」她說。

「嗨。」

「我應該反應快一點，」她說。

「對啊，妳應該要快一點，」他擠出微笑，她也想報以微笑。他的心碎了。她的心則被一塊卡入胸口的金屬刺穿。她的四肢扭曲，雙手燒傷，半邊臉都是血，下面隱約有破裂的皮膚，像是有人把壁紙掀起來，貼回去的時候卻沒對準。「妳不會有事，」他說，醫務員把她放進擔架裡，準備送上救護車。

「喬。」肯特說。

「我們會抓到他。」他說。

她伸出手來抓住他的手。醫務員叫她放手，她不肯。「喬說卡爾霍恩是壞蛋，」她說。「你總說，」她咳出了一點血，「你總說——」

「別說話。」他說。

「你總說殺了丹妮耶拉．沃克的兇手另有其人。喬說是卡爾霍恩。」

「喬瘋了，而且很愛說謊。」

「我相信他，」她兩眼一閉，手也放開了。擔架又開始移動，他一跛一拐跟上去。她的眼睛又睜開了，微微一笑，甜美的、血淋淋的微笑，他覺得這可能是她最後一個笑臉。「應該要快一點。」她又說了一次。

他沒答腔。

「卡爾，幫我一個忙，」她伸出手，解開了手槍，手臂又軟軟落下去。「答應我，」她用殘存的氣息掙扎著說，對著她的武器頷首。

他會過意來，抬頭看看，哈頓正回頭看著殘骸，沒管他們。「我會抓到他，」他取過她的槍。醫務員似乎也不在意。「我會抓到他們兩個，我答應妳。」

69

過了醫院，路上就沒那麼堵了。梅莉莎很平靜，沒有理由緊張。喬在後面昏倒了。她希望是因為失血過多和疼痛，而不是因為聽到自己當了爸爸。他還在流血，應該只是肩膀受傷。她確定子彈沒穿過他的肺。如果她也手足無措，他就要死了。她得想個辦法，不過需要先遠離醫院和法院。

計畫本來分崩離析，卻被她救回來了。爆炸非常完美。星期六她把耳罩留在拉斐爾車上，並不是忘了。藉口回去拿的時候，她把C-4塞在他車子裡，跟施羅德一樣的地方。拉斐爾要被炸成十多塊，說不定更多。他可能碎成千百片，散落在五個街區上。她知道施羅德下了車，但逃得不遠。她看到他飛了起來。至於旁觀者呢，她不希望他們受傷，不過她無能為力，只能希望傷亡人數不多。眾人要為自己的行為負責——今天他們應該要上班上學或待在家裡，卻跑來法院，又不趕快跑走，才會讓自己受傷。

她又開了兩分鐘才把車停到路邊。她爬進車廂，打開背包，把東西鋪在地上。她讓喬平躺下來。租貨車就是為了這塊空間。本來該有兩個醫務員在這裡——至少該有一個。她幫他解開襯衫釦子，用剪刀把礙事的襯衫跟外套剪開。如她所願，傷口就是一個洞。她不知道該怎麼辦。她想到拔儀表板的點菸器來燒灼傷口，可是不知道是否有效。她把紗布疊起來，塞進傷口裡，再把喬翻過來，在後面的傷口裡也塞了紗布。她又蓋上棉墊，用繃帶施加壓力。也只能這樣了，等她找到人幫忙再說。她知道該找誰。

她回到方向盤後，開了收音機，聆聽未經證實的報導，死了幾十個人，幾百人受傷，她知道不可能那麼多。她繼續開車。未經證實的報導依舊得不到證實，數字下降了一點，只有爆炸的次數說對了。也說對了群眾開始逃竄。槍擊未經證實，也沒有人提到喬。

十五分鐘後，她來到早上她離開的那條街，把車開上同一棟房子的同一條車道。她下了車，用莎莉的鑰匙打開莎莉家的前門，被塞住嘴巴、五花大綁的莎莉仍在原處，仍穿著睡衣和睡袍。胖女人一臉憂傷，看起來也尿了一身。

「妳敢叫，我就殺了妳，懂嗎？」梅莉莎問。

莎莉點點頭。梅莉莎拿出塞在她嘴裡的東西。

「妳幫我們，就可以活下去。懂嗎？」

「我們是誰？」莎莉問。

「貨車裡有人受傷了。我要妳幫我把他帶進來。是喬。」

「喬？我……我不明白。」

「他受傷了，妳，妳這隻口口聲聲愛耶穌的大象，」梅莉莎立刻失去了耐性。「我要妳幫他。妳不幫，就算幫我，我會開槍打妳的布袋奶，讓妳死在這裡。」

「我——」

梅莉莎打了她一巴掌。「我告訴妳怎麼辦，」她說。「妳要幫喬，他死了，妳也死，他活著，妳也活。就那麼簡單。妳懂了嗎？明白嗎？」

「他怎麼了？」

「他受了槍傷。」

「我以為——」

「你們這些人，愛耶穌的瘋子，你們不是最愛寬恕別人嗎？妳得寬恕他過去的行為，」梅莉莎說。「既然妳是護士，救人是妳的職責。妳愛上帝，也愛救人，這不是正好。就當妳的災難還沒完。」

「我沒有醫療用品。」

「我有一整袋。」梅莉莎拿出刀來，割斷莎莉手臂下跟腳踝上的塑膠繩。莎莉坐起來，開始按摩手腕。梅莉莎掏出槍來。

「走錯一步，」她說，「妳就完蛋。」

她們走到外面。莎莉表現得很不錯，沒想逃跑，梅莉莎也表現得很不錯，沒在莎莉背上開槍。她們把喬從車上扶到屋裡，餐桌太小了，她們把他抬到短短走廊底的小臥室裡，昨天梅莉莎就睡在這邊。地板上都是絨毛玩具，昨晚梅莉莎躺到床上的時候，把玩具都丟到地上，現在三人就踩著玩具進去。她們讓喬躺在床上，梅莉莎把醫療用品倒在床腳。

「我們得把他的衣服剪開，」莎莉說。

「剪吧。」梅莉莎說。

莎莉用剪刀滑過去，從腰部一路剪到衣領，然後剪開了外套的肩膀，剪開梅莉莎貼上去的繃帶。她剝開衣服和棉墊，拉出紗布，讓傷口露出來，大到能把指頭插進去，但就那麼大。梅莉莎一直站得遠遠的，槍垂在身體旁邊。

莎莉瞪著傷口，搖搖頭。「他得去醫院才行。」

「把這裡當成醫院，」梅莉莎說。「把妳自己當成醫生，把我當妳的助手。把治療他當成妳夢寐以求的機會。妳讓病人活下來，妳治好他的傷，妳得到一顆金色星星。妳從受害者升級到生還者。」

莎莉搖搖頭，一臉固執。梅莉莎不喜歡固執的人。「他得去醫院。」她又說了一次。

「妳需要開始做妳該做的。」梅莉莎說。

「妳沒聽懂我的話，」莎莉說。「他已經流了不少——」

「莎莉嗎？」喬睜開眼睛看著她。「甜蜜的、美好的莎莉，」他說，梅莉莎心頭立刻湧上妒意，還好他接著又說了，「肚子垂垂的莎莉。」他咧嘴一笑，笑了兩秒，又閉上眼睛。

梅莉莎微微一笑，喬就是這個德性。「治好他。」她說。

「就算我可以，這裡也沒消毒。他很可能遭受感染，我們沒有——」

「莎莉，」梅莉莎突然叫了她的名字，莎莉忍不住回頭看她。「妳就盡力吧，我相信妳做得到。」

「萬一做不到呢？」

「我只好對著妳的臭頭開一槍。」

70

施羅德拒上救護車，他覺得沒必要。不過就手臂斷了，不是嗎？他還是讓醫務員在他額頭上跟腿上綁了繃帶。傷口不深，需要縫針，但他不在乎。起碼血已經不流了。王八蛋，去年他死過幾分鐘——骨折割傷比起來根本不算什麼。

「幫我處理一下手臂好嗎？」他問。

醫務員六十多歲，看起來二三十歲的時候應該是專業摔角選手。體格魁梧，鼻子歪了，聲音低沉粗啞，彷彿在告訴別人別惡搞我。「可以幫你固定，然後上石膏，」他說。

「好，」施羅德說。「有空再說吧，先幫我止痛。」

「你只會愈來愈痛，」醫務員說。「我可以幫你固定，給你止痛藥，跟藥房賣的那種一樣，沒有更強的東西了，基本上沒什麼幫助。你想要眞正的止痛藥，就上救護車去，我載你去醫院。」

「你能給我什麼，就給我吧，」施羅德說。

贊成和反對的抗議人士還有學生都解散了，人群差不多走光了，所以施羅德走回法院的時候沒撞到人。他的手臂固定住了，感覺比掛在身體旁邊好得多。哈頓拿著警用無線電。有人看到救護車離開現場，但救護車很多，來來去去，要他們停下來接受盤查，可能會害死無辜的人，而且這時也沒有人知道到底該找什麼。喬在某部救護車的車廂裡，不過他懷疑他已經下車了。他不知道這個連續殺人犯死了沒，一心希望他已經沒命了。

「目前證實兩人死亡，」哈頓說。「傑克．密契爾，」他說。「他是個好人。」

「他……啊，可惡，」施羅德說。「他想救那個醫務員，他不知道那是梅莉莎。」

「她開槍殺了他。」哈頓說。

「天啊，我根本沒看到他也在那裡。另一個呢？」

「第二個是第一台爆炸車輛的駕駛。我們查了車號，是拉斐爾．摩爾的車。」

哈頓有點喘，跟不太上。施羅德雖然剛經歷爆炸，走起路來卻像急著完成使命。止痛藥還沒發揮作用，他知道只能痛下去了。他聽下腳步，轉頭看著警探，法院還在五十公尺外的地方。

「拉斐爾．摩爾？」

「對啊，我知道你認識他。」

「我剛找他談過。」施羅德回憶起星期六的對話，還有星期四晚上說了什麼。他想到拉斐爾給他一種很不好的感覺，現在他知道爲什麼了。他馬上就會反覆咀嚼這些感覺，質疑自己能不能改變局面。他應該更努力說服肯特，告訴她出了問題，不然就自己跟蹤他。

他把右手伸進口袋，找咖啡因錠，可是找不到——可能在飛到空中或遭受撞擊的時候掉了。

「梅莉莎一定也認識他，」他邊說邊翻口袋。

「可能是巧合吧，」哈頓說。「她把炸彈隨意放進在附近看到的車子裡，有可能——」他還沒說完，手機就響了。

哈頓接起電話，留下施羅德自行想像哈頓的有可能後面是什麼，他想到很多可能。兩人繼續往前走。哈頓說了好多次嗯，嗯，少少幾次OK。施羅德很慶幸他不需要去跟正要變成拉斐爾前妻的女人報告消息，技術上來說她現在是寡婦了。他想到拉斐爾的外孫女，不知道她們會不會覺得很惋惜，又想到失去母親已經夠痛苦了，可能失去外祖父的衝擊就沒那麼大。他又想到傑克·密契爾，回憶起他們逮捕喬·米德頓的那天，傑克有多想一槍殺了那個連續殺人犯。那不是有可能，而是曾經有可能。如果眞的曾經有可能，今天的結局就完全不一樣了。他的想像力走上另一條沒有人選擇的路。沒有喬，沒有審判，沒有抗議，沒有槍擊和炸彈。今天晚上，等紛亂平息，他會深深充滿罪惡感。

他們經過拉斐爾的車子。民眾人數減少，警察人數增加。還沒離開的人群被趕到一個街區外，不過他們仍逗留不去，警察盡力維持現場完整。他們很難達成目標，因爲警戒線內仍有幾個人，不是警察，也不是受害者或醫務員，多半來自媒體。轉移目標的車子旁邊原本擠滿了人，現在都穿過十字路口，在街口左轉，往法院後門前進，那邊有四台巡邏車燈光閃閃，不過警笛都關了。

「很奇怪，」哈頓說。「目擊證人說，上了拉斐爾那台車的人是個警察。」

施羅德又停下來轉過身，看著哈頓，他後面正好就是拉斐爾那台還在冒煙的車子。「什麼？」

「還有呢，」哈頓說。幾公尺外的兩個記者吵了起來，兩名警官想把他們推走。施羅德和哈頓繼續前行。「我們得到報告，車裡的人就從那兒出來。」他指著辦公大樓，正有一隊鑑識技術人員陸續進入。

「目擊證人的報告不一定可靠。」施羅德說。

「我知道，不過看到他上車的是我們的人。」

「那麼……我們推論出什麼了嗎？」

哈頓聳聳肩。施羅德納悶已經過了多久，感覺像五分鐘，不過應該不止，因爲他暈過去了，還看著醫務員救治蕾貝卡。他看看手錶，但是他的錶被震壞了。來了這麼多警察，犯罪現場也已經圍起來，應該已經過了起碼十五分鐘。說不定過了半小時。他得打電話給他太太，告訴她他沒事。

「幾點了？」他問哈頓。

「十點四十。」

所以從第一聲槍響開始，才過了四十分鐘。他們到了法院後面，傑克．密契爾躺在地上。施羅德看著他，想到另一個有可能，或許該說是曾經有可能，也就是說，梅莉莎有可能決定先炸掉他的車子，再來才是拉斐爾。一小時前，誰能想到這些事？現在感覺很不像事實。

「那麼，」施羅德說，「在開槍現場，有個警官上了拉斐爾．摩爾的車，然後——」

「不對。」哈頓搖搖頭，打斷了他。

「你剛說——」

「我們知道，有個穿著警察制服的人上了拉斐爾的車，不表示他是警察。」

施羅德思索了幾秒，沒錯，他早該想到。手臂的疼痛並未削減，反而愈來愈痛。醫務員只給了他四顆藥丸，兩顆馬上吃，兩顆過幾個小時吃。他把四顆全吃了，在口裡聚集了足夠的唾液，一次吞下去。「好，就這麼說吧。如果那是拉斐爾，穿著警察制服，從開槍射擊喬的大樓出來，就很有理由說拉斐爾是開槍的人，對不對？」

「目前的理論是這樣，」哈頓說。「我們覺得他扮成警察，因爲他知道警察會往那個方向去，要是他來不及從大樓裡出來，還可以想辦法混充。他上了車，就砰了。」

施羅德抬頭看看辦公大樓，凝視後面有窗簾的那扇窗戶。他突然想起去年十二月的案子，有個手上和膝蓋上綁了吸盤的男人落在跟這棟建築物很像的大樓旁邊，看起來就是從十層樓掉下來落到地上的樣子。他陷入了回憶，才發覺自己失神了，他應該專心想著眼前的案子。這個案子，就這個案子，不過他的思緒很紛亂。「去看看吧，」他說。

「聽我說，卡爾，現在情況這樣，你一定忘了你不是警察了。讓你問問題是一回事，不過你不能上去。」

施羅德想爭論，不過他知道哈頓說得沒錯，但他還是開口了。「哎唷，威爾森，屠夫案我比誰都清楚，你們需要我的看法。」

哈頓點點頭。「聽我說，你別放在心上，但是我們都有錯。你跟這個案子兩年，喬依然逍遙法外，梅莉莎·X的案子你也看了十二個月，所以我們現在不需要你的看法。」

這段話無疑當頭一擊，他想了想該怎麼回答，卻只想說哈頓，操你媽的，不過事實很可悲，哈頓沒說錯。他當然沒錯。如果他錯了，路上也不會有這麼多血了。

「聽我說，我們都有錯，」哈頓說。「我們早該看到，卻沒發現。你走了一個月，我們仍然沒有梅莉莎的線索，你找出她的本名，是唯一的突破，」他說，施羅德知道那不是事實——是泰奧多・泰特發現的。「我的意思是，我們都有責任。」

「你的意思是，你不覺得我能幫忙。」施羅德說。

「我不是那個意思，」哈頓說，不過他就是那個意思，兩人也心知肚明。「我只是說，這不是你的工作了。」

哈頓瞪著他，等他回答，施羅德過了五秒才說出口。「我一定要插手。」他說。

「卡爾——」

「威爾森，我一定要做點什麼。是我說要故佈疑陣，弄兩條到法院的路線，但梅莉莎從我車上把資訊偷走了。」

「她——」

施羅德舉起手。「我去監獄找喬的時候，她偷偷上了我的車。我跟她聊了一下，卻沒認出她是誰。」

「天啊，卡爾，怎麼會這樣？」

「她把炸彈放在我車裡。肯特現在受傷，也是我的責任。如果喬殺了人，如果梅莉莎又殺人，都要怪我。你明白吧？」他看看躺在地上的傑克。「那也是我害的，」他說，哈頓明白他指的是誰。「別這樣，別趕我走，拜託，威爾森，我把你當朋友才會拜託你。」

現在換哈頓沉默了五秒。他轉頭看看旁邊有什麼人，心裡一定在想隨便啦，因爲他就聳聳肩，搖搖頭，看起來像在說我眞不敢相信我會做這種事，接下來又點點頭。

「好吧，但不要亂碰東西。」

「我不會。」

「幹，」哈頓說。「要是角色互換，你會讓我進去嗎？」

不會，施羅德心想，卻點了點頭。他以前也曾處於相對的立場，不是他跟哈頓，而是他跟泰特，那時候泰特聽到不會也當成會。「我當然會。」

「好吧，要是有人問起，你就說你是目擊證人。要是最後你害我被開除，等你醒來就會發現你被泡在裝滿冰塊的浴缸裡，因爲我要用錢，只好賣了你的器官。你另一隻手臂也會被我打斷。來吧，趁我還沒改變主意前先過去。」

71

我女兒叫艾碧，二十歲了，長得跟她母親很像，要冒險把二十歲女孩拖進無人暗巷，她們至少得有這種長相才行。艾碧的全名是艾碧蓋爾，我們並沒打算要個孩子，我跟梅莉莎計畫在她二十一歲的生日派對上告訴大家她爲什麼叫這個名字，就是明天了。艾碧很有幽默感，我很疼她，她改變了我的一生，就跟梅莉莎一樣。我們只有一個女兒，她四個月大的時候我結紮了，找醫生幫我動手術，而不是走捷徑，讓梅莉莎動手。一個孩子就夠了。

明天我媽也會來，帶著她的新丈夫亨利。華特幾年前被車撞到，過世了。我總懷疑那是他的選擇，而不是意外。我母親現在八十多歲了。

有個二十一歲大的女兒眞好，因爲她有很多二十一歲的朋友。每個週末都會有幾個來我們家玩，每個週末我都嚴密看緊我的雙手跟刀子，免得又要回監獄去。

監獄當然是過去的事了，梅莉莎救了我。在艾碧的二十一歲生日派對上，我們也會分享這個故事，順便給大家看她小時候的照片，第一次翻身，邁出第一步，第一次殺死寵物。我中槍後得救，傷勢也好了，司法系統認爲我被懲罰夠了，願意從我的角度看事情。我無罪釋放，條件是要接受心理治療。我要每個星期跟班森．巴羅見兩次面，爲期十年，我們其實變成好朋友了。沒有好到來往交際，但在街上偶遇還是會聊聊天氣。

聽說，快死的時候，你的一生會在你眼前閃過。我不太確定爲什麼我的一生現在在我眼前閃過，大多是過去幾天的事情，一再重複播放——跟肯特和其他警察去森林裡走一趟，我賺了很多錢……

過去幾天？

不，不對，那幾天是二十年前的事情了。

今天早上很溫暖，陽光曬在我臉上，我躺在床上，聽到梅莉莎的聲音傳來。我聞到培根和煎蛋的味道。我覺得很開心、很滿足。我從沒想過自己能變成這個樣子。外面有道白色圍籬，我計畫等一下要去除草，跟鄰居閒聊，幫他把舊冰箱從廚房搬到車庫去。我也聽到莎莉的聲音，好幾年沒聽到了。

幾個月吧。

現在就在耳邊，她在跟梅莉莎聊天，因爲她明天會來。還有卡爾．施羅德。原來施羅德人不錯，或許是因爲坐牢坐了十年，警察的習性都被姦光了。

我覺得很睏，聲音也變小了。夢中有夢。我的過去在眼前閃過。我睜開眼睛，眼前都是莎莉。她俯身過來。我們睡在一起嗎？我想回到白色圍籬的夢裡，廚房裡有煎培根，卻被困在這裡，很強烈，我甚至能感覺到二十年前的槍傷讓我的肩膀有多痛。我聞到消毒水的味道，空氣感覺很悶，床不太像我的。我躺在陌生人的床上，壞事臨頭，我只能閉上眼睛默默承受，就像多年前跟我阿姨在一起一樣。我睜開眼睛，梅莉莎站在牆邊，莎莉還在我頭上晃來晃去。唯一的莎莉。我閉上眼睛，該醒來了，該回到家人身邊。

我醒不過來。

一下子看到莎莉在我頭上，一下子一個人也沒有，然後她回來了。她正在處理傷口。讓我想到二十年前另一次受傷的時候。

不，不對。

好久以前了，早該抹滅埋藏的回憶。

「艾碧呢？」我問。

「她很安全，」梅莉莎說。「你馬上就能見到她了，她很想你，」她完全是個母親的口氣，不過我媽從來不說這種話。那也表示一年前我認識的梅莉莎跟眼前這個梅莉莎不一樣。

一年前？

唯一的莎莉一臉妒色——我發覺她對我的迷戀還在，她的愛火仍熊熊燃燒，梅莉莎最好小心點，陷入愛河中的肥婆瘋狂程度無人能比。

「她的生日到了。」我說。

「他怎麼了？」梅莉莎問。

「她二十一歲。」我說。

「藥物的關係，」唯一的莎莉說。「讓他腦子不清楚，沒別的。不需要擔心。」

「妳記得我們的婚禮嗎？」我問梅莉莎。

她對我微笑，我發覺我問了笨問題——她當然記得，怎麼可能不記得？令人驚異的一天，更令人驚異的是我母親搞錯日期，結果沒來。

「我愛妳。」我告訴她。

「喬，你不會有事。」她對我說。

我上身赤裸，床尾有一堆血淋淋的衣服。沒差——只是便宜的監獄西裝，典獄長自己從家裡拿一套補上就好了，或者從監獄的零用金拿三十塊就可以買新的。夢境感覺太眞實，才讓我愈來愈擔心。我努力想著艾碧，似乎有用，又似乎沒有用，因爲我努力想她的五官，卻模模糊糊。她的眼睛是什麼顏色？鼻子是什麼形狀？臉頰呢？頭髮呢？然後我又努力想媽的新男友，努力想我跟班森．巴羅的心理治療，努力想華特的喪禮，說不定我沒去。要搬冰箱的鄰居，叫什麼名字？施羅德爲什麼要去坐牢？

只是個惡夢罷了。就像我的蛋蛋不見後，我也做了惡夢。

繼續吧。我繼續做夢，看看會怎樣。最令我生氣的是，我不想給自己找氣生，有這麼多人可以夢，爲什麼要夢到唯一的莎莉？

不對吧。

我才不想讓莎莉出現在我的夢裡。

唯一的莎莉。

才不要。

正因爲這一點，我才知道這不是夢，是現實。

「喬，你得去醫院，」唯一的莎莉說。

我看看房間，莎莉的房間。她現在一定覺得美夢成眞了。牆壁上有張花瓶的海報，但房間裡沒有花瓶也沒有花朵。幹嘛不放張窗戶的圖片，把窗簾都拉起來算了？五斗櫃上有面鏡子，鏡子周圍貼的照片應該是莎莉的家人。照片佔了不少空間。我猜那樣就能縮小鏡面的面積，莎莉才不會一直看到自己。

「很痛。」這或許是我對她說過最誠實的一句話。

「子彈直接穿過去了，」唯一的莎莉說。「肌肉跟韌帶受損。我止血了，你暫時沒事，我也清理過傷口，不過傷口會感染，你這邊肩膀可能永遠無法恢復正常。」

如果我正拿刀割割割，肩膀卻卡住，還開始痙攣，那就不好玩了。我搖搖頭。

「幫我治好。」我說。

「你需要動手術，傷口不會自己癒合，」她說。

「就幫我動手術。」

「我不行。」

「找可以的人來。」

梅莉莎從窗戶旁邊走過來，俯身看我，一臉關切。「我想，莎莉的意思是，她已經盡力了，對不對？」她轉頭看看唯一的莎莉。

唯一的莎莉點頭。「妳還是應該帶他去醫院。如果妳不希望傷口感染，要讓他完全恢復，就一定要去醫院。」

梅莉莎點頭。「好好玩，」她說，「妳一直說話，但我只聽到妳說，妳對我們已經沒有用了。」她舉起手，手裡有把槍，正對著唯一的莎莉，我突然發覺，梅莉莎一點也沒變，她就是我愛上的那個女人，我好幸運，能夠碰到她。

72

辦公室還沒隔成小間，只有四面牆跟一扇門，窗戶上則蓋了粉刷時用來遮蔽的帆布，用膠帶固定。施羅德不需要拉開帆布就知道外面對著哪裡，不過他還是拉開來看了一下──他在左邊，哈頓在右邊──正對著法院後面。在封鎖線旁邊，警察正想辦法攔住幾名還沒走的大學生，他們想衝入現場拍自己喝酒的照片，可能要放到網路上，不過大多數的學生縮在路邊，抱成一團──很多人在哭，很多人把雙膝抱在胸前坐著。其他人多半都離開了，只想趕快回家。有些人臉上在流血。

「不難。」哈頓說。

施羅德還以為哈頓指學生跟他們的相機，當然不是──他指槍手開的那槍。施羅德又看看法院，看他停車的地方，他知道槍手應該早就上來，能把車子停在附近，表示他一定在封鎖線拉起前就到了。那表示當施羅德到的時候，他的臉也出現在那把槍的瞄準器上。他想著就抖了一下，不得不同意哈頓的看法，對，要打中不難。地上有三個彈殼，會拿來檢查有沒有指紋──如果運氣好的話。

那把在施羅德下車時就對著他的槍躺在地板上。上面沒有指紋，沾滿了白色油漆，應該來自旁邊的油漆桶，桶邊也滴了很多油漆，慢慢滲入地板。油漆罐開著，裡面有副耳罩，一頭突了出來。施羅德知道，裝潢要從上往下。天花板、牆壁，最後才是地毯。辦公室還沒完工。鑑識人員正在細細檢查那把槍，施羅德平日就不知道他的名字該怎麼發音，爆炸後根本也忘了他叫什麼。他們會做彈道測試，就知道這把槍以前有沒有人用過，不過很有可能是德瑞克・瑞佛斯那把，但梅莉莎或另外一個人已經在德瑞克身上開了兩槍，也無法從他口中問出資訊。

鑑識人員幫三個彈殼都拍了照。

「你說只有一槍，」施羅德說。

「對。」

「有三個彈殼，」施羅德說。「如果喬中槍了，傑克也中槍，那是兩槍。」

「我可以解釋，」鑑識人員說著站了起來，他是二十八九歲的年輕人，一頭濃髮讓施羅德好羨慕，雖然不記得他叫什麼名字，卻突然想起他很會猜謎，每個禮拜都有兩三個晚上去酒吧，靠猜謎喝免費的酒。「好，所以有三個彈殼，開了三槍，但你只聽到一聲槍響，對不對？」

「對，」哈頓說。「大家都只聽到一聲。」

「沒錯，」鑑識人員點點頭。「槍管卡住了。」

「卡住了？」施羅德說。

「被子彈卡住了。如果你只聽到一聲，可能卡住兩顆子彈。第一顆打出去了，第二顆卡住，第三顆當然也卡在後面。」

「那還是三槍，」哈頓說。「我們怎麼沒聽到？」

「我猜，子彈被動過手腳，可能火藥被拿出來了。子彈有四個組成部分，對不對？彈頭本身、彈殼、火藥和雷管。雷管點燃火藥，然後——」

「我們懂子彈的原理。」施羅德說。

「OK，OK，好吧，如果火藥不見了，雷管仍會點火，對不對？就會砰，但不會磅。你在這個辦公室裡聽得到，在街上聽不到。槍手射了第一發子彈，第二發跟第三發的聲音跟反應不一樣。子彈會進入槍管，但不會射出去。我得帶回實驗室測試一下，目前只能猜測。還有，彈匣空了，所以剛才在這裡的人只計畫開三槍。」

「那傑克呢？」施羅德問。「他也中槍了。」

「或許不是這把槍，可能是殺死德瑞克・瑞佛斯和崔斯坦・沃克的那把。我等一下才有答案。」

他準備把槍包起來，哈頓跟施羅德開始推論案情。

「如果拉斐爾和梅莉莎合作，」哈頓說，「她眞把他搞死了。但如果她要炸死他，爲什麼要在三顆子彈的兩顆上動手腳？」

「有兩個水杯。」施羅德說。

「什麼？」

「沒事，」施羅德眞不該忽略拉斐爾給他那種不好的感覺。他去他家給他看照片的時候，梅莉莎也在嗎？事實就是這樣？拉斐爾是不是把她當成另一個人？跟他一樣希望喬死掉的人？對了——對了，有可能。有可能她聽到他跟拉斐爾的對話，有可能她懷疑他認出她是照片上的人。

「他們找到一隻手臂，」哈頓說。「上面有兩根指頭，沒別的了，這兩根指頭也燒爛了。我們已經派人去他家採集指紋，馬上就能知道是不是拉斐爾。」

施羅德確定指紋一定相符。他回頭看看窗外的基督城，他的家鄉。在他逮捕喬的那一天，是否就注定今天的結局？或許吧。這裡一片瘡痍，其他地方卻一切如常，大家都在做自己該做的事，帶著公事包和紙袋，邊走邊吃午餐，快遞員騎著腳踏車穿過車陣。

「可惡。」施羅德說。

哈頓不發一語。

「走吧。」施羅德說。

「去哪裡？拉斐爾家？」

「去醫院。」

「很好。」

他們回身下樓。施羅德眞不敢相信，他居然想哭。他不知道爲什麼——他看過很可怕的情景，目睹同事身亡，但這……這就太過分了。蕾貝卡．肯特……

「我們會找到他們。」哈頓說。

「就像找到梅莉莎。」施羅德說。

哈頓沒答腔。

固定帶雖然有幫助，但施羅德的手臂眞的很痛。他們朝著哈頓的車走去。記者對著他們七嘴八舌亂問。附近站著許多面無表情的人。醫務員仍在救治傷患，不過街上看來沒有重傷的人了——他們早就被緊急送往醫院。他也沒看到屍體，沒有人死掉嗎？還是都搬走了？

「感覺好不眞實。」哈頓說。

「我知道。」

「老實說，卡爾，你不覺得很高興嗎？你放棄了這份工作？」哈頓問，但施羅德沒有放棄，他被開除了，不過他懂哈頓的意思。

「我……我不知道，」他說。「我真的不知道。」

他們上了車。施羅德照了一下鏡子，他一塌糊塗。額頭上的繃帶把他的頭髮往上推，上面有血，臉上跟脖子上也有乾掉的血跡。去醫院只要十分鐘，哈頓在通過十字路口的時候打開警笛。醫院前面沒有停車位，已經並排停了很多車。

「讓我在這下車吧，」施羅德比著醫院對面的路邊。「我沒事了，你去辦公事吧。」

「我要進去，」哈頓說。「蕾貝卡在裡面。」

「她會希望你去追捕喬跟梅莉莎。」

哈頓點頭。「卡爾，聽我說，我知道你答應她了。」

「那又怎樣？」

「我覺得我最好先跟著你。你先進去，讓人看看你的手臂。我把車停到後面，再到裡面找你。」

施羅德下了車，匆匆穿過車陣。哈頓應該不太擔心他做了什麼承諾，不然不會這麼輕易丟下他。他過了馬路，進了大門，裡面一大群受到驚嚇的人，很多人受傷了，骨折了，臉上帶著痛苦的表情。在路上，他們聽到大多數的傷勢來自猛衝的人群，很多人跌倒了，遭到踩踏。某個窗口後排了一列人龍，等著跟掛號的護士講話。他不想排隊。他出了大廳，繞著大樓走到停救護車的地方，正好有台救護車開過來。他把路讓給急診室的醫生。救護車車廂開了，擔架抬出來，上面是個打扮成死神的人，臉少了一半。他意識清楚，拳頭握緊。施羅德跟著他們進了急診室，有個醫生過來擋住他。

「你走錯入口了，」條碼頭醫生對他說，他的聲音跟外型很不搭。他兩眼都是血絲，泛出咖啡味，胸口的名牌寫著班．靈車，施羅德心想，這對病患來說真是壞兆頭，不過總比「你要死了」醫生好。

「我是警察，」他說。「偵緝督察卡爾．施羅德。聽我說，我一定要進去。我的搭檔在裡面，她幾分鐘前到院。」

靈車醫生點點頭。「她正在接受治療。」

「她不會有事吧？」

「她正在接受治療，」他重複說了一次，口氣中多了一點同情。「讓我看看你的手臂，」他一碰，施羅德就痛得齜牙咧嘴。「OK，跟我來。」他說。

「你不能幫我打個針就好嗎？」

「打針？」

「幫我止痛，快痛死了。」

「不行，不能只幫你打針，我可以幫你固定，然後打石膏。」

「我只要打一針就好，等一下再來上石膏。」

「現在就上吧。」靈車醫生說。

施羅德跟著他進了急診室。手邊沒有病人的醫生跑來跑去，準備救治隨時送進來的人。他們一直走，經過所有的手術室，到了辦公室裡。

「在這裡等著，」靈車醫生說。「我們先幫你照X光，看看到底怎麼了。」

「我想知道肯特警探怎麼了，」施羅德覺得很不耐，他想去追捕喬，但不知道要做什麼。醫生輕點了一下頭。「在這裡等著，」他重複剛才的話，「我去問問看。」

施羅德等了一分鐘，他的手機響了。他把手伸進口袋，手機螢幕被炸爛了，不知道是誰打來。他發覺他還沒打電話給妻子。她一定會看到新聞，擔心他出事了。

「施羅德警探，」他脫口而出，來不及收回。這時他仍覺得自己是警察。

「卡爾，我是哈頓，」哈頓沒理他怎麼自稱。「聽著，這裡怪怪的。」

「哪裡？」

「到後面的停車場來找我，快來。」

73

唯一的莎莉看到槍，深吸了一口氣。

「喬，」梅莉莎說，「我留她活口，就是要讓你殺她，算是我的禮物吧。」

「就像搬新家的禮物，」我不太確定爲什麼我說搬新家的禮物，雖然很不錯，但我跟梅莉莎又不是要搬來這裡住，除非我們眞的要搬進來。「我們要搬來這裡嗎？」我問。

「不是。」梅莉莎說。

唯一的莎莉後退到靠著牆壁。她的手掌對著我們，跟肩膀一樣高。她的手錶翻了半圈，錶面蓋住她的手腕內側。我能看到現在幾點了。我也看到床邊的桌子上有個鬧鐘，鬧鐘的時間比她的手錶快了兩分鐘，我突然明白，爲什麼我有這種一團糟的感覺——我比其他人快了兩分鐘，所以失去均衡。也就是說，不論唯一的莎莉有什麼命運，已經是過去式了，我只是看著過去重演。

「你要怎麼辦？」梅莉莎的問題穿過時間的阻礙。

「我不知道。」我回答。

「拜託，拜託你們不要殺我。」唯一的莎莉說，她幫了我們大忙，我實在找不出殺她的理由。

但是，我找不出理由，不代表我就同意放了她。

「殺了她吧。」我想趕快離開這個時區破碎的地方，眞要逼問我爲什麼，我只能承認我其實不想殺她。

「拜託你，喬，」莎莉說。「我不想死。我一直都對你很好。我知道我沒去監獄看你，但你那樣對我，我怎麼能去看你？」

「莎莉，我很抱歉。」我眞的覺得很抱歉。

「我送了書給你。」她說。

「什麼？」我舉起掌心對著梅莉莎，示意要她別扣下扳機。

「我不能自己帶給你，可是我拿給你媽媽了，讓她轉交。羅曼史小說。我記得你很愛看羅曼史，所以我拿給她了。就算你做了那麼多壞事，我還是對你很好。拜託，不要殺我。」

梅莉莎看看我，想知道我要怎麼樣，我發覺，一切都在我眼前——不是夢，沒有時差。唯一的莎莉把書拿給我媽媽，不是梅莉莎。

「是妳給我訊息？」我問。「是妳要幫我逃獄？」

梅莉莎一臉疑惑，唯一的莎莉也有同樣的表情。「逃獄？」梅莉莎轉頭看看唯一的莎莉。「妳想幫他逃出來？」

唯一的莎莉不答腔，我就幫她答了。「書裡有個訊息，」我說。「她要我告訴警方卡爾霍恩埋在哪裡，她會幫我逃跑，不過我媽等了很久才把書拿給我……我……我還以爲是妳。妳幹嘛那樣看著我？」我問梅莉莎。

「是藥物的關係，」她說。「你在胡思亂想。」

「我沒事！」我沒想到自己的嗓門變大了。我咬住牙齒，深深吸氣，發現肩膀不痛了。不管她們給我什麼藥，我都想繼續吃。「是羅曼史小說。她選了特殊的書名，但我媽搞砸了。」

「你媽？」梅莉莎問。

「拜託，」莎莉對梅莉莎說，「我一直都在幫喬的忙。妳壓爛他的睪丸，我去看護他，他被捕的時候我救了他的命，現在……」

她們說什麼我都聽不見了。我想到去森林裡的那天，是唯一的莎莉想幫我逃走。我跟唯一的莎莉跑過森林，留下一堆死警察，我跟唯一的莎莉坐在樹上，「殺」，我們朝著未來跑去，不過跟莎莉共度未來，感覺就像……就像我的蛋蛋被壓爛，就像被關在牢裡，就像被判死刑，就像當了父親。

「喬，」梅莉莎大吼，我才發現她叫我好幾聲了。「我知道，你還在想那些書。她沒計畫幫你逃獄。」

「我……我不懂。」

「那些書是妳給他的嗎？」梅莉莎問。

莎莉點點頭。「他喜歡羅曼史。」她看著我，卻對著梅莉莎說話，彷彿我不在場。

「書裡面有訊息。」我說的話連自己都不信。

「是嗎？問她是什麼訊息啊，」梅莉莎說。

「拜託。」莎莉搖搖頭，看著我對我懇求，我想起我們以前在警局聊天的內容，我想起她每天都帶一個三明治給我，可靠的好莎莉，善良的莎莉，笨莎莉。唯一的莎莉。不會讓我吃了就上吐下瀉的三明治，莎莉。

「她沒什麼用處了。」梅莉莎說。

「嗯，她應該幫不上忙了。」我說。

「喬。」莎莉說。

「噓，」我用手指按著嘴唇，「不會怎麼樣。」

「喬，」她稍微拉高了嗓音。「喬……」

「我把她留給你，喬，」梅莉莎說。「我把她留給你下手。」

莎莉。可憐的莎莉。過重的莎莉。一直想幫忙。在警局裡到處走來走去、無人注意的莎莉，跟我一樣，拖著腳走，沒人理我，不過我比她少拖了二十公斤。我搖搖頭。是時候讓別人看到我是人，此時此地就是再恰當也不過了。

「我不會開槍殺她。」我對梅莉莎說。

唯一的莎莉現出喜色，梅莉莎則很難過。

「妳動手吧，」我告訴梅莉莎，「乾脆一點。」我不想讓唯一的莎莉受苦，那就是我的人性。

74

醫院這塊地方好像迷宮。施羅德以前來過，來探病。他在手術室外面等過，裡面的受害人死了。他來看過爲生命奮戰的朋友——有些活下來，有些死了。

靈車醫生看到他便走過來。他臉上有種不贊同的表情，施羅德的牙醫發現他沒有乖乖用牙線，也有同樣的表情。「我知道你很急，不過她還在接受治療。」

「我在找路去後面的停車場，最近的路。」

「你想得美，你需要治療。」

「先幫我止痛就好。」

「警察到底是怎麼回事？你快死了，就希望我們能表演奇蹟，受傷了反而不在乎。」

「人生就是這麼諷刺，」他說。「聽我說，我有很重要的事。拜託你，能不能先幫我止痛？」

「不行，你得回我的辦公室——」

「等一下，」施羅德說。「拜託，起碼告訴我停車場怎麼走。」

要再轉好幾個彎，帶路的醫生氣呼呼，施羅德一望向他他就翻白眼。然後他們進了長約二十公尺的走廊，兩端都有門，沒有窗戶。靈車醫生得陪他到門口，用門禁卡開門。他們一起踏入陽光裡，不遠處傳來警笛聲。

「我不明白，」靈車醫生看看停車場，看到的東西跟施羅德一樣——一台救護車，旁邊圍著轎車、休旅車和幾台摩托車。附近的工地飄來塵土，像毛毯一樣蓋住了車子。天氣沒變——太陽爬高了點，影子短了點，就這樣。哈頓的車停在離救護車十公尺的地方，他站在自己的車子後面。

「那台救護車不該在這裡，」靈車醫生說。「爲什麼——」他注意到哈頓拿著槍，突然住口了。

「留在這裡別動，」施羅德對醫生說，彎著腰繞過車子，跑到哈頓旁邊。「有什麼狀況？」

「不確定，應該是這台吧，對不對？我剛回報了。武裝特警隊還要十分鐘才會到。」

施羅德不認爲需要等，武裝特警隊來，只會發現空空的救護車。不過他們還是得小心。「不能等那麼久。」

「我知道，」哈頓說。「所以我才打電話給你。我要衝進去。」

施羅德點頭。「要是有人出來呢？你要我怎麼辦？用手指射他們？」

「你爲什麼不用肯特的槍？我看到你拿了。」

施羅德點點頭，算他有理。

他們靠近救護車。前面顯然沒有人。哈頓站在後面，示意施羅德上，施羅德把肯特的槍放在固定帶裡，用沒受傷的手打開門，同時往後一跳，抓起肯特的槍。哈頓用槍指著裡面，過了幾秒就放下了。施羅德把肯特的槍放回口袋裡面，對著靈車醫生大喊，他立刻跑過來，朝救護車裡面探頭。

「天啊，」他說。「那是翠許。她去……喔，可惡，吉米，」他對著第二具屍體說，然後爬了進去。

救護車後面一團混亂。醫療用品留了滿地，還有血跡跟護士服。男人身上只有內衣褲。靈車醫生摸了摸翠許的脈搏，立刻轉頭對著施羅德。

「她還沒死，」他說。「叫人出來幫忙，」他拉下門禁卡，遞給哈頓。「快點，」他補了一句，哈頓急忙跑向門口。

施羅德看著衣服。梅莉莎穿著護士服出現，然後換上男人剛才穿的衣服。靈車醫生檢查第二名受害人的脈搏，用臉貼住男人的胸口，又摸了摸脈搏。「很微弱，」他說。「到底發生了什麼事？」

「嫌犯用這台車逃跑，」施羅德說。穿上護士服，梅莉莎輕輕鬆鬆就能搭上便車。然後，她可能拿槍對著他們。她可能從網路上買了制服，或從護士那裡拿來。如果她拿了護士的制服，或許也拿了醫院的門禁卡。

「幫我抬一下擔架，」靈車醫生跟他合力把擔架抬到地上，施羅德只有一隻手能出力。他們把女人放上去。她臉上有血，頭髮黏在血上。頭部有鈍器傷。施羅德看過很多次，知道診斷結果是什麼，也知道如果她活下來，可能還有其他的問題。第二名醫務員身上沒有傷痕，看起來就像睡著了。靈車醫生開始把女人推向他們出來的入口。快到的時候，門猛然打開，四名醫生跑進停車場。兩人抬起翠許的擔架，另外兩人抬著另一副擔架，跟靈車醫生回到救護車上。第二名受害人也上去了，只剩下靈車醫生和施羅德。

「你在找害了他們的人，對不對？」靈車醫生說。

「對。」

靈車醫生點頭。「我不能幫你，但你看到那個塑膠抽屜了嗎？」他朝著救護車裡面的一大堆塑膠抽屜頷首。「綠色把手那個？」

「看到了。」

「裡面的東西可以治你的手臂，先穩住幾個小時。不會有什麼感覺，也不會痛。」

他追著同事離開了，施羅德上了救護車，拉開綠色把手的抽屜。裡面有五六支針筒——長得都一樣，都裝滿了透明的液體。他用牙齒拉開保護蓋，把針刺進手臂裡。他不知道裡面是什麼，等他把蓋子放回針上，再把空的針筒往地上一丟，疼痛已經開始逐漸消退。他拿了一支針筒放進口袋裡，想了想，又拿了一支。他下了救護車，哈頓也回來了。

「我取消了特警隊的呼叫，」他說，「不過鑑識人員馬上到了。」

「你看，」施羅德指著牆上的血跡。

「不是醫務員的血，」哈頓說。「感覺不對。」

「是喬的，他坐在這裡，把頭靠在牆上。血滴從救護車裡一路滴出去，這裡也有，」他指著地面。「梅莉莎換了另一台車。」

「她可能早就準備好了，不是用偷的，」哈頓說。

「正是，比較快也比較簡單，」施羅德環顧停車場，「沒有攝影機。」

哈頓搖搖頭。「你錯了，」他說。「他們正在升級，所有的門口都裝了攝影機，之後停車場也會裝。」

「那現在也沒用。」

「是沒用，不過入口的攝影機可能拍到了，」哈頓指著公眾入口。「目的是爲了監視進出的人，不過也指著停車場。如果我們運氣好……」

運氣好。不知道什麼叫運氣好。喬的運氣好，因爲他逃跑了。施羅德的運氣好，因爲車子沒爆前他就下車了。所以那表示一定有某種平衡。好運氣一定要搭配壞運氣。基督城就是這樣。喬和梅莉莎得到好運氣，蕾貝卡和傑克得到壞運氣，還有拉斐爾。

「去看看吧。」

「卡爾，聽著——」哈頓開口了。

「嘿，這裡是醫院，我的手斷了，」他說，「表示我得進去裡面。你也要進去——沒理由說我們兩個不能走同一個方向。」

「卡爾——」

「你已經讓我跟到這裡了，威爾森。沒理由停下來。我只想看看監視錄影帶，如此而已。就算什麼都找不到，也沒關係。然後我去弄好我的手，再去警察局看我能幫什麼忙。」

巡邏車進了停車場，停在他們旁邊。哈頓走過去，要他們封鎖救護車，兩人又回醫院，繞到前面從正門進去。哈頓在接待處秀了警徽，告訴接待員說他們要找人討論監視攝影機的事。女人很興奮。她自行推論，認爲醫院另一頭的混亂跟這兩名警察要找的東西有關。她點點頭，叫他們等一分鐘，然後打了電話。他們看著她，不發一語，彷彿專心瞪著她，就能讓她動作快一點。看來有效，只過了半分鐘而已。她說，負責人馬上來。

那人叫作貝凡．米德頓——跟喬．米德頓沒有關係——跟哈頓握手時，他特別澄清這一點，然後看了看施羅德斷掉的手臂。他帶他們去警衛室的時候，說他曾經申請過警校，不過他是色盲，所以沒有機會。「我的目標是伸張正義，」他說。「我以爲只有很多深深淺淺的灰色，但紅色跟綠色我就分不出來。」

警衛室在一樓，離廁所不遠，所以有股陳年尿味和消毒水味。一面牆上放滿了螢幕，顯示醫院四周不同的視角。櫃檯上有幾台電腦，他們前面的桌上也有一台，還有一台平面螢幕，跟施羅德的電視差不多大。這裡的東西多半很新，有些十年了，不過裝潢應該有二十年沒動了。施羅德的手臂不痛了，他打的那針讓他的手臂飄飄欲仙。他心裡也覺得很舒坦。

「都正在升級，」貝凡說。「所以你們要看後面的停車場？」

「沒錯。」哈頓說。

警衛開始撥弄電腦鍵盤，過了一會兒，後門出現在大螢幕上，焦點是門外五公尺的地方。大家都往前動了一下，專心查看那塊地方。

「救護車在那。」施羅德說。

「快看不到了。」哈頓說。

「也夠了。」施羅德說。

「影像可以弄清楚一點嗎？」哈頓問。

警衛搖搖頭。「不行。」

施羅德就知道他會那麼說。拍《清掃魔》的時候，他們會強化影像，清理雜訊，看起來就很完美。他們會強化附近擋風玻璃上的倒影，好從不同的角度看清楚，讓寫在某人手背上的電話號碼完美清晰。不知道福爾摩斯會怎麼利用電視科技。

「一點也不行嗎？」哈頓問。

「只能這樣了。」警衛放大了影像，畫質更不清楚。他們看到救護車，以及看著救護車的兩名警察，但看不到細節。

「好吧，先倒帶，」施羅德說。「看車子什麼時候到。」

警衛開始倒帶。其他的車子來來去去。倒影變得長了一點，看起來更冷了一點。大家都在倒退行走。二十五分鐘前，有台車往後開，停在救護車附近，兩個人下了車，往後走，爬回救護車，然後救護車退走了。警衛沒等他們指示，就改用正常速度播放。救護車進來。模糊的梅莉莎把不清楚的喬扶下救護車。看到他們兩個——就算看不清楚——也讓他起了雞皮疙瘩。他們上了白色的貨車，開走了。然後什麼也沒有，只有停住的救護車和其他車子，一切看起來都很正常。他們看不到貨車的車牌。

「沒有幫助，」哈頓說，「不過我們會發出呼叫。白色貨車——看不出是什麼型號。我的意思是，可能沒什麼幫助，說不定他們又換車了，不過我還是先回報。說不定我們運氣好。」

運氣好，又來了。

「繼續倒帶，」施羅德對警衛說。「我想看看貨車什麼時候來的。」

警衛熱切地點頭，彷彿沒聽過別人出這麼好的主意。他繼續倒帶，每五分鐘為一個單位。在救護車出現的一個小時前，貨車突然就在那裡。警衛又往前跳了五分鐘，然後開始一秒一秒迴轉，直到他們看到梅莉莎往回走，上了貨車。他按下播放。

「她要去哪裡？」施羅德問。

「很難說。可能準備好繞醫院一圈，後面還有更多給職員的停車位，也有可能要進員工出入口。」

「那扇門有攝影機嗎？」哈頓問。

「當然有，大概兩年前裝的。」

「來比對一下吧，」施羅德敲敲螢幕。

警衛撥弄著機器，讓鏡頭跟另一台攝影機同步。那就是施羅德跟醫生剛走過的出口。他們看到梅莉莎進了走廊。不同型的攝影機，她也比較靠近，畫質好多了。警衛在不同的攝影機間切換，他們跟著她穿越急診室，到了停靠救護車的地方。施羅德眞不敢相信她這麼有自信，表現得很自然，彷彿她眞的在醫院工作。她停了幾分鐘，操作了一下手機，不過施羅德覺得她只是假裝在等什麼，同時觀察環境。然後她跟剛才那兩個失去意識的醫務員聊了聊，上了他們的救護車。

施羅德覺得額頭上的青筋都冒起來了。他覺得怒氣勃發，如果有必要，他可以把車子舉起來翻個身，用他斷掉的那隻手就行。

「她用誰的門禁卡？」施羅德指著螢幕，問題才出口，他就知道答案了——他知道自己一定沒猜錯。在停車場的時候，他就該猜到了。

「很好的問題。」警衛說，因爲他不認識莎莉，因爲他不知道她以前是喬的同事，是她害他被捕，去年她進了護理學校，現在在醫院受訓。警衛的手指在鍵盤上飛舞了幾秒。過了一會兒，螢幕上出現了照片跟證件，施羅德看著莎莉的照片，哈頓也看著莎莉的照片，然後兩人四目交接。

「可惡。」哈頓說。

「對啊。」施羅德說。

「走吧。」哈頓說，兩人匆匆出了門，回到停車場。

75

她幫喬穿上新襯衫，他幾乎沒開口。她都忘了他身上的味道，忘了碰他是什麼感覺。過去一年沒有他，覺得好艱辛。一開始的幾個月還好，那時候她很氣惱他被捕了，不過人還是要活下去。然後她發現自己懷孕了，荷爾蒙把她搞得天翻地覆。什麼事都可以讓她流淚，尤其是跟動物或小孩有關的報導。令人難過的故事，而且好多好多。她愛上奇特的食物，比方說生馬鈴薯，怎麼吃都吃不夠。還有巧克力。有一個月她覺得紐西蘭的巧克力工廠靠她就能撐起來了。胃口還一直變——突然之間只愛吃水果，突然之間很想吃雞肉跟泰式食物，而她對喬的感覺也愈來愈深刻。懷孕三個月後，她開始規劃怎麼幫他逃獄。她希望寶寶有父親——還有，她真的很想要小孩。

「我們要去哪裡？」他終於問了。

梅莉莎也換了衣服。她昨天晚上就把衣服帶來了，還有新假髮，這次是黑色。「我們要回家了，」她說。「我們先低調過一陣子。警察會追捕逃走的人，一逃就好找，但我們先躲起來——」

「我們真的有女兒了？」他問，「還是我亂想出來的？」

他們還在莎莉家。她討厭這裡，應該不比喬過去十二個月來住的地方好多少，而且她也想得到喬住在什麼樣的地方。房間很潮濕，曬不到太陽。她也很氣莎莉冰箱裡沒有足夠的東西。她很餓，可是沒有東西吃。

「眞的，」她說。「她很漂亮，眼睛很像你。」她知道喬一定會嚇一大跳，她知道他需要時間來調適。她自己就花了九個月才能接受，等她躺在莎莉的床上，有個嬰兒把她的陰道變成去了內臟的兔子，才覺得是眞的。所以她知道他要等一陣子才能適應——她只是希望他能愈來愈開心。「她叫作——」

「艾碧蓋爾，」喬接著說，他調了一下她給他的帽子，等他們出去，別人也看不清楚他們的臉。

「你說，你寧可回監獄去，是認眞的嗎？」

「不是，當然不是，」他說。「我們要躲在哪裡？」

「我家。」她說。

「妳還住在原來的地方？」

「不，」她說。「我搬家了。」

「在妳殺了那些人之前？」他問。

「差不多吧。你確定嗎？你剛才說要回監獄去，不是眞心的？」

「我當然確定。妳殺那些人之前，跟他們上床了嗎？」他問。

「當然沒有。」她說。是眞的，不過他問起，她也不覺得生氣。

「妳確定嗎？」

「當然確定。你在監獄裡跟別人搞過嗎？」

「沒有，當然沒有。」

「有人強姦你嗎？」

「不是那樣，我不跟一般犯人關在一起，不然就危險了。從妳之後，就沒有別人，」他說。

她相信他。像喬這種人——她覺得他寧可死，也不想當別人的寵物。「你的肩膀還好嗎？」

「很痛，」他說。「非常痛，不過我能忍。」

她扶他站起來，他們出了臥房。

「我們得去找我母親。」喬說。

她瞥他一眼，眼神似乎在說，我們為什麼要去，然後開口問了，「我們為什麼要去？」

他告訴她為什麼，她扶著他靠在門邊，聽他講完整件事。一開始她以為他還受藥力影響，頭腦不清楚。故事很精采。五萬塊。卡爾霍恩警探。強納斯．瓊斯，她在電視上看過這個混蛋靈媒。去森林裡一趟。喬對自己說的話充滿自信，也傳染給她。她想起她在施羅德車上看到跟電視台有關的資料，一切都合情合理。五萬塊是筆不小的數目。三個月前她從莎莉那兒拿來的四萬讓她過得很舒服，再來五萬他們一定能順利開始新生活。

他們應該先回家，放開保母，在家裡躲幾個月。等喬的頭髮長出來，染髮，讓他胖一點。盡量讓他看起來不一樣。讓他跟艾碧蓋爾培養感情。然後去弄假證件，逃到國外。很難，但不是不可能。等搜索行動沒那麼雷厲風行了再說。

「所以錢轉到你媽的帳戶裡。」梅莉莎說。

「對。」

「那表示你媽要去銀行領錢。萬一她說錯話就糟糕了，我們不能冒險。」

喬搖搖頭。「妳不知道我媽的性格，」他說。「她不信任銀行。她開了帳戶，只是因爲人一定要有帳戶，不過她很討厭銀行，討厭到每個星期一早上都去銀行把津貼提出來，帶回家藏在床墊上。多年來都是這樣。」

「你覺得她今天早上已經去過銀行，提了五萬塊出來？」她問，腦海中浮現出一個老太太揹了一個大袋子的模樣，袋子上還有大大的金錢符號。不過現實當然不是這樣。五萬塊的百元鈔票只有五百張，可以放進手提袋裡。

「一定是，」喬說。「就在她家，她的床墊底下，等我們去拿。」

「你確定？」

「我確定。」他說。

五萬塊——值得冒險嗎？

她決定要冒險。

76

施羅德和哈頓帶頭追捕。他知道他們比別人快，因爲哈頓回報警局的時候，聽說十分鐘後就有人來支援。哈頓在打電話的時候，施羅德又在口袋裡找咖啡因錠。沒有，肯定不見了。他覺得頭有點痛。

「有一組人剛到拉斐爾家。」哈頓說。

「然後呢？」

「很有趣。看不出來他跟梅莉莎有什麼關係，卻有很多證據指出拉斐爾不完全是好人。」

「是嗎？他怎麼了？」

「喬的律師，」哈頓說。「看來拉斐爾就是兇手。」

「可惡。」施羅德說。

「我們派人去喬的母親家，希望他會現身，或希望她能提供線索，不過她不見人影。」

兩人各懷心事。施羅德回想上次看到莎莉的時候。是什麼時候？去年，喬被捕後不久。拿到獎金後，過了幾天她就辭職了。她回去念書，跟警局的人斷了來往，她何必繼續跟他們通消息呢？他們發現喬的身分後，害她生不如死。他們逮捕她，把她送進審訊室，因爲她的指紋出現在某件證物上。她最後幫他們抓到喬。沒有警察的知識和偵探的技能，就是好運，因爲莎莉撿到她不該撿的東西。

「你應該把肯特的槍給我。」哈頓說。

「或許你說得對。」

「我知道我說得對。卡爾，快點，我們快到了。如果你最後開了槍，我們可能都要坐牢。」

「他們有武器，」施羅德說。「我也該帶著武器才公平。」

「你覺得她還活著嗎？」哈頓問。「我說莎莉？」

「不覺得。」

「我說什麼，你都不會把槍還我？」

「不會。」

「別亂搞，答應我，好嗎？」

「我答應你。」

「也別告訴別人我知道你拿了肯特的槍。」

他們速速出了城。旁邊的房子飛快後退，施羅德完全沒注意到景色。六分鐘後，他們到了莎莉住的那條街。他們正在看信箱上的號碼，卻停了下來，因爲他們看到再過六棟房子的車道上停了白色貨車，正是他們要找的門牌號碼。房子都很小，看起來已經承受了三十年的壞天氣，無人疼惜。哈頓在街上迴轉，回到街口。他拿出手機，報告消息。支援還有四分鐘才會到。他掛了電話，告訴施羅德要等四分鐘。

「四分鐘內，就可能天翻地覆了。」施羅德說。

「我們進去，也可能天翻地覆。」

「剛才我們不也開了救護車的車廂？」施羅德問。「沒什麼差別。」

「差得多了，」哈頓說，施羅德其實也知道。「我們知道救護車是空的，可是現在我們知道他們在裡面。除非強納斯．瓊斯也在這裡，就能告訴我們裡面的情況怎麼樣了。」

「哈哈。聽我說，如果莎莉死了，他們也不會來，」施羅德說。「他們來找她幫忙，因爲她懂醫療。就進去吧，遲早都要進去。就算幫莎莉一個忙。」

「我們要幫莎莉，也只能盡量提高她生存的機會，也就是等支援來，支援小組的手臂都好好的，就等三分鐘吧，」哈頓說，施羅德知道他說得沒錯，換成他是哈頓，他也會做出同樣的決定。那麼，既然做出了正確的決定，爲什麼他覺得大錯特錯呢？

他開了車門，下了車。

「天啊，卡爾，」哈頓也下車了，施羅德開始往前走。「你忘了嗎？你已經不是警察了。」

「威爾森，我們不能袖手旁觀。」

「不要逼我逮捕你。」

「然後呢？在這裡打起來嗎？」

「你會害我被革職。」

「你覺得你的工作比莎莉的性命更重要。」

「卡爾，你說那什麼屁話，」哈頓說。

「我知道。你沒錯，對不起，但我們不能在這裡傻等。」

「兩分鐘，」哈頓說。「再等兩分鐘而已。」

「那我們就沒有時間亂搞了。」

施羅德繼續走向莎莉家。他做得到，他可以救出莎莉，哈頓可以逮捕喬和梅莉莎。他們受訓就是為了救人，不是嗎？其實不對，訓練內容教他們調查，教他們碰到這種情況的時候要避開，派武裝特警隊上陣。梅莉莎有槍，她今天已經殺了一名警察。不需要讓她輕鬆殺掉第二個。他停下了腳步。

「好吧，」他說。

他們等了二十秒，施羅德覺得二十秒也夠了。重點是，兩分鐘其實很長。會有人死掉。喬和梅莉莎聽到警察來了，可能會當機立斷，殺了裡面的人。他朝著莎莉家走了幾步，覺得頭上青筋跳動，出現了敲打聲，然後他發覺是自己往前跑的時候發出的腳步聲。

「可惡，」哈頓說，但是他很重，幾年沒上過健身房了，吃得愈多愈不想健身。施羅德雖然手斷了，還是跑得比他快。

他到了莎莉家。貨車車頭朝外停在車道上，能看見前座是空的。肯特的槍又回到他手裡。貨車的後門開了，他繞到後面一看，車廂裡也空了，不過牆上有血。哈頓還在一棟房子外，卻停了下來。不是因為身體承受不住，而是因為要抓住施羅德，一定會造成衝突。遠方仍沒有警笛聲傳來。他們遲到了，可能堵在車陣裡，也有可能沒開警笛。

房子是單層建築，牆壁是擋雨板，屋頂上鋪了混凝土瓦。花園很整潔，看起來有人打理，不過很單調無趣。前門的台階旁邊有兩條花園地精的腿。前門關著。施羅德從窗戶裡偷看，看到客廳，裡面沒有人。他蹲下去聆聽房子裡的聲音，什麼也聽不到。他移到房子旁邊，從另一扇窗戶往裡面看，看到的還是空無一人的客廳，不過換了角度。下一個窗戶裡面是廚房，很小很乾淨。他試了試後門的門把，咯咯作響，但鎖住了。他把臉頰貼在門上傾聽，沒有聲音，沒有人走來走去。街上仍沒有警笛聲。哈頓也不見了。他繼續往前，到了臥房的窗戶，地上有個人，是莎莉，面朝下趴著。他看不出來她死了沒。房間裡散落了許多醫療用品，還有沾了血的衣服。一套醫務員的制服。喬跟梅莉莎跑了，可能開走了莎莉的車。

他回到前門，試了試門鎖，沒鎖。他推開門，進了臥房，用槍指著前面。他蹲到莎莉旁邊，得先把槍放在地上，才能用兩根指頭輕碰她的脖子。他找到了脈搏，沉穩有力。他把她翻過來，她的額頭旁邊青了好大一塊，還有血跡。

「莎莉，」他用沒斷的手臂輕輕搖她，不知道他們爲什麼沒殺她。他不知道梅莉莎跟喬對人命有什麼看法。「莎莉？」

莎莉動也不動，他輕拍她的臉頰，更用力搖了搖她。「快點啊，莎莉，很重要。」莎莉似乎不覺得有什麼重要。他進了廚房，在水槽下找到水桶，裝滿了冷水。他想到那把槍，知道接下來的幾分鐘會發生什麼事。他拿出槍來，用抹布包住，放在水槽旁的流理台上。他把水桶提回臥室，斷掉的手臂開始痛起來。

「對不起。」他把整桶水倒在她臉上，才倒了四分之一她就醒來，嘴巴裡噴出水，倒完了以後，她往旁邊一倒，用力咳嗽。

「莎莉。」他蹲到她身邊。

「施羅德探長嗎？」她說。

「妳現在安全了，」他說。

「他們在哪裡？」她問。「你抓到他們了嗎？」

「還沒，」他說。「莎莉，拜託妳告訴我發生了什麼事。他們說了要去哪裡嗎？妳的車呢？被他們開走了嗎？」

「那個女人，梅莉莎，昨天晚上來了，」她說。「她威脅說要開槍殺我。她把我綁起來，拿走我的制服跟門禁卡。她今天早上走了，又跟喬一起回來。他中槍了。他們逼我幫他療傷。我以爲……我以爲他們要殺了我。」

「妳現在安全了，」他又說了一次。「他們說什麼？妳知道他們要去哪裡嗎？」

她搖搖頭，很快用手撐住頭，閉上眼睛，光是搖頭就讓她快昏倒了。他把她扶起來，讓她坐在床上。OK，手臂又開始痛了。他拿出第二支針筒。

「你要幹什麼？」莎莉問。

「別擔心，我不會幫妳打針。」他把針刺進手臂裡。

「你不該自己打針。」她說。

「告訴我事情的經過。」他蓋好了針筒，丟在地上。手臂又開始發麻了。

「他們生了小孩。」莎莉說。

「什麼？」

「沒跟他們在一起，」她說。「不過……不過梅莉莎逼我幫忙。」

「等等，她昨天晚上生了小孩？」

莎莉搖搖頭。「三個月前。她來這裡——」

「妳沒告訴我們？」

「我不能說，」莎莉垂下雙眼。

「他媽的爲什麼不能？」

她哭了起來，告訴他爲什麼。他應該有同情心一點，可是他只覺得又生氣又沮喪。有人死了，警察死了。她應該要報警。他們可以利用這條線索，就能抓到梅莉莎，小孩也不會有事。

「那今天呢？」他說。「他的傷勢怎麼樣？」

「他肩膀中槍，子彈穿了出來。」

「他們沒說什麼透露行蹤的話？」

「沒有。」

他還沒開口，六七個人就衝進房間，都穿著黑衣服，一個人對他大吼趴下，趴下。有人用膝蓋抵住他的背部，把他的臉壓在地上，受傷的手臂被拉出了固定帶按在後面，痛得他對著地毯放聲大叫，上了手銬後，麻木的感覺立刻消失。

77

上次去我媽家，已經是一年多以前，但當時的感覺又回來了。恐懼。顫抖。坐牢只有一個好處，就是不用每個星期都要來吃肉餅。

還有五分鐘就到了，梅莉莎放慢車速，把車停下來。肩膀有種悶痛的感覺，好像裡面縫進了一個溫暖的滾球軸承。梅莉莎把車停下來，因爲車內的氣氛太緊繃了。如果接下來幾秒，不把對方的衣服扒光，我們就要爆炸了。只是有個問題——在車子裡脫光衣服，會被別人看到。有些人甚至會報警。

「警察會去找你母親，」梅莉莎轉頭對我說。

「啊？」

「他們會在那裡等我們。」

我跟不上她的思緒。希望以後我們的關係不會是這樣，她沒頭沒腦說句話，我得明白她想說什麼。「爲什麼？他們知道我中槍了，應該覺得我最沒有可能去的地方就是我媽家。」

「我不確定。我覺得他們第一個會去那裡等，不是因爲警察認爲你會去那裡，而是因爲總得派人出去辦案。他們人力充沛，腦力不足，只能派人出去亂找。只是爲了找事情做。」

我搖頭。「通常是這樣，但今天不一樣。我媽不在家，所以我們輕輕鬆鬆就能進去，把錢拿走。」

「她在哪裡?」

「她今天要結婚了。」

「警察不知道嗎?」

「不知道,」我說。「可惡,他們當然不知道,所以沒有理由不去她家。或許他們已經去過了,發現她不在家。」

梅莉莎搖搖頭。「或許他們去過了,留人在那裡看守。喬,我們不能去,不能冒險。」

她說得對,我知道她說得對,但五萬塊怎麼能輕易放手。一定有其他的方法。

「而且,我們也不知道她有沒有把錢提出來,」她又說。

「她一定提出來了,」我說。多年來,我常從母親床下偷錢。十幾歲那時候,如果我偷了母親的錢,而不是阿姨的,不知道我現在會變成什麼樣子。不過那時候我當然沒想到。

「我們應該馬上回家。」

「回家?」我的家在哪裡呢?不是監獄,不是母親家,不是我的公寓,是梅莉莎的房子。家就是有她有嬰兒的地方。

「除非你有更好的地方可以去?」她的口氣帶著責難,很像我媽說話的方式。

「當然沒有,」我說,我覺得她應該很想聽到甜言蜜語,又接著說:「我愛妳。」

她笑了。「那就好,」她說。「我費了這麼多力氣才救你出來。」

她把車子掉頭,駛上剛才過來的路。我時而望著窗外,時而看著她。她跟共度週末那時候不一樣了。除了假髮,臉跟脖子也比較腫,眼睛的顏色也不一樣,如果她現在沒戴隱形眼鏡,就是在去年認識的時候戴了隱形眼鏡。

「怎麼了？」她看看我。

「只是想起妳有多美，」我說。

她微微一笑。「你知道我在想什麼嗎？」

我點頭，我知道，我也想過了，但別人看了會報警。

「我在想那筆錢，」她說。「一定有方法拿到。」

「不過妳說得對，我們不能冒險去我媽家。起碼現在不行。」

「你確定警方不知道你媽要結婚？」

我想了想。我母親要我去參加婚禮，她要我告訴典獄長放我出去一天。她自己去找他了嗎？她會不會去找警察，想說服他們放我去參加婚禮呢？

「舉行婚禮後，」她說，「多半就要去度蜜月。如果警察知道她走了，就不會監視她的房子，也就是說……喬，你沒事吧？」

我有事。我想到他們的蜜月，我忘得一乾二淨了。我不知道他們要去哪裡，一定是很可怕的地方。我想到母親提出來的五萬塊現金。

「喬？」

我想到，錢可能不在她家，而是她帶在身上，婚禮後他們就去度蜜月，旅途上有她有華特，還有我的錢。她不認爲我有機會出獄，沒有理由不把錢花掉。

「喬？怎麼了？」

「我們得去婚禮，得馬上找到我媽。」

「爲什麼？」

我知道我媽是哪種人。我告訴梅莉莎，她繼續開車，雙手抓緊方向盤。

「就算了吧。」她說。

「我的個性就是沒辦法放手。」我說。

「我也是這樣。你知道婚禮在哪裡舉行嗎？」

「我記不……噢，等等。」我往旁邊一靠，伸手到褲袋裡取出今天早上對摺的喜帖，我希望喜帖能帶給我好運。看來眞的很靈。我把喜帖拿給她，她看了一眼，又繼續看路。

「就算了吧，」她說。「幾個月後再去找她，要有錢剩下——」

「爲了那筆錢，我吃了很多苦頭。」我說。

「我也是千辛萬苦才把你救出來。」

「警察沒理由去那裡。」我說。

她似乎同意了，我們兩人都沒說話，車子朝著母親舉行婚禮的地點前進。

78

施羅德獨自一人坐在餐桌旁，他的手仍銬在背後。他努力保持不動，因爲只要一動，他就痛得快昏倒了。他腦子昏昏沉沉的，固定帶仍掛在脖子上。他從救護車拿來的第三支針筒就在面前的桌子上，他的姿勢讓剛打下去的第二支完全無效。一分鐘前，哈頓進來看過他，也臭罵了他一頓——今天結束前，哈頓很有可能丟了工作。無論如何一定會被停職，或許也被降級，有很多可能。

「槍呢？」哈頓壓低了聲音。

「丟了。」

「他們搜過你的身，你把槍藏在哪裡？」

「不記得了。」施羅德說，他知道哈頓沒辦法跟別人說起。讓施羅德來這裡，哈頓已經惹了不少麻煩，要發現他帶槍來，被停職或被開除算是最輕的懲罰了。

「卡爾，可惡，你答應我的。」

「沒有人知道我有槍，」他說，「我保證，我絕不會告訴別人你知道我有槍。」

「你的承諾跟放屁一樣。」哈頓說。

「我想守住我對肯特的承諾。」

哈頓走出去。多明尼克·史蒂文斯警司走進來。四個星期前，史蒂文斯遮掩了施羅德的罪行，也開除了他。

「你他媽的有什麼毛病？」史蒂文斯問。「你沒看到自己變成什麼樣了？你變成什麼東西？我有理由逮捕你。你可能會害死人。」

「肯特——」

「你有什麼藉口，我他媽的都不在乎，」史蒂文斯說，「有什麼理由都一樣。你只會找麻煩，一點好處也沒有。你本來是很好的警察，現在……現在我不知道了。」他嘆口氣，靠在流理台上，花了幾秒讓自己冷靜下來。「聽我說，卡爾，我知道這些日子以來你有多痛苦，我也知道你或許覺得該爲某些事情負責，但你不能在這裡。就是不行。我認識的卡爾應該能明白。」

施羅德無言以對。

「要我繼續說下去嗎？」

「不用了。」施羅德說。

「我眞想把你再銬個二十四小時。你的手怎麼了？斷了嗎？」

「爆炸的時候斷了。」

「你運氣好，沒死。」他說。

「肯特呢？」施羅德問。

「還在治療，」他說，「不過醫生說，她能活下來。」

施羅德覺得全身都放鬆了，彷彿有股暖流通過。

「感謝老天。」

「我告訴你該怎麼辦。外面有台救護車，莎莉在上面接受治療。她會留下來幫我們，換你上去，跟他們回醫院。」

「我還是可以幫忙，」施羅德說。

「卡爾，你走吧。」

「喬的個性我比誰都熟。」

「你要是明白他的個性，他就不會跑了。」

「讓我幫忙。我不需要跟著大家追捕他，但我可以幫忙推論他會去哪裡。莎莉說他們生了小孩。我們可以從——」

「卡爾，聽著，我現在已經平靜下來了，好嗎？我知道，你這一天辛苦了。但我發誓，如果你接下來不跟我說再見，離開這裡去醫院，我就叫人逮捕你。」

「但是——」

史蒂文斯皺起眉頭，彷彿受了傷，「你沒說再見。」

「拜託——」

「卡爾，別再試探我了。我說了，我現在還算平靜，再過五秒，我就無法冷靜了。」

「喬——」

「他媽的，你就是不懂，對不對？OK，照你的方法來。」他叫了兩個人進來。「把他帶回局裡，」他說。「送進審訊室，留在裡面，直到——」

「再見。」施羅德說。

史蒂文斯閉上嘴，看著施羅德，面無表情。他心裡正在做決定，施羅德動也不動，不發一語，等警司下定決定。他低下頭，過了幾秒後抬起頭，史蒂文斯點點頭。

「撤銷命令，」他對那兩個人說，叫他們退回走廊上。「別再說了。」他蹲在施羅德背後，解開手銬。現在輪到施羅德皺起眉頭，把斷掉的手臂放回身體前面。他不發一語，對著史蒂文斯點點頭，警司也對他頷首。

施羅德知道他得冒險，他接下來的請求應該不會讓史蒂文斯逮捕他，不過誰知道呢？

「可以把針筒還我嗎？」

「不行。」

「起碼讓我喝杯水，可以嗎？」

「快點。」

他走到水槽旁邊，倒了一杯水，大口喝下。他一直背對著史蒂文斯，拿起包了槍的抹布，很誇張地擦了擦手，仍背對著史蒂文斯。他把槍輕輕放進固定帶裡，塞在手臂跟胸口之間。如果被史蒂文斯看見，他就要馬上坐牢了。不過史蒂文斯沒看見。他走出走廊，到了房子外面。有兩名醫務員在治療莎莉。哈頓在跟另一名警探講話，氣呼呼地瞥了施羅德一眼。施羅德抱歉地一笑，似乎解除不了他的怒氣。

檢查莎莉的醫務員完工了，警探護送她回到房子裡。「來看看你的手臂吧，」醫務員說。施羅德瞪了他一眼。「上來，我們幫你處理。」

施羅德上了救護車，門關上了。窗口看出去就是莎莉的房子，他卻視而不見。他眼前出現了喬跟梅莉莎，心裡想著莎莉說的話，想到了獎金，想到喬從強納斯．瓊斯那邊賺來的五萬塊。救護車沒啓動，醫務員在外面跟別人講話。

施羅德把手伸到口袋裡，找到凱文．威靈頓的名片。他拿出手機，撥了號碼。

威靈頓接了電話。

「我是卡爾．施羅德，」他說。「我需要你幫忙。」

「我看到新聞了，」威靈頓說。「不論你要問什麼，都屬於律師客戶間的保密資訊。」他說。

「可惡——」

「聽我說，」他說。「米德頓逃了，我當律師，不是爲了幫助壞人，而是爲了防止壞事發生。所以你要問什麼，我都回答，不過你不能告訴別人是誰告訴你的。我覺得就目前的情況來說，這筆交易很划算。同意嗎？」

「完全同意，」施羅德說。「你知道他會去哪裡嗎？」

「不知道。」

「五萬塊已經轉給他了嗎？」

「昨天晚上就轉了。」

「喬用哪家銀行？」

「錢沒有給他，轉進他母親的帳戶。」

「他母親？」

「對，她眞的很奇怪。」

施羅德碰過她，知道她很奇怪，要比她奇怪也難。所以錢在喬的母親手上。喬得去找她拿錢。哈頓說警察去過她家，沒找到她。喬可能已經跟她聯絡了，她說不定在銀行。

「她用什麼銀行？哪家分行？」他問，救護車的前門開了又關上，重心移動了一下，引擎發動。

「她已經提走了，」威靈頓說。「她在電話上告訴我，那是她的結婚禮物，她一早就要去提出現金。」

「她剛結婚？」施羅德問，救護車開動了，莎莉的房子消失，警車出現，他們穿過媒體採訪車跟看熱鬧的人。哈頓的車出現了，停在原來的地方，車門還開著。一定是神奇星期一，因爲車子還沒被偷走。

「正要結婚，」他說。「事實上，就是今天。」

「今天？」

「對啊，中午剛過的時候。」

「你知道在哪裡嗎？」

「哈，」他笑了一聲。「我還眞的知道。她回電給我，留了通訊息，邀請我去參加。等等，我告訴你。」

施羅德拿著電話，回頭看哈頓的車子愈來愈小，然後他認爲神奇星期一結束了，那台車要被偷走了，他要求救護車司機把車停下來。

79

我沒有上教堂的習慣。教堂或許有用途，但拿來燒了，讓遊民取暖也好，不過教堂眞正的用途對我來說也沒差。爸媽在教堂結婚的時候，我還沒出生。父親的喪禮在教堂舉行，然後他被送去火化了。我去教堂就那麼一次。

海平線上有烏雲浮現，但看不出來朝什麼方向前進。我們下了車，氣溫降了幾度，風速加快了，我不喜歡這種轉變。基督城可能一早陽光普照，晚上的天氣卻完全不一樣。前面的停車場裡有五部車，我們來了就是第六部。

教堂是石材建築，看起來有一百年了，感覺裡面會很冷。後方的墓園向外蔓延，看過去都是新的舊的墓碑。

梅莉莎把槍放進口袋，她取下了消音器，所以放得進去。我們上了台階，來到門前，把右側那扇門推開。一眼看過去，很容易以爲教堂裡沒有人，其實不是，前面兩排坐了幾個人。我母親跟華特站在前面。華特穿著棕色西裝，打了很寬的棕色領帶，看起來很像四十年前保險業務員穿著下葬的衣服。母親穿著飄逸的白禮服，質料不知道是緞還是絲，裹住她身上華特最近碰過的地方，不過這些地方只讓她看起來很胖。他們面對面站著，他們後面站了牧師，只有他注意到我跟梅莉莎走進去。他沒停下來，繼續主持婚禮，我數了數，來賓只有八個人。

我們坐到後面。不能到前面去，要是靠太近，母親跟華特會看到我們，跟我講話，牧師就會發現我們是誰，梅莉莎只好殺了他，免得他報警，雖然我們沒討論，我卻覺得要射殺牧師的時候，梅莉莎的想法跟我一樣——只是感覺有點晦氣。不過，一年前主持這間教堂的牧師腦袋被人用鎚子敲開了。眞晦氣——算他倒楣。

牧師繼續說下去，剛才覺得來這裡不危險，現在卻覺得很危險。靜止下來，似乎就很危險。東奔西跑，感覺比較安全。我猜梅莉莎也有同樣的感覺，因爲她一直抖動雙腿。

「還要多久？」她輕聲問我，我們坐得很遠，別人都聽不到。

「我不知道，」我告訴她。「我沒參加過婚禮。」

「我覺得不自在，」她說。「我覺得我們不該來。」

「再等五分鐘吧。」我說。

「二分鐘。」她說，我沒討價還價。

母親滿臉歡容，華特看起來也很高興，我覺得好緊張。牧師問有沒有人反對這兩人結合，我有好多反對的理由。母親跟華特轉過頭來，不過他們只看得到前兩排。沒有人說話。牧師問母親一堆問題，要她把華特當成丈夫。三分鐘過了，我們似乎又等了三分鐘，輪到問華特同樣的問題。

然後他們接吻了。

我一陣噁心，早上肚子裡的風暴又將再起。牧師跟華特握了手，大家都站起來，彼此擁抱，母親跟華特走到桌子旁邊簽了名。一名來賓向前走，開始拍照。新人穿過走道，走向教堂門，走過我們旁邊的時候根本沒注意到。牧師幫他們開了門，來參加婚禮的人跟著出去，然後教堂裡只剩下我們跟牧師。

我站起來，梅莉莎也站起來。

「你是她的兒子，對吧？」牧師說。

「不對。」我說。

「我不知道你在想什麼，」他說，「但教堂不會庇護你。警察會來抓你，跟在其他地方一樣。」

「我不需要庇護。」

「那你來幹什麼？」

我不回答。我從他面前走過去，梅莉莎用槍指著他，他沒說話，然後她對他笑了笑，用槍打他的頭，唯一的莎莉也被她打了同一個地方。他倒下去的樣子跟莎莉一樣，在地上攤成同樣的一團，只是他這團的體積沒有莎莉那團那麼大。

我們還沒來得及去找我媽，她就回來了。門在她身後關上。她先看著地上的牧師，說「我的老天呀，」然後才看到梅莉莎，最後看到我。「喬，」她越過牧師，抱住我。「我真高興你能來！不過你遲到了。」她放開我，打了我一巴掌，不怎麼痛，能表達她的不滿。「這位是誰啊？」她問。

「我女朋友。」

「不對，不對，」她說，「她不是你女朋友，我見過你女朋友。發生了什麼事？」

「喬來拿昨天晚上轉給他的錢，」梅莉莎的聲音很冷酷，有種別跟我胡來的特質，我媽似乎沒發現。

母親哈哈一笑，點了點頭。「太棒了，」她說，「我真不敢相信你對我們這麼好。」

「好什麼？」我問，不過很可惜，我已經猜到了。

「那筆錢，」她說。「很棒的結婚禮物。我從來沒想過能搭頭等艙。我絕對付不起。我也沒想過我能去巴黎！巴黎啊！」她搖了搖頭。「都要感謝你。我們一定會玩得很開心。」她說，我看不出來要怎麼開心，她會裝在屍袋裡，華特也會裝在屍袋裡，那就是他們的下一場旅程。

「妳都花掉了嗎？」我問。

「沒有，當然還沒，」她說。「別傻了。他怎麼了？」她低頭看著牧師。

「他很累。」梅莉莎說。

「看起來很累，」我媽說。「沒有，我們還留了幾千塊要花。」

「所以快花完了？」我說。

「對啊，快花完了。你太慷慨了。你會來機場送我們嗎？還是現在就得回監獄？」

「所以快花完了，」我發覺我重複自己剛才說的話，卻又說了一次，「所以快花完了。」

「喬，你怎麼了？好像壞掉的唱片。我說了，還有幾千塊。」

「我們該走了。」梅莉莎說。

「妳到底是誰？」我媽問。「我見過妳嗎？」

「來吧，喬，」梅莉莎拉住我的衣袖。「我們眞不該來的。」

我們繞過昏倒的牧師，母親氣呼呼地等著我們，彷彿花掉我所有的錢眞的讓她受罪了。「再見了，媽。」我知道這是最後一次見到她。我應該覺得很輕鬆，但奇怪的是，一點也沒有輕鬆的感覺。不論怎麼樣，我都會想念她。

我們出了教堂。華特正跟一對年紀跟他差不多的夫婦講話，他看到我，就朝我走過來，不論他有什麼話要說，我都不想聽。我們才走到台階中間，偵緝督察施羅德就進了停車場。

80

開車眞他媽的難，還好是自排車，不然也沒辦法開。哈頓不接他的電話。施羅德撥過去，響了幾聲就轉到語音信箱。不知道他在忙，還是故意避開他。他心裡也有了答案。

他早就記熟了哈頓的電話，但其他人他就不曉得了，因爲他的手機螢幕爛了，也沒辦法查別人的電話。他可以打警局的緊急電話，要求轉給史蒂文斯，但他知道史蒂文斯只會吼他以後掛掉，不聽他要說什麼。他開車去教堂，不期望能找到喬，但如果喬在那裡，他就準備打緊急電話。如果沒有線索，他就開車去醫院。

進停車場的時候，他沒想到會看到喬站在教堂的台階上。事實上他過了幾秒才恍然大悟，也不太確定，因爲喬戴著帽子，但他後面的女人絕對是監獄裡那個女人，那個開槍殺了傑克的女人，那個把拉斐爾炸死、也想炸掉他的女人。

所以沒時間想了。他停住車子，沒熄火，把手伸到固定帶裡拿槍，又把槍放下才能開車門。他開了門，拿起槍，不需要大吼大叫，直接瞄準喬，卻扣不下扳機，有個老頭搖搖晃晃走到喬面前，擋住他的視線。

過了一秒，梅莉莎從喬後面出來，站在老頭的右邊，對著施羅德開了一槍。施羅德往車門後一蹲，趴在地上，子彈擊中了車門。他覺得斷臂被拉了一下，低頭看到固定帶前面出現了硬幣大小的血跡，正在迅速變大。

梅莉莎住手了，大家往四方逃竄。

他從門邊窺探，正好看到喬跟梅莉莎逃進了教堂。想跟喬講話的老頭仍站在台階上，不知道該怎麼辦。施羅德懂那種感覺。

他用手臂夾住槍，拿出手機，撥了緊急電話。「我是卡爾．施羅德，」他說。「我跟兩名嫌犯對峙——喬．米德頓和梅莉莎．X。快派人來，」他報了教堂的名字，掛上電話。

他把電話丟回口袋裡。他還沒打給妻子，他為什麼要一直拖延呢？如果這是《清掃魔》的劇情，表示他要中槍了。電視就這麼編——開始介紹有家庭的警察，兩分鐘後那人就癱在地上，血流如注。他用槍指著前面，上了台階，走向教堂的門。他必須守住承諾。

81

她知道他們犯下了大錯，不應該來這裡。可惡，早知道就不要幫喬逃獄了。她要去哪裡都可以，就她跟艾碧蓋爾。現在她只能退入教堂，警察一定快來了。她只剩下十二顆子彈。

「再從前門出去吧。」她說。

「他會打中我們。」喬說。

「不會，他只會想辦法開槍。」

「怎麼了？」喬的母親問，梅莉莎覺得可以留一顆子彈給她。如果眞有需要，留兩三顆也行——一顆送進她的腦袋，剩下兩顆爲了爽也對著她的頭好了。

「他不會只開一槍。」喬說。

「其他人快來了。我們要快。我們先出去，開槍打他，然後立刻走。我們開幾條街，把車丟了，再偷一台車。或者直接從這邊挑一台開走。可惡，我們早該到家了。來這裡簡直是浪費時間，你媽有夠白痴，居然把錢——」

「妳敢罵我。」喬的母親說，梅莉莎用槍指著她。

「別這樣。」喬說

「爲什麼不行？」梅莉莎問。

他張開嘴巴，卻說不出答案。「我們可以讓她擋在前面，」他說。

梅莉莎把他拉過來，用力親了一下他的嘴唇，就把他推開了。「你會是個好爸爸。」她說。

她抓住喬的母親，她抗拒了幾秒，喬也抓住她。他們把她推到前面，朝著前門走去。梅莉莎用槍指著她的頭，喬開了門，他們跨了出去。

施羅德已經到了台階下面。他掛著固定帶，可能手臂斷了，或受了傷。他舉起槍對著他們，但很難打中目標。喬的母親在前面，然後是梅莉莎，最後面是喬——排成一直線。

「放開她。」施羅德說。

「放下槍，不然——」她說，喬的母親絆了一下，突然滾下了樓梯，正對著施羅德。喬想抓住她，卻來不及了。

兩人突然都暴露在施羅德的面前。

兩件事同時發生。華特站到他們中間，想抓住喬的母親，施羅德和梅莉莎開火。

82

「怎麼——」華特才說了兩個字，因爲梅莉莎的子彈接著就打上了他大錯特錯的腦袋。他站著不動，彷彿頭部中槍暫時轉移了他的注意力，有點討厭，然後他踩著舞步轉下樓梯，跟我媽滾上了同一條路。

施羅德的子彈往上飛，但他又瞄準我開了第二槍。在他開槍前，我把梅莉莎拉到我前面，害她射歪了，施羅德也射歪了。他沒打中我，反而打中了她。我感覺到她的身體一震。

我退回教堂，施羅德開了第三槍。梅莉莎又震了一下，我穿過教堂門，拖著她跟我走。門在我後面關上。我讓梅莉莎躺在牧師旁邊。

「你這個王八蛋。」她說。

「對不起，」我眞覺得很抱歉。「就……就變成那樣了。」

她胸前出現了兩灘血。她對我舉起槍，我把槍從她手裡拿開，她還沒來得及開槍。「我可以幫妳少受點苦。」我說。

她搖搖頭，然後笑了。「眞不敢相信你會這麼對我。」

「我不是故意的。」我眞的很抱歉。

「艾碧蓋爾。」她說。

「我會照顧她，」我說。「我會好好把她養大，她在哪裡？」

「她很安全，」她說。

「別讓她從小就沒了爸媽。」我說，因爲我眞的需要知道艾碧蓋爾藏在哪裡。我需要安全的藏身處。

「放屁，你只想找個地方躲起來。」

「我向妳保證，絕對不是這個理由。」我說。

她又笑了。「我會告訴你，」她說，「因爲我沒有選擇。」她給了我鑰匙。

我不知道她這話是什麼意思，不過她把地址也告訴我了。

「把槍留給我。」她說。

「不行。」

「我會幹掉施羅德，」她說。「從後門走，穿過墓地，從另一條街出去，偷一台車，走吧！快走！」

我正要俯身下去親她，她卻咳了一口血出來。

「我愛妳。」我告訴她。

「你愛我的方法很奇怪。」

我把槍留給她。我不知道我爲什麼能信任她，但我就相信她的話。我跑到教堂後面，轉頭看看，她的臉不對著我，反而看著前門，用槍指著門，她在對某人說話，不知道是誰。她笑了，我只聽到她說臭梅莉。我這輩子第一次對一個人感到這麼內疚。我向來沒有罪惡感。

我穿過門口，進了走廊。我到了後門，聽到兩聲槍響，聽起來不是同一把槍，然後一片寂靜。我走到門外，那裡停了一台車，可能是牧師的。我上了車，沒有鑰匙，不過我向來不需要車鑰匙。我發動了車子，把車開到教堂前門，那裡沒有警車，只有來參加婚禮的賓客藏在別的車子後面。我開上了街道。

我一直往前開。

過了幾條街，我聽到警笛聲。

我彎上另一條路，免得跟他們碰上。

在最初那幾分鐘，我的心跳得好快，感覺要從胸口跳出來了。然後平靜下來。過了十分鐘，我覺得好多了。好到能回憶起過去這幾個小時，覺得一切都非常順利。

我已經開始想念梅莉莎了。

又過了二十分鐘，我才找到她給我的地址。很隱蔽的房子，看出去還看不到最近的鄰居。有一條長長的車道和大片土地。不怎麼新，但也不算舊，看起來很舒適。接下來我要在這個地方待幾個月，想想看之後要去哪裡。

我把車停到後面，開了後門。我聽到嬰兒哭聲，我的孩子。我的心跳又加快了。我朝著哭聲走去，她在臥房裡。我開了門，裡面有個女人，看起來二十多歲。她的頭髮一團亂，臉上沒有化妝，衣服好像幾個星期沒洗了。她的腳踝上繫了鐵鍊，連到暖氣的金屬管上。她正在安撫嬰兒，想餵她吃東西。這就是梅莉莎為什麼說她別無選擇，只能告訴我嬰兒在哪裡。女人抬起頭來看到我。

「喔，我的天啊，太好了。」她丟下嬰兒不肯吃的配方奶。嬰兒艾碧蓋爾面無表情，想抓住看不見的東西。她轉頭看我，不笑也不移開目光，我不知道她能不能看見我。她很可愛，對嬰兒來說算非常可愛了。

「怎麼了？」我問。「妳是誰？」

「那個瘋女人綁架我們，」她說。

「我們？妳跟嬰兒？」

「不，我跟我姊姊，」她說。「嬰兒是瘋女人的。她說萬一嬰兒出事，她就殺了我們，我只好聽她的話。拜託，拜託，你一定要幫我們。」

「妳姊姊幾歲了？」

「跟我差不了幾歲，怎麼了？有關係嗎？」

「只想知道這裡有什麼。」

「你是什麼意思？」她問。

「我的意思是，妳今天眞的很倒楣，」我關上門，告訴她今天發生了什麼事，向她解釋說，她跟她姊姊就是我辛苦一天的獎品。

後記

我把車停在車道上，靠著椅背，想放鬆一下。

我開著車上的音響。逃獄後已經過了三個月，我常聽新聞報導。總該知道世界上發生了什麼事。一開始，新聞都跟我有關。有些是好消息——比方說華特死在教堂裡。有些令人心碎——比方說梅莉莎死在教堂裡。我很想念她。

我轉動鑰匙熄了火，抓起公事包，下了車。我撥弄前門的鎖，開了門進去。從走廊這頭，就聽到淋浴聲。我走進廚房，打開冰箱，不客氣地拿了瓶啤酒，十五個月沒喝啤酒了。我拿著啤酒，走到臥房裡，坐在離浴室不遠的床上，蒸汽一直從浴室的門縫裡冒出來。我彈開公事包，放在床上，拿出報紙。頭版是卡爾·施羅德。三個月前他頭部中槍，可是沒死。他昏迷了。報紙小題大作，因爲跟他同房的人以前是他的同事，也昏迷了。他們的外號是「昏迷條子」。媒體眞的很會編。另一個傢伙叫泰特什麼的，兩個星期前醒來了。昨天，卡爾·施羅德也醒了。

自從逃脫後，今天是我第一次出門。我已經在想念女兒了。她現在由我的室友伊莉莎白照顧，她姊姊叫凱特，但凱特不在我們家，從沒來過。世界上當然有凱特這個人，不過梅莉莎告訴伊莉莎白凱特在她手裡，顯然只是爲了挾制她。我用同樣的手法，也騙過她了。

送到家裡的郵件多半是電費帳單，都用信用卡直接付清了，但卡片是誰的，梅莉莎怎麼設定，我就不知道了。我找到記帳的筆記本。梅莉莎付了一整年的房租，也預付費用給每幾個星期就來整理草坪的人。

除了裝滿嬰兒食品、衣物和用品的櫥櫃外，梅莉莎也留下一袋現金。我用來買雜貨。付帳單的信用卡也用來從附近的超市網站購買食品雜物。每隔一兩個星期，我就用電腦買東西，貨會送到門口。袋子裡的錢不少，幾乎有三萬塊。等我們要離開的時候就能派上用場。這房子很舒服，但我哪裡都不能去，就感覺有點像監獄。對伊莉莎白來說也很像監獄吧。

我把頭髮留長了，看起來很糟，不過我慢慢習慣了。我也染了金色，梅莉莎幫我選了這個顏色。她也留了幾盒染劑給我。

艾碧蓋爾愈來愈大了。我不知道她是什麼時候生的，不過我覺得可以自己選一天當她的生日。她很喜歡對我笑，有時候笑個不停。我發現全世界最好聽的聲音就是嬰兒的笑聲。全世界最難聽的聲音也可能是嬰兒發出來的。她也會對伊莉莎白笑，她們兩個似乎很喜歡彼此。伊莉莎白也有點喜歡上我了，或許有點愛意，確實有可能。或許她只希望我能放了她。

不過，像我說的，那棟房子跟監獄一樣，能出來眞好。有些需要伊莉莎白無法滿足。那股衝動跟艾碧蓋爾一樣，讓我晚上睡不好。我一直很乖，沒碰我們的保母。我很想對她動手動腳，但我就怕不小心殺了唯一能哄艾碧蓋爾睡覺的人。

好戲就要上場了。

水聲停了。我聽到腳步聲，有人從架上拉下毛巾，然後是浴室裡常有的聲音，抽屜開開關關。抽風機打開了。我折起報紙，放回公事包裡。我拿出我最大的一把刀放在床上，然後拿出我在新家找到的槍。

然後我取出我帶來的三明治。

警衛亞當從浴室裡出來，走進臥房。

「你他媽的是誰啊？」他認不出我來，頭髮的關係——我也胖了一點。

我舉起槍，也舉起三明治。「我是積極喬。」

Storytella 63

清掃魔歸來

Joe Victim

清掃魔歸來 / 保羅.克里夫(Paul Cleave)著 ; 嚴麗娟譯. -- 初版. -- [臺北市]
: 春天出版國際, 2017.04
面； 公分. -- (Storytella ; 63)
譯自 : Joe Victim
ISBN 978-986-94698-7-6 (平裝)

887.257

ISBN 978-986-94698-7-6
Printed in Taiwan

作　者　保羅・克里夫
譯　者　嚴麗娟
總編輯　莊宜勳
主　編　鍾靈

出版者　春天出版國際文化有限公司
地　址　台北市信義路四段458號3樓
電　話　02-7718-0898
傳　眞　02-7718-2388
E－mail　frank.spring@msa.hinet.net
網　址　http://www.bookspring.com.tw
部落格　http://blog.pixnet.net/bookspring
郵政帳號　19705538
戶　名　春天出版國際文化有限公司
法律顧問　蕭顯忠律師事務所
出版日期　二〇一七年四月初版

定　價　420元

總經銷　楨德圖書事業有限公司
地　址　新北市新店區寶興路45巷6弄6號5樓
電　話　02-8919-3186
傳　眞　02-8914-5524
香港總代理　一代匯集
地　址　九龍旺角塘尾道64號 龍駒企業大廈10 B&D室
電　話　852-2783-8102
傳　眞　852-2396-0050